Haley Hansons Vorstellung von einer perfekten Vorweihnachtszeit ist, in die Karibik zu fliegen und dort weiterzuarbeiten, damit sie all den traditionellen Ablenkungen im Advent entkommen kann. Im Lauf der letzten Jahre hat sie ihr Privatleben geopfert, um die Karriereleiter in einer renommierten Werbeagentur in Boston hinaufzusteigen. Jetzt fehlt ihr nur noch der Etat eines Spielzeugherstellers, um Teilhaberin in ihrer Firma zu werden. Doch ihr Chef meint, sie müsse erst an ihrer Einstellung zu Weihnachten arbeiten und schickt sie ins Holly Peak Inn, damit sie den Geist der Weihnacht am eigenen Leib erleben kann.

Bei ihrer Ankunft in dem kleinen charmanten Hotel in den Bergen begegnet sie dem gutaussehenden Sohn des Besitzers, Jeff, und fühlt sich sofort zu ihm hingezogen. Doch sie widersteht seiner Ausstrahlung, um sich nicht von ihren vorweihnachtlichen Aufgaben ablenken zu lassen. Die will sie so schnell wie möglich hinter sich bringen und dann wieder ins Büro zurückkehren.

Zunächst hadert Haley mit den festlichen Aktivitäten im Weihnachtshotel. Erst als sie es sich selbst endlich erlaubt, den Augenblick zu genießen und Weihnachten in ihr Herz zu lassen, kommt sie auch Jeff näher.

Karen Schaler ist Journalistin, Autorin und Fernsehmoderatorin. Sie schrieb das Drehbuch für den Netflix-Hit »A Christmas Prince«. Sie hat drei Emmys gewonnen und ist Moderatorin von »Travel Therapy TV«. Ihre eigenen Reisen inspirierten sie auch für diesen Roman, der ebenfalls verfilmt wurde.

Weitere Informationen finden Sie unter www.fischerverlage.de

KAREN SCHALER

DAS WUNDERBARE WEIHNACHTS-HOTEL

Roman

Aus dem amerikanischen Englisch
von Mo Zuber

FISCHER Taschenbuch

Aus Verantwortung für die Umwelt hat sich der S. Fischer Verlag zu einer nachhaltigen Buchproduktion verpflichtet. Der bewusste Umgang mit unseren Ressourcen, der Schutz unseres Klimas und der Natur gehören zu unseren obersten Unternehmenszielen.

Gemeinsam mit unseren Partnern und Lieferanten setzen wir uns für eine klimaneutrale Buchproduktion ein, die den Erwerb von Klimazertifikaten zur Kompensation des CO_2-Ausstoßes einschließt.
Weitere Informationen finden Sie unter: www.klimaneutralerverlag.de

FSC
www.fsc.org
MIX
Papier aus verantwortungsvollen Quellen
FSC® C083411

Deutsche Erstausgabe
Erschienen bei FISCHER Taschenbuch
Frankfurt am Main, Oktober 2020

Die amerikanische Originalausgabe erschien unter dem Titel
»Christmas Camp« bei HarperCollins, New York.

Redaktion: Birgit Albrecht

Satz: Dörlemann Satz, Lemförde
Druck und Bindung: CPI books GmbH, Leck
Printed in Germany
ISBN 978-3-596-70533-7

Dieses Buch ist all
denjenigen gewidmet,
die Weihnachten in ihrem Herzen tragen,
und zugleich richtet es sich an diejenigen,
die Weihnachten in ihr Herz lassen sollten.

Such dir einen Kiefernzapfen,
wünsch dir was und glaube daran.

Kapitel 1

Haley Hanson befand sich soeben inmitten eines Starrwettbewerbs mit einem Haufen Puppen – und sie waren dabei zu gewinnen. Diese hinreißenden Puppen mit ihren wunderschönen Weihnachtskleidern in klassischem Rot-Grün saßen aufgereiht auf ihrem Schreibtisch. Jedes der Kleider war minutiös mit feiner weißer Spitze und vorn mit winzigen Perlenknöpfchen besetzt. Doch beim Anblick ihres aufgemalten perfekten Lächelns verfinsterte sich Haleys Miene noch mehr. Sie konnten ihr keine Minute lang etwas vormachen. Ganz gleich wie unschuldig sie wirken mochten, ihr war sehr wohl bewusst, dass diese Weihnachtspuppen über ihre gesamte Zukunft entscheiden konnten. Sie hatten alles in der Hand.

»Deshalb müssen wir hier folgendermaßen vorgehen«, beschwor sie die Puppen und rückte noch näher an sie heran. »Wenn ich diese Beförderung kriegen soll, müssen wir zusammenarbeiten. Versteht ihr?« Haley blickte sie streng an und wartete einen Augenblick. Dann musste sie über sich selbst lachen. Die Leute behaupteten immer von ihr, sie hätte eine blühende Fantasie. In ihrem Job als Werbefachfrau und Markenstrategin war dies äußerst hilfreich. Doch selbst mit ihrer lebhaften Vorstellungskraft schaffte sie es nicht, diese Puppen zum Antworten zu bringen.

Sie beschloss, diese Runde an die Puppen gehen zu lassen,

doch so schnell würde sie nicht aufgeben. Es ging für sie um zu viel dabei. Um sich noch genauer vor Augen zu führen, was alles auf dem Spiel stand, ging sie zu dem größten Möbelstück in ihrem Büro hinüber, einem stilvollen Bücherschrank mit Glasvitrine, in dem all die Auszeichnungen standen, die sie seit ihrem Einstieg bei Bergman Advertising bereits erhalten hatte. Es war eine beachtliche Sammlung.

Vor acht Jahren, direkt nach dem College, hatte sie bei der Agentur angefangen. Sie hatte sich für die Werbebranche entschieden und sich darauf spezialisiert, Marken aufzubauen, weil sie darin die Möglichkeit sah, ihre kreativen Fähigkeiten und ihr Talent fürs Fabulieren unter einen Hut zu bringen. Es machte ihr außerdem großen Spaß, Menschen und Unternehmen dabei zu unterstützen, auf authentische Art und Weise mit ihren Kunden in Kontakt zu treten.

Sie griff nach einem der Preise, einer Figur ähnlich dem Hollywood-Oscar, bei der es sie immer wieder überraschte, wie schwer sie war. Es war ein »Addie«, der in der Werbebranche als direktes Gegenstück zum Oscar galt, und wenngleich etwas kleiner und silbern statt golden, so handelte es sich dennoch um den renommiertesten Preis, den es auf diesem Sektor zu gewinnen gab.

Sie hatte ihn gleich zu ihrer Anfangszeit bei der Agentur erhalten, für eine Kampagne bei einem ihrer ersten Kunden, der Schulbehörde von Massachusetts. Sie wollten einen groß angelegten Werbefeldzug im Fernsehen starten, um die Alphabetisierung voranzutreiben, hatten allerdings nur ein geringes Budget zur Verfügung. Sie konnte ein paar Spitzenpromis dafür gewinnen, ihre Zeit zu opfern und sich bei der Werbung einzubringen. Die Kampagne war ein Riesenerfolg und wurde von anderen Bezirken als Modell zur Kinderförderung im gesamten Land übernommen. Nachdem man Haley die Verantwortung für die nationale Kampagne ebenfalls übertragen hatte, war ihre Karriere ins Rollen gekommen, und seitdem hatte sie nie wieder zurückgeblickt. Von der Vermarktung kleinerer Familienbetriebe stieg sie schnell zur Vertretung des Topmarkensegments führender Unternehmen in Boston auf.

Gewiss war bei ihrer Laufbahn zur jüngsten Vizepräsidentin der Firma einiges auf der Strecke geblieben – so etwas wie ein Privatleben, Urlaub oder Wochenenden –, doch sie hatte es nie bereut, und jetzt sollte sie das bekommen, wofür sie so hart gearbeitet hatte: die Beförderung zur Geschäftspartnerin.

Larry, ihr Vorgesetzter und Eigentümer der Agentur, hatte ihr versprochen, sie zur Firmenpartnerin zu machen, falls es ihr bis zum Jahresende gelingen sollte, einen mehrere Millionen schweren Auftrag an Land zu ziehen. Und hier kamen die Weihnachtspuppen ins Spiel. Haley streifte sie mit einem Blick. Das waren nicht einfach irgendwelche gewöhnlichen Puppen. Das waren Puppen von Tyler Toys, einem der größten Spielwarenfabrikanten des Landes, der auf den internationalen Markt drängte – genau die Art von Auftrag, die Haley brauchte, um Geschäftspartnerin zu werden.

Sie war an einem Punkt angelangt, wo es ihr nicht mehr ausreichte, lediglich angestellt zu sein. Sie wollte einen Anteil an der Firma, dem Unternehmen, dem sie dazu verholfen hatte, einer der Top-Werbeagenturen an der Ostküste zu werden. Sie hatte hart dafür gearbeitet, und sie wusste, dass sie es sich verdient hatte.

Als Einzelkind war sie in einer Familie aufgewachsen, in der das Geld immer knapp gewesen war, aber sie hatte Glück gehabt. Ihre Eltern konnten ihr zwar materiell nicht viel bieten – für Markenklamotten, Reisen, Tanzschule oder Gymnastikstunden hatte es nie gereicht –, doch sie wuchs in dem Bewusstsein auf, dass sie geliebt wurde. Sie hatten sie immer ermuntert, daran zu glauben, dass alles möglich war, und deshalb hatte sie schon früh für sich beschlossen, wenn sie erwachsen sein würde, sich niemals um Geld Sorgen machen zu wollen, so wie ihre Eltern immer. Und auch ihre Eltern sollten sich nicht länger sorgen müssen, sie wollte sich um sie kümmern.

Haley ging wieder zu den Puppen zurück. Ein Auftrag wie der von Tyler Toys gab es nicht alle Tage. Das hier war ihre Chance.

Da gab es nur ein klitzekleines Hindernis beziehungsweise eine sehr wesentliche Person, die ihr dabei im Weg stand, nämlich ihr Boss selbst. Für Haley war Larry immer viel mehr als nur ihr Vorgesetzter gewesen – er war ihr Vertrauter. Als er sie direkt nach ihrem Hochschulabschluss einstellte, war er bewusst ein Risiko mit ihr eingegangen. Er war hart, doch ihr gegenüber immer fair gewesen und hatte sie stets motiviert, über die eigenen Erwartungen hinauszuwachsen. Er hatte ihr beigebracht, wie man querdachte, kein Nein als Antwort akzeptierte und der Konkurrenz immer einen Schritt voraus war.

Als Haley einen Insidertipp erhielt, dass sie bei Tyler Toys daran dachten, eine neue Werbeagentur zu beauftragen, ließ sie sofort ihre Beziehungen spielen und fand heraus, dass der Präsident von Tyler Toys ein Baseballspiel in Boston besuchen wollte. Sie zog die Strippen und stellte sicher, dass sie ein Ticket für das Spiel in derselben Loge bekam. Nach der dritten

Spielrunde hatte sie ihn so weit, dass er sich auf ein Geschäftsgespräch bei ihnen einließ. Das Treffen sollte in zwei Wochen stattfinden, unmittelbar vor Weihnachten. Das Ganze war perfekt, bis Larry beschloss, dass Tom, der Vizepräsident der Firma, das Gespräch führen sollte.

Haley schüttelte sich beim bloßen Gedanken daran. Das durfte sie unter gar keinen Umständen zulassen. Tom wollte ebenso wie sie Firmenpartner werden und konkurrierte bereits seit zwei Jahren mit ihr um eine günstige Gelegenheit. Persönlich hatte Haley nichts gegen Tom. Er war an die zehn Jahre älter als sie, verheiratet mit zwei Kindern noch unter zehn Jahren. Sie fand ihn eigentlich ganz nett. Er war nur nicht der Typ, von dem sich Haley ihre Beförderung vor der Nase wegschnappen lassen würde. Es ging nicht um Persönliches. Es ging ums Geschäft.

Haley setzte sich wieder an ihren Schreibtisch. Diesmal lag Entschlusskraft in ihrem Blick, mit dem sie den Puppen begegnete. Doch da wurde ihr kleines Auge-in-Auge mit ihnen von Larry unterbrochen, der plötzlich zur Tür hereinkam. Sofort richtete sie sich kerzengerade auf und tat so, als striche sie eine Falte aus dem makellosen schwarzen Kleid.

»Guten Morgen«, sagte sie.

»Guten Morgen.« Er lächelte sie an, machte dann jedoch einen erschrockenen Satz rückwärts, als er all die Puppen auf ihrem Schreibtisch sah. »Haley was machst du da mit den Tyler Toys-Puppen? Die sollten zu Tom rüber.«

Flugs erhob sich Haley und stieß dabei unversehens gegen den Schreibtisch, was die gesamte Puppenreihe wie Dominosteine zu Fall brachte. Sie ignorierte das Chaos. Sie hatte eine

Mission. Die Füße hüftbreit auseinander, die Hände in die Hüften gestemmt, Brustkorb vorgestreckt und erhobenen Hauptes brachte sie sich in Position; es war ihre *Wonder-Woman*-Haltung, eine Krafthaltung, die sie über die Jahre perfektioniert hatte, nachdem sie erfahren hatte, dass sie im Handumdrehen für eine Zusatzladung Selbstvertrauen sorgen sollte. Bisher hatte sie noch nie ihre Wirkung verfehlt, und sie rechnete fest damit, dass es auch diesmal der Fall sein würde.

Sie setzte ihr gewinnendstes Lächeln auf. »Larry, *ich* möchte die Tyler Toys-Präsentation entwickeln. Ich bin diejenige, die uns den Vorsprung verschafft hat. Genau das, was du von mir wolltest: einen Großauftrag. Ich sollte die Präsentation übernehmen, nicht Tom.« Sie sah Larry direkt in die Augen. Sie wollte sichergehen, dass er wusste, wie ernst es ihr war. Als sie sein erstauntes Gesicht bemerkte, lächelte sie einfach weiter und behielt die Haltung bei. *Wonder Woman* wäre stolz auf sie gewesen. Das Einzige einzige, was darauf hinwies, dass sie nervös war, waren ihre fest in die Flanken gestützten gepressten Hände.

Sie beobachtete abwartend, wie Larry an ihren Schreibtisch trat und eine der Tyler Toys-Weihnachtspuppen aufnahm, deren Haare von dem Sturz ein wenig zerzaust waren, doch das ließ sie irgendwie noch niedlicher wirken.

Larry lächelte. »Weißt du, die erste Puppe, die ich meiner Tochter Shannon gekauft habe, war von Tyler Toys.« Er schüttelte nachdenklich den Kopf. »Wir haben sie ihr zu Weihnachten geschenkt, da war sie vielleicht sechs. Mehr wollte sie nicht. Sie war so aufgeregt, dass sie ganz vergaß, ihre anderen Geschenke auszupacken.« Während er sich daran erinnerte, schüttelte er wieder den Kopf. »Sie hat sie Grace getauft und darauf bestanden, dass die Puppe ihren eigenen Teller beim Weihnachtsessen bekam. Grace hat ab da zur Familie gehört. Shannon schleppte diese Puppe überall mit sich rum. Sogar im Urlaub auf Hawaii, wo es zu einem unglücklichen Zwischenfall im Swimmingpool kam. Doch ganz gleich, wie aufgeweicht, abgewetzt oder zerrissen Grace war, meine Tochter hat sie geliebt. Schwer zu glauben, dass Shannon schon im zweiten Jahr im College studiert, aber weißt du was, sie hat diese Puppe immer noch, und an Weihnachten holt sie Grace jedes Mal wieder hervor. Das macht Tyler Toys zu so etwas Besonderem. An jeder Puppe hängt eine Weihnachtserinnerung.«

Haley fiel ihm ins Wort. »Ich weiß alles über die Tyler Toys-Puppen«. Sie unterbrach ihn nicht gern, aber sie wollte Larry zeigen, wie hart sie daran gearbeitet hatte, alles über das Unternehmen herauszufinden. »Ich weiß, dass die Firma im Familienbesitz ist und diese Puppen schon seit Jahrzehnten herstellt, und jede Weihnachten kommen sie mit einer neuen Puppe heraus, wie diese hier.« Sie wollte gerade nach einer greifen, was damit endete, dass sie versehentlich den ganzen Stapel Puppen von ihrem Schreibtisch fegte.

Larry zog eine Braue hoch.

Haley lachte nervös, während sie die Puppen rasch wieder aufsammelte, doch als sie bemerkte, dass Larry nicht mitlachte, setzte sie schnell wieder ihr Pokerface auf. »Der Präsident von Tyler Toys sagte mir, dass sie bei der nächsten Weihnachtspuppe etwas ganz Besonderes brauchen. Es wird ihr siebzigstes Jubiläum und ich habe schon ein paar großartige Ideen. Ich will diese Präsentation, Larry. Ich weiß, dass ich diesen Auftrag für uns holen kann.«

Doch Larry sah nicht überzeugt aus. Er ging zu ihrem Bücherschrank und zeigte auf all die Auszeichnungen. »Haley, ich weiß schon, wie begabt du bist. Das hast du immer wieder bewiesen. Wenn ich einem Kunden etwas Ausgefallenes und Einzigartiges präsentieren will, etwas Außergewöhnliches, wende ich mich immer zuerst an dich, aber bei Tyler Toys ... Sie brauchen etwas Konventionelles. So sind sie nun mal. Bei ihnen dreht sich alles um Weihnachten und die Tradition.«

»Das kann ich auch – Weihnachten und die Tradition.«

Larry kreuzte die Arme vor der Brust und fixierte sie mit einem durchdringenden Blick. »Tatsächlich?«

Haley nickte enthusiastisch.

Larry nahm sie beim Arm und zog sie hinter sich her aus dem Büro. Im Flur zeigte er auf einen Praktikanten, der mühsam versuchte, einen unechten Weihnachtsbaum aufzubauen. Überall lagen Zweige verstreut und drum herum türmten sich ungeöffnete Schachteln mit Weihnachtsschmuck. Als der Praktikant versuchte, den nächsten Ast in den desolaten Baum zu stecken, kippte der um.

»Dann erklär mir doch mal, was hier vor sich geht«, beharrte Larry.

Haley wand sich vor Verlegenheit, fing sich jedoch schnell wieder. »Ich kann das erklären.«

»Dieses Jahr habe ich es dir überlassen, die Dekoration zu organisieren«, sagte er. »Ich wollte, dass der gesamte Weihnachtsschmuck bis zum ersten November hängt. Jetzt haben wir noch zwei Wochen bis Weihnachten, und alles, was wir hier sehen, ist unser Praktikant, der mit einem Baum kämpft. Dazu noch einem unechten. Wir sollten einen echten Baum haben.«

Haley holte tief Luft. Sie wusste, dass sie diese Unterhaltung umgehend in eine andere Richtung lenken musste. »Tut mir leid, ich war einfach eingespannt mit der Werbung für das *Time Right Beauty TV* und mit dem Aufbau der *Perfect Perfume*-Plakatwände am Time Square … bis ich dazu gekommen bin, die Dekorateure anzurufen, waren sie alle ausgebucht, und ich habe auch sonst niemanden dafür gefunden.«

»Und deshalb hast du es für eine gute Idee gehalten, wenn unser Praktikant das macht? Der feiert ja noch nicht mal Weihnachten; er ist Jude.«

Haley machte den Mund auf, um etwas zu sagen – doch da war nichts, was sie hätte sagen können.

Larry zeigte mit dem Finger auf das Büro gegenüber im Flur. »Und hast du schon Toms Büro gesehen? Er hat sich die Zeit genommen, es zu schmücken. Er liebt Weihnachten.«

Haley folgte widerstrebend Larrys Blick. Sie wusste, wie Toms Büro aussah, man konnte schlecht darüber hinwegsehen. Er war der selbsternannte »König der Weihnacht« und hatte mehr Deko angebracht, als in einem Weihnachtsfilm von Hallmark vorkam. Sie zwang sich zu einem Lächeln. »Larry, allein die Tatsache, dass Tom weiß, wie man dekoriert, heißt noch lange nicht, dass er der Beste für die Präsentation ist.«

Larry seinerseits lächelte nicht und als er sie so direkt taxierte, krümmte sie sich innerlich. Sie kannte diesen Gesichtsausdruck. Es war Larrys Miene, die eindeutig besagte: »Mein Entschluss steht fest, also leg dich nicht mit mir an«. Sie musste etwas unternehmen. Sie nahm erneut Haltung an, ihre Kraftpose. Nur diesmal reckte sie die Brust nicht ganz so weit nach vorn und auch den Kopf nicht ganz so weit nach oben. Sie bemühte sich, ruhig zu bleiben. Auf keinen Fall durfte sie diese Beförderung in den Sand setzen. Sie zählte nicht zu denen, die jemals irgendetwas in den Sand setzten.

Als Larry wieder sprach, nahm er kein Blatt vor den Mund. »Ich setze Tom auf Tyler Toys an, weil er genau wie Tyler Toys die Weihnachtsstimmung willkommen heißt. Er hat die besten Aussichten, den Auftrag an Land zu ziehen.« Für ihn war die Unterredung damit beendet; er nickte ihr kurz zu und wollte in sein Büro zurückkehren.

Doch so leicht gab Haley nicht auf. Ihr Adrenalinspiegel schoss nach oben. Sie zwängte sich an ihm vorbei und redete dabei unentwegt auf ihn ein.

»Ich kann Weihnachten gerecht werden! Ich kann mein Büro schmücken! Ich kann einen Baum aufstellen!«

»Haley, ich weiß deinen Einsatz zu schätzen, aber ich glaube einfach nicht, dass du die Richtige für diese Präsentation bist. Du haust jedes Jahr an Weihnachten ab in die Karibik, wo du die Feiertage komplett vergisst.«

Haley ließ sich nicht unterkriegen. »Du weißt, dass ich daraus eine Arbeitsreise mache und jedes Mal, wenn ich dort bin, Kontakt zu unserem Kunden in der Karibik aufnehme. Ich nehme meine Eltern mit und verbringe mit ihnen die Winterferien. Während ich arbeite, können sie sich dort entspannen. So hat jeder etwas davon.«

»Aber genau das ist der springende Punkt. Du arbeitest und feierst nicht Weihnachten.« Larry ging weiter.

Haley stellte sich ihm erneut in den Weg. Langsam drang ihre Verzweiflung durch, und das war nicht schön anzusehen. »Bitte, Larry, du weißt doch, wie hart ich für dich gearbeitet habe, für deine Agentur. Du hast gesagt, dieses Jahr könnte ich endlich Geschäftspartnerin werden …«

Larry fiel ihr ins Wort: »Aber zur Partnerschaft gehört auch, dass man weiß, was für die Firma am besten ist!«

»Das weiß ich ja, und deshalb sag ich dir auch, dass ich für die Präsentation die Geeignetste bin. Ich weiß, dass ich das kann. Du musst mir eine Chance geben. Sag mir einfach, was ich tun soll, um dich zu überzeugen, und ich mach es.«

Larry holte tief Luft, während Haley ihrerseits die Luft anhielt.

Sein Blick schweifte von Toms Büro zu dem Praktikanten, der immer noch mit dem erbärmlichen Weihnachtsbaum kämpfte, und wieder zurück zu Haley. Es schien, als bereute er jetzt schon, was er im Begriff war, zu sagen, aber er sagte es trotzdem.

»In zehn Minuten in meinem Büro.« Larry drehte sich um und ging.

Kapitel 2

Diesmal kam Haley Larry nicht hinterher, als er sich zum Gehen wandte –, sie war vielmehr damit beschäftigt, einen Siegestanz aufzuführen. Wie ein Footballspieler, dem gerade ein Touchdown geglückt war, tanzte sie mit erhobenen Armen umher. Kathy, die erstklassige Graphikerin der Agentur und außerdem Haleys unorthodoxe, fantastische beste Freundin, kam gerade um die Ecke und lachte, als sie Haley bei ihrem Freudentanz sah.

»Was ist denn hier los?«, fragte sie und tanzte gleich mit. Nur dass Kathys Tanz eher nach Hip Hop als nach sich selbst bejubelndem Footballspieler aussah.

»Wir haben was zu feiern!« Haley nahm Kathy bei der Hand, zog sie zu sich ins Büro und schloss die Tür hinter ihnen. »Ich glaube, ich hab's geschafft, Larry davon zu überzeugen, dass er mir den Tyler Toys-Auftrag gibt.«

Kathy staunte. »Dir? Miss ›Ich halte nichts von Weihnachten‹?«

Haley fand das gar nicht witzig. »Jetzt klingst du schon wie Larry. Ich bin kein miesepetriger Grinch. Ich mag Weihnachten. Ich hab nur einfach keine Zeit für all die …«

»Was? Die Weihnachtsfeiern, die Bräuche, die Deko, alles, wofür Tyler Toys sich stark macht?«

Haley sah sich in ihrem Büro um. »Also, nur weil ich hier

nicht dekoriere oder keinen Weihnachtsbaum aufstelle, heißt das noch lang nicht, dass ich nicht weiß, worum es an Weihnachten geht. Ich kann das recherchieren.«

Kathy schien immer noch nicht überzeugt. »Du kannst die weihnachtliche Gesinnung nicht recherchieren. Die musst du schon spüren. Das weißt du doch selbst, oder?«

Haley grabschte ungeduldig eine der Weihnachtspuppen und wedelte mit ihr vor Kathys Nase herum. »Das kann ich!« Der Kopf der armen Puppe wackelte hin und her. »Larry hat Tom noch nicht den Auftrag übergeben. Ich hab immer noch die Puppen. Hier sind sie. Sie gehören mir.«

Kathy nahm ihr behutsam die Puppe aus der Hand. »Okay, mal von Freundin zu Freundin – du weißt, dass ich dich liebe, aber du führst dich gerade auf wie eine Zwölfjährige.«

Haley sah sie vorwurfsvoll an.

Kathy zuckte die Schultern. »Ich meine ja nur ...«

Haley seufzte frustriert. Sie wusste, dass Kathy recht hatte. Sie verlor die Kontrolle. »Tut mir leid, ich darf diesen Auftrag auf gar keinen Fall verlieren. Wenn Tom den kriegt, wird Larry ihn zum Partner machen, und wer weiß, wann ich jemals wieder so eine Chance habe. Ich brauch sie jetzt. Ich hab meinen Eltern schon gesagt, dass ich Teilhaberin werde und dass ich ihnen mit dem Haus helfen werde.«

»Sie wollen das alte Gemäuer renovieren?«, fragte Kathy.

Haley nahm ihr Handy und scrollte durch die Fotos, bis sie dasjenige fand, das sie Kathy zeigen wollte: ein Dach mit einem Loch darin.

»Oha!« Kathy sah beunruhigt aus.

»Genau. Ich sag's doch, das Haus ist ein Geldgrab. Ich habe

schon meine gesamten Ersparnisse da reingesteckt, aber dieses Haus schluckt und schluckt und schluckt. Ich habe meinen Eltern gesagt, dass es weniger kostspielig wäre, wenn ich sie dabei unterstützen würde, eine neue Eigentumswohnung zu kaufen, aber sie hängen an diesem Haus. Es ist viel zu groß für sie. Es hat acht Schlafzimmer und vier Bäder. Es gehörte mal meiner Ur-Urgroßmutter und ist seit Generationen im Besitz unserer Familie. Der Traum meiner Eltern ist, daraus eine Pension zu machen, aber dieser Traum hat ein gewaltiges Preisschild dran. Nach den letzten Schätzungen wird es 350 000 Dollar kosten, alles zu reparieren, und wer weiß, was danach noch an Reparaturen kommt. Ich hatte vor beizusteuern, was bei meiner Beförderung rausspringt, um ihnen den Anfang zu erleichtern.«

»Ich bin mir sicher, dass sie das sehr zu schätzen wissen.«

Haley scrollte durch weitere Fotos. »So ist es. Sie wollen daraus ein Familienprojekt machen. Nicht, dass ich dafür die Zeit hätte, aber ich kann ihnen wenigstens finanziell unter die Arme greifen. Zumindest war das bislang der Plan.« Sie zeigte Kathy ein weiteres Foto auf ihrem Handy. Darauf war Haley mit ihren Eltern zu sehen, wie sie lächelnd vor einer wunderschönen riesigen Villa im viktorianischen Stil standen.

Kathy nickte. »Nett.«

»Und glaub bloß nicht, dass du dabei ungeschoren davonkommst. Ich hab meiner Mom schon erzählt, was für eine tolle Designerin du bist.«

»Ähm, graphisches Design, nicht Wohndesign«, klärte Kathy sie auf.

Haley legte den Arm um Kathy. »Jacke wie Hose. Wir werden

schon was finden, wofür wir dich einsetzen können. Wie steht's übrigens mit Klempnern bei dir?«

»Klempnern?«

»Ja, sie hatten einen Rohrbruch. Meine Eltern haben kein heißes Wasser mehr und wohnen seitdem bei mir.«

»Dann wohnt da wenigstens jemand«, sagte Kathy. »Du bist ja eh nie da. Ich weiß eigentlich gar nicht, warum du dein Apartment behältst, wo du doch im Prinzip hier lebst. Du machst nichts anderes als arbeiten. Wann hattest du denn das letzte Mal eine Verabredung?«

Haley warf ihr einen fuchsigen Blick zu.

Kathy lachte. »Schon gut. Ich hab dir ja gesagt, dass es mir leid tut wegen des Typen.«

Die letzte Verabredung mit einem Unbekannten, die Kathy für sie arrangiert hatte, erwies sich als Katastrophe. Der Typ hatte ihr versprochen, sie zu einem netten Dinner einzuladen, aber dann landeten sie beide in einer Saftbar, wo er ihr sagte, sie könne jeden Drink bestellen, solange er mittlere Größe hätte, weil seine letzte Freundin immer sagte, dass ihr ein *Large* zu viel sei. Er sprach den gesamten Abend, den er mit ihr verbrachte, über nichts andres als seine Ex. Es war Grund Nr. 427, warum Haley momentan kein Bedürfnis verspürte, ihre Zeit mit einem Date zu verschwenden. Es gab Dringlicheres für sie, so was wie Larry davon zu überzeugen, dass er ihr eine Chance bei Tyler Toys einräumte. Sie ging zur Tür.

»Ich werde jetzt mit Larry reden und diesen Auftrag klarmachen. Wünsch mir Glück.«

»Viel Glück«, sagte Kathy, als Haley aus der Tür rauschte.

Auf dem Weg zu Larrys Büro sah Haley, wie Tom gerade

in den Pausenraum ging. Sie beschloss, dass es der perfekte Zeitpunkt für eine kleine Erkundung von Toms Weihnachtsdeko wäre, um herauszufinden, wovon Larry so beeindruckt war.

Je näher sie Toms Büro kam, desto finsterer wurde ihr Blick. Sie gab es nicht gern zu, aber Tom hatte ganze Arbeit geleistet. Von außen war das Büro mit blinkenden weißen Lichterketten bestückt und an den Glasscheiben hingen prächtige Kränze, der größte an der Tür. Haley ging darauf zu und roch daran. Ja. Die Kränze waren eindeutig echt. In Toms Büro roch es sogar nach Weihnachten.

Sie spähte hinein und entdeckte als Estes einen riesigen Weihnachtsbaum in der Ecke. Er war mindestens zwei Meter hoch, mit bunten Lichtern und traditionellem, rotweißem Christbaumschmuck dekoriert, der hervorragend zu all den Zuckerstangen passte.

Haley war voller Ehrfurcht. »Er hat sogar an Zuckerstangen gedacht.«

»Willst du eine?«

Haley wirbelte herum, und da stand Tom vor ihr. Er grinste sie an und hielt ihr eine Zuckerstange hin. »Ich habe gerade ein paar in den Pausenraum gebracht, aber du darfst gern die hier haben.«

Na klar, du warst im Pausenraum und hast da Süßigkeiten ausgelegt, dachte Haley. *Das liegt ganz einfach daran, dass du eigentlich ein Möchtegernweihnachtsmann bist, der nur vorgibt, ein führender Werbefachmann zu sein.*

Tom wedelte ihr mit der Zuckerstange vor der Nase herum. Er erwartete eine Antwort von ihr.

Haley schüttelte den Kopf. »Nein danke, schon gut. Ich versuch gerade, weniger Süßes zu essen.«

»An Weihnachten?« Tom lachte. »Und wie geht's dir so damit?«

»Nicht so toll.« Haley bemühte sich, ihr Lächeln beizubehalten. »Wenn ich schon Zucker esse, muss es wenigstens Schokolade sein, damit es sich auch lohnt.«

Tom ging in sein Büro. »Schokolade habe ich auch hier, ein paar Nikoläuse und Weihnachtstrüffel.« Er hielt ihr einen Süßigkeitenteller in Form eines Schneemanns hin.

Haley schüttelte den Kopf. »Danke, aber im Moment gerade nicht.« Als sie weiterging, rief ihr Tom hinterher:

»Sie sind hier, falls du's dir anders überlegst!«

Haley setzte ihren Weg fort und murrte leise vor sich hin. »Schokonikoläuse, im Ernst? Und was kommt als Nächstes dran?« Sie musste nicht lang auf die Antwort warten, da erklang auch schon Weihnachtsmusik aus Toms Büro, *We Wish You a Merry Christmas*. Sie seufzte und wusste sofort, dass ihr dieses Lied jetzt den ganzen Tag nicht mehr aus dem Kopf gehen würde.

Schon als sie bei Larry eintrat, konnte sie nicht anders, als das Lied vor sich hinzusummen. Er telefonierte gerade und bedeutete ihr, sich hinzusetzen. Während sie wartete, ließ sie den Blick über sein Büro schweifen, und dabei fiel ihr auf, dass auch er einen Weihnachtsbaum hatte. Dieser hier war viel kleiner als der von Tom, jedoch ebenso hübsch mit Silberschmuck und einem glitzernden Stern an der Spitze. Außerdem hatte auch Larry einen Kranz. Noch bevor sie ihn sah, konnte sie ihn riechen. Anscheinend hatte sie die »Hängt alle einen Kranz auf«-Notiz verpasst. Sie sah sich Larrys Büchervitrine an, die zweimal so groß war wie ihre eigene und aus wunderschönem, schwerem Mahagoniholz. Sie schätzte, dass bei ihm mindestens drei Dutzend Addies standen.

Ihr Blick fiel auch auf die Familienfotos. Er war stolzer Vater zweier Ivy League-Studentinnen und verpasste keine Gelegenheit, seine Töchter Shannon und Sidney vorzuzeigen. Haley wusste, dass er seine Frau Ellen auf der Hochschule kennengelernt hatte, als sie noch ein wilder Freigeist war und gerade ihren Masterabschluss in Kunst machte. Er erzählte immer wieder, sie wäre das Yin zu seinem Yang.

Sobald Larry aufgelegt hatte, sprang Haley auf. Sie war bereit für die nächste Runde.

Ihre Augen funkelten vor Entschlossenheit. Showtime! »Vielen Dank, Larry, dass du mir die Gelegenheit gibst, dir meine Ideen für Tyler Toys zu präsentieren.« Doch bevor sie noch etwas hinzufügen konnte, war Larry aufgestanden.

»Ich brauche mir deine Präsentation gar nicht anzuhören«, sagte er.

Haley schaute erst verdutzt drein und wurde dann ganz aufgeregt. »Wirklich, dann gibst du mir also den Auftrag?«

»Nein.«

Haleys Lächeln gefror. »Das verstehe ich nicht.«

Larry nahm eine Broschüre von seinem Schreibtisch. »Du hast doch gesagt, du würdest alles tun für die Chance, die Präsentation zu machen.«

»Stimmt …« Haley sah verwirrt aus. »Was immer dafür nötig ist.«

»Ich will, dass du Folgendes tust.« Er reichte ihr die Hochglanzbroschüre.

Haley warf einen Blick darauf. Sie warb für das Holly Peak Inn, einen hübschen, kleinen Gasthof, der versteckt mitten in den Bergen lag. »Ich verstehe immer noch nicht. Willst du, dass ich da Urlaub mache?«

Larry schüttelte den Kopf und lächelte kurz. »Nein. Ich will, dass du das Christmas Camp besuchst.«

»Wie bitte?«, brach es aus Haley heraus. Sie betrachtete noch einmal die Broschüre.

»Zur Korrektur deiner Feiertagsgesinnung.«

Haley lachte lauthals los, hörte jedoch sofort auf, als sie sah, dass es ihm todernst war. Sie riss die Augen auf. »Halt, warte mal! Du willst mich in ein … Weihnachts-Bootcamp schicken?« Haley konnte nicht glauben, was sie da hörte. Es musste sich um einen Scherz handeln. Und warum lachte Larry dann nicht? Konnte es wirklich sein, dass er es ernst meinte? Gab es so etwas tatsächlich? In ihrem Kopf wirbelte alles nur so herum. Sie konnte sich kaum auf das, was sie sagte, konzentrieren.

»Es heißt Christmas Camp«, sagte Larry. »Kannst du dich erinnern, dass ich vor drei Jahren mal in der Vorweihnachtszeit freigenommen habe?«

»Na klar, das war das erste Mal, dass du an Weihnachten nicht gearbeitet hast.«

Er lachte. »Genau das war auch die Begründung meiner Frau. Sie hat sich beschwert, dass wir nie mehr Weihnachten als Familie zusammen verbrachten. Deshalb hatte sie uns alle fürs Christmas Camp angemeldet. Die Mädchen mussten ihre Skiferien absagen. Sie waren nicht viel begeisterter als ich, aber wir haben es zusammen durchgezogen. Wir hatten keine große Wahl. Du kennst ja meine Frau.«

Haley nickte und lachte. Helen war entspannt und locker, aber wenn sie sich etwas in den Kopf gesetzt hatte – Achtung!

Larry ging zu den Familienfotos, nahm eins davon in die Hand und zeigte es Haley.

Haley betrachtete es eingehend. Larry und seine Familie hatten sich neben einem Schneemann vor einem hübschen Gasthof aufgestellt. Sie sah noch genauer hin und erkannte das Haus. »Das war beim Christmas Camp?«, fragte sie.

»Ja.« Larry lächelte in Erinnerung daran. »Und es ist eines unserer Lieblingsfamilienfotos. Diese Woche, die wir gemeinsam dort verbracht haben, hat uns alle zum Positiven verändert. Ich werde immer dankbar dafür sein.«

Haley war verwirrt. »Warum? Was war denn so besonders daran?«

»Das ist es, was du für dich selbst herausfinden musst.« Larry lächelte ihr beschwichtigend zu. »Aber so viel kann ich dir schon mal verraten – ich glaube, es wird dir helfen, wenn du wirklich den Tyler Toys-Kunden präsentieren willst.«

Haleys Stimmung hellte sich im Nu auf. »Warte mal, heißt das, dass, wenn ich zu dieser Weihnachts-Bootcamp-Veranstaltung gehe, ich Tyler Toys präsentieren darf?«

»Christmas Camp«, verbesserte sie Larry noch einmal.

»Stimmt, ja. Christmas Camp, tut mir leid. Aber wenn ich da hingehe, kriege ich dann die Präsentation?«

Larry hob die Hand, um sie zu bremsen. »Was ich damit sagen will, ist, dass, wenn du da hingehst, du gemeinsam mit Tom deine besten Ideen vorstellen kannst, und dann werde ich entscheiden, wer den Auftrag erhält. Ich versuche, dir zu helfen, aber ich kann nichts versprechen.«

Haleys Strahlen verblasste ein wenig. Aber wenigstens war sie noch im Rennen. Sie holte tief Luft. Das würde sie schon hinkriegen. Wie schlimm konnte denn so ein kleiner Aufenthalt in einem Christmas Camp sein?

Larry ging zu einer Kiste hinüber und zog einen dieser lächerlichen Weihnachtspullover hervor, von denen die Leute glaubten, dass sie ungeheuer witzig seien. Und, um es gleich klarzustellen, Haley war keine von denen. Larry warf ihr den Pullover zu.

»Und den hier musst du mitnehmen.«

Haley fing den Pullover auf und wünschte sofort, sie hätte es nicht getan. Ihre Augen schmerzten vom bloßen Hinsehen. Wenn es jemals einen Hässlichster-Pullover-Wettbewerb gäbe, würde sie damit glatt den ersten Preis gewinnen. Ein echt gruseliges Festtagsteil, das den Anschein erweckte, als wäre eine Sprühpistole mit Glitzer auf dem grellen Rot-Grün explodiert. Das riesige Gesicht eines Weihnachtsmanns mit flauschig rosaroten Wangen zierte die Vorderseite. Von den Ärmeln hingen ebenso flauschige weiße Schneebälle, die auch den unteren Saum entlangbaumelten. Es war die albernste Weihnachtsmischung, die man sich vorstellen konnte.

Larry setzte sich wieder an den Schreibtisch, von wo er einen weiteren Schneeball auf sie abfeuerte. »Und vergiss nicht, die Bescheinigung mitzubringen.«

»Bescheinigung?« Haley versagte die Stimme. Sie fühlte sich allmählich wie in einer weihnachtlichen Schneekugel, die fortwährend geschüttelt wurde.

»Genau. Die gibt es beim Christmas Camp, um zu bestätigen, dass du an allen Festtagsaktivitäten teilgenommen hast. Ich möchte nicht, dass du was davon verpasst. Du setzt dich besser mal in Bewegung. Morgen geht's los.«

Als Larry nach dem Telefonhörer griff, war Haley sofort klar, dass dies der Wink zum Gehen war. Sie rang sich ein Lächeln ab und versuchte, Begeisterung vorzutäuschen.

»Das geht eine ganze Woche, oder? Gibt es vielleicht auch eine Kurzwochenendversion, an der ich teilnehmen könnte?«

Larry lehnte sich zurück und verschränkte die Arme vor der Brust. »Wenn du meinst, du hältst es dort keine Woche aus, dann geb ich den Auftrag jetzt an Tom ...«

Haley sah ihn flehentlich an. »Nein. Eine Woche klingt gut! Eine Woche ist prima, ich kann ja einfach dort an der Tyler Toys-Kampagne arbeiten. Wie du schon gesagt hast, es ist bestimmt der perfekte Ort, um Inspiration für Weihnachten zu finden.«

»Großartig.« Larry sah wirklich zufrieden aus. »Dann werden sowohl du als auch Tom mir eure Ideen morgen in einer Woche vorstellen.«

Haley lächelte ihm zu. »Ich werde bereit sein.«

Larry hatte schon wieder den Hörer in der Hand.

»Und Larry ...«

»Ja?«

Haley hatte ihre Krafthaltung aufgegeben, sie war nicht mehr die Superheldin. Sie war jetzt ganz sie selbst, jemand der ernsthaft dankbar dafür war, die Gelegenheit zu erhalten, den Traum von der Geschäftspartnerschaft wahr werden zu lassen. »Ich wollte mich nur noch bei dir bedanken, dass du mir diese Chance gibst. Ich weiß, dass ich nicht unbedingt die nahe liegendste Wahl für den Job bin, aber ich verspreche dir, ich werde dich nicht enttäuschen.«

Larry lächelte ebenfalls. »Das weiß ich doch, Haley. Das hast du noch nie. Viel Glück.«

Haley stieß einen Seufzer der Erleichterung aus, als sie sein Büro verließ. Sie war noch im Rennen.

Doch dann hörte sie es.

Es drang aus Toms Büro.

Weihnachtslieder.

Und diesmal war die Melodie, die Haley nicht mehr aus dem Kopf gehen würde, *It's Beginning to Look a Lot Like Christmas*.

Kapitel 3

Die Sonne ging gerade unter, als Jeff Jacoby an der Bostoner Waterfront entlangkam und einen Moment stehen blieb, um all den grandiosen Weihnachtsschmuck zu bewundern. Es war seine liebste Tageszeit. Die magische Stunde. Die letzte Stunde vom Tag, wenn das Licht diffuser, die Konturen weicher wurden und alles golden leuchtete. Zur selben Zeit gingen auch überall die blinkenden Weihnachtslichter an und verwandelten den Christopher Columbus Waterfront Park in ein märchenhaftes Winterwunderland.

Während Jeff eine Ansammlung von Booten im Hafen bewunderte, die ebenfalls über und über mit Lichtern besetzt waren, dachte er an seinen Vater und wie sehr ihm diese Weihnachtsdekoration gefallen würde. Niemand liebte Weihnachten so sehr wie sein Dad und seine Mom. Aber jetzt, wo seine Mutter nicht mehr lebte, nachdem sie tapfer gegen den Krebs angekämpft und verloren hatte, konnte es Jeff kaum erwarten, dass sein Vater in die Stadt zog und mehr Zeit mit ihm zusammen verbrachte.

Jeff sah stolz zur Crane-Wharf hinüber. Dort stand ein vierstöckiges graues Granitgebäude, das um 1800 errichtet worden war. Als Architekt war er dafür verantwortlich, den Gebäudekomplex an der Anlegestelle zu retten, nachdem dieser bereits für den Abriss vorgesehen gewesen war. Durch einen akribischen, höchst aufwendigen Prozess, bei dem die ursprünglichen Backsteinmauern und die gelblichen Kieferstreben des Gebäudes erhalten blieben, wurden aus der ehemaligen Landmarke Luxusapartments, wobei ein paar der alteingesessenen Bostoner Geschäfte in der unteren Ladenzeile verblieben.

Jeff sah zu der Wohnung am äußeren Rand empor. Diese Eigentumswohnung hatte er für seinen Vater im Blick gehabt. Er hielt sie für hervorragend geeignet mit einer fantastischen Aussicht auf den Hafen, und außerdem war man zu Fuß im Nu bei seinem eigenen Wohnhaus im North End, ein renoviertes Reihenhaus über drei Etagen ohne Fahrstuhl. Er glaubte wirklich, dass es seinem Vater in Boston gefallen würde, wenn er sich erst einmal mit der Vorstellung umzuziehen angefreundet hätte. Und darin bestand die größte Schwierigkeit – seinen Dad davon zu überzeugen, dass er umziehen sollte.

Dass es kein leichtes Spiel werden würde, wusste Jeff bereits, weil er auch wusste, dass sein Dad sein Zuhause und sein kleines Hotel, das Holly Peak Inn, versteckt in den Bergen, ein paar Stunden von Boston entfernt, liebte.

Aber ob es ihm nun gefiel oder nicht und auch wenn sein Dad nicht gern darüber sprach, es war eine Tatsache, dass das Holly Peak Inn jedes Jahr weniger einbrachte und sein Dad es sich nicht länger leisten konnte, es weiterzuführen. Die Vorstellung, dass sein Vater, jetzt, wo seine Mom gestorben war, ganz allein da oben lebte, gefiel Jeff überhaupt nicht. Er hatte bereits das ganze letzte Jahr über nach einem geeigneten Käufer Ausschau gehalten, doch es hatte sich als viel schwieriger erwiesen, als er es sich vorgestellt hatte. Die einzigen Interessenten waren welche, die alles niederreißen wollten, und er wusste genau, dass sein Dad sich niemals darauf einlassen würde. Dann hatte er vor ein paar Monaten endlich doch noch jemanden gefunden, einen Banker, der ein Ferienhaus für sich und seine Familie suchte, was wunderbar passte. Jetzt musste er nur noch seinen Vater mit ins Boot holen. Aber die Zeit drängte. Der potenzielle Käufer wollte bis Ende des Jahres eine Zusage, und bisher hatte sein Dad alles unternommen, um das Thema zu vermeiden. Jedes Mal, wenn Jeff ihn anrief, wollte sein Dad über nichts anderes reden als über seine Christmas Camps.

Die Christmas Camps waren der ganze Stolz seines Vaters, das war Jeff klar. Zwischen Oktober und Weihnachten fanden in dem Gasthof diese speziellen Wochen statt, die seine Mom und sein Dad auf die Beine gestellt hatten, um Menschen zu helfen, ihren Geist der Weihnacht, ihre Weihnachtsstimmung wiederzufinden. Seine Eltern hatten immer daran geglaubt, dass es wichtig war, sich von der Hektik des Alltags zurückzuziehen und sich wieder mit dem zu verbinden, was wirklich zählte, wie Freunde, Familie, Gemeinschaft und Liebe. Während der Christmas-Camp-Wochen nahmen die Gäste an allerlei traditionellen Festtagsbeschäftigungen teil. Mit vielen dieser Aktivitäten war Jeff bereits aufgewachsen, dazu gehörte auch, den Berg hochzuwandern, um den perfekten Tannenbaum zu finden und zu schlagen oder im örtlichen Gemeindezentrum ehrenamtlich ein besonderes Weihnachtsessen an bedürftige Familien, die an den Feiertagen ein wenig Unterstützung gebrauchen konnten, zu verteilen.

Diese Christmas Camps auf die Beine zu stellen war eine Heidenarbeit, ganz besonders jetzt, wo seine Mom nicht mehr dabei war. Das wusste Jeff sehr wohl, weshalb er sich bereit erklärt hatte, hochzukommen und seinem Dad auszuhelfen. Er hatte auch gehofft, es würde ihnen Gelegenheit geben, über die Zukunft zu reden, und es gelänge ihm, seinen Dad davon zu überzeugen, dass es die richtige Entscheidung wäre, das Hotel zu verkaufen.

Jeff konnte sich gut vorstellen, dass sein Dad genau wusste, was er im Schilde führte. Es war nicht einfach, ihm etwas vorzumachen. Ebenso wie liebenswert und aufrichtig, war er nämlich clever. Aber ganz unabhängig davon, was sich in der nächsten Woche ereignen sollte, wenigstens würde Jeff eine gute Zeit mit seinem Vater verbringen. Es war ganz schön lange her, zu lang. Das Wharf-Projekt hatte beinahe seine gesamte Zeit in Anspruch genommen, doch jetzt, wo es fast fertig war, konnte er sich eine kurze Pause gönnen, bevor es im Neuen Jahr mit dem nächsten Projekt weiterging.

Sein Vater freute sich immer, seine aktuellen Projekte begutachten zu können, und Jeff nahm mit dem Handy ein paar Fotos für ihn auf. Dann machte er sich auf den Weg zu seiner Lieblingsstraße, der Hanover Street im North End. Die pittoreske Gasse zählte zu den ältesten in Boston und beherbergte einige der besten italienischen Restaurants der Stadt. Jeff nahm sich vor, gleich morgen früh zu seinem Dad hochzufahren, aber zuerst musste er noch seine Geheimwaffe besorgen.

Als er die festlich geschmückte Bäckerei betrat, lächelte er noch immer vor sich hin bei dem Gedanken daran. Drinnen stand in einer Ecke sein allerliebster Weihnachtsbaum voll mit Keksen behängt. Die Kunden waren dazu aufgefordert, sich einen davon zu nehmen. Der kräftige Mann hinter der Theke winkte ihn zu sich.

»Jeff, komm her. Ich hab deine Bestellung fertig!«, sagte der Mann mit laut dröhnender Stimme und breitem italienischen Akzent. Er hielt eine große Konditoreischachtel hoch. »Ein Dutzend Cannoli vom Feinsten!«

»Danke, Mike!« Während Jeff zur Theke hinüberging, sog er das Aroma ein und genoss den Duft des frisch gebackenen Brots, das gerade aus dem Ofen kam. In diese Bäckerei kam er immer besonders gern. Sie gehörte Mike und seiner italienischen Familie, und auch wenn sie für ihre Cannoli berühmt waren, waren sie gleichermaßen wegen einer ganzen Reihe anderer italienischer Leckereien, wie Biscotti und Tiramisu, beliebt. Aber heute wollte Jeff nur die Cannoli, weil sein Dad sie am liebsten mochte.

Mike hielt ihm stolz den Karton mit den gefüllten Teigröllchen hin und öffnete ihn, damit Jeff hineinschauen konnte. »Ich hab noch ein paar mehr reingetan, damit du was zum Probieren hast«, sagte er. »Die mit Pistazien sind an Weihnachten der Hit.«

»Ich bin mir nicht sicher, ob irgendwas an die mit Amaretto rankommt.« Jeff grinste, während er ein Cannolo herausnahm, das mit dunkler Schokolade besprenkelt war und mit Puderzucker bestäubt. Einen Augenblick lang bewunderte er das Gebäck noch, doch dann konnte er nicht länger an sich halten und biss hinein. Augenblicklich schwelgte er im siebten Feinschmeckerhimmel.

Bewundernd schüttelte er den Kopf. »Keine Ahnung, wie du das machst, aber die sind fantastisch! Ich weiß nicht, ob sie es bis zu meinem Dad schaffen!«

Mike lachte, nahm zwei weitere Cannoli und legte sie zu den

anderen in den Karton. »Wegzehrung. Geht auf mich. Frohe Weihnachten.«

Jeff war gerührt. »Danke. Ich weiß, dass ihm die super schmecken werden.«

Mike nickte und freute sich über das Kompliment. »Sag deinem Vater, dass er mal wieder vorbeikommen soll. Es ist schon viel zu lang her!«

»Da bin ich ganz deiner Meinung und werde es ihm gern ausrichten. Grüß deine Familie und wünsch ihnen frohe Weihnachten von mir.«

»Vergiss nicht, dir einen Keks zu nehmen!« Mike zeigte auf den Baum.

Grinsend nahm Jeff einen Schneemannkeks mit Zuckerguss vom Baum und biss hinein. Der weihnachtliche Keksbaumschmuck hielt nie lange vor. Er vermittelte ihm immer das Gefühl, noch ein Kind zu sein. »Danke, Mike!«

Als Jeff auf die Straße trat, stellte er sich vor, wie schön es wäre, mit seinem Vater zusammen hierherzukommen. Es gab so viel, was er gern mit ihm unternehmen wollte, wenn er erst einmal in der Stadt wohnte. Aber eins nach dem anderen. Zuerst einmal musste er seinen Dad bei seinem letzten Christmas Camp unterstützen.

❄
❄ ❄

Als Jeff am nächsten Morgen beim Holly Peak Inn vorfuhr, sah er sich voller Ehrfurcht um. Er konnte es gar nicht fassen, wie viel Weihnachtsdekoration sein Dad draußen aufgebaut hatte. Es kam ihm so vor, als würde es von Jahr zu Jahr mehr. Aber

Jeff wusste sehr wohl, dass es nicht an der bloßen Menge lag, die alles so besonders machte, sondern an den für ihn damit verbundenen Erinnerungen.

Sein Blick glitt über die lebensgroßen, aus Draht geformten Rentierfiguren, die von winzigen weißen Lichtern überzogen waren. Als seine Mom die Rentiere angeschafft hatte, war er fünf gewesen, und als er sie das erste Mal sah, hatte er sich furchtbar aufgeregt, weil er glaubte, es wären die Rentiere vom Weihnachtsmann. Doch sein Lieblingsrentier Rudolph mit der roten Nase war nicht dabei gewesen und er hatte sich Sorgen gemacht, dass es vielleicht verloren gegangen sein könnte. Noch am selben Abend hatte seine Mom eine rote Nase gebastelt, einem der Rentiere aufgesetzt und war mit ihm nach draußen gegangen, um es ihm zu zeigen. Er konnte sich noch gut daran erinnern, dass er in seiner Erleichterung Rudolph um den Hals gefallen war. Jetzt nach Jahren verspürte er immer noch die gleiche Freude und das gleiche Erstaunen, wenn er das Rentier mit der roten Nase sah.

»Mein Sohn! Da bist du ja schon!«

Jeff drehte sich um und sah seinen Vater Ben auf sich zueilen. Er sah aus, als hätte er im Lotto gewonnen. Jeff ging auf ihn zu, und sie umarmten einander wie zwei ungestüme Bären.

»Dad, so schön, dich zu sehen!«

»Ich habe erst in ein paar Stunden mit dir gerechnet.« Ben strahlte ihn an.

»Ich bin ganz früh los, um dem Berufsverkehr zu entgehen.« Jeff legte den Arm um seinen Vater. »Es sieht großartig aus hier!«

Ben sah sich stolz um. »Warte mal, bis du es im Dunkeln

siehst. Dann erwacht erst alles so richtig zum Leben. Es ist magisch.«

»Das glaube ich dir gern. Hast du noch mehr Lichterketten gekauft? Ich kann mich nicht dran erinnern, dass all diese Bäume ringsum auch mit Lichtern besetzt waren.«

»LED-Leuchten, das sind die besten«, grinste Ben ihn an.

Jeff schüttelte lachend den Kopf. Sein Dad schaffte es einfach nicht, der Versuchung, noch mehr Weihnachtslichter zu kaufen, zu widerstehen. Es gehörte zu seinen Lieblingsbräuchen, diese ganze Je-mehr-desto-fröhlicher-Mentalität zu zelebrieren.

Ben rückte einen Lichterstrang am Baum zurecht. »Sohnemann, ich bin wirklich froh, dass du gekommen bist. Wir haben tolle Leute für das diesjährige Christmas Camp beisammen. Ich hab das Gefühl, diesmal wird es was ganz Besonderes, und jetzt, wo du hier bist, ist alles perfekt.« Als sein Dad ihn so liebevoll ansah, wurde Jeff von einer Woge an Gefühlen ergriffen. Er war so dankbar, dass er seinen Dad noch hatte. Er bedeutete ihm alles im Leben.

Seit seine Mom gestorben war, hatte Jeff ein immenses Bedürfnis, seinen Vater zu beschützen. Er wusste, dass Ben am Boden zerstört gewesen war, nachdem seine Mutter die Diagnose »Krebs im Endstadium« erhalten hatte, aber er hatte sich nie etwas anmerken lassen. Ihr zuliebe war sein Dad stets stark und positiv geblieben und hatte aus der Zeit, die ihnen blieb, immer das Beste gemacht. Aber eines Nachts, als er dachte, alle anderen schliefen bereits, ging Jeff hinunter und fand seinen Dad vor dem Kamin, wo er die Familienfotos betrachtete und dabei leise vor sich hin weinte. Das hatte Jeff das Herz gebrochen, doch er hatte den Rückzug seines Dads respektiert und wollte ihm die Zeit lassen, im Stillen und für sich zu trauern.

In diesem Augenblick hatte Jeff beschlossen, dass er ebenso stark sein würde, seinem Dad zuliebe, und hatte ihm bei allem, was anstand, absoluten Vorrang eingeräumt. Er machte Schluss mit seiner Freundin, damit er seine freie Zeit seinem Dad widmen konnte. In den letzten Monaten, als es bei der Arbeit immer hektischer wurde, sorgte er dafür, dass sein Vater nach Boston kam und bei ihm wohnte.

Sein gesamtes Leben drehte sich nur noch um Arbeit und seinen Vater. Seinen Freunden erzählte er, dass er mit seiner Freundin Schluss gemacht hätte und gerade keine Beziehung wollte, weil er keine Zeit dafür hatte. Doch in Wahrheit konnte er sich nicht vorstellen, einen Menschen so zu lieben, wie sein Dad seine Mom geliebt hatte, und ihn dann zu verlieren. Niemals wollte er solch einen Schmerz spüren. Er war zufrieden mit seinem momentanen Leben. In seinem Beruf war er erfolgreich, und er hatte einen Vater, mit dem er gern noch mehr Zeit verbracht hätte. Er führte ein gutes Leben. Doch ganz egal, wie sehr er sich darauf freute, die nächste Woche im Gasthof zu sein, fiel es ihm zugleich unendlich schwer, Weihnachten mit all den Erinnerungen dort zu verbringen.

Es war die liebste Jahreszeit seiner Mutter gewesen und wo immer er hinsah, wurde er an sie erinnert. Er vermisste sie an jedem einzelnen Tag, an Weihnachten jedoch ganz besonders. Sie war es gewesen, die Weihnachten immer geliebt hatte und ihm und seinem Dad beigebracht hatte, wie außergewöhnlich diese Zeit war. Sie hatte ein großes Herz gehabt, und ihr war immer etwas eingefallen, wie sie anderen helfen konnte. Das

Wichtigste in ihrem Leben war ihre Familie gewesen, und sie hatte unaufhörlich dafür gesorgt, dass alle, denen sie begegnete, erfuhren, wie sehr sie ihre Familie liebte.

Manchmal vermisste Jeff sie so sehr, dass ihm das Atmen schwerfiel, und gerade war es wieder einmal so weit. Er wollte nicht, dass sein Dad merkte, wie er litt, deshalb holte er rasch die Schachtel mit dem Gebäck aus dem Auto.

Als sein Vater den Karton sah, strahlte er. Das hellte Jeffs Stimmung auf, und er lächelte ebenfalls.

»Ist es das, was ich denke?«, fragte Ben und rieb sich vor Vorfreude die Hände.

Zur Antwort lachte Jeff und öffnete mit einem Schwung den Deckel. Bens Begeisterung war ansteckend. »Mike wünscht Frohe Weihnachten!«

Ben linste in die Schachtel. »Das beste Weihnachtsgeschenk, das es gibt.«

»Ich hab deine Lieblings-Cannoli genommen, die mit Amaretto.«

Doch Ben hatte bereits ein Auge auf die Cannoli mit Pistazien geworfen. »Was sind denn die Grünen für welche?«

»Oh, Mike hat ein paar davon gratis dazugelegt. Die sind mit Pistazien, und Mike meinte, sie wären sehr beliebt an Weihnachten. Ich hab sie noch nicht probiert, aber ...«

Ben hatte sich schon eine davon genommen und biss gerade herzhaft hinein. Seine Augen leuchteten. »Hmmm! Pistazien, ja? Die sind vielleicht lecker.« Er biss noch einmal ab und hob begeistert den Daumen.

Jeff musste unwillkürlich lachen. Es gefiel ihm, wie sein Dad immer wieder den Mut aufbrachte, etwas Neues auszuprobieren. Er stürzte sich stets mitten hinein, mit dem Herzen voran. Jeff dagegen war viel vorsichtiger. Sie waren ein prima Team.

Der Cannoli-Geschmackstest wurde unterbrochen von Max, Bens Golden Retriever, der herbeigetrottet kam und bellte. Max war ganz eindeutig der Meinung, er sollte an dem Test beteiligt werden.

Jeff freute sich genauso, Max zu sehen, wie Max sich freute, die Cannoli zu sehen. Als er sich zu ihm hinunterbückte, um ihn zu streicheln, steckte Max die Schnauze in die Schachtel und hätte beinahe eines der Teigröllchen erwischt.

»Den alten Max muss man im Auge behalten. Der ist ganz schön schnell.«

»Offensichtlich!« Jeff konnte die Schachtel gerade noch rechtzeitig vor Max in Sicherheit bringen.

Max wedelte mit dem Schwanz und bellte. Jeff lachte.

»Okay, ich glaube, das soll ein Hinweis sein, dass es Zeit ist reinzugehen.« Ben lächelte zu Max hinunter. »Ich würde gern die nächste Woche mit dir durchgehen und sicherstellen, dass alles bereit ist. Unsere Gäste werden bald eintreffen. Komm, ich zeige dir, was ich nächste Woche alles vorhabe!«

Jeff legte den Arm um seinen Dad, während sie zum Haus hinaufgingen. Es war unmöglich, sich nicht von seinem Enthusiasmus anstecken zu lassen. Als sie vor der Eingangstür standen, lächelte Jeff dem lebensgroßen grinsenden Elf zu. Er erinnerte sich, wie seine Mom ihn von einem Hinterhofflohmarkt mitgebracht hatte, angeschlagen, die Farben verblichen, und wie sie sich zusammen daran gemacht hatten, ihn neu zu bemalen. Er tätschelte seinen kleinen Kopf mit dem spitzen Hut. »Na, Kleiner, wie geht's?«

Ben kicherte.

Dann betraten sie das Wohnzimmer, wo sie schon von einer Frau erwartet wurden, die aussah wie aller Leute Lieblingsgroßmutter. Sie hielt ein Tablett mit Weihnachtsbechern in der Hand. Über den Rand der Becher lugte eine Haube aus Schlagsahne mit Schokostreuseln und einer Zuckerstange zum Umrühren.

Jeff strahlte, als er sie sah. »Laura!« Er ging auf sie zu, nahm ihr das Tablett aus der Hand und setzte es ab, damit er sie ordentlich umarmen konnte. »Du siehst wunderbar aus.«

»Und du erst, adrett und charmant wie immer.« Sie erwiderte seine Umarmung. »Du warst zu lange weg.«

»Ich weiß. Es war toll, Dad in der Stadt zu haben, aber es hat auch bedeutet, *dich* nicht zu sehen, und deine hausgemachten Mahlzeiten hab ich auch vermisst. Ich sag meinem Dad immer wieder, was für ein Glück er hat, so eine Küchenfee wie dich hier zu haben. Wie geht's Geoff und deiner Familie?«

»Es geht allen gut, sie würden dich gern mal wieder sehen. Kannst du dir vorstellen, dass ich mit Geoff bald meinen vierzigsten Hochzeitstag feiere?«

»Herzlichen Glückwunsch! Vierzig Jahre, unglaublich!«, sagte Jeff.

Ben nickte. »Was richtig unglaublich ist, ist, wie schnell die Zeit vergeht.« Er ging zu den Weihnachtsbechern und verteilte sie.

»Laura hat die bei unseren Christmas Camps übliche Heiße Schokolade gemacht, für unseren traditionellen Toast.«

Sie hielten die Becher hoch.

Jeff und Laura warteten auf Ben mit dem Toast.

»Auf unsere Familien, Freunde und die Gemeinde ...« Ben forderte Jeff mit einem Blick auf, den Toast zu Ende zu sprechen.

Jeff fühlte sich geehrt.

»Auf die Menschen, die nicht mehr bei uns sind, aber die wir nie vergessen werden ...« Jeff sah wiederum seinen Vater an, damit der ihn beendete.

»Auf die ewig währende Liebe. Frohe Weihnachten«, sagte Ben mit einem breiten Grinsen. »Auf das Christmas Camp!«

Kapitel 4

Ein Lächeln breitete sich über Haleys Gesicht aus, als sie die zweispurige Straße entlangfuhr, die sich durch die verschneite Winterlandschaft wand. Sie liebte diese kalten, klaren Wintertage, an denen die hervorbrechende Sonne den Schnee auf den Baumwipfeln glitzern ließ. Sie war dankbar dafür, dass sich der meiste Schnee auf den Bäumen befand und nicht auf dem Boden, doch als die Straße eine Kurve machte, war ihr klar, dass sie besser das Tempo drosselte und auf Nummer sicher ging.

Das Problem dabei war nur, dass es so gar nicht Haley entsprach, die Dinge langsam anzugehen und auf Sicherheit zu spielen. Auf einer Skala von eins bis zehn gab es für sie nur zwei mögliche Geschwindigkeiten: eins oder zehn. Eins traf zu, wenn sie schlief, und zehn den Rest der Zeit, wenn sie mit Vollgas durchs Leben brauste. Diesmal jedoch kam Vollgas nicht in Frage, wie Haley unmittelbar zu spüren bekam, als die Reifen auf dem Glatteis rutschten und der Wagen ins Schlingern geriet.

»Oh nein!« Haleys Herz raste wie wild. Dann setzte augenblicklich ihr Instinkt ein. Genau wie ihr Vater es ihr bereits mit sechzehn beigebracht hatte, nahm sie den Fuß vom Gaspedal und lenkte den Wagen vorsichtig auf das Eis.

Und es klappte, innerhalb von Sekunden richtete sich der

Wagen neu aus, und alles war wieder gut. Sie löste die verkrampften Finger vom Lenkrad und stieß dabei einen tiefen Seufzer aus. Es schien ihr, als würde ihr gleich das Herz aus der Brust springen, und doch fuhr sie weiter. Es bedurfte wesentlich mehr als ein bisschen Glatteis, um Haley von etwas abzubringen, vor allem wenn sie so kurz davor war, ihren Traum wahr werden zu lassen.

Aber dennoch wollte sie heil ankommen, also drosselte sie die Geschwindigkeit. Sie konnte sich gar nicht mehr daran erinnern, wann sie das letzte Mal bei Schnee und Eis gefahren war. Sie fuhr dieser Tage generell nicht viel Auto. Seit dem College hatte sie kein eigenes mehr besessen. Da sie in Boston lebte, wo der öffentliche Nahverkehr gut funktionierte, hatte sie auch keins gebraucht. Außerdem gab es in ihrer Firma einen Fahrservice, den sie jederzeit in Anspruch nehmen konnte, wenn es um etwas Geschäftliches ging, und bei Haley war das so gut wie immer der Fall.

Doch bei dieser Fahrt hatte sie sich für einen Mietwagen entschieden, damit sie, sobald sie die ganzen Christmas Camp-Aktivitäten hinter sich gebracht hatte, so schnell wie möglich loskam, ohne an den geschäftigen Feiertagen auf ein Taxi warten zu müssen, das sie dort abholte und wegbrachte.

Doch jetzt fragte sie sich allmählich, ob es so eine gute Idee gewesen war, einen Wagen zu mieten. Sie wollte nicht lügen, sie genoss es, herumchauffiert zu werden und sich weder um miese Wetterverhältnisse, noch um die leidige Parkplatzsuche oder die Kfz-Versicherung kümmern zu müssen. Außerdem gehörte sie zu denjenigen, die Multitasking betrieben und jede Menge Arbeit vom Beifahrersitz aus erledigen konnten, um ihre

Zeit möglichst effizient zu nutzen. Und im Moment war sie zu spät dran. Sie runzelte die Stirn, als sie kurz zu ihrem Handy auf dem Beifahrersitz hinüberschielte und sah, dass es bereits halb fünf war. Sie wollte noch vor Einbruch der Dunkelheit in dem Gasthof ankommen. Das Einchecken war ab 12 Uhr möglich, die Aktivitäten gingen offiziell um sechs Uhr los. Als sie erneut Gas gab, spürte sie, wie die Vorderräder durchdrehten, und sie musste die Geschwindigkeit wieder reduzieren. Um sich von der episch lang erscheinenden Fahrt abzulenken, schaltete sie das Radio ein. Der erste Song, der erklang, war der, den Tom immer im Büro laufen ließ: *»It's beginning to look a lot like Christmas«*.

»Soll das ein Witz sein?« Haley suchte schnell nach einem anderen Sender, doch nur wenige hatten einen guten Empfang, und alle spielten Weihnachtslieder, so dass sie es schließlich bei *»Hark! the Herald Angels Sing«* beließ.

❄
❄ ❄

Als eine halbe Stunde später ein Hinweisschild zum Holly Peak Inn kam, war sie mehr als ein wenig erleichtert. Sie staunte nicht schlecht über das aufwendig gestaltete Schild. Es war smaragdgrün, und die breiten purpurroten Buchstaben waren von Goldglitzer überzogen und von Ilex- und Tannenzweigen eingerahmt. Ein Stück darunter hing ein weiteres kleineres Schild auf dem WILLKOMMEN IM CHRISTMAS CAMP stand.

Haley schüttelte den Kopf. »Auweia, jetzt geht's los.«

Sie staunte noch mehr, als sie weiterfuhr und einen Blick auf das Holly Peak Inn erhaschte. Es wirkte heimelig und pittoresk, tief eingebettet im Wald, umringt von stattlichen Tannen und Kiefern. So viele Weihnachtsdekorationen auf einmal hatte Haley in ihrem ganzen Leben noch nicht gesehen. Das ganze Haus war von blinkenden weißen Lichterketten eingerahmt und die umliegenden Bäume von roten, grünen, silbernen und goldenen Lichtern beleuchtet. An allen Fenstern hingen wunderschöne Kränze aus echten Zweigen, Stechpalme und Kiefernzapfen, der größte davon an der Eingangstür. Es war magisch.

Doch was Haley vor allem zweimal hingucken ließ, waren die lebensgroßen Rentierfiguren, die weiß angestrahlt wurden und strategisch um das Haus herum verteilt standen, so dass es wirkte, als wären die Rentiere gerade eben aus dem Wald gekommen. Ihr erster Gedanke war, dass sie hier nur so herumlungerten und warteten, bis der Weihnachtsmann kam und sie für die nächste Schlittenfahrt einspannte. Dann entdeckte sie das Rentier mit der roten Nase und musste grinsen. »Rudolph natürlich«, kommentierte sie, während sie mit erhöhter Geschwindigkeit vorfuhr und abrupt zum Stehen kam. »Auf was hab ich mich da bloß eingelassen?«

Es war ihr bewusst, dass sie spät dran war. Deshalb stieg Haley flugs aus, nahm das Gepäck aus dem Kofferraum und hängte sich die schwarze Designerledertasche um. Ihr ebenso schicker Koffer hatte die erforderlichen Maße für Handgepäck. Da sie viel reiste, um ihre Kunden zu besuchen, war sie stolz darauf, niemals einen Koffer aufgeben zu müssen, ganz nach der Philosophie, dass es nur zwei Arten von Gepäck gab: Handgepäck und abhandengekommenes Gepäck. Während sie auf den Eingang zusteuerte, hielt sie den Handkoffer hoch, um ihn vor dem Schnee zu schützen, und merkte unverzüglich, dass ihre Designerstiefel mit den zehn Zentimeter Absätzen nicht gerade die beste Wahl für diesen Trip gewesen waren. Wo immer sie hinsah, sie war umgeben von Schnee ... Unmengen davon.

Als ein eiskalter Hauch Winterluft sie erwischte, bemerkte sie, dass auch ihre modischen schwarzen Wildlederhosen und ihre bordeauxrote Glattlederjacke nicht unbedingt geeignet waren für die Kälte, aber sie rechnete sowieso damit, die meiste Zeit drinnen zu verbringen.

Beim Eingang stand eine zauberhafte lebensgroße Elffigur, die sie angrinste. »Na, wenn das kein glücklicher Christmas-Camper ist«. Sie musste über ihren eigenen Witz schmunzeln. Noch bevor sie anklopfen konnte, öffnete sich die Tür. Vor Haley stand Ben, der sie mit einem warmen, einladenden Lächeln empfing.

»Sie müssen Miss Hanson sein. Willkommen! Frohe Weihnachten. Ich bin Ben, der Eigentümer des Holly Peak Inn. Bitte treten Sie doch ein, raus aus der Kälte.« Er nahm ihr geschwind den Koffer und die Taschen ab. Haley lächelte ihm beim Eintreten zu. »Danke sehr, tut mir leid, dass es so spät geworden ist. Ich bin es nicht gewöhnt, auf verschneiten Straßen zu fahren.«

»Wir sind einfach nur froh, dass Sie heil angekommen sind.« Ben lächelte ihr aufmunternd zu. »Die anderen Gäste sind schon dabei sich einzurichten. Sie werden sie bald kennenlernen.« Ben stellte ihr Gepäck ab und bedeutete ihr, ins Wohnzimmer zu gehen, wo Laura mit einem imposanten Rentiertablett, auf dem ein Weihnachtsbecher mit einem riesigen Klecks Schlagsahne obenauf und einer Zuckerstange zum Umrühren auf sie wartete. Haley konnte die heiße Schokolade förmlich riechen.

Ben reichte ihr den Weihnachtsbecher. »Haley, das ist Laura, unsere Küchenfee, die seit den Anfängen dabei ist – eigentlich gehört sie quasi zur Familie, und das ist die berühmte Heiße Schokolade des Christmas Camps. Die bekommt jeder zum Empfang. Die Zuckerstangen zum Umrühren mag ich am liebsten«, bemerkte er mit kindlicher Freude.

Haley gab Ben den Becher zurück und lächelte Laura zu. »Danke. Ich bin mir sicher, dass die ganz ausgezeichnet schmeckt, aber ich bin gerade auf Zuckerentzug.«

Ben und Laura sahen sich verdutzt an.

»Es tut mir leid, das hab ich nicht gewusst«, entgegnete Laura betroffen. »Ich kann mich nicht daran erinnern, dass Sie irgendwelche Nahrungsmitteleinschränkungen angegeben haben ...«

»Oh, das muss ich in dem Anmeldeformular übersehen haben«, antwortete Haley. »Ich hab es nur überflogen.«

Ben lachte. »Ausgerechnet an Weihnachten den Zucker wegzulassen hört sich nicht gerade leicht an mit all den Weihnachtsfeiern und Festtagsmenüs ...«

Haley zuckte die Schultern. »Ganz ehrlich? Ich bin so beschäftigt mit Arbeit, dass ich gar nicht zu dem Weihnachtsfeierparcours komme, und an Weihnachten selbst fliege ich mit meinen Eltern in die Karibik, so dass uns die Festtagsmenüs erspart bleiben. Wir gehen dann meistens einfach am Strand irgendwo Fisch essen.«

Laura lächelte. »Wir können das so gestalten, wie Sie es brauchen, Haley. Wie wär's denn, wenn wir später den Speiseplan zusammen durchgehen und dafür sorgen, dass Sie zufrieden sind?«

Haley war gerührt. »Danke, das ist wirklich nett, aber ich will keine zusätzliche Mühe machen. Bei dem, was es gibt, wird schon was für mich dabei sein.«

»Das bereitet überhaupt keine Mühe«, widersprach Ben. »Wir möchten, dass Ihr Aufenthalt hier etwas ist, woran Sie sich gern erinnern. Also sagen Sie uns einfach, was Sie brauchen, und wir sorgen dafür.«

»Danke, vielen Dank.« Haley lächelte Ben und Laura erleichtert zu.

Nachdem Laura hinausgegangen war, nahm Haley die Gelegenheit wahr, sich in dem Raum umzusehen. Sie blinzelte zweimal, so viel gab es da zu entdecken. Alles war festlich geschmückt, jeder Tisch, jede Ecke. Da waren Weihnachtskerzen, Schneekugeln, Nussknacker, Nikoläuse, Krippenfiguren, das ganze Drum und Dran. Sie schüttelte erstaunt den Kopf. Wenn ihr das Holly Peak Inn bereits draußen aufwendig geschmückt vorgekommen war – im Vergleich zu drinnen war das noch gar nichts. Der Hauptanziehungspunkt im Wohnzimmer war ein prachtvoller, aus Stein gemauerter offener Kamin, in dem ein helles Feuer knisterte, das eine wohlige Wärme im Raum verbreitete und Behaglichkeit verströmte. Neben dem Kamin stand ein großer Weidenkorb mit Tannenzapfen, und von oben hing ein wunderschöner Kranz aus Stechpalme und frischen Tannenzweigen mit Zapfen, gekrönt von einer roten Samtschleife herab. Der Kranz passte zu der Girlande, die liebevoll über dem Sims drapiert war und an den Seiten fast bis zum Boden hinunterhing. Sowohl der Kranz als auch die Girlande waren von winzigen blinkenden Lichterketten durchzogen, die das Ihre zu der zauberhaften Kulisse beitrugen. Rote und weiße Kerzen rahmten die Familienfotos auf dem Sims ein, und eine Reihe hübscher Weihnachtsstrümpfe aus rotem Samt hing davon herab.

Haley ging zum Kamin hinüber und inspizierte den Kranz genauer. Sie konnte nicht umhin, sich vorzustellen, wie gut er Larry und Tom gefallen würde. Einen Augenblick schloss sie die Augen und atmete tief ein. Das Zimmer roch sogar nach Weihnachten. Als sie die Augen wieder öffnete, stand Ben neben ihr. Peinlich berührt davon, dass sie sich so hatte hinreißen lassen, widmete sie ihre Aufmerksamkeit wieder dem Kranz. »Ich hab gerade daran gedacht, wie sehr der Kranz meinem Chef gefallen würde.«

Ben schaute den Kranz an. »Der Kranz über dem Kaminofen war immer eines der Lieblingsstücke meiner Frau«, bemerkte er sichtlich gerührt. »Bevor sie gestorben ist, hat sie mir das Versprechen abgenommen, diese Tradition fortzusetzen. Ich glaube, dieser hier hätte ihr sehr gut gefallen, ganz besonders die Tannenzapfen ...«

Als Haley Ben ansah, erkannte sie die Liebe in seinem Blick, aber auch die tiefe Trauer. Sie bemühte sich, die richtigen Worte zu finden. »Mein herzliches Beileid für Ihren Verlust.« Schon als sie es sagte, kam es ihr nicht ausreichend vor.

Ben lächelte sie dankbar an. »Danke Ihnen. Sie wäre sehr froh gewesen, dass Sie jetzt hier sind – über *alle*, die zum Christmas Camp hierhergekommen sind. Weihnachten war ihr immer die liebste Zeit gewesen. Sie hat schon Anfang Oktober mit dem Schmücken angefangen.«

Haley sah sich im Raum um. »Ich kann mir vorstellen, was es für eine Heidenarbeit ist, das alles zu dekorieren.«

»Das ist es, dabei war sie noch viel besser darin als ich, aber dieses Jahr habe ich mein Bestes gegeben.«

Haley sah ihn erstaunt an. »Das haben Sie alles ganz alleine gezaubert?«

»Laura hat mir dabei geholfen und Jeff, mein Sohn, auch. Trotzdem, das meiste habe ich selbst gemacht, aber das ist okay. Das Haus zu schmücken bringt viele schöne Erinnerungen mit sich. Deshalb machen wir das. An allem hier hängt eine Erinnerung; eine Geschichte ist damit verbunden, das macht es zu etwas Besonderem. Meine Frau hat Dekorationen aus der ganzen Welt von unseren Reisen zusammengetragen, und jetzt teilen wir das mit unseren Gästen bei den Christmas Camps.«

Haley ging zu einem Tisch voller Weihnachtsmänner in allen erdenklichen Formen und Größen. »Die stammen von Ihren Reisen?«, erkundigte sie sich.

»Diese Weihnachtsmänner stammen alle von unseren Christmas Camp-Gästen.« Er nahm einen in die Hand, der fast einen halben Meter hoch war. Er war aus Gips und handbemalt. Es war einer jener Weihnachtsmänner aus der alten Welt mit einem weißen Umhang voller goldener Sterne. »Das war der erste Weihnachtsmann, den wir von einem unserer Christmas Camp-Gäste bekommen haben. Und danach kamen immer mehr.«

Er griff nach einer anderen Figur aus Glas. »Der hier ist von Ihrem Boss, Larry. So einen habe ich noch nie gesehen. Der ist was ganz Besonderes, genau wie er und seine Familie. Das macht die Sammlung so beachtenswert. Jeder dieser Weihnachtsmänner erinnert mich an den Gast, der ihn uns geschenkt hat.«

Haleys Blick war an einem kleinen hölzernen Weihnachtsmann hängengeblieben.

Ben folgte ihrem Blick, nahm ihn auf und reichte ihn ihr. »Gefällt der Ihnen?«

Haley nickte und berührte behutsam das Gesicht des Weihnachtsmannes. Einen Moment lang war sie in Erinnerung versunken. »Ich glaube, so einen hatten wir zu Hause, als ich klein war. Er sieht so vertraut aus …«

Ben sah ihr direkt in die Augen. »Glauben Sie daran?«

»Woran?«, fragte Haley und kehrte wieder in die reale Welt zurück.

»Glauben Sie daran?«, wiederholte Ben noch einmal.

Haley lachte: »An den Weihnachtsmann?«

»An den Zauber der Weihnacht.«

Als Ben sie ansah, wusste sie nicht, was sie antworten sollte, und wurde von Max gerettet, der gerade hereingetrottet kam, schnurstracks auf sie zu. Sie hielt den Weihnachtsmann ans Herz gedrückt und machte einen Satz zurück. Da fing Max an zu bellen, was sie noch unsicherer machte.

Ben tätschelte Max. »Keine Angst, der tut Ihnen nichts. Er liebt Menschen. Er will Ihnen nur Fröhliche Weihnachten wünschen.«

Max bellte wieder.

Haley war nicht überzeugt davon. Sie legte den Weihnachtsmann vorsichtig zurück und bahnte sich einen Weg vorbei an Max zur Tür hin.

»Ach wissen Sie, ich bin ganz schön müde von der Fahrt«,

sagte sie. Sie behielt dabei ein wachsames Auge auf Max. »Wäre es in Ordnung, wenn ich auf mein Zimmer gehe?«

»Selbstverständlich«. Ben nahm ihr Gepäck und ging zur Treppe hinüber. »Folgen Sie mir einfach.«

Haley folgte ihm auf den Fersen. Als sie einen Blick zurückwarf und sah, dass Max dort saß und sie beobachtete, beeilte sie sich noch mehr.

Ben öffnete stolz die Tür zu dem Zimmer am Ende des Flurs. »Da sind wir. Das ist eins der beliebtesten Zimmer hier.«

»Danke«, lächelte Haley beim Eintreten, erstarrte jedoch auf der Stelle mit weit aufgerissenen Augen und offen stehendem Mund.

»Ist es nicht wunderbar?«, fragte Ben. Er war sichtlich begeistert. Haley versuchte, etwas hervorzubringen, irgendetwas, aber sie stand zu sehr unter Schock.

Kapitel 5

Haley kniff die Augen zusammen und sagte sich im Stillen immer wieder: *Bitte, lass es nicht wahr sein. Bitte, lass es nicht wahr sein. Bitte, lass es nicht wahr sein*. Doch als sie die Augen wieder öffnete, sah es noch ganz genauso aus. Sie stand inmitten eines komplett weißen, mit Engeln dekorierten Raums. Engel, wohin sie auch blickte. Auf der Kommode, den beiden Nachttischen und auf dem Schreibtisch standen Engelfiguren, mindestens vierzig Stück. Sogar an der Wand hingen Engelbilder und auf dem Bett lagen Engelkissen, so dass sie das Gefühl hatte, Engel starrten sie von allen Seiten her an. So ähnlich wie bei dem Starrwettbewerb mit den Tyler Toys-Puppen, nur dass Haley diesmal bereits wusste, dass sie bei diesem Starrwettbewerb keine Chance gegen die Engel hatte. Sie schüttelte den Kopf und rieb sich die pochenden Schläfen. Das war einfach zu viel des Guten. Sie hatte einen regelrechten Weihnachtskollaps. Sie musste hier so schnell wie möglich raus, doch als sie sich umdrehte, saß da Max auf der Türschwelle. Sie saß fest.

»Alles in Ordnung?«, fragte Ben mit besorgtem Gesicht.

Haley rang sich ein Lächeln ab. »Ja, alles gut. Ich habe einfach nicht mit so einem ... exklusiven Zimmer gerechnet. Sie sollten das wirklich für jemand anderes aufheben. Mir reicht eigentlich ein ganz normales Zimmer.«

Als sie einen Schritt auf die Tür zumachte, bellte Max und

sah sie erwartungsvoll an. Sie machte einen Satz rückwärts und stieß dabei gegen die Kommode, wo einer der Engel umkippte. »Oweia, tut mir leid«, sagte sie verdattert. Der Engel wäre zu Boden gestürzt, hätte Ben ihn nicht gerade noch rechtzeitig aufgefangen. Er stellte ihn behutsam auf die Kommode zurück.

»Wir haben auch noch andere Zimmer«, sagte er.

Haley gab sich alle Mühe, sich ihre Erleichterung nicht anmerken zu lassen.

»Wir haben ein Schneemann-, ein Weihnachtsmann- und ein Sternenzimmer, aber die sind schon belegt. Der einzige andere Raum, der noch frei wäre, ist unser Elfzimmer, mit unserem lebensechten Riesenelf. Wir nennen ihn Harry ...«

Der bloße Gedanke an einen Riesenelf, der Harry hieß, machte Haley noch mehr kirre. Sie zwang sich zu einem Lächeln. »Wissen Sie was, das Zimmer ist super. Ich kann genauso gut hierbleiben. Mir war nur nicht klar, dass alle Zimmer ...«

»Ein Thema haben?«, vollendete Ben beflissen den Satz für sie. »Das machen wir immer so beim Christmas Camp. Das gefällt allen gut.«

Haley zwang sich weiterzulächeln. »Da könnte ich drauf wetten. Also gut, dann bleibe ich in diesem Zimmer.«

Jetzt sah Ben erleichtert aus. »Das ist großartig. Mein Sohn wird sich freuen, wenn er das erfährt. Das Elfzimmer ist sein Lieblingszimmer, und ich weiß, dass Sie dieses Zimmer, mit all den Engeln, die Ihnen hier Gesellschaft leisten, genießen werden.«

»Jo!«, sagte Haley und versuchte, es freudig erregt klingen zu lassen, dabei wäre sie am liebsten so schnell wie möglich davongelaufen.

Ben wandte sich zum Gehen. »Wenn Sie sonst noch was brauchen, sagen Sie einfach Bescheid. Wir sehen uns dann in etwa einer Stunde unten zu unserer ersten Christmas Camp-Aktivität.«

Haley lächelte tapfer weiter und nickte. »Klingt prima. Danke.« Nachdem Ben gegangen war, wollte sie die Tür schließen, aber da gab es ein Problem – Max. Er saß immer noch auf der Schwelle und sah zu ihr hoch. »Zeit zu verschwinden.« Sie fuchtelte unbeholfen mit den Händen vor seiner Nase herum. »Komm schon, los jetzt.«

Max erhob sich aufgeregt. Er wedelte mit dem Schwanz und drehte sich schnell einmal um sich selbst. Es sah ganz so aus, als hielte er das für ein neues spaßiges Spiel.

Aber Haley war ganz und gar nicht nach Spielen zumute. Sie senkte die Stimme, damit Max begriff, dass sie es ernst meinte. »Okay, und jetzt hau ab.« Als Max keine Anstalten machte, senkte sie die Stimme noch weiter. »Komm schon, ich mein es ernst. Du musst jetzt los …« Doch das löste bei ihm lediglich ein Bellen und Schwanzwedeln aus, woraufhin sie verzweifelt die Arme in die Luft warf. »Na, mach schon. Ganz im Ernst. Was soll ich denn noch tun?« Sie machte einen zaghaften Schritt auf die Tür zu. »Also gut, dann bleib da, aber ich schließe jetzt die Tür. Die Tür schließt sich. In diesem Moment geht die Tür zu …«

Max bellte wieder. Ihm schien dieses neue Spiel gut zu gefallen. Haley weniger. Frustriert trat sie von der Tür zurück und setzte sich auf ihr Bett. »Bitte, verschwinde …«

Offenbar hatte es sich bei »Bitte« um das Zauberwort gehandelt, denn Max setzte sich unverzüglich in Bewegung und trottete davon.

Haley war beeindruckt und blieb zugleich misstrauisch. Sie stand auf und ging argwöhnisch zur Tür hinüber, rechnete beinahe damit, dass Max sofort wieder hereinrennen würde. Doch als sie den Flur hinuntersah, war Max verschwunden. Sie schloss schnell die Tür hinter sich und lehnte sich erschöpft dagegen. Sie traute ihren Augen immer noch nicht. Da waren so viele Engel und so viel Weiß. Sie wusste, dass ihr das keiner glauben würde, deshalb holte sie ihr Handy hervor und machte Fotos. Sie machte sogar ein Selfie von sich mit ein paar Engeln im Hintergrund.

»Warte, bis Kathy das sieht!« Sie feixte, während sie Kathy eine kurze Textnachricht mit ihrem Selfie schickte. Sie bestand aus einem einzigen Wort: HILFE!

Auf dem Selfie sah sie aus wie der Junge bei *Kevin allein zu Haus*, schreiend, mit weit aufgerissenem Mund. Während sie im Zimmer umherging und all die Engel betrachtete, fasste sie umgehend einen Entschluss. Sie musste grinsen, weil es so nahe liegend war, was sie zu tun hatte.

Im nächsten Moment rannte sie durchs Zimmer, sammelte alle Engel ein und stopfte sie in die Kommodenschubladen. Der letzte Engel, der auf einer Kommode neben dem Schreibtisch stand, war der größte. Er war über einen halben Meter hoch mit einem langen weißen Spitzengewand, das mit Goldbrokat umwebt war. Die Flügel und der Heiligenschein waren ebenfalls golden und mit Glitzer besetzt. Er hatte große blaue Augen und perfekte goldene Locken. Haley grinste, als sie ihn hochnahm. »Ich denke, es ist an der Zeit, dass du dich mit deinen Freunden auf eine kleine Reise begibst.« Ruckzuck hatte sie auch diesen Engel in die letzte Schublade gestopft, die so voll war, dass sie sich kaum noch zuschieben ließ.

Sie sah sich im Zimmer um und rieb sich zufrieden die Hände. Jetzt musste sie nur noch die Engelkissen auf dem Bett loswerden ... Sie hatte gerade das erste davon in das oberste Fach des Kleiderschranks katapultiert, da klopfte es an der Tür. Als sie sich umdrehte, um die Tür zu öffnen, fiel das Kissen wieder herunter, ihr direkt auf den Kopf.

»Ernsthaft?«, fragte sie und hob das Kissen wieder auf.

Es klopfte noch einmal, diesmal lauter.

»Komme!«, rief sie und ging zur Tür, doch nachdem sie sie geöffnet hatte, musste sie zweimal hinsehen. Das Einzige, was sie sah, war Max, der vor ihrer Tür saß und zu ihr aufsah. Er wedelte mit dem Schwanz und bellte.

»Im Ernst? Du bist schon wieder hier?« Sie beugte sich vor und sah Max ungläubig an. »Und du kannst klopfen?«

Ein sexy klingendes Männerlachen ließ sie aufsehen, und unmittelbar darauf erschien Jeff im Türrahmen. Ihre Blicke trafen sich. Im selben Moment spürte sie einen Funken, der sie alles andere um sich herum vergessen ließ, sie konnte sich nur noch das Engelkissen gegen das rasende Herz drücken.

»Ach wissen Sie, Max ist zwar ziemlich clever, aber ich glaube nicht, dass er gelernt hat, wie man anklopft.«

Max wackelte mit dem Schwanz.

Haley musste grinsen. »Dann ist das also nur eine Nummer, die Sie da zusammen abziehen?«

»Eigentlich hab ich angeklopft und dann gemerkt, dass ich was fallen gelassen habe. Obwohl das gar keine schlechte Idee ist, mit der Nummer. Was meinst du dazu, Max?«

Als Antwort bellte Max und schlich sich dann an Haley vorbei zu ihrem Bett, wo er sich auf den Boden plumpsen ließ.

Jeff sah erstaunt aus. »Ich wusste nicht, dass ihr beide Freunde seid.«

Haley sah zu Max hinüber. »Ich auch nicht.« Sie wandte sich wieder Jeff zu, und sein Lächeln ließ ihren Atem schneller gehen. Sie hatte schon andere heiße Typen gesehen, aber keiner hatte ihren Puls derart in die Höhe getrieben. Ihr war klar, dass sie sich lächerlich verhielt, und sie schob ihre Leichtsinnigkeit zu hundert Prozent auf die weihnachtliche Überforderung und die Tatsache, dass sie weder gefrühstückt noch zu Mittag gegessen hatte. Wild entschlossen, sich wieder in den Griff zu bekommen und normal zu verhalten, lächelte Haley ihrerseits Jeff an und sah dann zu Max.

»Eigentlich sind wir gar keine Freunde«, sagte sie. Als sie jedoch Jeffs Verwirrung bemerkte, fügte sie schnell hinzu: »Soll heißen, ich bin mir sicher, dass er ein toller Hund ist und so, er sieht wirklich nett aus, aber ich bin einfach keine Hundefreundin.« Es gefiel ihr ganz und gar nicht, dass sie so vor sich hin plapperte, und sie beschloss, stattdessen lieber den Mund zu halten.

»Keine Hundefreundin?«, fragte Jeff verdutzt. Er sah sie neugierig an. »Klingt, als würde da noch mehr dahinterstecken.«

Haley schüttelte den Kopf. »Nein, nicht wirklich. Ich hatte einfach keinen Hund oder sonst irgendwelche Haustiere als ich klein war, deshalb …«

»Deshalb sind Sie keine Hundefreundin«, bemerkte Jeff.

»Genau, und …« Doch als Haley ihn wieder anblickte, verlor sie abermals den Faden.

Zum Glück setzte Jeff, ohne zu zögern, an: »Tut mir leid, ich hätte mich gleich vorstellen sollen. Ich bin Jeff. Meinem Vater gehört der Gasthof, er leitet das Christmas Camp.« Er streckte ihr die Hand entgegen.

Haley ließ endlich das Engelkissen los und reichte ihm die Hand. »Hi, ich bin Haley.« Als sich ihre Hände berührten, ging ein ungewohntes Zucken durch ihren gesamten Körper. Überrascht schaute sie Jeff an, und auch er schien etwas gemerkt zu haben. Sie ließen schnell die Hand des anderen los. Um Gelegenheit zu haben, sich wieder zu fangen, warf sie einen Blick auf Max, der jetzt zu schlafen schien, und sagte sich, dass sie dringend etwas essen müsse. Sie beeilte sich, die mittlerweile entstandene Pause zu füllen. »Und nur um das mal richtigzustellen: Ich spreche normalerweise nicht mit Hunden oder denke, dass sie Türen öffnen könnten oder sonst irgendwas in der Art ...« Sie verstummte und stöhnte innerlich auf, in dem Bewusstsein, schon wieder geplappert zu haben und von Mal zu Mal lächerlicher zu klingen. Als Jeff lachte, entspannte sie sich ein wenig. Sie mochte sein Lachen, es war warm und aufrichtig, unvoreingenommen.

»Also, ich bin hier, weil ich Ihnen das hier geben wollte«, sagte er.

Haleys Augen blitzten vor Neugierde auf. »Echt wahr? Dann sind Sie also ein Weihnachtself, der Geschenke bringt? Ich habe gehört, dass Sie im Elfzimmer sind ...«. Sie hielt inne und musterte erst die linke Seite von Jeffs Gesicht, dann die rechte.

»Hmm, was machen Sie denn da?«, fragte er.

»Ich schau mir Ihre Ohren an, um zu entscheiden, ob Sie wirklich ein Elf sind.« Haley gab sich Mühe, ernst zu bleiben.

Jeff fasste sich ans Ohrläppchen, zog daran und wackelte mit dem Ohr. »Na, was meinen Sie?«

Haley verschränkte die Arme vor der Brust. »Ich halte mich noch ein wenig zurück mit meinem Urteil. Ich gebe Ihnen dann Bescheid.«

»Skeptikerin?«, zog Jeff sie auf.

»Realistin«, berichtigte sie, grinste jedoch dabei. »Was haben Sie denn Schönes für mich?«

Er reichte ihr einen hübschen roten Samtstrumpf, auf dem »Haley« gestickt stand. Vorne drauf war ein wunderschöner Engel, der genauso aussah wie der Engel im weißen Kleid von ihrer Kommode, bevor sie ihn in die Schublade gestopft hatte.

Beim Anblick des Engels musste sie lachen. »Wow, noch ein Engel!«, aber dann war sie doch so klug, schnell wieder den Mund zu halten.

»Der gehört zum Engelzimmer«, sagte Jeff.

»Gewiss doch.« Damit er nicht ins Zimmer sehen konnte und mitkriegte, dass sie all die Engel weggepackt hatte, versperrte sie ihm weiterhin die Sicht. Während sie noch so dastand, war ihr gar nicht aufgefallen, dass sie vor lauter Nervosität das Strumpfende zerknüllt und zerknautscht hatte.

Jeff starrte auf den Strumpf. »Gehen Sie lieber vorsichtig damit um. Sie werden ihn noch brauchen in der Woche hier.«

Haley lachte. »Ich werde hier keine Woche bleiben!« Dann erst bemerkte sie, was sie mit dem Strumpf angestellt hatte, und sah schuldbewusst drein. »Oh, das tut mir leid. Ich krieg das schon wieder hin.«

Jeff sah sie verwundert an. »Was meinen Sie damit, Sie bleiben keine ganze Woche?«

Haley warf das Engelkissen mitsamt dem Strumpf aufs Bett. »Ich will damit sagen, dass ich die ganzen Weihnachtsaktivitäten so schnell wie möglich hinter mich bringen werde, damit ich mich wieder meiner Arbeit widmen kann.« Als sie Jeffs Stirnrunzeln sah, fügte sie noch rasch hinzu. »Machen Sie sich keine Gedanken, ich weiß schon, dass ich alles mitmachen muss, wenn ich diese Bescheinigung haben will. Ich will das nur schnell hinter mich bringen, damit ich dann hoffentlich in ein paar Tagen nach Boston zurückfahren kann …«

Irritiert starrte Jeff sie an. »Sie wissen aber schon, dass Sie hier im Christmas Camp sind, oder?«

Haley nickte. »Na klar. Schwer zu übersehen bei all der Deko.«

»Dann wissen Sie ja auch, dass es in der nächsten Woche in erster Linie darum geht, runterzukommen und den Geist der Weihnacht mit offenen Armen willkommen zu heißen. Das ist nichts, was man eben mal schnell hinter sich bringt.«

Haley lachte. »Ah, jetzt dämmert's mir. Sie sind kein Weihnachtself, Sie sind von der Christmas Camp-Polizei.« Ihr Lächeln erlosch, als sie merkte, dass er das weniger lustig fand. Es war ihm ernst damit.

»Mein Dad leitet dieses Haus hier«, sagte er. »Und dieses Christmas Camp bedeutet ihm sehr viel.«

Haley setzte ihr bestes Lächeln auf. Sie durfte es jetzt nicht vermasseln. »Ich habe ihren Dad schon kennengelernt. Er ist wirklich toll, und dieses Camp … Es ist bestimmt genauso toll. Aber ich muss trotzdem so schnell wie möglich hier durch. Ich verspreche, niemanden zu stören, und noch bevor jemand mitkriegt, dass ich überhaupt da war, wieder zu verschwinden.«

Jeff stemmte die Hände in die Hüften. Je mehr sie redete, desto irritierter wirkte er. Die Atmosphäre war von heiter auf angespannt gekippt, schneller als man »Weihnachtswahnsinn« sagen konnte.

»Bei Ihnen hört es sich an, als wäre das hier eine Art Gefängnis«, stellte er fest.

Haley scherzte: »Na ja, es ist ja auch ein Christmas-Boot-Camp, oder?«

»Christmas *Camp*.«

Haley bemühte sich tapfer weiterzulächeln. Jeffs Miene half ihr nicht dabei. »Ich mach ja nur Scherze. Ich weiß, dass es Christmas Camp heißt.«

»Aber was Sie nicht wissen, ist, dass mein Dad sein ganzes Herz an das Christmas Camp hängt, damit die Leute, die hierherkommen, so wie Sie, ein ganz besonderes Erlebnis haben. Ich versteh das nicht. Wenn Sie nicht hier sein wollen, warum sind Sie dann gekommen?«

Haleys Lächeln verblasste. Sie kam vom Regen in die Traufe und musste schnell etwas dagegenhalten. Sie atmete tief durch und versuchte es noch einmal. »Sehen Sie mal, ich bin wirklich kein Grinch. Ich habe überhaupt nichts gegen Weihnachten. Ich glaube tatsächlich, dass das, was Ihr Vater hier macht, großartig ist. Ich bin davon überzeugt, dass es den Leuten gefällt …«

»Bloß Ihnen nicht?«, fragte Jeff und sah ihr dabei direkt in die Augen.

Haley wandte schnell den Blick ab. Es fiel ihr schwer, vernünftig zu denken, wenn er sie so ansah, oder sie ganz gleich wie ansah. »Es ist toll hier, ich hab nur einfach viel Arbeit. Das steht bei mir gerade an oberster Stelle, und ein Teil der Arbeit ist es, hier zu sein und das zu tun, was immer ich tun muss, damit ich bestehe oder den Abschluss mache oder wie immer man das nennt, um diese Bescheinigung zu kriegen ...« Sie hielt inne, als sie bemerkte, wie Jeff ihr über die Schulter blickte, und folgte seinem Blick zur unteren Schublade der Kommode, wo eines der Engelskleider hervorlugte. »Oh, also ich kann das erklären«, sagte sie, ohne die geringste Ahnung zu haben, wie sie sich aus dieser Situation retten sollte.

Er hielt die Hand hoch, um sie zum Schweigen zu bringen. »Lassen Sie's gut sein. Sie wollen ganz offensichtlich nicht hier sein. Und warum sind Sie es dann trotzdem? Die Wahrheit?«

Haley ließ resigniert die Schultern sacken. Sie wusste, dass sie ihm reinen Wein einschenken musste. »Mein Boss hat mich hierhergeschickt. Bei mir steht eine große Beförderung auf dem Spiel, und er meinte, ich müsse zuerst hierherkommen, wenn ich sie kriegen will.«

Jeff sah ungläubig zur Decke hoch und schüttelte den Kopf.

Als sie sein Missfallen sah, fügte sie rasch hinzu: »Mein Boss war mit seiner Familie hier und war zutiefst beeindruckt. Deshalb wollte er, dass auch ich hierherkomme und an all den Aktivitäten teilnehme, damit ich meinen ›Geist der Weihnacht‹, die richtige Weihnachtseinstellung für mich finde.«

Jeff ging zu ihrem Bett hinüber, hob den Strumpf auf, den er mitgebracht hatte, und zog eine Papierrolle mit einem hübschen roten Samtband hervor. Diese reichte er ihr.

»Was ist das?« Sie musterte die Rolle.

»Das ist Ihre Liste der Aktivitäten.«

Als sie die Schleife löste, öffnete sich die Rolle mit dem Programm und hing fast bis zum Boden hinab. Der Unterkiefer klappte ihr herunter. Es würde eine Lebensspanne brauchen, all diese Aufgaben zu erfüllen. »Das darf doch nicht wahr sein!«

Jeff lächelte, aber in seinem Lächeln lag etwas Herausforderndes. »Wie Sie sehen, haben wir eine prallvolle Woche vor uns, und sie beginnt in etwa einer halben Stunde unten ... falls Sie noch dabei sind.«

Sprachlos sah Haley von der Rolle zu Jeff, doch als sie die Herausforderung in seinem Blick bemerkte, richtete sie sich kerzengerade auf und nahm Haltung an – ihre Superheldinnenhaltung. Sie würde sich niemals vor einer Herausforderung drücken, schon gar nicht vor einer, die Auswirkungen auf ihre gesamte Karriere haben konnte. Trotzig begegnete sie seinem Blick, ihre Augen funkelten vor Entschlossenheit.

»Oh, ich bin dabei«, sagte sie. »Ich kann's kaum erwarten.«

Einen Augenblick lang starrten sie einander an. Keiner von beiden war bereit nachzugeben. Als er schließlich zuerst den Blick abwandte, fühlte sich Haley als Siegerin.

»Dann sehen wir uns unten.« Sein Gesichtsausdruck war undurchschaubar. »Und vergessen Sie nicht, Ihren Strumpf mitzubringen.« Nachdem er gegangen war, sah Max kurz zu ihr auf und rannte dann ebenfalls zur Tür hinaus.

»Werd ich schon nicht!«, rief Haley Jeff hinterher, wild entschlossen, das letzte Wort zu behalten. Dann hielt sie den Strumpf hoch und sah den Engel an. »Ich bin bereit. Von mir aus kann's losgehen!«

Kapitel 6

Als Haley eine halbe Stunde später, auf die Minute genau, das Wohnzimmer betreten wollte, blieb sie beim Anblick all der Leute, die sich bereits darin versammelt hatten, einen Moment lang zögernd stehen. Alle unterhielten sich und lachten. Im Hintergrund lief Weihnachtsmusik. Es herrschte eine festliche Stimmung, bei der sich Haley gänzlich fehl am Platz fühlte. Sie schrieb schnell eine Sms an Kathy und schickte sie ab: 911 – *ruf mich in zehn Minuten an!* Als sie wieder aufblickte, kam Max auf sie zugetrottet und sah sie an, als wüsste er ganz genau, was sie da gerade gemacht hatte.

»Was denn?«, zischte sie ihn leise an. »Hör auf mich so abschätzig anzusehen.« Dann sah sie Jeff, der gerade ein weiteres Scheit Holz aufs Feuer legte. Mit einem selbstgefälligen Lächeln hob sie demonstrativ ihren Strumpf hoch, als sich ihre Blicke trafen. Doch er reagierte nicht darauf, und ihr Lächeln erlosch wieder. Sie sah auf ihr Handy und konnte nicht glauben, dass erst eine Minute vergangen war, seit sie die Textnachricht abgeschickt hatte. Es kam ihr vor, als wäre sie schon ewig hier. Sie dachte ernsthaft an Flucht, bis sie Ben auf sich zukommen sah. Er strahlte wie ein Kind an Weihnachten, und Haley konnte nicht anders, unwillkürlich erwiderte sie sein Lächeln.

»Ah, da sind Sie ja. Ich hoffe, Sie konnten sich ein wenig ausruhen«, sagte Ben.

Haley dachte daran, wie sie verzweifelt das Zimmer umdekoriert hatte, sagte aber stattdessen: »Das habe ich, vielen Dank.«

»Prima. Dann kommen Sie doch herein und lernen Sie die anderen kennen. Es geht gleich los.«

Während sie zögerlich den Raum betrat, konnte sie nicht umhin, sich staunend umzuschauen. Jetzt, wo die Sonne untergegangen war, war der Raum erwacht mit seinen blinkenden Weihnachtslichterketten, leuchtenden Kerzen und einem lodernden Kaminfeuer. Selbst Haley konnte nicht leugnen, dass es behaglich und gleichermaßen magisch war, und das ließ sie sich noch mehr fehl am Platz fühlen. Nachdem sie sich auf den Stuhl am nächsten bei der Tür gesetzt hatte, konzentrierte sie sich auf ihre E-Mails. Doch nach ein paar Sekunden sah sie auf und ließ den Blick über die Anwesenden schweifen.

Zunächst fiel ihr eine sympathisch wirkende Frau in den Fünfzigern auf, die für sich allein saß. Sie trug einen hübschen rosa Pullover mit Perlmuttknöpfen zu schwarzen Hosen. Als die Frau sie schüchtern anlächelte, erwiderte Haley ihr Lächeln. Dann lenkte sie ihre Aufmerksamkeit auf ein junges Pärchen Anfang zwanzig. Sie saßen zusammen auf der Couch, hielten sich bei den Händen und sprachen leise miteinander. Sie machten einen sehr verliebten Eindruck.

Haley blickte wieder auf ihr Handy, überflog eine weitere E-Mail und sah dann wieder auf, um zwei Teenager zu beobachten, die ebenfalls mit der Nase an ihren Handys klebten, und jemanden in den Vierzigern neben ihnen, der aussah wie ihr Vater.

Noch bevor sie ein weiteres Mal auf ihr Handy sehen konnte, bemerkte sie, dass Jeff sie beobachtete. Sie begegnete seinem strengen Blick, und als ihr klar wurde, dass er sie immer noch kritisch beäugte, setzte sie sich kerzengerade auf, hob das Kinn ein wenig und lächelte ihm zu. Auf keinen Fall würde sie sich anmerken lassen, wie sehr sie sich hier fehl am Platz fühlte. Sie wusste, dass es absurd war. Sie hatte die Welt bereist und an millionenschweren Aufträgen gearbeitet, aber hier im Christmas Camp kam sie sich irgendwie unzulänglich vor, so als könne sie den Anforderungen ihrer Umgebung nicht gerecht werden.

Als hätte er ihre Anspannung gespürt, kam Ben zu ihr herüber. »Sind Sie bereit?«, fragte er sie sanft. Haley nahm die Warmherzigkeit in seinem Blick wahr. Sie schenkte ihm ein dankbares Lächeln. Er hat Verständnis, dachte sie und nickte ihm zu. »Ich bin bereit«.

Er klopfte ihr auf die Schulter. »Alles wird gut. Sie müssen einfach nur glauben.«

Haley lachte. »An den Weihnachtsmann.« Es war eine Feststellung, keine Frage.

Ben lächelte zurück. »An sich selbst.«

Noch ehe sie ihn dazu befragen konnte, wie er das meinte, trat er in die Mitte des Raums und wandte sich an die gesamte Gruppe. »Hallo und willkommen im Christmas Camp!« Ben hatte jetzt jedermanns Aufmerksamkeit, sogar die der Teenager. »Ich glaube, ich habe schon alle kennengelernt und ihr alle meinen Sohn Jeff und unsere Küchenfee Laura, die von Anfang an ein Teil unserer Christmas Camp-Familie war.«

Max bellte, ging zu Ben hinüber und ließ sich zu seinen Füßen nieder.

Alle lachten.

»Und natürlich, Max«. Ben tätschelte ihn, und Max wedelte mit dem Schwanz. »Er gehört zur Familie, seit wir ihn uns als Rettungshund zugelegt haben, und, um die Wahrheit zu sagen, war er es, der die letzten beiden Jahre meine Rettung war.« Er warf Max einen dankbaren, liebevollen Blick zu. »Du bist ein guter Hund, stimmt's, Max?«.

Als Max wieder bellte, musste selbst Haley lachen.

»Es ist uns eine wahre Ehre, dass Sie sich dazu entschlossen habe, diese ganz besondere Zeit mit uns hier zu verbringen«, sagte Ben. »Das Christmas Camp war der Traum meiner Frau, Jeffs Mutter ...« Da versagte ihm die Stimme, und Jeff gesellte sich zu ihm, nahm ihn in den Arm und machte weiter.

»Meine Mom ist vor ein paar Jahren gestorben«, sagte er. Einen Augenblick lang schien er sehr gerührt, dann fuhr er fort. »Es war ihr wirklich wichtig, dass wir die Christmas Camp-Tradition fortsetzen. Wir machen das ihr zu Ehren und wegen der Bedeutung, die es auch für uns hat ...«

Ben nickte zustimmend.

»Meine Mom wollte den Leuten helfen, sich an Weihnachten an das zu erinnern, was wirklich zählt – Zeit mit der Familie und Freunden zu verbringen und alles zu tun, um der Gemeinschaft, in der wir leben, etwas zurückzugeben.«

Ben fiel ein. »Sie wusste, wie wichtig es ist, dankbar zu sein für die vielen Segnungen, die uns zuteilwerden, und anderen zu helfen, wo wir nur können. Deshalb werden wir in der kommenden Woche eine Menge Dinge unternehmen, um den Geist der Weihnacht willkommen zu heißen und uns aufs Neue damit zu verbinden.«

»Na klar«, konstatierte Haley.

»Und zusätzlich werden wir nicht nur unsere alten Weihnachtsbräuche wiederbeleben und zu schätzen wissen, sondern noch viele neue weihnachtliche Aktivitäten anleiten, damit Sie Ihre eigenen Gepflogenheiten finden können«, sagte Ben.

Der hübsche Anfang Zwanzigjährige fiel ihm ins Wort. »Genau darum sind wir hier. Wir brauchen Hilfe dabei, unsere eigenen Bräuche zu entwickeln.«

Ben ging lächelnd auf das Pärchen zu. »Dann lassen Sie uns bei Ihnen beiden anfangen, Ian und Susie. Ich wollte jetzt eine kurze Vorstellungsrunde machen.«

Susie glühte regelrecht, als sie die linke Hand hochhielt und einen glitzernden Diamantring vorzeigte. »Wir sind frisch verheiratet. Ich bin Susie, und das ist mein Mann Ian ...« Susie strahlte Ian an. »Ich muss mich immer noch dran gewöhnen, ihn meinen Mann zu nennen ...« Sie himmelte Ian an und küsste ihn auf die Wange, woraufhin er den Arm um sie legte.

Es überraschte Haley, wie sehr die Liebe zwischen den beiden frisch Vermählten sie berührte.

Ian sah Susie an. »Susie dachte, es wäre eine gute Idee hierherzukommen, weil wir wirklich Hilfe dabei gebrauchen könnten, beide Familientraditionen unter einen Hut zu bringen.«

Susie nickte bestätigend. »Ich habe eine große Familie in Maine, und wir geben uns immer alle Mühe und pflegen sämtliche Weihnachtstraditionen.«

Ian lachte. »Und meine Familie ist klein. Wir feiern Weihnachten in Arizona, wo es unüblich ist, alles, was man sonst so im Winter an Bräuchen pflegt, zu machen, und stattdessen lieber die Sonne in der warmen, wunderbaren Wüste genießt ...«

Haley prustete los. »Tut mir leid, aber das kann ich gut nachempfinden.«

»Sie merken schon«, fuhr Susie unbeirrt fort. »Da gibt es einiges zu regeln. Wir wollen dieses Jahr Weihnachten mit unseren beiden Familien gemeinsam feiern, und es soll ein ganz besonderes Fest werden.«

»Und dabei können wir Sie unterstützen«, sagte Ben. »Genau darum geht es ja beim Christmas Camp. Sie sind hier goldrichtig.«

Sowohl Susie als auch Ian schienen erleichtert.

Ben richtete seine Aufmerksamkeit auf den Mann mit den beiden Teenagern. Die Teenies waren immer noch mit ihren Handys beschäftigt. »John, wollen Sie uns Ihre Familie vorstellen?«, fragte Ben.

»Gern.« John stand auf und zeigte, ganz der stolze Vater, auf seine Kinder. »Das ist mein Sohn Blake, er ist sechzehn, und meine Tochter Madison, vierzehn Jahre alt, und ich bin John.«

»Und er ist Arzt«, schaltete Madison sich ein. Sie sah dabei nicht von ihrem Handy auf, und so wie sie »Arzt«, sagte, klang es nicht gerade begeistert.

John fuhr völlig unbeirrt von ihrem Verhalten fort, als wäre er das bereits gewohnt. »Das ist das erste Weihnachten, das wir zusammen verbringen, nur wir drei.«

»Seit der Scheidung«, fügte Madison hinzu, immer noch auf ihr Handy fixiert.

John atmete tief ein. »Seit der Scheidung wollte ich, dass dieses Weihnachten für uns alle etwas Besonderes wird, deshalb sind wir hier.«

»Wir wollten Ski fahren gehen«, warf Blake ein. Er spielte ein geräuschvolles Videospiel auf seinem Handy.

Madison, die immer noch mit jemand Textnachrichten austauschte, nickte zustimmend.

Ian und Susie warfen sich einen Blick zu, der besagte: Wir sollten uns das mit dem Kinderkriegen vielleicht noch mal überlegen.

»Aber wir werden auch hier eine gute Zeit haben«, sagte John. Er versuchte, optimistisch zu klingen, doch es bereitete ihm ganz offensichtlich Mühe. Als er Ben einen entschuldigenden Blick zuwarf, gab dieser ihm ein aufmunterndes Lächeln zurück.

Dann richtete Ben die Aufmerksamkeit auf die Frau, die allein dasaß. Sie rückte nervös einen der Knöpfe an ihrem rosa Pullover zurecht, und dabei fiel Haley auf, dass ihre Hände zitterten.

»Das ist Gail«, sagte Ben. »Gail, stellen Sie sich doch bitte vor und erzählen Sie uns, warum Sie hier sind.«

Gail lächelte und schien ihre Worte mit Bedacht zu wählen. »Hi. Ich bin Gail, und ich bin hier, weil mein Sohn Ryan in der Armee ist und dies mein erstes Weihnachten ohne ihn ist ...« Tränen traten ihr in die Augen, und sie holte tief Luft, bevor sie weitersprach. »Ich bin so stolz auf das, was er da tut, dass er unser Land und unsere Freiheit verteidigt ... Ich vermisse ihn nur einfach schrecklich, ganz besonders zu dieser Jahreszeit. Als sein Dad gestorben ist, war Ryan zehn, und seitdem sind wir beide alleine. Weihnachten war immer etwas ganz Besonderes für uns. Es war eigentlich Ryans Idee, dass ich hierherkommen sollte und ...«

Da klingelte Haleys Handy mitten in den gefühlvollen Moment hinein. *»Bad to the Bone«* klang als Klingelton ganz besonders schrill und störend. Haley sah genauso überrascht aus wie alle anderen; sie hatte vollkommen vergessen, dass sie Kathy um einen Rückruf gebeten hatte. Sie sprang auf und sah Gail an. »Es tut mir leid«. Bei Gails traurigem Gesichtsausdruck spürte sie unmittelbar, wie es ihr den Magen zusammenzog. Sie warf Jeff einen hastigen Blick zu. Er stand mit verschränkten Armen da und sah missbilligend und enttäuscht aus. »Es tut mir wirklich leid, aber ich muss da rangehen«, sagte sie und rannte zur Tür hinaus.

Haley ging wie ein Tiger im Käfig in ihrem Zimmer auf und ab, während sie mit Kathy auf FaceTime sprach. »Du solltest das hier mal sehen, Kathy. Ich fühle mich, als wäre ich in einer Weihnachtsschneekugel gefangen. Das ist hier ein Weihnachts-Megaevent! Weihnachten, wo man hinsieht!«

»Ach, komm schon, so schlimm kann es gar nicht sein. Weihnachtsdeko ist doch super. Wie kann denn jemand zu viel davon haben?«

Haley schritt zielstrebig zur Kommode, öffnete die Schublade, hielt ihr Handy darauf, damit Kathy all die Engel, die sich darin türmten, sehen konnte. »Ganz einfach. Sieh dir das mal an.«

Kathy machte große Augen. »Wow! Sind das …«

»Engel. Weihnachtsengel, ganz genau, und sie sind überall. Ich habe das Weihnachtsengelzimmer.«

Kathy krümmte sich vor Lachen. »Versteh ich das richtig?«, fragte sie. »Ausgerechnet dir haben sie das Engelzimmer gegeben, und du hast all die Engel in …«

»Die Schublade, den Nachtisch, unters Bett gestopft, wo immer Platz für sie war.« Haley schob die Schublade wieder zu. »Und Jeff, der Sohn des Besitzers, hat mich dabei ertappt …«

»Was meinst du mit ertappt?«, lachte Kathy immer noch.

»Er kam vorbei und wollte mir meinen Weihnachtsstrumpf bringen, der ganz nebenbei einen …«

»Engel drauf hat«, beendete Kathy den Satz für sie.

»Ganz genau. Und er hat einen der Engel gesehen, der aus der Schublade hervorguckte, und jetzt ist er wie die Weihnachtspolizei hinter mir her. Er beobachtet mich die ganze Zeit. Du kannst dir das nicht vorstellen!« Haley sprach immer aufgeregter und drehte sich dabei quasi im Kreis.

Kathy sah sie fragend an. »Du bist doch sonst nicht so leicht zu verunsichern. Was geht da vor sich? Was verschweigst du mir?« Sie wurde sichtbar unruhig. »Warte mal. Dieser Typ ist … heiß, stimmt's?«

Haley funkelte ihr Handy an. »Das hat überhaupt nichts damit zu tun.«

»Dann ist er also heiß!«, schloss Kathy. »Du magst den Typen.«

»Wie bitte?!«, stotterte Haley. »Ich kenn … Ich kenn ihn ja noch nicht mal.«

Kathy schüttelte nur grinsend den Kopf.

»Was denn?«, fragte Haley genervt.

»Das ist doch super. Endlich hast du jemanden gefunden!«

Haley sah ihre Freundin an, als wäre sie völlig durchgedreht.

»Ich hab niemanden gefunden, spinnst du? Das Einzige, was ich hier gefunden habe, ist ein verrücktes Christmas Camp, und bis ich die Bescheinigung habe, die Larry von mir will, damit ich bei Tyler Toys präsentieren darf, bin ich hier in Geiselhaft.«

»Aber was den Typ angeht, gib's zu, dass er dir gefällt.« Kathy wollte einfach nicht locker lassen.

»Das Einzige, was ich zugebe, ist, dass du vollkommen durchgeknallt bist. Ich kenne ihn ja noch nicht mal. Ich habe grade mal zwei Minuten mit ihm geredet, und der will nichts mit mir zu tun haben, das kannst du mir glauben. Er hält mich für den Grinch, den Miesepeter, der seinem Dad den Spaß am Christmas Camp verderben will.«

»Und warum regst du dich dann so auf?«

»Ich reg mich nicht auf«, schrie Haley und schloss sofort wieder den Mund.

Kathy lachte. »Was immer du sagst, Grinchy, denk dran, du musst nett sein, alles dransetzen, um die Urkunde zu kriegen, und schnell wieder hierherkommen. Tom ist schon dabei, seine Präsentation für Larry zusammenzustellen. Du musst dich sputen mit deiner weihnachtlichen Gesinnung ...«

Am Boden zerstört hielt Haley mit ihrem Rumgerenne inne und ließ sich aufs Bett fallen. Ihr entfuhr ein tiefer Seufzer. »Ich weiß ja. Danke, dass ich bei dir Luft ablassen konnte. Ich muss mich einfach auf das konzentrieren, worauf es wirklich ankommt ...«

»Weihnachten«, sagte Kathy. Es war eine Feststellung, keine Frage.

Haley schüttelte den Kopf. »Nein, meine Beförderung. Auch wenn das bedeutet, der beste Christmas Camper zu werden,

den sie hier je gehabt haben, dann soll es eben so sein …«. Ein Klopfen unterbrach sie.

»Ich muss Schluss machen, da ist jemand an der Tür …«

»Womöglich der Weihnachtsmann«, neckte Kathy sie.

»Mach keine Witze … das ist hier durchaus möglich.«

Es klopfte noch mal, diesmal lauter.

»Ich komme.«

»Viel Glück«, sagte Kathy.

Haley ging zur Tür hinüber. »Danke, das kann ich gebrauchen.«

Kapitel 7

Als Haley die Tür aufmachte, stand Jeff vor ihr. Die Tatsache, dass ihr sofort wieder das Herz bis zum Hals schlug, verwirrte und verärgerte sie zugleich. Als sie zu ihm aufsah, hätte sie unmöglich sagen können, was er dachte.

»Mein Vater hat mich geschickt, Sie zu holen«, sagte er. »Die anderen warten unten.«

Haley hielt ihr Handy hoch. »Tut mir leid, es war ein Anruf von meiner Firma, ich musste rangehen.«

Einen Moment lang herrschte betretenes Schweigen, denn Jeff erwiderte darauf nichts.

»Aber jetzt bin ich so weit«, sagte Haley.

»Okay, sehr gut.« Er zeigte auf den Computer auf dem Bett und sagte: »Nehmen Sie auch den Laptop mit und dann los.«

»Meinen Laptop, wozu?«

Aber Jeff war schon weg. Sie nahm ihren Computer und eilte ihm hinterher. »Wozu brauche ich meinen Laptop?«

»Mein Dad wird es Ihnen erklären.«

Während Haley ihm folgte, fiel ihr sein Gang auf, zielstrebig, ohne Zögern, wie ein Mann, der wusste, wo es im Leben langging. Sie konnte es sich nicht verkneifen, ihn dafür zu bewundern. Sie konnte es sich ebenfalls nicht verkneifen, ihn dafür zu bewundern, wie er in Jeans aussah. Schluss jetzt, ermahnte sie sich selbst, doch als sie den Blick von ihm losriss, hörte sie immer noch, wie Kathy sagte: *Der ist heiß, stimmt's?*

»Fokus«, befahl sie sich selbst.

Da wurde ihr schrecklich bewusst, dass sie laut gesprochen hatte, weil Jeff unvermittelt stehen blieb und sich nach ihr umschaute. Langsam aber sicher fing sie an durchzudrehen. Sie spürte, wie ihr Gesicht vor Verlegenheit brannte.

»Haben Sie mich gemeint?«, fragte er.

»Nein, ich meine, ja. Ich meine, ich habe ›Fokus‹ gesagt, also wo liegt der Fokus bei unserer nächsten Aktivität?«

Jeff starrte sie nur noch verwirrter an.

Haley schob sich an ihm vorbei, so dass sie vor ihm war und ihm schnell entkommen konnte. »Kommen Sie schon. Ich will die anderen nicht warten lassen.«

Jeff warf die Hände hoch und lachte. »Seit wann machen Sie sich denn Gedanken über die anderen?«

Sie rannte beinahe voraus ins Wohnzimmer, wo ihr sofort klar wurde, dass Jeff es ernst gemeint hatte. Alle warteten auf sie, und alle sahen sie beim Eintreten gespannt an. »Es tut mir wirklich leid für das, was da passiert ist«, sagte sie und meinte es auch so. Sie wandte sich direkt an Gail. »Ich wusste nicht, dass mein Handy auf laut gestellt war. Normalerweise stelle ich es leise.« Sie hielt das Handy hoch. »Es ist jetzt leise gestellt, und ich verspreche, es wird keine weiteren Störungen mehr geben.«

Gail lächelte sie an. »Schon in Ordnung. Ich verstehe …«

Ben kam lächelnd auf Haley zu. »Und Sie haben recht. Es wird keine weiteren Störungen mehr geben.«

Haley war erleichtert, dass man ihr so schnell verzieh, bis Ben seine Hand ausstreckte, mit der Handfläche nach oben.

»Ihr Handy«, sagte er.

Auch Haley lächelte. »Ich hab es wirklich ausgestellt.«

»Danke, aber ich nehme es besser an mich.«

Haleys Lächeln erlosch auf der Stelle. Von Panik erfüllt, wohin diese Unterredung führen könnte, drückte sie das Handy instinktiv an ihre Brust. »Was wollen Sie denn mit meinem Handy?«

»Das gehört beim Christmas Camp dazu. Es nennt sich: die Verbindung unterbrechen und sich stattdessen wieder mit Weihnachten zu verbinden. Ihren Computer brauche ich ebenfalls.«

»Wie bitte? Auf keinen Fall!« Haley sah entsetzt aus. »Ich brauche mein Handy und den Laptop zum Arbeiten …«

»Machen Sie sich keine Sorgen. Sie kriegen alles am Abend wieder, wenn die Aktivitäten vorüber sind.«

Haley hielt das Handy mitsamt dem Laptop an sich gepresst.

»Wir mussten unsere auch abgeben«, sagte Madison. Sie sah nicht gerade glücklich darüber aus.

Blake nickte. Er wirkte genauso aufgebracht.

»Jeder«, fügte John hinzu.

Haley sah in die Runde, und alle nickten. Der Letzte, den sie ansah, war Jeff. Er lächelte ihr zu. Dasselbe herausfordernde Lächeln, das ihr unmittelbar unter die Haut ging. Sie atmete tief durch und zwang sich runterzukommen, um nicht völlig auszurasten. Sie dachte an das, was Kathy gesagt hatte, dass Tom bereits an seiner Präsentation für Tyler Toys arbeitete und wie dringend sie diese Bescheinigung brauchte, damit sie die Chance erhielt, den Auftrag für sich zu gewinnen. Sie hatte keine Wahl. Widerstrebend reichte sie Ben sowohl ihr Handy als auch ihren Laptop. Sie sah zu, wie er sie in eine große Kiste, die wie ein Weihnachtsgeschenk verpackt war, legte.

»Sie werden es nicht bereuen«, sagte er.

Haley drehte sich um und ging zu ihrem Platz. »Das tue ich aber jetzt schon«, murmelte sie vor sich hin.

Max, der neben Ben stand, hatte sie gehört und bellte. Sie warf ihm einen Blick zu, der ihm bedeuten sollte, lass mich bloß in Ruhe.

Ben hob die Kiste auf, reichte sie Jeff und wandte sich dann an die Gruppe. »Okay, wer ist bereit für die erste Aktivität?«

Susies Hand schnellte nach oben.

»Wunderbar!« Ben strahlte sie an. »Dann sind Sie jetzt meine Gehilfin.«

Haley sah zu den Teenagern hinüber. Die verdrehten die Augen. Sie wusste nur zu gut, wie sie sich fühlten.

Einen Moment später half Susie Ben kleinere Rollen, die genauso aussahen wie die größeren aus den Strümpfen mit der Liste der Aktivitäten, zu verteilen. Dazu teilte Ben noch Schneemannbleistifte aus.

Haley sah ihren Bleistift ungläubig an. Sie hatte noch nie zuvor einen Schneemannbleistift in der Hand gehalten.

»Jetzt erzähl ich euch mal, was wir machen werden«, sagte Ben begeistert. Er hielt eine Rolle und einen Bleistift hoch. »Bevor wir zum Abendessen gehen, hätte ich gern, dass jeder einen Weihnachtswunsch aufschreibt und ihn in den Strumpf steckt.«

»Ich wünsche mir mein Handy«, brummte Blake. Madison und Haley hatten ihn gehört und nickten zustimmend.

Ben fuhr fort: »Keine Sorge, keiner wird Ihren Weihnachtswunsch lesen. Sie machen das nur für sich. Also können Sie beruhigt Ihren sehnlichsten Wunsch aufschreiben.«

Haley beobachtete die anderen beim Schreiben. Sie sah auf ihre Schriftrolle, und ihr fiel partout nichts ein. Sie hatte keinen Weihnachtswunsch. Sie wünschte sich einfach nichts, weder an Weihnachten noch sonst. Sie glaubte daran, dass sie selbst dafür verantwortlich war, etwas zu verwirklichen und sich nicht nur zu wünschen, dass es Wirklichkeit wurde.

»Wie bitte? Sie haben keinen Weihnachtswunsch?«

Als Jeff plötzlich neben ihr auftauchte, sah Haley erschrocken auf. Sie wollte ihm gerade etwas um die Ohren hauen, da fiel ihr wieder ein, dass sie ihn auf ihre Seite bringen musste, wenn sie diese Bescheinigung haben wollte. Sie musste ihn für sich einnehmen und durfte sich nicht länger mit ihm anlegen. Deshalb versuchte sie diesmal, ihr Lächeln echt wirken zu lassen.

Er kniff die Augen zusammen, schien ihr zu ... misstrauen.

»Ach wissen Sie«, fing sie an. »Es gibt so viel, was man sich wünschen kann. Ich will nur sicher sein, dass ich das richtige auswähle ...«

»Mich wundert nur, dass hier wegzukommen nicht ganz oben auf Ihrer Wunschliste steht.«

Haley hätte ihm am liebsten sofort zugestimmt, aber sie erinnerte sich an ihre neue Strategie. »Ich glaube, wir haben einen schlechten Start gehabt ...«

Er sah sie erstaunt an.

»Ich finde ihr Christmas Camp großartig. Wirklich. Alle hier werden eine tolle Zeit haben.«

»Nur Sie nicht?«, fragte Jeff.

Haley sah ihm in die Augen. »Ganz ehrlich? Nein. Aber verstehen Sie bitte, dass das nichts mit dem Christmas Camp zu tun hat. Ich bin leider nicht im Urlaub. Ich bin hier, um zu arbeiten, deshalb muss ich all die Aktivitäten so schnell wie möglich hinter mich bringen, damit ich den Termin schaffe. Meine gesamte Zukunft hängt davon ab.«

»Vielleicht können Sie ja beides gleichzeitig haben – Spaß und Arbeit«, sagte Jeff. »Glauben Sie mir, ich verstehe Sie ja. Ich arbeite selbst viel, aber ich freue mich auch jedes Jahr auf das hier. Bei der Arbeit geht's drunter und drüber, und hier habe ich die Chance, mich auszuklinken und Zeit mit meinem Dad zu verbringen. Mir geht's jedes Mal besser danach, wenn ich wieder nach Boston zurückkehre.«

Haley war klar, dass es ihr erst besser gehen würde, wenn sie den Wettstreit mit Tom gewonnen hatte und ihre Beförderung erhielt. Das Problem war nur, dass sie wusste, es würde nicht leicht werden, weil Tom so ein Schleimer war; sie stellte sich schon vor, wie er dem Praktikanten half, den Weihnachtsbaum aufzustellen. Oder noch schlimmer, er würde selbst einen Baum besorgen und ihn aufstellen, weil er wusste, dass Larry das gefallen würde. Ihr war klar, dass, je länger sie hier im Christmas Camp blieb, desto mehr Zeit Tom hatte, Larry zu beweisen, dass er der Geeignetere für den Tyler Toys-Auftrag war.

»Alles in Ordnung?«, fragte Jeff. Er sah sie eindringlich an.

Haley wurde bewusst, dass sie vor sich hingestarrt hatte. »Tut mir leid, ich dachte nur gerade an …«

»Arbeit?«, beendete Jeff den Satz für sie.

Haley lachte. »Sehen Sie, wie gut Sie mich schon kennen. Jetzt aber genug von mir. Wie steht's mit Ihnen? Sie haben gesagt, Sie arbeiten in Boston. Was machen Sie da?«

»Ich bin Architekt.«

Haley war beeindruckt. »Entwerfen Sie öffentliche Gebäude oder Privathäuser?«

»Beides, aber ich bin eigentlich auf Sanierungsobjekte spezialisiert. Ich arbeite gerade an einem Gebäude mit Eigentumswohnungen unten an der Bostoner Waterfront ...«

»Meinen Sie das bei der Crane Wharf?«

»Ja. Kennen Sie es?« Diesmal war es Jeff, der beeindruckt war.

»Ja. Ich wohne auch in Boston, und da war das Lieblingsfischrestaurant meiner Eltern, bis es wegen der Sanierungsarbeiten abgerissen worden ist.«

»Meinen Sie das *Crab Shack*?«

»Ja, genau das meine ich.« Haley lächelte ihn an. »Sie sind dort jahrelang hingegangen, und sie waren total geknickt, als es geschlossen wurde ...«

»Na, dann können Sie ihnen ausrichten, dass es nur vorübergehend geschlossen hat. Das renovieren wir nämlich auch. Wir werden es wieder zum Leben erwecken, sobald die Sanierungsarbeiten abgeschlossen sind. Es ist eine Bostoner Institution. Wir können doch das *Crab Shack* nicht einfach dichtmachen.«

Haley nickte begeistert. »Darauf hatten wir gehofft! Ich kann es kaum abwarten, das meinen Eltern zu erzählen. Sie werden sich total freuen.« Automatisch wollte sie nach ihrem Handy greifen, bis ihr einfiel, dass man es ihr weggenommen hatte. Ihr Lächeln schwächelte.

»Machen Sie sich keine Sorgen, heute Abend kriegen Sie Ihr Handy wieder«, sagte Jeff.

Haley wedelte mit den leeren Händen. »Ich weiß. Es ist bloß so seltsam, es nicht zu haben, beinahe so als wäre es ein Teil von mir. Ich weiß, dass das nicht so sein sollte, und es klingt vermutlich etwas schräg, aber …«

»So geht's Ihnen eben damit.«

Sie nickte. »So ist es. Ich muss ganz eindeutig zur Telefontherapie.«

Jeff lachte. »Sie befinden sich ja bereits bei der Christmas-Camp-Therapie. Ich habe gehört, das soll das Nächstbeste sein.«

Haley presste ihre zuckenden Finger aneinander. »Okay. Dann hab ich ja noch mal Glück gehabt, aber sobald ich mein Handy wiederhabe, ruf ich meine Eltern an. Sie könnten ein paar gute Nachrichten gebrauchen.«

»Ist alles in Ordnung mit ihnen?«

»Oh, mit ihnen ist alles okay, bloß mit dem ›Geldgrab‹ nicht.«

»Mit dem *Geldgrab*?«

»Ja, ich nenne es das Geldgrab, meine Eltern jedoch, die ewigen Optimisten, nennen es – sie deutete mit den Fingern Anführungszeichen an – einen Klassiker im viktorianischen Stil.« Sie seufzte. »Es ist das Zuhause unserer Familie. Die Villa gehörte ursprünglich meiner Großmutter, und nun ist sie zum Familienprojekt geworden oder vielmehr zum nicht enden wollenden Renovierungsobjekt, das uns wahrscheinlich alle in den Ruin treiben wird.«

Jeff nickte verständnisvoll. »Renovierungen können ganz schön Geld verschlingen, aber am Ende hat man ein Stück Familiengeschichte bewahrt. Und das ist nicht mit Gold aufzuwiegen.«

»Dagegen ist gar nichts einzuwenden, aber wenn das Geld ausgeht, bevor alles fertig ist, ist das schon besorgniserregend. Es gibt so viele Vorschriften, die einzuhalten sind, damit alles historisch korrekt restauriert wird, was weitere Verschiebungen mit sich bringt, die dann wieder mehr Geld kosten. Ich weiß schon, für Sie ist das Ihr Job, aber für mich bedeutet es eine Menge Frust und Ärger.«

»Ich würde mal sagen, ich mag Herausforderungen zum einen, und zum anderen macht es Spaß, etwas in Vergessenheit Geratenes wieder zum Leben zu erwecken.«

Haley sah verwundert aus. »Dasselbe sagen meine Eltern auch. Ich bin der Meinung, es ginge ihnen viel besser in einer netten neuen Eigentumswohnung, aber sie hängen an ihrem Geldgrab.«

»An dem Klassiker im viktorianischen Stil.«

»Dem Geldgrab.«

Während sich sein Dad dazugesellte, lachte Jeff immer noch.

»Haley, haben Sie Ihren Weihnachtswunsch fertig?«

»Sie arbeitet gerade dran«, antwortete Jeff für sie.

»Wunderbar. Alle anderen haben ihre aufgeschrieben. Also wenn Sie fertig sind …«

Haley sah sich im Raum um und fühlte sich erneut schuldig, dass die anderen schon wieder auf sie warten mussten. »Tut mir leid, nur noch einen Moment.« Sie vergewisserte sich, dass weder Jeff noch sein Vater etwas sehen konnten, tat so, als würde sie etwas aufschreiben, und rollte dann schnell das Blatt Papier auf, bevor jemand sehen konnte, dass sie gar nichts darauf geschrieben hatte. »Fertig.« Sie hielt stolz ihre Rolle hoch und steckte sie dann ebenso wie alle anderen in den Strumpf.

»Gut, prima«, sagte Ben. »In einer Stunde gibt's Abendessen. Sie können sich inzwischen ein wenig entspannen und sich wie zu Hause fühlen, und vergessen Sie nicht, Ihren Weihnachtspullover zum Essen zu tragen.«

Jeff warf Haley einen fragenden Blick zu. »Wenn Sie sich für heute Abend einen Pullover ausleihen möchten, wir haben hier immer welche übrig.«

Haley sprang auf. »Ich bin versorgt, aber trotzdem vielen Dank. Ich bin bestens vorbereitet.«

»Gut zu wissen«, sagte Jeff. Er sah ihr lächelnd in die Augen, und in diesem Moment gelang es ihr nicht, den Blick abzuwenden. Warum musst du nur so verdammt gut aussehen, dachte sie bei sich. Sie wusste, dass er genau der Typ war, der sie ablenken würde, und momentan konnte sie es sich ganz und gar nicht leisten, von ihm oder sonst wem abgelenkt zu werden. Sie musste eine Balance finden – ihn zu ihrem Verbündeten machen und gleichzeitig auf Abstand halten.

»Bis später«, sagte sie zu ihm und ging hinaus.

»Ich freu mich schon drauf, Sie zu sehen – in Ihrem Pullover«, bemerkte Jeff.

Als Haley ihr Zimmer betrat, lächelte sie immer noch. Da fiel ihr auf, dass einer der Engel auf dem Bild ihr einen vielsagenden Blick zuwarf, und sie ging zu ihm hinüber. »Hör auf, mich zu verurteilen. Ich werde mich nicht von ihm ablenken lassen.« Sie nahm das Bild ab und legte es in den Kleiderschrank. »Ich bin wegen Arbeit hier. Das ist mein Fokus.« Sobald sie es laut ausgesprochen hatte, fühlte sie sich gleich besser. Sie sah die anderen Engelbilder an der Wand an. »Entweder ihr seid auf meiner Seite oder ihr wandert ebenfalls in den Schrank.« Sie betrachtete ein Bild nach dem anderen und schien zufrieden. »Also gut, dann geht's los. Die paar von euch, die noch übrig sind, können mich anfeuern. Christmas Camp, ich komme!«

Kapitel 8

Kurz darauf war Haley schon wieder unten. Sie war am Verhungern. In der Hoffnung, einen Happen vorm Essen zu finden, warf sie einen Blick in die Küche und entdeckte Ben. Er lächelte ihr zu.

»Hi Haley! Kommen Sie doch rein.«

»Hi. Danke.« Sie sah sich in der Küche um. Es war eine echte Profiküche mit den ganzen modernen Vorrichtungen und selbstverständlich voller weihnachtlicher Accessoires. In einer Ecke hing an roten Haken eine Reihe von Weihnachtsbechern passend zu einer riesigen Keksdose. Dazu gab es noch hübsche grüne Glasgefäße mit Zuckerstangen und Gummidrops und roten und grünen Schokolinsen. Sogar die Rentier-Obstschale war mit glänzenden roten und grünen Äpfeln auf Weihnachten abgestimmt. Doch der Schneemannteller mit den Weihnachtsleckereien erregte bei ihr die größte Aufmerksamkeit und ließ ihr das Wasser im Mund zusammenlaufen. Fudge aus dunkler Schokolade, Schokobretzeln mit weißem Überzug, rote und grüne Rice Krispy-Riegel und wunderschön verziertes Zuckerbackwerk lagen auf dem Teller. Sie konnte nicht anders, sie trat näher heran, um das Ganze genauer zu inspizieren, und entdeckte, dass es Weihnachtsbäume aus Keksteig mit tannengrünem Zuckerguss waren, mit knallroten Bonbons als Weihnachtsschmuck. Da waren Sterne mit weißem Zuckerguss und silbernen Streuseln, Schneemannkekse ganz in Weiß mit aufgemalten Gesichtern aus schwarzem Zuckerguss und einem winzigen orangenen Klecks für die Karottennase. Sogar ein Weihnachtsengel aus Butterteig lag da – nicht wirklich überraschend, wie Haley wusste. Der Engel war von erlesener Schönheit. Auch er war ganz von weißem Zuckerguss überzogen und von glänzendem Gold umrahmt und beinahe zu schön, um ihn aufzuessen … beinahe …

»Nehmen Sie sich ruhig einen«, sagte Ben. Er gesellte sich zu ihr. »Die sind wirklich was Besonderes, nicht wahr? Laura macht das wirklich bewundernswert.«

»Die sehen leckerer aus als die aus der Bäckerei in der Nähe meiner Arbeit. Sie ist wirklich begnadet.« Haley juckte es in den Fingern, sich einen Keks zu nehmen, aber stattdessen hakte sie sie noch fester ineinander.

»Laura backt für ihr Leben gern. Wir sind wirklich gesegnet, dass sie seit all den Jahren bei uns ist. Hier, probieren Sie mal einen.«

Haley schüttelte traurig den Kopf. »Nein, danke. Ich versuche, brav zu sein.«

Ben holte ein weiteres Tablett mit Gebäck hervor. Dies war auf einem Rudolph-Teller angeordnet. Er brachte ihn ihr. Die Kekse waren schlichter – rund, mit weißem Zuckerguss und mit feinen Zuckerstangenbröseln bestreut.

»Wenn Sie versuchen, weniger Süßes zu essen, und sich nur ein einziges Stück gönnen wollen, dann probieren Sie einen davon«, sagte Ben. »Es geht unmöglich, dass Sie im Christmas Camp waren, ohne zu wissen, wie unsere berühmten Kekse schmecken.«

Haley lachte. »Sind sie sicher, dass Sie kein Vertreter sind? Was macht die denn so besonders?«

Ben nahm einen, biss hinein und ließ ihn sich mit geschlossenen Augen auf der Zunge zergehen. Haleys Magen knurrte. »Diese Weihnachtskekse sind nach dem berühmten Geheimrezept meiner Großmutter hergestellt. Wir nennen sie die Christmas-Camp-Kekse. Alles andere macht Laura, aber die hier backe ich selbst.«

»Tatsächlich?« Haley war beeindruckt.

Ben nickte. »Die sind ganz schlicht, nichts Extravagantes, aber ich verspreche Ihnen, dass Sie noch nie so was Leckeres gegessen haben. Wenn Sie sich also mal was gönnen wollen, dann diese hier. Sind Sie sicher, dass Sie noch nicht mal einen probieren wollen?« Ben hielt ihr das Tablett mit den Keksen unter die Nase. Sie waren so nah, dass sie die Pfefferminze der Zuckerstangen riechen konnte.

Aus Angst, sie könnte schwach werden, wich Haley einen Schritt zurück. »Das ist heikel, weil es bei mir eine Kettenreaktion auslöst. Ich bin ein Zuckerjunkie, wenn ich nur einen probiere, hör ich nicht mehr auf. Deshalb halte ich mich besser ganz zurück.« Sie warf einen Blick auf die Obstschale, aber die machte sie nicht wirklich an. »Vielleicht nehme ich mir einfach einen Apfel.«

Ben holte sofort die Schale und reichte sie ihr. »Aber selbstverständlich. Sie kennen ja den alten Spruch: Ein Apfel am Tag hält ...«

»Den Arzt fern«, vollendete Haley den Satz für ihn.

»Nein, den Grinch fern.«

Haley lachte. »Na dann sollte ich unbedingt einen Apfel

essen.« Sie nahm einen glänzenden grünen Apfel und biss hinein. Er war gut, säuerlich und knackig, doch sie konnte nur noch an die Kekse denken. Als sie einen weiteren sehnsüchtigen Blick darauf warf, bemerkte sie die Tafel, auf die Ben gerade etwas schreiben wollte.

Ganz oben stand: 14 Tage bis Weihnachten.

»Ich kann nicht glauben, dass es nur noch zwei Wochen bis Weihnachten sind. Ich muss noch so viel erledigen.«

Ben hielt inne und sah sie an. »Wissen Sie, Haley, bei der Christmas-Camp-Woche geht es eigentlich genau darum, sich die Zeit zu nehmen, die Festtage und das, was wirklich wichtig ist, feierlich zu begehen.«

»Aber was mach ich, wenn mir Arbeit am allerwichtigsten ist?«, fragte Haley.

»Dann will ich mal sagen, dass ich sehr froh darüber bin, Sie hier bei uns im Christmas Camp zu haben«, entgegnete Ben. Er lächelte ihr freundlich zu, nahm die Kreide und schrieb »Fröhlich« an die Tafel. »Ich werde jeden Tag ein Wort anschreiben, das wir zum Motto des Tages machen ...«

»Dann ist heute ›fröhlich‹ dran?«, fragte Haley.

»Ganz genau.«

»Fröhlich wie in: Juhuuu! Es ist Weihnachten?« Sie streckte jubelnd die Hände hoch.

Ben lachte. »Ja, das könnte gemeint sein. ›Fröhlich‹ bezeichnet im Prinzip alles, was Ausgelassenheit und Freude beschert. Es geht dabei darum, Dinge zu tun, die einen erfreuen und bei denen man einfach glücklich und froh ist ...«

Haley nickte. Glücklich sein klang gut. Sie wollte gerade noch einmal in den Apfel beißen, als sie die Kiste mit den Handys und Computern entdeckte. Ihre Augen leuchteten auf, und sie steuerte automatisch darauf zu und spähte hinein. Als sie ihr Handy entdeckte, war es für sie, wie einem alten Freund wiederzubegegnen. Sie langte hinein und holte es heraus. »Wissen Sie, was mich wirklich glücklich macht?«, fragte sie und lächelte Ben scherzend zu. »Mein Handy macht mich sehr glücklich. Man könnte sogar sagen, es stimmt mich *fröhlich*.«

Ben lachte.

»Heißt das dann, dass ich es wiederhaben kann?«

Ben ging auf sie zu. »Wie wär's, wenn wir daran arbeiten würden, noch was anderes als Ihr Handy zu finden, was Sie fröhlich macht?«

»Aber mein Handy macht mich so glücklich, ich meine – fröhlich.«

Ihr flehender Blick brachte Ben zum Lachen, und sie stimmte in sein Gelächter ein.

»Kommen Sie einfach heute Abend zu mir, und ich gebe Ihnen alles wieder. Jeden Abend. Abgemacht?«

Haley zögerte noch. »Abgemacht.«

»Vertrauen Sie mir. Sie werden mir noch dankbar dafür sein.«

Haley bedachte ihn mit einem Blick, der besagte, dass sie sich dessen nicht so sicher war, aber sein Optimismus und Enthusiasmus gefielen ihr. Als Ben die offene Hand ausstreckte, legte sie ihr Handy hinein. Dann führte er sie sanft, aber bestimmt weg von der Kiste der Versuchung. Seufzend drehte sie sich danach um und dachte: so nah und doch so fern.

»Wir haben ein paar tolle Bücher in der Bibliothek, die Ihnen bestimmt gefallen werden«, sagte Ben.

Haley hatte den Wink verstanden. »Also gut, Sie haben gewonnen.«

Ben klopfte ihr väterlich auf die Schulter. »Nein, Haley, Sie haben gewonnen. Sie werden es schon noch merken.«

»Okay, ich geh mal hier raus, bevor ich mir noch einen der Kekse stibitze.« Sie biss abermals in ihren Apfel, doch er stillte nicht mal annähernd ihr Verlangen nach Süßem. Während sie sich zur Bibliothek begab, erinnerte sie sich daran, wie sie, als sie klein war, mit ihrer Mom in identischen Schneemannschürzen Weihnachtskekse gebacken hatte. Da war sie wohl so um die fünf gewesen, und ihre Mutter hatte sie zum ersten Mal alle Zutaten in eine große rote Schüssel füllen und die Eier aufschlagen lassen. Aber ihr Liebstes war es gewesen, den Teig auszustechen und die Kekse mit Zuckerguss zu überziehen und zu verzieren. Sie erinnerte sich an ihren Lieblingsausstecher, einen Engel, und daran, wie sie die Engel mit weißem Zuckerguss bestrichen und mit Goldstreuseln besprenkelt hatte, genau wie Ben. Sie musste über die Ironie lachen. Sie hatte seit Jahren nicht mehr daran gedacht, Weihnachtskekse zu backen.

Als sie die Bibliothek betrat, lächelte sie immer noch, doch beim Anblick all der Bücher blieb ihr vor Staunen der Mund offenstehen. Es waren Hunderte. Für so ein kleines heimeliges Hotel war es eine wirklich beeindruckende Bibliothek. Der Raum selbst war gar nicht so groß, aber die Regale darin reichten vom Boden bis zur Decke und füllten jeden Zentimeter der Wände aus.

Haley schritt eines der Regale ab und entdeckte darin so ziemlich alles, vom neuen Hochglanz-Hardcover über alte, in Leinen gebundene Klassiker und Taschenbücher. Ein halb fertiges Puzzle lag auf einem kleinen Tisch in der Ecke. Darauf war ein wunderschöner Weihnachtsbaum mitten auf einem pittoresken Dorfplatz zu erkennen. Es kam ihr vor, als wüsste sie, wo der stand. Es rief bei ihr dieses zeitlose Er-könnte-überall-stehen-Gefühl hervor.

Dann ging sie an dem hinteren Regal entlang und streifte mit dem Finger über die Buchrücken. Lesen war schon immer eine ihrer Lieblingsbeschäftigungen gewesen, doch sie konnte sich nicht einmal mehr daran erinnern, welches Buch sie als Letztes gelesen hatte. Vor kurzem hatte sie ein paar Bücher heruntergeladen, die ihre Kunden geschrieben hatten; diese hatte sie allerdings ihrem Praktikanten zum Lesen gegeben und sie sich von ihm zusammenfassen lassen.

Sie zog ein abgegriffenes Buch aus dem Regal und wog es einen Moment lang in der Hand, bevor sie es aufschlug, die Augen schloss und den Geruch tief einsog. Es ging doch nichts über die Gerüche alter Bücher. Für sie roch dieses hier ein bisschen nach Vanille mit einem leicht herben Hauch von Kaffee. Es erweckte in ihr die Erinnerung an all die Tage, die sie, als sie aufwuchs, in der Leihbücherei verbracht hatte, weil das Geld so knapp war, dass ihre Eltern ihr nur selten Bücher kaufen konnten. Der Tag, an dem ihr Vater ihr einen Büchereiausweis schenkte, hatte ihr Leben maßgeblich verändert. Von da an hatte ihr die Bücherei Zugang zur gesamten Welt verschafft. Es war der Ort, wo es ganz gleich war, wie viel Geld jemand besaß – von dort konnte man überall hinreisen, sein, wer man wollte, und alles lernen, was man wissen wollte. Bücher wurden zu ihrer Zuflucht und die Bücherei zu dem Ort, wo sie glücklich war. Sie sog noch einmal tief den Duft ein …

»*Das* bedeutet es also, wenn es heißt, dass jemand die Nase im Buch stecken hat.«

Haley wirbelte herum. Jeff war hereingekommen. Verlegen schob sie schnell das Buch ins Regal zurück.

»Ich bitte Sie inständig, lassen Sie sich nicht stören«, sagte er. »Die Bücher warten darauf, gelesen zu werden. Haben Sie eins gefunden, das sie besonders anspricht?«

»Noch nicht. Hier sind so viele, da kann man sich gar nicht entscheiden. Ich kann gar nicht glauben, wie viele es sind. Manche davon scheinen richtig alt zu sein.«

Jeff gesellte sich zu ihr und holte vorsichtig ein Buch aus dem Regal. Er schlug es beim Copyright auf. »Das sind sie. Dieses hier beispielsweise ist von 1936. Ich habe es bei einer der Sanierungsarbeiten gefunden. Da kommen übrigens eine Menge dieser Bücher her. Sie würden sich wundern, wie viele Leute sie einfach zurücklassen ...«

Haley legte die Stirn in Falten. »Tatsächlich? Das kommt mir so ...«

»Traurig vor?«

Haley sah ihn an. »Ja, traurig. Für mich sind Bücher ein Teil unserer Geschichte, unseres Lebens, sie tragen dazu bei, dass wir zu dem werden, was wir sind. Deshalb kommt es mir nicht richtig vor, sie einfach stehen zu lassen.«

»Ich stimme Ihnen voll und ganz zu. Das ist auch der Grund, warum ich die Bücher hierherbringe, damit sie ein neues Zuhause finden. Die Gäste freuen sich darüber, und man weiß nie, was man hier vielleicht noch entdeckt.«

Haley lächelte, während sie Jeff dabei beobachtete, wie er ein paar Bücher im Regal sortierte, und dachte bei sich, erst rettet er alte Häuser und jetzt auch noch zurückgelassene Bücher – es ist beinahe unmöglich, diesen Kerl nicht zu mögen. Aber dann schüttelte sie sich innerlich, weil sie sich schon wieder hatte ablenken lassen. Sie musste ein Buch finden und sich davonmachen. Sie ging zu einem Schreibtisch, auf dem ein Stapel farbenfroher Bücher lag. Jeff trat zu ihr und nahm eins davon in die Hand. »Das sind nur ein paar aus unserer Weihnachtsbuchsammlung«, sagte er.

Haley starrte ihn verblüfft an. »Es gibt hier ernsthaft eine Weihnachtsbuchsammlung?«

»Selbstverständlich. Christmas Camp, ohne ein Weihnachtsbuch zu lesen, geht gar nicht.«

Haley wurde sofort hellwach. »Moment mal, ist das eine von den Aktivitäten? Wie viele müssen wir lesen?«

Jeff musste über ihren Eifer lachen. »Keine Angst. Es steht nicht auf der Liste. Ich meinte nur, den meisten hier macht es Spaß, so was zu lesen. Es hilft ihnen, in Weihnachtsstimmung zu kommen. Aber vielleicht sollten wir das tatsächlich ins Programm aufnehmen. Keine schlechte Idee.«

Haley sah ihn entsetzt an. »Aber warten Sie damit noch bis nächstes Jahr. Die Liste ist jetzt schon ellenlang.«

Jeff reichte ihr eins der Bücher. »Nur falls Sie die Zeit dazu finden, ich glaube, das würde Ihnen gefallen.«

Haley sah es sich an und lachte. »›Weihnachten bei einem Engel‹? Ihr Ernst? Noch so ein Engel für mich? Ich habe bereits eine Überdosis davon ...«

»Man kann überhaupt nie genug Engel haben«, stellte Jeff klar.

»Ich glaube, das ist Ansichtssache.« Haley grinste. »Lassen

Sie uns einfach mal so sagen – ich habe momentan mehr davon, als ich verkraften kann.« Sie nahm ein anderes Buch vom Stapel. Es war eine wunderschöne Anleitung für Weihnachtsdekorationen. Sie blätterte darin und bewunderte die Fotos mit traumhaften Wohnungen und prächtigem Ambiente für Weihnachtsfeiern. »So was könnte ich tatsächlich für meine Weihnachtskampagne gebrauchen.«

»Daran arbeiten Sie gerade? An einer Weihnachtskampagne?«

Haleys Augen leuchteten sofort auf, sobald sie anfing, über ihre Arbeit zu sprechen. »Es ist eine Kampagne für Weihnachtsspielzeug für das Tyler Toys-Unternehmen. Sie wollen auf dem internationalen Markt Fuß fassen, deshalb wäre es ein Großauftrag, und ich versuche, sie als neuen Kunden zu gewinnen.«

»Dann arbeiten Sie also in der Werbebranche?«

»Ja. Ich habe mich auf Markenartikel spezialisiert.«

Jeff zog fragend die Augenbrauen hoch.

»Das bedeutet, ich arbeite mit Firmen und deren Marken zusammen und entwickle mit ihnen Strategien für die besten Kundenpräsentationen. Ich unterstütze sie bei ihrer authentischen Selbstdarstellung in der Öffentlichkeit, mit der sie den Kontakt zu ihren Kunden herstellen. Eben das, was ein erfolgreiches Unternehmen ausmacht.«

»Das klingt, als würden Sie Ihre Arbeit lieben.«

Haley nickte lächelnd. »Tu ich auch. Es ist eine Ehre und eine Riesenverantwortung, die Vorstellungen derjenigen, die eine Firma gegründet und dafür hart gearbeitet haben, zum Erfolg zu führen. Und wenn es mir gelingt, dass dieses Tyler Toys-Unternehmen zu uns kommt, wird mein Chef mich zur Firmenpartnerin machen.«

Jeff sah beeindruckt aus. »Wow! Das ist ja wirklich eine große Sache.«

Haley sah ihn an und wusste, dass er es aufrichtig meinte. Er verurteilte sie nicht, für das, was sie sagte. »Danke. Es bedeutet mir sehr viel. Es war ein langer Weg dahin. Ich habe zuerst kleine Familienbetriebe vertreten, was mir viel Spaß gemacht hat, weil ich da genau sehen konnte, was meine Arbeit bewirkt hat …«

»Und jetzt?«

»Jetzt bin ich weiter und vertrete einige der größten Unternehmen des Landes. Mein Spezialgebiet sind für gewöhnlich Reisen und Unterkünfte.«

»Aber diesmal geht es um eine Spielzeugfirma?«

»Ich weiß, das ist nicht gerade mein Fach, aber mein Boss meint, ich müsse noch einen Großauftrag an Land ziehen, und das wär's dann. Und deshalb bin ich hier. Bei Tyler Toys dreht sich alles um die Weihnachtstradition, also her mit der Inspiration.«

»Dann sollte das Christmas Camp ja perfekt für Sie sein.«

Haley lachte. »Jetzt klingen Sie genau wie mein Boss. Aber ich hoffe, Sie haben beide recht, weil mir nur noch rund eine Woche bleibt, um diese Werbekampagne auf die Beine zu stellen, von der meine gesamte Karriere abhängt.«

»Also, ich habe Weihnachten mein Leben lang traditionell gefeiert, Sie können sich vertrauensvoll an mich wenden, wenn Sie Fragen dazu haben. Ich bin sozusagen Spezialist auf dem Gebiet«, witzelte Jeff. »Und ich helfe gern weiter.«

»Danke.« Haley warf ihm einen dankbaren Blick zu. »Gut möglich, dass ich darauf zurückkomme.«

Jeff ging den Stapel durch, suchte vier Bücher aus und reichte sie ihr. »Hier. Die könnten Ihnen bei Ihrer Recherche behilflich sein.«

Haley lachte, als sie sah, dass das oberste Buch »Ein Weihnachtsengel« hieß. »Sie wollen also immer noch nicht aufgeben mit ihren Engelbüchern, was?«

»Ich gebe nicht so leicht auf.«

Sie sahen sich an und lächelten, und Haley merkte, wie es schon wieder passierte: Sie ließ sich ablenken. Deshalb ging sie rasch zur Tür. »Ich mach mich besser mal an die Arbeit. Ich sehe Sie dann beim Abendessen.«

❄ ❄ ❄

Als sich Haley in ihrem Zimmer zum Essen bereit machte, sah sie sich im Spiegel an und brach innerlich zusammen. Sie trug den Weihnachtspullover, den Larry ihr geliehen hatte, und mit ihm hatte sie eine ganz neue Dimension des Lächerlichen erreicht. Unglaublich, wie hässlich der war. Wenn heute Abend ein Wettbewerb stattfinden sollte, wer den hässlichsten Weihnachtspullover trägt, würde sie ihn garantiert gewinnen.

Sie schaute in die Runde der Engelbilder an der Wand und posierte vor ihnen in ihrem Pullover. »Ich will von keinem von euch eine abfällige Bemerkung hören, sonst landet ihr bei den anderen im Schrank.« Sie warf ein Blick auf das Engelbuch, das Jeff ihr gegeben hatte. »Und dasselbe gilt auch für dich.«

»Also gut, gehen wir's an.« Sie ging zur Tür, doch als sie sie öffnete, wäre sie beinahe über Max gestolpert, der davorsaß und auf sie wartete. »Oh, tut mir leid«, sagte sie und stützte sich an der Wand ab, um nicht umzukippen. Als sie Max genauer betrachtete, brach sie in Gelächter aus. »Wow! Was haben sie denn mit dir gemacht?«

Max trug ebenfalls einen Weihnachtspullover mit einer Menge verrückter Katzen mit Weihnachtsmannmützen darauf. Haley konnte gar nicht mehr aufhören zu lachen, woraufhin Max anfing zu bellen.

»Tut mir leid«, sagte sie zu ihm, prustete aber sofort wieder los. »Okay, gut. Du hast gewonnen. Dein Pullover ist noch schlimmer als meiner. Katzen mit Weihnachtsmannmützen! Armer Kerl.«

Max drehte sich einmal langsam im Kreis, als wolle er ihr seinen Pullover vorführen. Dann trottete er durch den Flur davon. Immer noch kichernd folgte sie ihm. Sowie er beim Esszimmer angekommen war, setzte er sich hin und wartete auf sie. »Was denn?«, fragte sie irritiert und sah zu ihm hinunter. »Ah, ich weiß. Es ist dir zu peinlich, alleine so zum Essen zu erscheinen. Du brauchst dafür Verstärkung.«

Max wedelte mit dem Schwanz.

»Okay, lass es uns zusammen angehen. Vielleicht bemerkt mich dann niemand, weil alle viel zu sehr damit beschäftigt sind, deine verrückten Weihnachtskatzen zu betrachten.«

Leider ging ihre Rechnung nicht auf, denn sobald Haley das Esszimmer betrat, hielten alle in ihrer Unterhaltung inne und fingen an zu lachen. Jeff am lautesten.

»Hey, kommt schon«, blaffte sie zurück. »Lacht mich nicht aus. Guckt euch doch erst mal Max an. Er trägt Katzen! Weihnachtskatzen oder Katzen mit Weihnachtsmannmützen, was auch immer. Dagegen sehe ich vergleichsweise normal aus.«

Als Max bellte, johlten alle nur noch lauter.

Selbst Haley stimmte in ihr Lachen ein, während sie sich auf den letzten Platz am Tisch zwischen Jeff und seinen Vater setzte.

»Sowas Krankes wie Ihren Pullover hab ich noch nie gesehen«, sagte Madison. Sie lachte immer noch.

»Madison!«, ermahnte ihr Vater sie streng und warf ihr einen warnenden Blick zu.

»Was denn? Das war nett gemeint«, entgegnete Madison. »Stimmt's Haley?«

Haley warf die Hände hoch. »Ja, es bedeutet, dass ich den besten schrecklichsten Pullover von allen hier anhabe ... Glaube ich ...«

Wieder lachten alle. Sie schenkte Jeff, der ihr ein Glas Wein reichte, einen dankbaren Blick.

»Das können Sie bestimmt gebrauchen«, frotzelte er.

»Glauben Sie?« Sie lachte und trank einen Schluck. »Aber was ist mit dem armen Max? Ich meine, wie konnten Sie ihm das nur antun, Ben? Katzen! Im Ernst?«

Mit gespielt unschuldiger Miene drehte Ben die Hände nach außen. »Ich hab damit nichts zu tun.«

Laura grinste, während sie ringsum Wein nachschenkte. »Ich war das. Ich bin dafür verantwortlich. Aber Max gefällt er, stimmt's nicht, Max? Er will immer gern bei allem dabei sein.«

Max bellte.

Da betrachtete Haley Lauras Pullover und musste wieder lachen. Ihr Bauch schmerzte allmählich von all dem Gelächter. »Wow, Laura! Ihr Pullover passt perfekt zu Ihnen.«

»Vielen Dank.« Laura drehte sich langsam im Kreis, damit jeder ihren Pullover bewundern konnte. Keiner konnte etwas gegen ihren Pullover einwenden, er war perfekt, absolut hinreißend. Die Vorderseite zierte ein riesiger Lebkuchenjunge mit einem Lebkuchenmädchen. Sie hielten sich bei den Händen und waren mit allen erdenklichen bunten Knöpfen, Schleifen und Glitzer besetzt.

Alle klatschten, und Laura verneigte sich leicht vor ihnen. »Wow, nochmals vielen Dank.« Sie lachte. »Den hab ich in der Tat selbst gemacht. Ich mache jedes Jahr einen neuen.«

»Jedes Jahr?«, fragte Haley ungläubig. »Wofür brauchen Sie denn jedes Jahr einen neuen?«

»Weil wir viele Gäste haben, die mehr als einmal zu den Christmas-Camp-Wochen kommen und sich schon darauf freuen, was ich mir beim nächsten Mal habe einfallen lassen.«

»Und sie nimmt sogar Anfragen entgegen«, fügte Ben stolz hinzu.

Haley, die gerade einen Schluck von ihrem Wein trinken wollte, erstarrte. »Anfragen?«

Gail reagierte genauso fasziniert. »Was meinen Sie mit Anfragen?«, erkundigte sie sich. Ihr eigener Pullover war auch ziemlich eindrucksvoll. Darauf war ein Riesenpinguin mit einer Weihnachtsmannmütze, die aufleuchtete.

Laura zeigte auf den Lebkuchenjungen auf ihrem Pullover. »Der Pullover für dieses Jahr war beispielsweise so eine Anfrage. Einer unserer Gäste vom letzten Jahr, Thommy, ein zehn Jahre alter Junge, hat mich gefragt, ob ich einen Lebkuchenpullover machen könnte, der genauso aussah wie die Lebkuchen, die ich für ihn gebacken habe, als er mit uns seinen zehnten

Geburtstag gefeiert hat. Ich habe ihm gesagt, dass ich einen für dieses Jahr machen würde und er herkommen und ihn sich ansehen soll.«

»Und hat er ihn gesehen?«, fragte Haley.

»Aber ja«, antwortet Ben für Laura. »Sie waren erst vor ein paar Wochen hier, und Sie hätten mal das Gesicht des kleinen Thommy sehen sollen, als er Lauras Pullover entdeckte. Er war ganz aus dem Häuschen.«

»Und noch mehr, als er herausgefunden hat, dass sie ihm auch einen gemacht hat«, fügte Jeff hinzu.

Haley sah Laura an, als wäre sie eine Superheldin. »Wow, das ist wirklich cool!«

»Echt cool«, pflichtete Madison ihr bei.

»Das ist wirklich ganz wunderbar«, fiel jetzt auch Gail ein. Unmittelbar darauf leuchtete die Weihnachtsmannmütze von ihrem Pinguin auf.

Ben sah Laura stolz an. »Das ist es, was wir hier machen. Den Leuten helfen, besondere Erinnerungen zu schaffen.«

»Das reicht jetzt aber, genug von mir. Bitte, fangen Sie doch an zu essen, bevor es kalt wird.« Laura setzte sich neben Madison. »Ich hoffe, es schmeckt dir. Es gibt Bens Leibspeise – in Honig gebackener Schinken, einen Salat von gerösteten jungen roten Beten, Kartoffelbrei mit Knoblauch, gebratenes Frühlingsgemüse und frischgebackene Buttermilchbrötchen.«

»Und lassen Sie noch etwas Platz für den Nachtisch«, warf Ben mahnend ein. »Laura backt die besten Kuchen.«

Laura lächelte. »Sie können aus verschiedenen Sorten wählen. Es gibt Beeren-, Kürbis- oder Pekannusskuchen.«

Mit großen Augen betrachtete Haley all das Essen auf dem Tisch. »Das sieht alles fantastisch aus. So viel besser als die Mahlzeiten aus dem Automaten, die ich sonst so zu mir nehme.«

Madison sah fasziniert aus. »Man kann das Abendessen aus einem Automaten ziehen?«

»Wenn man einen Müsliriegel als Abendessen bezeichnen will, dann ja«, erwiderte Haley. Sie betrachtete Madisons Pullover und lachte. »Das nenn ich mal einen gelungenen Pullover, den du da anhast.«

Madison strahlte. Ihr Pullover war genial in seiner Schlichtheit. Er war einfach weiß mit einer großen roten angesteckten Samtschleife. »Ich habe mir vorgestellt, ich sei ein Weihnachtsgeschenk. Ein großes.«

Blake feixte: »Eins, das ich umgehend zurückgeben würde.«

Madison warf ihm einen bösen Blick zu. »Immer noch besser als deiner, was immer das sein soll. Wenigstens hast du das Hässliche richtig gut hingekriegt.«

Blake sah grinsend auf seinen Pullover. Er war schwarz mit einer rot-weiß gestreiften Stange. »North« stand darauf. »Mein North-Pole-Pulli ist das Größte.«

»Du bist der Größte ... Idiot«, warf Madison ihm an den Kopf.

»Hey Leute, kommt schon. Es ist Weihnachten«, sagte John hoffnungsvoll. »Könnt ihr mal versuchen, ein wenig netter zueinander zu sein?« Er selbst trug einen Pullover mit einem Riesenrentier darauf, dessen Geweih etwa zwanzig Zentimeter abstand.

»Wir sind doch nett zueinander.« Madison nahm sich noch mehr von dem Rote-Bete-Salat.

»Wir ziehen uns nur ein bisschen auf, Dad. Nicht so schlimm«, erklärte Blake und häufte noch mehr Kartoffelbrei auf seinen Teller.

John wollte gerade in gespielter Verzweiflung das Gesicht in den Händen vergraben, da blieb er mit den Unterarmen am Geweih hängen, was alle zum Lachen brachte. Jeff lachte am lautesten. Haley musterte ihn von oben bis unten und schüttelte den Kopf, während sie sich noch ein Brötchen butterte.

»Ich weiß nicht, ob ich so laut lachen würde, wenn ich der Elfjunge wäre«, sagte sie und zeigte auf Jeffs Pullover. Darauf war ein völlig schräger, langhaariger Elf, dessen Zotteln herabhingen. »Ich rate mal, das soll Harry der Elf sein, oder?«

Jeff warf sich stolz in die Brust. »Genauso ist es. Und das ist einer meiner absoluten Lieblingspullover.«

Laura lachte, während sie Ben den Schinken reichte. »Das stimmt. Wir versuchen schon seit Ewigkeiten, ihn dazu zu überreden, sich mal was Neues zu kaufen ...«

»Aber er geht nicht drauf ein«, fügte Ben hinzu. »Er ist sehr treu.«

Jeff grinste selbstgefällig. »Und das ist auch gut so. Und Dad, ähm, ich würde an deiner Stelle den Mund nicht so voll nehmen. Du trägst diesen Pullover seit – warte mal – wie vielen Jahren?«

Ben lächelte stolz. »Der gefiel deiner Mom immer am besten.« Er reichte Jeff den Schinken.

Jeff lachte. »Oh ja, ich weiß. Den hat sie dir gekauft, zusammen mit allem anderen, was noch so dazugehört.«

Haley hielt sich den Mund zu, um nicht loszuprusten, als

sie Bens Kostüm betrachtete. Im Grunde genommen sah es aus wie der Aufzug des Weihnachtsmanns. Es war rot mit weißem Fellbesatz, einem schwarzen Gürtel um die Taille, und war ganz offensichtlich sehr beliebt gewesen und viel getragen worden.

»Ich kann auch noch die Mütze und den Bart rauskramen, wenn du willst«, bot Ben ihm an.

Jeff winkte ab. »Nein, nein, das reicht mir.«

Haley warf Ian und Susie einen Blick zu. Sie waren die Einzigen, die von der Neckerei verschont geblieben waren. Sie erfreuten sich an dem Essen und lachten allen zu. Sie trugen einheitliche Pullis. Auf Susies war ein Elchmädchen mit Schmuck im Geweih und auf Ians ein identischer Elchjunge, der eine Weihnachtsmannmütze aufhatte. Auf beiden stand: FRÖHLICHE ELCHNACHT!

»Was hat es denn mit den Elchen auf sich?«, fragte Haley.

Ian verdrehte die Augen. »Sie stammt aus Maine«, antwortete Ian, als würde das irgendetwas erklären.

Susie warf ihm einen finsteren Blick zu. »Was willst *du* denn auf deinem Pullover? Einen Riesenkaktus, weil du Weihnachten in Arizona verbringst?«

»Nein«, entgegnete Ian. »Ich wollte überhaupt nicht, dass wir Pullover tragen. In Arizona würden wir an Weihnachten ganz einfach Badesachen anziehen.«

Susie sah Ian an, als hätte er von ihr verlangt, eine Zwangsjacke zu tragen. »Und jetzt wird klar, warum es so nötig war, dass wir hierherkommen.« Sie blickte in die Runde. »Wir brauchen ein Weihnachtswunder, um eine Kompromisslösung zu finden.«

»Na, dann seid ihr hier genau richtig«, sagte Ben und lächelte ihnen zu.

»Und wer gewinnt jetzt den Hässlichsten-Weihnachtspullover-Wettbewerb?«, fragte Madison. »Ich stimme für Haley.«

»Vielen Dank. Ich denke«, sagte Haley, »ich stimme für Max. Ich meine, also mal ehrlich, er hat Weihnachtskatzen drauf.«

Max bellte. Er schien tatsächlich begeistert, dass er auch an dem Wettbewerb teilnehmen durfte.

»Der eigentliche Sinn der Weihnachtsverkleidung ist, dass wir alle ein bisschen Spaß haben, ein bisschen albern sind und lachen. Ich glaube, das ist gelungen, oder?«, fragte Ben Madison.

Madison grinste. »Ich habe auf jeden Fall eine Menge gelacht.«

»Ich auch«, sagte Haley. »Ich weiß nicht, wann ich jemals so viel gelacht habe.«

»Dann war es ein Erfolg«, stellte Ben fest. Er sah zufrieden aus, als er aufstand und anfing, den Tisch abzuräumen. Jeff half ihm dabei.

Haley sah Laura beeindruckt an. »Wow, die sind aber gut erzogen.«

Laura lachte. »Ich würde das ja gern für mich verbuchen, aber Ben und Jeff haben schon lange, bevor ich dazukam, den Tisch abgeräumt.«

»Das war meine Mom.« Jeff lächelte in dankbarer Erinnerung.

»Bei uns galt die Regel, dass der, der gekocht hat, nicht aufräumen muss. Die anderen mussten abräumen und abwaschen«, ergänzte Ben.

»Bei uns läuft das genauso«, pflichtete Susie ihm bei. »Ian kocht wesentlich besser als ich. Aber das ist in Ordnung, ich wasche gern ab, solange er so toll für mich kocht. Wir sind ein prima Team.«

Ian küsste sie auf die Wange. »Das sind wir, Babe. Jetzt müssen wir uns nur noch darauf einigen, was es an Weihnachten zu essen geben soll.«

»Ach ja, das auch noch«, sagte Susie. Sie hielt ihr Glas hoch. »Bitte noch etwas Wein!«

Alle lachten.

John sah seine beiden Teenager an. »Ich finde, wir sollten bei uns zu Hause auch diese Abmachung einführen, wer kocht, braucht nicht abzuwaschen.«

»Hm, Dad? Zuerst müsste bei uns zu Hause tatsächlich mal jemand kochen, weil Take-Away nicht zählt.«

John gab vor, überrascht zu sein. »Was? Moment mal! Warum denn nicht?«

Madison und Blake grinsten.

»Ich liebe Take-Away«, mischte sich Haley ein. »Ich komme zu euch.«

»Du bist jederzeit herzlich bei uns willkommen«, lud John sie ein.

Als Ben aus der Küche zurückkam, stellte er sich ans Tischende und rieb sich die Hände. Es war klar, dass er etwas vorhatte. Haley musste nicht lang warten, bis sie erfuhr, worum es ging.

»Jetzt, wo alle mit dem Essen fertig sind, seid ihr bereit für die nächste Weihnachtsaktivität?«, fragte er.

Haleys Lächeln gefror. Sie war nicht darauf gefasst gewesen, dass nach dem Essen eine weitere Aktion anstand. Sie hatte darauf gehofft, noch etwas arbeiten zu können, bevor sie zu Bett ging, und sie war bereits ganz schön erledigt. Aber nach Bens Begeisterung zu urteilen, war es eindeutig, dass er noch mehr Christmas-Camp-Spaß für sie auf Lager hatte.

KAPITEL 9

Die Gruppe hatte sich im Wohnzimmer zusammengefunden. Alle sahen Ben erwartungsvoll an und wollten wissen, was als Nächstes passieren würde. Er ging zum Kamin und nahm einen der roten Samtstrümpfe mit weißem Pelzbesatz ab.

»Üblicherweise spielen wir bei unseren Christmas Camps am ersten Abend immer Christmas-Camp-Scharaden«, eröffnete Ben. »Wir finden, dass es eine wunderbare Gelegenheit ist, sich zu entspannen, Spaß zu haben und die anderen besser kennenzulernen.«

Susie mischte sich ein. »Ich liebe Weihnachtsscharaden! In meiner Familie spielen wir das auch immer jedes Jahr.«

Haley musterte sie. »Prima, dann bist du in meinem Team.«

Ben sah sich im Raum um. »Also gut, nachdem sich schon die ersten Teams zusammenfinden, wie wär's, wenn die Frauen gegen die Männer antreten?«

Haley warf Jeff einen Blick zu, der sie seinerseits herausfordernd ansah. Sie stand auf und stellte sich zu Susie. »Ich halte das für eine ausgezeichnete Idee. Kommt rüber, Gail und Madison. Lasst uns ihnen zeigen, was wir Mädels draufhaben. Wir werden sie vernichten.«

Ben riss eschrocken die Augen auf. »Also von vernichten weiß ich nichts, das sollte eigentlich nur ein nettes harmloses Scharadespielchen sein …«

Aber der Blick, den Haley Jeff zuwarf, war ganz und gar nicht nett. Er besagte: Du wirst untergehen! Sie legte die Arme um die anderen und steckte mit ihrem Team die Köpfe zusammen. »Okay, Mädels, wir kriegen das hin. Susie, du bist unser Coach. Was rätst du uns?«

Susie sah etwas verängstigt aus ob der Intensität, mit der Haley das Spiel betrieb. »Ich würde sagen, habt einfach Spaß!«

Als Gail und Madison beide zustimmend nickten, forderte Haley: »Wir werden Spaß haben und gewinnen. Wir wollen auf jeden Fall gewinnen ...«

Ben lachte über Haleys Spieleifer. »Also gut, klingt ganz so, als ob die Mädels bereit wären. In dem Strumpf sind Zettel mit den Namen von Weihnachtsliedern, und jeder zieht einen der Songs für die Scharaden ...«

»Kapiert!«, warf Haley kurzerhand ein und wollte sofort loslegen. Sie beäugte schon ungeduldig den Strumpf, den Ben in der Hand hielt.

»Es gibt noch einen kleinen Haken dabei«, fügte Ben hinzu. »Beide Teams sind gleichzeitig dran und dasjenige, das das Lied seines Teams zuerst errät, gewinnt. Noch Fragen?«

»Nein, alles klar«, ergriff Haley das Wort für alle anderen. Sie klatschte ein paarmal in die Hände. »Los geht's, Team!«

Haleys gesamtes Team sah sie ein wenig verängstigt an.

Ben hielt Gail den Weihnachtsstrumpf hin. »Okay. Gail, willst du als Erstes ziehen?«

Gail steckte die Hand in den Strumpf und zog ein zusammengefaltetes grünes Blatt Papier heraus. Sie öffnete es und las, was darauf stand. »Ich habe ein gutes.«

»Yo!« Haley klatschte sie ab.

»Okay, aber denkt daran, es den anderen nicht zu zeigen«, sagte Ben. Dann reichte er den Strumpf weiter, bis alle ein Lied gezogen hatten.

Haley war zum Schluss dran. Als sie den letzten Zettel gezogen hatte, las sie, was draufstand, und brach in Gelächter aus.

»Gibt's ein Problem?«, fragte Jeff, der sie genau beobachtet hatte.

Haley verbarg ihren Zettel vor ihm. »Nein. Alles gut. Ich bin bereit. Auf geht's.«

Ben lächelte allen zu. »Ihr habt gehört, was Haley gesagt hat. Fangen wir an. Sohnemann, du vielleicht als Erster, dann kannst du den anderen zeigen, wie's geht. Wer will bei den Mädels als Erstes?«

Haley war sofort zur Stelle. »Ich!«

Alle lachten, als Haley sich neben Jeff platzierte und sie sich in gespielt direkter Konfrontation voreinander aufbauten.

»Bist du sicher, dass du zuerst willst?«, fragte Jeff. »Ich dachte, Susie wäre die Expertin.«

»Das ist sie, aber wir verfolgen eine Strategie«, entgegnete Haley. »Stimmt's, Mädels?«

»Ja, klar«, antwortete Susie. Aber sie sah ziemlich ratlos aus, als hätte sie keine Ahnung, womit Haley so prahlte.

»Also gut. Dann gehen wir jetzt in die erste Runde.« Ben streckte die Hand aus. »Gebt mir bitte eure Zettel und lasst mich euch an die Regeln erinnern. Das ist Scharade, deshalb darf auch nicht geredet werden, aber wenn jemand richtig rät, könnt ihr auf eure Nase zeigen, wie es der Weihnachtsmann machen würde, damit die anderen wissen, dass sie richtig liegen ...«

Haley zeigte auf ihre Nase und dann auf die anderen Frauen, immer und immer wieder.

Jeff musste lachen. »Was machst du da?«

»Ich übe schon mal«, antwortete Haley stolz. »Weil ich weiß, dass meine Mädels alle richtigen Wörter finden werden. Stimmt's Mädels?«

»Stimmt!«, sagte Madison und zeigte auf Haley.

Alle lachten.

Haley hob die Faust in einer Siegergeste und tänzelte herum wie ein Boxer im Ring. »Okay, los geht's!«

Jeff wirkte amüsiert über ihre Zurschaustellung.

Ben stellte sich zwischen die beiden und nahm erst Haley bei der Hand und dann Jeff. »Also gut. Alle bereit?«

»Wir sind bereit«, sagte Susie.

»Dann lasst uns auf der Stelle mit der Christmas-Camp-Scharade beginnen – los!« Sobald Ben ihre Hände losgelassen hatte, fingen Jeff und Haley an, herumzurennen und ihre Teams dazu zu bringen, ihre Songs zu erraten.

»Komm schon, Jeff!«, rief Ian.

»Komm schon, Haley!«, konterte Susie.

Haley warf die Arme in die Luft und tat, als würde sie singen.

»Die Freiheitsstatue«, riet Susie.

»*Singing in the Rain*«, warf Gail ein.

Ben lachte. »Denkt dran, es geht um Weihnachtslieder.«

Auf der anderen Seite bei den Männern sah es nicht viel besser aus. Jeff deutete einen feisten Wanst an, ging rüber zum Kaminofen und zeigte auf den Schornstein.

»So ein Kamintyp, ein … Schornsteinfeger?«, riet Ian.

Ben lachte. »Es geht um Weihnachtslieder, ratet weiter, Leute.«

Haley sprang in die Luft und wedelte mit den Armen. Sie sah aus … wie eine Irre mit einem hässlichen Weihnachtspullover.

Jeff, der sie beobachtet hatte, hielt mit seiner eigenen Aufführung inne und brach in Gelächter aus.

Jetzt formte Haley mit beiden Händen einen Kreis über ihrem Kopf und hüpfte weiter im Zimmer umher.

»Ein Vogel«, riet Madison.

»Ein Flugzeug«, fiel Blake ein.

»Super-Haley«, beendete John.

Alle lachten.

»Wartet mal! Ich hab's!« Madison sprang auf und fuchtelte mit den Armen. »Sie ist ein Engel!«

Haley warf siegreich beide Fäuste nach oben, zeigte dann erst auf ihre Nase und anschließend auf Madison.

In der Zwischenzeit hatte sich Jeff ein Kissen vom Sofa geholt und es unter seinen Pulli gestopft, so dass er einen dicken Bauch hatte.

»*Baby, It's Cold Outside*«, riet John.

Jeff schüttelte den Kopf und zeigte immer wieder auf seinen Bauch, dann warf er den Kopf in den Nacken, als würde er laut lachen und mimte: »Ho, ho, ho …«

»Der Weihnachtsmann«, schrie Ian. »Du bist der Weihnachtsmann!«

»Ja!«, rief Jeff ihm zu.

Haley bewarf Jeff mit einem Kissen. »Ohne Worte!«

Er warf es zurück. »Du redest ja auch.«

Ben trat zwischen sie. »Hört beide auf zu reden. Weiter so, Leute.«

»Okay, okay, du bist der Weihnachtsmann.«

Haley geriet in Panik. Sie sprang vor die Frauen, um ihre Aufmerksamkeit zu erhaschen, und hüpfte dann erneut im Zimmer auf und ab, während Jeff abermals zum Kamin lief, darauf zeigte und dann wieder auf sich.

»Okay, ihr seid ganz nah dran. Macht weiter!« Ben war ebenso aufgeregt wie alle anderen.

Haley hüpfte noch ein letztes Mal und streckte dann die Hände zur Decke, tat, als sänge sie wie eine Opernsängerin. Jeff war wieder beim Kamin.

Gail und Ian posaunten beide gleichzeitig die richtige Antwort heraus.

»Hark! The Herald Angels Sing!«

»Here Comes Santa Claus!«

»JAAA!«, schrie Haley siegesbewusst, stürmte zu Gail und fiel ihr um den Hals, während Ian und die anderen Jungs ebenfalls feierten. Ben trat zu ihnen und hielt sowohl Haleys als auch Jeffs Hand in Siegerpose hoch.

»Gleichstand«, verkündete Ben.

»Ich will eine Revanche«, forderte Jeff spielerisch ein. Grinsend sah er Haley an. »Gar nicht schlecht für eine blutige Anfängerin.«

»Oh, mit dir nehm ich's allemal auf, Santa.« Haley zeigte zuerst auf ihre Nase, dann auf Jeff.

Während alle lachten, wurde Haley bewusst, dass sie sich nicht erinnern konnte, schon einmal solchen Spaß gehabt zu haben, und zum ersten Mal überlegte sie, ob Jeff vielleicht recht gehabt hatte. Vielleicht konnte sie hier tatsächlich für ihre Tyler Toys-Präsentation recherchieren und trotzdem ein bisschen Spaß dabei haben. Dennoch wusste sie, dass ihr Hauptinteresse der Arbeit gelten musste. Sie lief zum Kamin hinüber, nahm ihren Strumpf ab und holte die Christmas-Camp-Liste heraus. Nachdem sie ein bisschen gekramt hatte, fand sie den Schneemannstift und hakte die Weihnachtsscharade ab. »Noch eine Aktivität vollbracht«, sagte sie stolz. »Ich werde das alles in Windeseile durchziehen.« Doch wie sie wieder aufschaute, fiel ihr auf, dass Jeff sie beobachtet hatte und sein Lächeln verblasst war. Sie gab vor, dass es ihr gleichgültig war, und widmete ihre Aufmerksamkeit ihrem Team. »Wer ist als Nächstes dran?«

»Ich!« Susie wedelte mit dem Zettel, auf dem das Weihnachtslied stand, herum.

»Na warte, du wirst untergehen«, drohte ihr Ian und stellte sich zu ihr in die Mitte des Raums. Er tänzelte wie ein Boxer neben ihr.

Susie verdrehte lachend die Augen.

»Oh, das wird gut«, freute sich Blake.

»Supergut«, stimmte ihm Madison zu. »Dann sind wir nämlich als Nächste dran.«

»Mit dir nehm ich's allemal auf!« Blake wies auf seine Nase und dann auf seine Schwester.

Haley und Jeff ließen sich gleichzeitig auf das Sofa plumpsen. Sie sahen sich an und lachten.

»Ich bin völlig erledigt«, sagte Haley.

»Es ist nicht leicht, ein Engel zu sein.«

»Das kannst du laut sagen.« Sie lachte. »Aber es hat Spaß gemacht, es wenigstens mal zu versuchen.«

»Wirklich?«, fragte er erstaunt.

»Wirklich«, erwiderte sie und war selbst erstaunt, dass sie es tatsächlich auch so meinte.

Ben ging zu Ian und Susie hinüber, nahm beide bei den Händen und hielt sie hoch. »Also gut, macht euch bereit für die zweite Runde.«

»Das machst du, Susie!«, feuerte Haley sie an.

»Los Ian!«, hielt Jeff dagegen.

»Auf die Plätze, fertig, los!« Ben ließ ihre Hände los, und die zweite Runde begann. Ian tat so, als spielte er Schlagzeug.

»Little Drummer Boy«, rief Jeff aus.

»Jaaaa!« Ians Faust schoss siegesbewusst nach oben.

»Hey, das ist nicht fair!«, fuhr Haley Jeff an. »Du kennst bestimmt schon alle Lieder, die wir haben.«

»Und darauf kommst du jetzt erst?«, rief Jeff.

Als Haley ihm daraufhin spielerisch eins mit dem Kissen überzog, gesellten sich Madison, Susie und Gail dazu und sogleich wurde er von allen Seiten mit Kissen bombardiert. Haley lachte so sehr, dass sie sich den Bauch halten musste. Als sie zu Ben hinübersah, lächelte er ihr zu.

»Bist du jetzt fröhlich?«

Gerade wollte Haley ihm zunicken, da hieb ihr Jeff eins mit dem Kissen über den Kopf.

Wieder gab es Gelächter und als Haley Ben ansah, verstand sie zum ersten Mal seit langem, was das Wort »fröhlich« in Fröhliche Weihnachten für eine Bedeutung hatte. Und schlagartig hatte sie eine Idee für ihre Tyler Toys-Kampagne. Sie ging rasch auf Ben zu. »Es hat wirklich großen Spaß gemacht«, begann sie.

Ben verzog keine Miene. »Aber?«

»Aber« – Haley rang darum, die richtigen Worte zu finden – »ich habe gedacht, gehofft, ich könnte vielleicht etwas früher aufs Zimmer?«

»Selbstverständlich. Ich weiß, dass es ein langer Tag war«, sagte Ben.

Haley lächelte, so nett sie konnte. »Und wenn ich fertig bin für heute, könnte ich dann mein Handy und meinen Laptop wieder haben?«

»Damit du besser schlafen kannst?«, fragte Ben und sah ihr dabei tief in die Augen.

Haley wand sich innerlich unter seinem Blick. *Na klar*, dachte sie bei sich, Ben konnte sie nichts vormachen. Er war nämlich ebenso gutherzig wie clever, weshalb sie es gar nicht erst versuchte. »Ich hab da noch ein wenig Arbeit, die ich erledigen muss, und habe gedacht, ich fange besser gleich damit an, bevor ich zu müde dafür bin. Bei den Scharaden ist mir eine Idee gekommen …« Aber als Ben ihr immer noch unverwandt in die Augen sah, vergaß sie, was sie eigentlich hatte sagen wollen. Es war, als wollte er in ihre Seele blicken, und sie hatte Angst vor dem, was er da entdecken könnte. Deshalb wandte sie als Erste den Blick ab. Es überraschte sie, als er ihre Hand ergriff und sie sanft drückte.

»Ich gehe mal die Sachen holen und bin gleich wieder da. Hoffentlich hast du deinen ersten Abend im Christmas Camp genossen.«

Eine Woge von Schuldgefühlen überfiel Haley in Anbetracht von Bens Güte und Anteilnahme. »Das habe ich«, versicherte sie ihm rasch. Obwohl es ihr eigentlich nur darauf ankam, möglichst schnell jeden Punkt auf der TO-DO-Liste abzuhaken und im Anschluss sofort nach Boston zurückzukehren, musste sie ehrlicherweise doch zugeben, dass es im Holly Peak Inn etwas gab, was Dinge in ihr weckte, die sie seit langem nicht mehr gespürt hatte. So etwas wie beim Abendessen mit der Familie am Tisch zu sitzen, Spaß zu haben und Spiele zu spielen. In letzter Zeit hatte sie so viel Zeit im Büro und im Home-Office verbracht, dass sie ganz vergessen hatte, wie diese andere Art von Spaß funktionierte, bei der sich nicht alles nur darum drehte, ihre Kunden erfolgreicher zu machen.

Während Ben ihre Sachen holen ging, kam Jeff zu ihr und warf ihr einen fragenden Blick zu. »Alles in Ordnung?«

Haley vermied es, ihn anzusehen. Ihr war schon viel zu heiß von dem dicken Pullover und den Scharaden, und sie wusste, dass es nur noch schlimmer würde, wenn sie ihn ansah. »Ich bin nur etwas müde, deshalb …« Auf der Suche nach den passenden Worten spielte sie nervös mit einer der Weihnachtsbommeln an ihrem Pullover und riss sie aus Versehen ab. Das Ding fiel zu Boden und als Haley und Jeff gleichzeitig danach griffen, berührten sich ihre Finger, und ihre Blicke trafen sich. Der Funke zwischen ihnen ließ sich nicht ignorieren, und beide richteten sich gleichermaßen verwirrt wieder auf, Jeff, mit der Bommel in der Hand. Er reichte sie ihr.

»Hier. Bis morgen früh.« Er gesellte sich wieder zu den anderen, noch bevor Haley etwas erwidern konnte.

Als Ben mit ihrem Computer und ihrem Handy zurückkehrte, war sie erleichtert.

»Hier«, sagte er und gab ihr die Geräte.

»Danke, Ben«. Sie merkte, dass Gail und die anderen Mädels sie enttäuscht beobachteten. Sie fing gerade an, Gewissensbisse zu bekommen, doch sie hatte bereits ihr Handy eingeschaltet und sah eben, dass sie sechs Anrufe verpasst hatte. Der Spaß war vorbei, jetzt war es an der Zeit, die Zeche zu bezahlen und sich wieder an die Arbeit zu machen. Erst auf halbem Weg zu ihrem Zimmer merkte sie, dass Max ihr die Treppen hoch gefolgt war. Als sie stehen blieb, hielt auch er inne. »Was machst du da? Warum folgst du mir?«, fragte sie ihn.

Max bellte und wedelte mit dem Schwanz.

Haley starrte auf ihn herab und schüttelte den Kopf. »Tut mir leid, ich werde bloß arbeiten. Geh zurück zu den anderen.«

Max legte den Kopf schief und sah sie herzzerreißend an.

Haley wandte rasch den Blick ab, denn Max war nur eine weitere Ablenkung, für die sie keine Zeit hatte. Doch einen Moment später wurde ihr bewusst, dass er ihr immer noch folgte.

»Jetzt mal im Ernst.« Haley sah über ihre Schulter nach hinten und verdrehte die Augen. »Also gut, wenn du unbedingt meinst, es ist ja schließlich dein Zuhause.« Doch als sie ihr Zimmer betrat, ließ sie Max vor der Tür stehen. »Tut mir leid, Zeit zum Arbeiten.«

Sie schloss die Tür, woraufhin Max noch einmal bellte. In ihrem Zimmer wartete sie etwa eine halbe Minute, bis sie ganz langsam wieder die Tür öffnete und hinausspähte. Und tatsächlich – Max saß immer noch davor. Er wedelte mit dem Schwanz, Hoffnung in den Augen.

Haley seufzte tief. »Also gut, dann komm rein, aber nur für ein paar Minuten.« Als Max ins Zimmer trabte, hätte sie schwören können, dass er grinste.

Kapitel 10

Mit dem Computer auf dem Schoß saß Haley auf dem Bett und telefonierte mit Kathy über FaceTime.

»Na endlich. Ich dachte schon, du würdest dich gar nicht mehr melden«, sagte Kathy. »Ich hab dir bestimmt vier Nachrichten auf Band gesprochen und schon befürchtet, dass dich vielleicht der Weihnachtsmann entführt hat.«

»Beinahe. Ich habe Scharade gegen einen Weihnachtsmann gespielt, aber das ist wieder eine andere Geschichte. Was ist los?« Haley betrachtete Kathy genauer. »Und wo bist du?«

»Ich bin bei der Weihnachtsparty unserer Firma, erinnerst du dich?«

Haley ließ sich aufs Bett fallen und starrte an die Decke. »Das war heute?«

»Jepp. Gefällt dir mein Outfit?« Kathy hielt das Handy ein Stück weiter von sich weg, damit Haley ihr hübsches rotes Satinkleid sehen konnte.

»Neu?«, fragte Haley.

»Jepp.« Kathy grinste sie an. »Ich habe geprasst. Es ist Weihnachten, und ich hab es mir verdient.«

Sie hielt das Handy wieder näher an sich heran und betrachtete ihrerseits Haley. »Aber Moment mal, die wichtigere Frage ist ja, was hast du da an? Ist das … Nein!«

»Oh doch. Es ist ein Weihnachtspullover, noch dazu ein sehr

hässlicher.« Haley hielt ihr Handy etwas weiter weg, damit Kathy ihn besser sehen konnte.

Kathy fing an zu lachen. »Der ist von der Hässlichen-Weihnachtspulli-Promo, die wir letztes Jahr gedreht haben.«

»Jepp. Den hat Larry mir gegeben, bevor ich los bin, weil ich doch selbstverständlich nicht ohne einen hässlichen Weihnachtspullover zum Christmas Camp fahren kann.«

»Selbstverständlich nicht«, stimmte Kathy ihr zu und lachte immer noch.

Max bellte. Er saß vor Haleys Bett auf dem Boden und sah zu ihr hoch.

»Was war denn das?«, fragte Kathy sofort. »Ein Hund?«

Haley setzte sich wieder auf und hielt ihr Handy so, dass Kathy Max sehen konnte. »Das ist Max, das Maskottchen vom Christmas Camp.«

»Oh Gott, trägt der etwa auch einen Weihnachtspullover? Und sind da ... Katzen drauf?!«

»Jepp. Das sind Katzen. Alle mussten einen Pullover anziehen, sogar der arme Max.«

»Warte mal. Du magst doch überhaupt keine Hunde ...«

»Nicht, dass ich sie nicht mag. Ich mag bloß nicht in ihrer Nähe sein.«

Kathy lachte noch lauter.

»Du weißt schon«, sagte Haley. »Ich bin einfach nicht an Hunde gewöhnt. Das ist alles.«

»Und was macht der dann in deinem Zimmer?«

»Er ist mir einfach hinterhergelaufen und wollte nicht mehr weggehen.«

Kathy riss die Augen auf und hielt sich die Hand vor den

Mund. Es war ganz offensichtlich, dass sie lachte. »Wow, dieser Ort setzt dir anscheinend richtig zu. Ein Weihnachtspullover, ein Hund. Was kommt als Nächstes?«

Haley verdrehte die Augen. »Daran will ich gar nicht erst denken. Erzähl mal, was bei der Arbeit los ist.«

»Also«, setzte Kathy an und brach ab, als jemand auf sie zugesteuert kam. Es war Tom. Er hatte Haley sofort auf dem Display des Handys erkannt.

»Hey, Haley! Frohe Weihnachten. Du fehlst bei der Party hier.«

»Ganz bestimmt«, murmelte Haley.

»Was hast du gesagt?« Tom beugte sich weiter herunter. »Ich habe dich nicht verstanden.«

»Ich sagte ... das ist ganz bestimmt eine tolle Party.«

Tom nickte. »In der Tat. Ich habe sogar ein paar Sternsinger organisiert, die hier auftreten. Die gefallen Larry besonders gut.«

Haley zwang sich zu einem Lächeln. »Na, dann will ich dich nicht länger von dem Spaß abhalten. Genieß die Party.«

»Gute Nacht.« Tom winkte ihr zu und ging davon.

Kathy hielt das Handy näher an ihr Gesicht und flüsterte: »Tut mir leid, er kam einfach her. Aber genau deshalb hab ich versucht, dich anzurufen. Tom legt sich mächtig ins Zeug – pausenlos! Er hat sich freiwillig als Helfer für die Weihnachtsparty gemeldet, und ich muss schon sagen, es ist die beste Party, die wir je hatten.«

»Ah, das hilft mir jetzt wenig«, sagte Haley und warf Kathy einen ungehaltenen Blick zu.

»Entschuldige. Gut. Also, ich hab dich nicht nur deshalb angerufen, weil Tom mit der Party den Vogel abschießt, er schießt auch bei dem Tyler Toys-Auftrag den Vogel ab.«

Haley sprang hoch und tigerte im Zimmer auf und ab. »Was meinst du damit? Ich bin erst einen Tag weg, wie viel kann da schon passiert sein?«

»Na ja, du weißt ja, dass Tyler Toys eine traditionsbewusste Werbekampagne bevorzugen, aber zugleich etwas Besonderes und Außergewöhnliches wollen.«

»Jawohl, das weiß ich. Warum sonst meinst du, dass ich hier in diesem Christmas Camp sitze, wo sämtliche Weihnachtstraditionen ihren Ursprung haben?«

»Also Tom hat irgendwo ein paar alte Weihnachtskampagnen von Tyler Toys ausgegraben und nutzt sie jetzt dazu, das gesamte Weihnachtsthema im Vintage-Stil zu gestalten. Ich muss schon sagen, das ist eine brillante Idee. Damit erfüllt er alle Kriterien. Es ist nostalgisch und herzerwärmend, zollt der Vergangenheit von Tyler Toys Respekt und …«

»Das reicht. Ich hab's kapiert.« Haleys gesamtes Selbstvertrauen und ihre sonst übliche Aufschneiderei gerieten ins Wanken. Sie ließ die Schultern sacken und den Kopf hängen. »Das sieht nicht gut aus.«

»Das weiß ich, deshalb wollte ich dir eine Vorabinfo zukommen lassen, aber ich weiß auch, dass dir noch was Besseres einfallen wird! Du bist schließlich Haley Hanson – du machst das schon!«

Aber Haley hatte nicht das Gefühl, dass sie irgendetwas machen würde. Unten hatte sie noch die Vorstellung gehegt, dass sie für den Tyler Toys-Auftrag etwas mit Spielen umsetzen könnte, wie zum Beispiel Weihnachtsscharaden, doch jetzt wusste sie, dass sie den Einsatz erhöhen musste, wollte sie es mit Toms Vintage-Thema aufnehmen. Wenn es um Tradition ging, war Vintage quasi unschlagbar. Ernüchtert setzte sie sich wieder aufs Bett. »Kathy, ich muss Schluss machen. Noch viel Spaß auf der Party.«

Kathy starrte auf das Handy. »Geht's dir gut? Du siehst nicht gerade gut aus.«

Haley fühlte sich auch nicht gerade gut, aber sie brachte ein halbherziges Lächeln zustande. »Alles wird gut. Ich muss mich nur an die Arbeit machen und mir was Besseres einfallen lassen als Toms geniale Vintage-Idee.«

»Ich weiß, dass du das kannst!« Kathy streckte den Daumen hoch. »Du bist ja schließlich im Christmas Camp. Wenn du dort keine Anregungen findest, wo denn dann?«

Haley nickte. »Klar, wenn es nur so einfach wäre. Vergnüg dich mal. Behalte Tom für mich im Auge. Ich melde mich morgen wieder.« Sie sah gerade noch, wie jemand auf Kathy zukam und ihr eine glitzernde Silbergirlande um den Hals drapierte.

Kathy lachte. »Okay, dann mal los. Viel Spaß im Christmas Camp.«

Als Haley auflegte, war Spaß das Letzte, was sie sich vorstellen konnte. Sie war vielmehr ängstlich besorgt, dass sie den Tyler Toys-Auftrag verlieren könnte und damit ihre Beförderung. Max kam zu ihr herüber, legte ihr den Kopf in den Schoß und sah sie mit diesen großen braunen Augen an. Sie hätte schwören können, dass darin Anteilnahme lag. Sie fühlte sich gleich besser, weniger allein, und während sie so gedankenverloren vor sich hinstarrte, war ihr gar nicht bewusst, dass sie angefangen hatte, ihn zu streicheln.

Einen Moment später rannte Max zur Tür und bellte.

Haley seufzte. »Jetzt willst du wieder raus, Max? Du solltest dich wirklich mal entscheiden.« Sie stand auf, öffnete die Tür, und Max rannte hinaus. Sobald sie die Tür wieder geschlossen hatte, riss sie sich den verrückten Weihnachtspullover vom Leib, ging zum Schrank und zog sich ihren Lieblingskapuzenpulli aus hellblauer Kaschmirwolle über. Sie kuschelte sich hinein und fühlte sich im Nu besser. Es gab Leute, die zum Trost aßen, sie fand Trost in Kleidung. Sie ging wieder zum Bett, ließ sich mit dem Laptop darauf nieder und rief eine Datei auf, die sie *Tyler Toys-Kampagne, Ideensammlung* genannt hatte. Die Seite war leer. Sie starrte einen Moment lang auf den Bildschirm. Sie hatte nichts. Mit diesem erdrückenden Gefühl der Niederlage verbarg sie ihr Gesicht in den Händen. »Was soll ich bloß tun?«

Zur Antwort bellte Max zweimal vor ihrer Tür.

»Willst du mich veräppeln? Das reicht jetzt. Ich sag Ben, dass er kommen und dich holen soll. Genug jetzt.« Haley ging zur Tür und öffnete sie. Da saß Max mit seiner Leine im Maul. Es war eine grün eingefasste, rote Leine, passend zu Weihnachten natürlich.

Max ließ ihr die Leine vor die Füße fallen.

Ganz gleich wie aufgebracht sie auch sein mochte, es war so gut wie unmöglich, Max böse zu sein, während er schwanzwedelnd vor ihr saß. Sie sah zu ihrem Laptop auf dem Bett hinüber und dachte, dass ein bisschen frische Luft ihr vielleicht helfen würde, den Kopf wieder frei zu kriegen. An diesem Punkt konnte es auf jeden Fall nichts schaden, und sie war bereit, alles zu versuchen. »Also gut, ein kleiner Spaziergang, aber dann ist's genug. Ich muss mich an die Arbeit machen.« Max bellte zustimmend, und Haley nahm ihren Mantel.

Es war eine dieser kalten, klaren Winternächte, in der mehr Sterne am Himmel standen, als man zählen konnte. Aber Haley konzentrierte sich lieber auf den Boden unter sich statt auf den Himmel. In ihren hochhackigen Stiefeln folgte sie Max vorsichtig um das Haus herum und gab acht, wo sie hintrat, um nicht auszurutschen und hinzufallen.

»Was für eine schöne Nacht, nicht wahr?«

Haley blickte erschrocken auf und sah Jeff um die Ecke kommen. Sie zitterte, aber nicht nur wegen der Kälte. Jeff zu begegnen löste bei ihr schon wieder Verwirrung aus. Selbst so dick eingemummt in Winterjacke, Mütze und Schal war er noch attraktiv, und es stresste sie beinahe, wie er so auf sie zusteuerte.

»Tatsächlich?« Haley gab ein kleines Lachen von sich, während sie ihre Arme in dem dünnen Ledermantel rieb, um sich ein wenig zu wärmen. »Alles, was ich wahrnehme, ist die Kälte.«

Jeff warf einen erstaunten Blick auf Max hinunter. »Und ich dachte, du wärst keine Hundeperson.«

»Bin ich auch nicht«, sagte Haley und sah zu Max. »Ich weiß auch nicht so genau, wie es dazu gekommen ist. Er ist einfach bei mir aufgetaucht mit der Leine im Maul …«

»Das ist sein Lieblingstrick.« Jeff lachte.

»Oh, tatsächlich?« Als Haley Max einen vorwurfsvollen Blick zuwarf, wedelte der bloß mit dem Schwanz.

»Du magst vielleicht keine Hunde, aber der alte Max hier scheint *dich* zu mögen«, sagte Jeff.

Haley sah von Max zu Jeff. »Es ist ja gar nicht so, dass ich Hunde nicht mag –, ich hatte einfach nie was mit ihnen zu tun. Ich habe mich immer gefragt, wie es wohl wäre, einen Hund zu haben, aber dafür bin ich zu oft auf Reisen. Das wäre ihm gegenüber nicht fair. Ich habe noch nicht mal irgendwelche Pflanzen, es sei denn, ein Kaktus zählt. Den hab ich zwar schon ein Jahr nicht mehr gegossen, aber ich glaube, er lebt noch.« Als Max an der Leine zog, ging Haley weiter, und Jeff kam mit.

»Also keine Haustiere, Pflanzen oder sonst was?«, fragte Jeff.

Sie schüttelte den Kopf. »Nein, nur ich. Kein Ehemann, keine Kinder ... sehr zum Missfallen meiner Eltern, die gern Enkelkinder hätten.«

»Und was hättest du gern?«, fragte Jeff.

Haley antwortete, ohne zu zögern, wie aus der Pistole geschossen. »Eine Karriere, auf die ich bauen kann, für eine sichere und stabile Zukunft.«

»Gibt es wirklich Garantien für Sicherheit? Ich will damit sagen, es passiert doch immer wieder was Unvorhergesehenes, das Leben ist Veränderung ...«

»Und deshalb ist es so wichtig, einen Plan zu haben und die richtigen Entscheidungen zu treffen, um sich selbst zu schützen, so gut es geht.«

Schweigend gingen sie ein paar Schritte nebeneinanderher.

»Und bei dir?«, fragte Haley und sah zu ihm auf. »Frau, Kinder, Hund, Jägerzaun, das ganze Paket?«

Er grinste sie an. »Mein Dad wäre glücklich ...«

»Aber?«

»Aber leider nein zu all dem Genannten. Ich schätze, in gewisser Hinsicht sind wir uns da ähnlich. Mein Job hält mich auf Trab, und ich verbringe meine gesamte Freizeit mit meinem Dad. Er fragt mich jede Woche, ob ich jemand Besonderes kennengelernt habe. Er ist ein hoffnungsloser Romantiker. Aber momentan hat mein Dad bei mir oberste Priorität, ich muss dafür sorgen, dass es ihm gut geht.«

Haley sah ihn an und bemerkte den Schmerz in seinen Augen. »Das mit deiner Mom tut mir wirklich sehr leid.«

»Danke.« Jeff holte tief Luft. »Ich weiß, wie sehr mein Dad sie vermisst. Er versucht, meinetwegen stark zu sein, aber mir ist es trotzdem bewusst.«

»Und ich bin sicher, er weiß, dass du sie ebenso vermisst.«

Als Jeff den Blick nach oben wandte, sah sie, wie traurig er war, und es schmerzte sie.

Sie wünschte sich, ihr fiele etwas Tröstliches ein, doch ein derartiger Verlust war ihr bisher erspart geblieben, und solch einen Schmerz konnte sie sich noch nicht einmal vorstellen. Als sie abermals zu zittern anfing, legte Jeff ihr seinen Schal um den Hals. »Hier. Wir können doch nicht zulassen, dass du gleich in der ersten Nacht erfrierst.«

Verwundert und zugleich gerührt sah ihn Haley an. Sie war ihm so nahe, dass sie seinen Atem auf ihrer Wange spürte. Sie berührte seine Hand, während er an dem Schal nestelte. »Danke.«

Er lächelte sie an. »Gern geschehen.«

Als Max sie anbellte, wandten beide schnell den Blick voneinander ab.

»Sieht so aus, als ob da jemand ungeduldig würde«, sagte Jeff. Er lächelte zu Max hinab.

Haley hielt Jeff Max' Leine hin. »Macht es dir was aus, wenn du mit ihm gehst? Ich fürchte, diese Stiefel werden mich nicht weit bringen, und ich sollte wirklich rein und was arbeiten.«

»Kein Problem.«

Haley sah ihn dankbar an. »Danke. Gute Nacht.«

Max bellte, als sie davonging.

Sie lachte und schaute über ihre Schulter. »Gute Nacht, Max.«

Kapitel 11

Als Jeff die Bibliothek betrat, war er noch nicht ganz wieder aufgetaut von seinem Spaziergang mit Max. Die Außentemperatur war inzwischen unter minus zehn Grad gesunken, und durch den aufkommenden Wind fühlte es sich noch kälter an. Sein Dad hantierte in der Ecke mit ein paar großen Kartons, auf denen »Weihnachtsschmuck« stand, und er ging unverzüglich zu ihm hinüber, um ihm zu helfen.

»Lass mal Dad, ich mache das.« Jeff nahm Ben eine der Kisten ab und berührte dabei seine Hand.

»Deine Hände sind ja eiskalt«, sagte Ben.

Jeff stellte den Karton ab und rieb sich die Hände. »Ich weiß. Ich war nur kurz draußen, da kam Haley vorbei, die gerade Max ausgeführt hat.«

Ben gluckste. »Aha, Max benutzt mal wieder die alten Tricks.«

»Scheint so.«

»Er hat ein Faible für Softies.«

Jeff lachte. »Ich weiß nicht, ob ich Haley als Softie bezeichnen würde.«

»Wirklich? Warum denn nicht?«

Jeff zuckte die Schultern. »Ich weiß auch nicht, aber sie kommt mir nicht so vor, als könne man sie leicht zu etwas überreden, was sie nicht will. Weißt du, dass sie nur hier ist, weil ihr Boss sie geschickt hat?«

Ben nickte. »Ich weiß.«

Jeff sah ihn erstaunt an. »Das weißt du?«

»Ja. Larry, der Boss von Haley, hat mit mir darüber gesprochen. Ein guter Kerl. Er war schon mal mit seiner Familie hier. Er hat Haley hierhergeschickt, weil er ihr helfen wollte ...«

»Ja, damit sie einen dicken Spielwarenauftrag an Land zieht. Glaub mir, sie verleiht dem Wort ›Workaholic‹ eine ganz neue Bedeutung. Alles bei ihr dreht sich nur um ihre Arbeit.«

»Klingt für mich, als würdest du jemandem, den du kaum kennst, ganz schön was unterstellen«, sagte Ben und hob die nächste Kiste mit Weihnachtsschmuck an.

»Nein, es ist das, was sie selbst mir erzählt hat. Ich unterstelle ihr gar nichts«, entgegnete Jeff. »Sie hat gesagt, sie wäre mit ihrem Job verheiratet, und damit scheint sie ziemlich glücklich zu sein.«

»Na ja, du arbeitest ja auch die ganze Zeit«, sagte Ben. »Mir erzählst du immerzu, dass du keine Zeit für Verabredungen hast, weil du dauernd arbeiten musst. Heißt das, dass du dich nur für deine Arbeit interessierst?«

Jeff warf seinem Vater einen vorwurfsvollen Blick zu. »Nein, natürlich nicht. Du weißt ganz genau, dass du mir wichtig bist. Es gibt eine ganze Menge, was mir wichtig ist.«

»Na, da hast du's. Ich bin mir sicher, dass es auch bei Haley eine Menge anderer Dinge gibt, die ihr wichtig sind. Du solltest nicht so voreilig über sie urteilen.« Ben ging zum Fenster hinüber und spähte hinaus. »Es wird immer stürmischer. Ich geh mal raus und sehe nach der Außendeko. Ich will mich vergewissern, dass nichts umgeweht wird.«

Jeff hielt seinen Dad, der gerade zur Tür gehen wollte, zurück. »Dad, lass mich das machen. Glaub mir, es ist brutal kalt da draußen, und meine Klamotten liegen schon bereit.«

»Aber du brauchst unbedingt ein paar dickere Handschuhe.«

»Ich hol mir welche.« Jeff betrachtete seinen Vater, der wieder ans Fenster trat. »Mach dir keinen Kopf. Ich sorge dafür, dass alles seine Ordnung hat.«

»Hey, komm und sieh dir das an.« Ben winkte Jeff zu sich. »Es schneit. Es gibt nichts Schöneres als Schnee zu unseren Christmas Camps.«

Jeff gesellte sich zu seinem Vater ans Fenster. Ben sah ihn verschmitzt an. »Ich liebe Schnee.«

»Das weiß ich doch.«

»Deine Mom sagte immer, dass jede Schneeflocke …«

»… ein Weihnachtskuss ist«, beendete Jeff den Satz für ihn. Er lächelte bei dem Gedanken daran. »Deshalb hat sie immer behauptet, je mehr Schnee wir kriegen …«

»… desto mehr Liebe gibt es.« Ben legte den Arm um Jeff. »Deshalb nur zu, soll es ruhig ordentlich schneien.«

Jeff legte ebenso liebevoll den Arm um seinen Dad. »Schneien soll's.«

Während Vater und Sohn so nebeneinanderstanden und dem Schneetreiben zusahen, bekam die Szenerie vor dem Fenster etwas Magisches. Zarte Schneeflocken drehten sich im Wind, wirbelten um schneebedeckte glitzernde Zweige, tanzten hin und her, als würde ein Maestro ein Winterwunderlandorchester dirigieren.

»Sie fehlt mir«, sagte Ben leise. Er beobachtete noch immer das Schneetreiben.

»Mir auch«, sagte Jeff. Als er seinen Dad betrachtete, hätte er nicht sagen können, was schwerer wog: seine Mom zu vermissen oder zu sehen, wie sehr seinem Dad seine Mom fehlte. Alles war einfach nur schmerzlich. Um auf andere Gedanken zu kommen, ganz gleich welche, wandte er sich vom Fenster ab. Er richtete seine Aufmerksamkeit auf den Stapel Kartons in der Ecke und ging darauf zu, um sie genauer zu inspizieren.

»Was sind denn das für Kartons?«, fragte er.

Ben drehte sich um. »Das ist der Weihnachtsschmuck für die Christbäume. Ich bereite ihn schon mal für morgen vor. Ich weiß, dass wir noch mehr haben, aber ich kann mich nicht erinnern, wo. Ich dachte, er wäre oben auf dem Dachboden, aber ich finde ihn nicht.« Er schüttelte den Kopf. »Was ist bloß in letzter Zeit mit meinem Gedächtnis los ...?«

»Wahrscheinlich bist du einfach erschöpft, weil du zu viel gemacht hast«, erwiderte Jeff. Er sah besorgt aus. »Ich geh jetzt erst mal raus, nach den Rentieren sehen. Danach guck ich nach den anderen Kartons. Du musst mal eine Pause einlegen. Du hast jetzt ohne Unterlass gewerkelt.«

Ben war schon dabei, zur Tür zu gehen. »Es geht mir gut, mein Sohn. Ich suche noch mal danach, nachdem ich bei Ian und Susie im Zimmer die Glühbirne in einer der Schneemannlampen ausgetauscht habe.«

Jeff fing Ben an der Tür ab. »Aber das kann ich doch auch machen, Dad. Wirklich. Bitte, lass mich dir helfen. Deshalb bin ich doch hier.«

Ben klopfte Jeff auf den Rücken. »Du bist hier, damit wir ein wenig Zeit zusammen verbringen können. Ich habe alles unter Kontrolle. Mach dir keine Sorgen um mich.«

»Ich mache mir aber Sorgen«, sagte Jeff. »Sonst hat dir Mom

immer geholfen, und jetzt versuchst du, alles alleine zu stemmen. Das ist einfach zu viel. Deshalb solltest du unbedingt nach Boston ziehen …«

Bens Lächeln wurde schwächer. »Wir haben uns darauf geeinigt, im Moment nicht darüber zu sprechen.«

»Aber Dad …«

Ben hielt die Hand hoch, um ihn zu bremsen, was Jeff wiederum frustrierte.

»Wir müssen irgendwann mal darüber reden«, sagte Jeff. »Du kannst dem nicht immer ausweichen.«

»Ich hab auch nicht gesagt, für immer. Ich habe nur gesagt im Moment.«

Bevor Jeff noch etwas hinzufügen konnte, ging Ben zur Tür hinaus.

Entmutigt trat Jeff wieder ans Fenster und sah in das Schneetreiben, dabei vermisste er seine Mom mehr denn je. Dann machte er sich an die Kartons mit Weihnachtsschmuck und öffnete einen. Er zog eine wunderschöne Kette mit silbernen Sternen heraus. Einen Augenblick lang schloss er die Augen und sah seine Mom vor sich, wie sie mit seinem Dad die Sterne an den Baum hängte. Er wollte die Augen nicht mehr öffnen und einfach immer weiter bei dieser Erinnerung verweilen. Hätte nicht eine Windbö den Schnee gegen das Fenster gepeitscht, hätte er bestimmt noch länger in seiner Erinnerung verharrt, aber stattdessen machte er sich auf und ging nach draußen, wie er seinem Vater versprochen hatte. Er musste sich um die Rentiere kümmern.

Etwas später brachte er eins der Rentiere in die Küche. »Keine Sorge, ich mach dich in null Komma nichts wieder heil«, sagte er zu dem Rentier mit dem schiefen Bein. »Der Wind hat dir ganz schön zugesetzt, aber es ist nichts, was ich nicht reparieren könnte.«

Er verschwand und kam kurz darauf mit der Werkzeugkiste zurück. Es dauerte nur eine Minute, das Bein des Rentiers wieder gerade zu biegen. Er stellte das Tier auf die Küchentheke, justierte das Bein noch ein wenig und trat einen Schritt zurück, um sein Werk zu begutachten. »Perfekt.«

Dann nahm er den Schraubenzieher aus der Werkzeugkiste, ging umher und überprüfte die Schranktüren, bis er eine fand, die ein wenig locker war. Er schraubte daran herum und wollte gerade den Schraubenzieher zurücklegen und nach dem Akkuschrauber greifen, da kam Laura herein.

Sie machte große Augen, als sie ihn mit dem Akkuschrauber in der Hand sah. »Gibt es ein Problem?«

Jeff grinste. »Da sind nur ein paar lockere Schranktüren, bei denen die Schrauben angezogen werden müssen.« Noch ehe er sich auf die Tür stürzen konnte, legte Laura ihm sanft die Hand auf den Arm.

»Was ist los?«, fragte sie ihn.

»Ich repariere bloß die Tür«, sagte Jeff und setzte den Akkuschrauber an.

Laura musterte ihn. »Mit der Tür ist nichts, aber mit dir. Was ist los? Was hast du?«

»Alles gut bei mir«, antwortete Jeff. Mit einem Lachen versuchte er, sich über Lauras Besorgnis hinwegzusetzen. Aber sie nahm es ihm nicht ab. Sie sah ihm fest in die Augen und hielt ihm die offene Hand entgegen, damit er den Akkuschrauber hineinlegte. Er zögerte noch einen Augenblick, dann seufzte er und händigte ihn ihr widerwillig aus. Er hatte es noch nie geschafft, ihr etwas vorzumachen, als Kind nicht und auch heute nicht.

»Und was ist tatsächlich los?«, fragte sie ihn und legte den Akkuschrauber auf die Küchentheke. »Ich kenne dich von Kind an, und jedes Mal, wenn etwas mit dir nicht gestimmt hat, hast du versucht, was in Ordnung zu bringen. Also was ist es diesmal?«

Jeff strich sich mit den Händen durch die Haare und holte tief Luft. »Mein Dad. Ich mache mir Sorgen um ihn.«

»Wieso denn?«

»Der Gasthof, die Christmas Camps, er kann das nicht mehr alles alleine stemmen, und dazu noch geht ihm das Geld aus …«

»Hast du schon mit ihm darüber geredet?«, fragte Laura.

Jeff strich sich wieder mit den Händen durchs Haar. »Ich habe es versucht. Gerade eben wieder, aber er will einfach nicht darüber sprechen.« Er sah sich in der Küche um, und sein Blick fiel auf den alten Kühlschrank und den Herd. »Alles hier wird älter, genau wie er. Seine gesamten Ersparnisse fließen in den Betrieb des Hotels, um ihn am Laufen zu halten, dabei sollte er in seinem Alter etwas für den Ruhestand beiseitelegen. Ich habe da eine tolle Wohnung in der Stadt in Aussicht, nicht weit von meiner eigenen, dann wären wir näher beisammen, und ich könnte mehr Zeit mit ihm verbringen, aber er will übers Umziehen noch nicht mal mit mir reden.«

»Weil es ihm hier so gut gefällt«, sagte Laura.

»Ich weiß«, sagte Jeff. »Aber in Boston könnte es ihm auch gut gefallen, wenn er es nur mal ausprobieren würde. Als meine

Mom gestorben ist, hat sich alles verändert, aber er lebt immer noch den alten Traum weiter. Er will einfach der Realität nicht ins Auge sehen. Wir müssen den Gasthof verkaufen …« Er brach ab, als er Lauras traurige Miene sah. Ihm wurde klar, dass es nicht nur Auswirkungen auf seine Familie hätte; ihre Familie würde es ebenso treffen. Sie hatte hier gearbeitet, solange er zurückdenken konnte. Er griff nach ihrer Hand. »Laura, es tut mir leid. Ich rede einfach darüber, das Haus zu verkaufen, ohne daran zu denken, dass es auch dein Zuhause ist.«

»Ist schon in Ordnung, um mich musst du dir keine Gedanken machen. Ich komm damit klar. Die Wahrheit ist, dass mein Mann mich schon seit fünf Jahren dazu bewegen will, dass ich mich zur Ruhe setze. Er will hier wegziehen, irgendwohin wo es warm ist, nach Florida oder Arizona. Er hat genug von unseren kalten, schneereichen Wintern. Ich wollte bisher nicht weg, weil ich deine Mom und dein Dad nicht im Stich lassen wollte. Ihr seid für mich wie Familie …«

»Und du weißt auch, dass dasselbe für dich gilt«, sagte Jeff. »Ich bin dir so dankbar dafür, dass du geblieben bist, nachdem meine Mom gestorben war. Ohne dich hätte mein Dad das Inn nicht halten können.«

»Ich wollte einfach auf jede erdenkliche Art eine Hilfe sein. Deine Mom war für mich wie eine Schwester. Ich vermisse sie jeden Tag, aber ganz besonders zu dieser Jahreszeit.« Laura legte sich die Hand aufs Herz. »In dieser Zeit fühle ich mich ihr noch näher. Ich kann mir gut vorstellen, dass es deinem Dad schwerfällt, hier wegzugehen. Seine gesamten Erinnerungen sind hier. Ich bin mir sicher, dass das, was du da in Boston für ihn gefunden hast, bestimmt sehr schön ist, aber …«

»Aber?«, fragte Jeff.

»Ich kann ihn mir einfach nirgendwo anders als hier vorstellen. Tut mir leid, es ist sicher nicht das, was du gern gehört hättest …«

Jeff legte den Arm um sie. »Ich habe deine Aufrichtigkeit immer sehr geschätzt. Du weißt, dass es mir ebenso schwerfallen würde, das Hotel aufzugeben. Aber ich muss mich auch um die Zukunft meines Dads kümmern und dafür sorgen, dass es ihm gut geht, und das gelingt mir besser, wenn er in Boston lebt. Ich habe schon einen Interessenten für das Inn, es ist ein gutes Angebot, aber die Entscheidung muss noch vor Jahresende fallen.«

Laura schüttelte den Kopf. »Dann hast du nicht viel Zeit.«

»Ich weiß.« Jeff nahm wieder die Bohrmaschine in die Hand. »Das ist ja das Problem dabei.«

Erneut starrte Laura besorgt auf die Bohrmaschine.

»Mach dir keine Sorgen«, lachte Jeff. »Ich verstaue sie nur. Deine Küche ist in Sicherheit.«

»Wenigstens im Moment.« Laura sah erleichtert aus. Sie strich ihm liebevoll über den Rücken. »Du bist ein guter Sohn. Dein Vater liebt dich sehr, und ich weiß, dass er sehr froh ist, dass du hier bist.«

Jeff lächelte sie an. »Ich bin auch froh, hier zu sein. Da stehen eine Menge Aktivitäten an in der nächsten Woche, und ich werde dafür sorgen, dass alles glatt über die Bühne geht. Dad gibt immer alles, um diese Christmas Camps auf die Beine zu stellen. Wenn ich ihn davon überzeugen kann, nach Boston zu ziehen, wird das sein letztes hier sein, und ich will, dass es was ganz Besonderes für ihn wird. Nichts darf schiefgehen.«

»Was sollte denn schiefgehen?«, fragte Laura überrascht. »Ich denke, dein Dad hat alles unter Kontrolle.«

»Aber er hat nicht die Gäste unter Kontrolle und nicht das, was sie tun«, entgegnete Jeff und sah abermals besorgt aus.

»Ah, kann es sein, dass du einen ganz bestimmten Gast meinst?« Laura warf ihm einen vielsagenden Blick zu. »Ich hab dich da draußen mit Haley und Max gesehen. Gibt es ein Problem?«

Jeff zog eine Schublade auf und schob sie wieder zu, vergewisserte sich, dass sie reibungslos lief. Laura legte ihre Hand auf seine. »Jeff?«

Jeff öffnete und schloss die Schublade abermals. »Ich weiß es nicht, das Einzige, was ich weiß, ist, dass sie nicht die richtigen Gründe mitbringt, um hier zu sein, und ich möchte nicht, dass sich ihre Haltung auf die anderen Gäste auswirkt oder meinem Dad zu schaffen macht. Ergibt das einen Sinn?«

Laura nickte. »Du versuchst, deinen Dad zu schützen, wie immer, aber bist du auch sicher, dass es in diesem Fall angebracht ist? Haley kommt mir nicht so vor wie jemand, der dem Christmas Camp schaden könnte.«

»Sie hat vielleicht nicht die Absicht«, sagte Jeff. »Aber ich weiß nicht recht, ich weiß es einfach nicht.« Er klang gestresst.

Laura ging zu dem Teller mit den besonderen Christmas-Camp-Keksen und bot ihm welche an. Er nahm einen und schenkte ihr einen dankbaren Blick.

»Willst du wissen, wie *ich* das sehe?«, fragte Laura. »Ich glaube, dass jeder seine eigenen Gründe hat hierherzukommen. Es spielt im Prinzip gar keine Rolle, warum Haley hier ist. Es ist Weihnachten, und Christmas Camps sind für alle und jeden gedacht. Vielleicht braucht sie es noch mehr als alle anderen, hier zu sein, und vielleicht gehört es zu unseren Aufgaben, dafür zu sorgen, dass sie eine ganz besondere Zeit hier erlebt. Deshalb finde ich, solltest du, wenn du deinem Dad wirklich helfen willst, Haley unterstützen, wo auch immer du kannst, genau wie alle anderen Gäste. Du weißt doch, dass es sein ganzes Glück ist, wenn seine Gäste zufrieden sind.«

Jeff nickte. Aus Laura sprach die Stimme der Vernunft. Vielleicht war er zu voreilig gewesen mit seinem Urteil. Doch Haley hatte etwas an sich, was bei ihm Unbehagen auslöste. Normalerweise verfügte er über eine gute Menschenkenntnis, doch sie konnte er nicht einordnen, und das machte ihn nervös.

»Du hast recht«, sagte er zu Laura. »Ich werde sie im Auge behalten.«

Laura sah ihn scharf an.

»Ich meine, ich werde ein Auge auf sie haben, um zu sehen, ob ich ihr irgendwie behilflich sein kann. Sie sagt, sie muss für dieses Projekt, an dem sie arbeitet, mehr über Weihnachtstraditionen herausfinden, und bei uns gibt es mit Sicherheit eine ganze Menge Bräuche.«

»Mit Sicherheit.«

»Deshalb guck ich mal, was ich für Haley und die anderen Gäste tun kann. Ich will meinen Dad unterstützen, wo ich nur kann, damit er diese Woche gut übersteht.«

»Allein die Tatsache, dass du hier bist, ist ein Segen und hilft schon«, sagte Laura. »Er war schon ganz aufgeregt, dass du kommst und ihr das Christmas Camp zusammen bestreitet. Das wird eine gute Woche werden. Das weiß ich einfach. Versuch, dich zu entspannen und die Zeit mit deinem Dad zu genießen. Das wünscht er sich mehr als alles andere. Und wenn du mal mit jemandem reden willst, du weißt, ich bin immer für dich da.«

»Danke. Das bedeutet mir mehr, als du dir vorstellen kannst.«

Laura drückte kurz seine Hand. »Und sei nett zu meiner Küche. Ich will nicht wiederkommen und einen auseinandergenommenen Kühlschrank vorfinden.«

Jeff lachte. »Ach, komm schon, das war nur einmal, und es ist lange her. Das wirst du mir wohl nie vergessen, was?«

»Auf keinen Fall«. Laura schmunzelte noch, als sie aus der Küche ging. »Und iss nicht die ganzen Kekse auf«, rief sie ihm über die Schulter zu.

Zu spät. Jeff hatte bereits den nächsten Keks in den Mund geschoben.

Kapitel 12

Die Sonne stieg über dem spektakulär schneebedeckten Bergrücken auf und verbreitete ihr goldenes Leuchten über dem Holly Peak Inn. Ein wenig Sonnenlicht drang durch das Rollo an Haleys Schlafzimmerfenster, aber sie nahm es nicht wahr. Unter die Decke gekuschelt schlief sie tief und fest, bis Max' Gebell sie aus dem Schlaf riss. Sie schloss schnell wieder die Augen und tauchte noch tiefer unter das Federbett, nur um abermals von einem Bellen gestört zu werden. »Bitte, lass ihn verschwinden, bitte, lass ihn verschwinden ...«, flüsterte sie.

Doch da bellte Max noch einmal.

Haley stöhnte, tastete mit geschlossenen Augen nach ihrem Handy auf dem Nachttisch und zog es unter die Decke. Sie öffnete ein Auge und sah, dass es erst halb sieben war.

Max bellte zweimal.

»Im Ernst?« Genervt warf sie die Decke zurück, sprang aus dem Bett, riss die Tür auf, wo Max saß und freundlich zu ihr aufsah. Er hatte die Leine im Maul und ließ sie zu ihren Füßen fallen.

»Das darf nicht wahr sein! Es ist gerade mal halb sieben!«

Max bellte wieder.

»Psst, du weckst alle auf.«

Es sah ganz so aus, als würde Max gleich wieder bellen, und

sie machte schnell die Tür weiter auf, um ihn davon abzubringen. »Also gut, dann komm rein. Aber hör auf zu bellen ...«

Max nahm die Leine auf und folgte ihr erfreut ins Zimmer.

Haley war weniger erfreut. Sie griff nach ihrem Morgenmantel und zog ihn über. »Was mach ich bloß mit dir?« Sie sah auf Max hinab.

Zur Antwort ließ er ihr erneut die Leine vor die Füße fallen.

Haley seufzte und ging zum Kleiderschrank, wo sie sich schnell ein paar schwarze Hosen und eine hübsche rosa Seidenbluse überstreifte und sich noch nicht mal die Mühe machte, sie ganz zuzuknöpfen. Sie zog die Stiefel an und nahm ihren Mantel. Als sie am Spiegel vorbeikam, zuckte sie zusammen. Ihre Haare standen in alle Richtungen ab. Sie fuhr sich schnell mit dem Kamm hindurch, aber es half nicht viel. Während sie zur Tür ging, griff sie nach dem Schal, den Jeff ihr geborgt hatte, und band ihn sich um Kopf und Hals.

Sie ging den Flur hinunter und hörte nichts von den anderen. »Natürlich sind sie noch nicht aufgestanden«, flüsterte sie Max zu. »Alle anderen schlafen noch, genau wie ich es sollte.«

Max wedelte mit dem Schwanz.

Als sie unten im Flur ankamen, befestigte Haley Max' Leine am Halsband. »Okay, wir bringen das eben mal schnell hinter uns«, sagte sie zu ihm. Doch beim Öffnen der Eingangstür traf sie fast der Schlag. »Wow! Wo kommt denn der ganze Schnee her?«

Auf dem Weg zum Gasthof, der sonst immer frei gewesen war, lagen an die zehn Zentimeter Schnee. Genau genommen lag überall Schnee. Haley betrachtete ihre Stiefel. Es waren modische Reitstiefel aus schwarzem Glattleder, die ganz und gar nicht für den Schnee taugten. Sie warf Max einen bedauernden Blick zu. »Tut mir leid, aber damit komm ich da draußen nicht weit.«

Doch Max ließ nicht locker. Er lief zu einer Reihe von Winterstiefeln bei der Tür, holte einen davon und brachte ihn Haley.

»Hey, was machst du da? Du kannst die doch nicht einfach so klauen.«

Max bellte.

»Pssst! Also gut. Ich denke, ich kann sie mir mal kurz ausleihen.«

Max drehte sich schwanzwedelnd im Kreis.

Haley zog schnell ihre Stiefel aus und den Winterstiefel über, den Max ihr gebracht hatte. Er war mehrere Nummern zu groß. Sie warf Max einen tadelnden Blick zu. »Hey Kumpel, wenn du das nächste Mal wieder Stiefel für mich klaust, dann bitte in meiner Größe.« Sie zog den anderen Stiefel an und kam sich vor, als hätte sie Moon Boots an. Die waren riesig und klobig, aber sie rechnete sich aus, dass ihre Füße damit wenigstens trocken blieben. Als sie die Tür diesmal öffnete, war sie auf den Schnee vorbereitet, nicht jedoch auf die eisige Windbö, die sie erfasste und ihr fast den Atem raubte.

»Max, das kannst du niemals wiedergutmachen. Lass es uns schnell hinter uns bringen.« Der lebensgroße Elf grinste sie an, während sie die Tür hinter sich zuzog. »Ich weiß gar nicht, was es da zu grinsen gibt. Es ist saukalt hier draußen.« Sie hatte kaum den Reißverschluss ihres Mantels ganz hochgezogen, da sprang Max schon los, pflügte durch den Schnee und zerrte die ahnungslose Haley hinter sich her.

»Ho! Warte mal, Halt, Stopp!«, rief sie ihm hinter her, doch Max tobte jetzt mit voller Kraft los. Es gefiel ihm offensichtlich sehr, im Neuschnee herumzutollen. »Max warte!« Haley konnte es kaum fassen, dass er tatsächlich auf sie hörte und stehen blieb. Ihr Atem hatte sich gerade wieder beruhigt, allerdings nur für einen Augenblick, da kam Max auf sie zugesprungen. Sie riss die Augen auf: »Oh nein! Nein, nein, nein ...« Panisch versuchte sie, ihm auszuweichen, stolperte jedoch über ihre viel zu großen Stiefel und fiel rücklings in den Schnee. Nicht nur dass sie auf ihrem Allerwertesten landete, Max kam angefegt und leckte ihr auch noch das Gesicht ab. »Ihhh, lass das!« Sie versuchte, ihr Gesicht zu schützen, und fiel dabei auf den Rücken. Max sah aus, als hätte er einen Riesenspaß. Er stand hechelnd über ihr und wedelte mit dem Schwanz.

»Alles in Ordnung da unten?«

Als Haley nach oben sehen wollte, versperrte Jeff ihr die Sicht zum Himmel. Er lachte. Verlegen versuchte sie sich aufzurappeln, rutschte aber wieder weg, bis er sie um die Taille fasste. Sie waren so nah beieinander, dass sich der Hauch ihres Atems vermischte. Als Haley bewusst wurde, dass sie, um sich festzuhalten, nach Jeffs Arm gegriffen hatte, ließ sie ihn auf der Stelle wieder los.

»Entschuldige, und danke fürs ...«

»Retten?« Jeff lachte.

»Ja.« Sie hielt einen Fuß hoch. »Ich schieb's auf die Stiefel. Für gewöhnlich bin ich nicht so tollpatschig.«

»Du bist doch in Boston aufgewachsen, stimmt's? Bist du dann nicht an Schnee gewöhnt?«

Haley lachte. »Das könnte man meinen, aber ich hab die letzten zehn Jahre in der Stadt gelebt. Ich bewege mich im Wesentlichen nur von meiner Wohnung zur Arbeit, und so was wie das hier bleibt mir normalerweise erspart …«

»Der Schnee?«

»Genau. Ich hätte besser packen sollen, aber ich hatte kaum Zeit. Ich hab nur ein paar Jeans und ein paar Blusen und Pullis dabei, aber nichts, was dieser Kälte standhalten könnte oder für längere Zeit im Freien taugen würde. Ich hätte Mütze, Handschuhe und ganz eindeutig wetterfestere Stiefel mitnehmen sollen.«

»Wenigstens hast du einen Schal«, grinste Jeff ihr augenzwinkernd zu.

Haley berührte den Schal und lachte. »Du meinst deinen Schal.« Sie nahm ihn schnell ab. »Hier hast du ihn wieder.«

Jeff legte die Hand auf ihre und sagte: »Nein. Behalte ihn. Du brauchst ihn dringender als ich.«

Die Berührung löste ein warmes Kribbeln in ihrem gesamten Körper aus. Ihre Blicke trafen sich. Sie sahen beide etwas verwirrt aus. Als er seine Hand wieder zurückzog, nestelte Haley an dem Schal herum. »Bist du dir sicher? Ich will dir nicht deinen Schal wegnehmen.«

»Na ja, meine Stiefel hast du ja auch schon an, warum also nicht?«, zog Jeff sie auf.

Haleys Blick fiel auf die Stiefel. »Das sind deine?! Es tut mir leid. Max ist schuld …«

Jeffs runzelte die Stirn. »Tatsächlich?«

Haley nickte vollkommen ernst. »Er hat sie gefunden und mir gebracht, weil ich in meinen Stiefeln nicht mit ihm rausgegangen wäre.«

»Deshalb ist Max also schuld.«

Haley hob das Kinn. »Vertrau mir, er ist längst nicht so unschuldig, wie er immer tut.«

»Oh, ich weiß schon, er hat's faustdick hinter den Ohren?«

»Haargenau.«

Als sie beide Max ansahen, wedelte er unschuldig mit dem Schwanz.

»Dann nehm ich mal an, dass er auch schuld daran ist, dass du so früh schon hier draußen bist«, stellte Jeff fest.

»So ist es«. Haley sah Max mit zusammengekniffenen Augen an. »Er hat einfach nicht mehr aufgehört zu bellen, und ich wollte nicht, dass er alle aufweckt. Ich habe mir gedacht, er muss vielleicht mal raus, wenn du weißt, was ich meine. Wenn man muss, dann muss man.«

Jeff lachte. »Eigentlich war ich vor einer halben Stunde gerade mit ihm draußen.«

Haley starrte zu Max hinunter. »Wirklich?«

»Es ist einer seiner Lieblingstricks, die Leute dazu zu bringen, mit ihm spazieren zu gehen.«

»Und anscheinend hat er's bei mir jetzt schon zum zweiten Mal geschafft.« Sie übergab Jeff Max' Leine. »Hier, du kannst ihn haben. Ich geh wieder rein und wärm mich auf.«

»Gute Idee, weil wir Punkt neun losgehen zu unserer nächsten Aktivität. Wir treffen uns alle hier draußen vor der Tür.«

»Kapiert«, sagte Haley und wollte los. Sie kam aber nicht weit, denn sie musste feststellen, dass es eine echte Herausforderung war, in Jeffs Stiefeln voranzukommen.

»Pass auf, wo du hintrittst, der Schnee ist ganz schön rutschig«, warnte er sie.

Zu spät. Haley war abermals geschliddert und konnte sich gerade noch abfangen, sonst wäre sie noch einmal hingefallen. »Alles gut. Nichts passiert«, rief sie über ihre Schulter hinweg und versuchte, ihre Verlegenheit zu überspielen.

Als sie es endlich bis zur Eingangstür geschafft hatte, sah sie wieder den grinsenden Elf an. »Sei dankbar, dass du hier oben stehst und nicht da draußen im Schnee«, sagte sie zu ihm, womit sie die Tür öffnete und sich beeilte hineinzukommen. Als sie sich Jeffs Stiefel von den Füßen zog, entdeckte sie, dass der tauende Schnee bereits eine Pfütze auf dem Boden hinterließ. »Oh nein, was für ein Dreck.« Sie ging schnell zur Küche.

Beim Eintreten bemerkte sie Ben, der an der Tafel stand und den Countdown bis Weihnachten auf 13 Tage änderte. Er sah sie überrascht an. »Du bist aber früh wach.« Dann sah er, dass sie nur dünne Nylonstrümpfe trug. »Du weißt aber, dass es im Zimmer Hausschuhe für dich gibt?«

»Oh, das weiß ich. Danke sehr. Aber ich komme gerade von draußen und hab mir dafür Jeffs Stiefel geborgt. Ich hab beim Reinkommen Schneematsch mitgebracht, der gerade schmilzt, und ich suche nach etwas, womit ich ihn aufwischen kann. Gibt es hier vielleicht ein paar Papiertücher oder einen Putzlappen? Oh, und Max ist an allem schuld.« Haley quasselte wie ein Wasserfall.

Ben versuchte, ein Schmunzeln zu verbergen. »Max ist schuld?«

»Ja, das geht allein auf seine Kappe.«

Ben nickte. »Okay, ich glaub's dir. Mach dir keine Gedanken, ich kümmere mich darum. Das dauert nur einen Moment. Im Schrank beim Eingang sind übrigens Handtücher. Aber was hast du denn mit Jeffs Stiefeln gemacht? Die müssen dir doch viel zu groß sein.«

»Oh, das sind sie auch. Deshalb bin ich ja von oben bis unten voll Schnee.« Haley breitete die Arme aus, und da fiel noch mehr Schnee von ihrem Mantel ab. Sie tropfte wortwörtlich, und auf dem Boden unter ihr bildete sich die nächste Pfütze. »Aber ich kann wirklich mein eigenes Gesudel wegwischen ...«

Ben hatte schon ein paar Papiertücher in der Hand. »Nein, was du machen kannst, ist hochgehen, ein warmes Bad oder eine heiße Dusche nehmen, dich aufwärmen und dann zum Frühstück wieder runterkommen. Ihr habt heute noch viel vor.«

Haley sah ihn erstaunt an. »Ich dachte, wir würden heute einen Baum schmücken.«

»Werdet ihr auch.«

»Oh, gut. Ich dachte schon, es würde sich um etwas Komplizierteres handeln.«

Ben kicherte. »Geh ruhig nach oben. Ich kümmere mich um alles andere.«

Haley schenkte ihm ein dankbares Lächeln. »Danke. Eine Dusche klingt wirklich fantastisch.« Als sie aus der Küche ging, fiel ihr auf, dass das Wort an der Tafel für heute »Freude« war, und sie konnte nicht umhin sich vorzustellen, wie viel Freude es ihr machen würde, wenn sie jetzt an einem schönen warmen Strand in der Sonne der Karibik säße und mit den Zehen im Sand statt in ihren durchgeweichten Strümpfen wackeln könnte.

Eine halbe Stunde später, nach einer langen, heißen Dusche, fühlte sich Haley wie neugeboren. Während sie sich die Haare föhnte, klopfte es an die Tür.

»Max, wenn du das bist, ich lass mich von dir nicht mehr reinlegen«, rief sie zur Tür hin.

»Haley, ich bin's, Laura.«

Haley ging rasch zur Tür und machte ihr auf. »Oh Verzeihung. Hi, komm rein ...«

Laura hielt ihr einen ordentlich gefalteten Stapel Kleidung hin. »Ich hab dir ein paar Wintersachen mitgebracht. Jeff meinte, dass du sie gebrauchen könntest.« Sie hielt ein Paar Stiefel hoch. »Und ein Paar Schneestiefel.« Sie reichte Haley den Stapel. »Er hat gesagt, du hättest nicht viel für den Winter dabei und dass dir das weiterhelfen würde.«

Haley war überrascht und gerührt zugleich. Sie hielt eine niedliche rote Mütze und Handschuhe hoch. Rot war eindeutig Thema. »Woher hast du das alles?«

Laura lächelte sie liebenswürdig an. »Das waren die Sachen von seiner Mutter ...«

Haley sah Laura erschrocken an. Sie versuchte, ihr alles zurückzugeben. »Ich könnte das nicht ...«

»Bitte, er möchte gern, dass du sie anziehst. Und Ben ebenso. Du kannst sie dir gern ausleihen, so lange du hier bist.«

»Aber es fühlt sich nicht richtig an, ihre Sachen zu tragen ...«

Laura lächelte. »Grace hätte das sehr gefallen. Sie war einer der großzügigsten Menschen, die ich kenne. Unten ist auch noch ein Mantel für dich. Ich hab ihn in den Schrank gehängt. Der rote ist es.«

»Schon wieder Rot.« Haley schmunzelte.

»Es war Grace' Lieblingsfarbe.«

»Für Weihnachten?«, fragte Haley.

»Ganz genau«, lächelte Laura.

Haley hielt die Stiefel hoch. »Das kommt nur davon, dass ich mir heute Morgen Jeffs Stiefel ausgeliehen habe, um mit Max rauszugehen.«

»Aha, dann hat also Max dich zu einem weiteren Spaziergang mit ihm angestiftet. Ich habe ihn heute Morgen bellen gehört.«

»Ja, das hat er gut hingekriegt. Aber noch mal lass ich mich nicht von ihm reinlegen. Ich kenne allmählich seine Tricks.«

Laura lachte. »Also mit den ganzen Sachen solltest du die Woche über auskommen. Die Stiefel sind Größe 38. Wird das gehen? Ich glaube, Grace hatte auch welche in 39 …«

»Ich habe tatsächlich 38. Die hier sollten also perfekt passen. Vielen Dank noch mal.«

»Du solltest dich bei Jeff bedanken. Das war seine Idee. Ich sehe dich gleich unten beim Frühstück.«

Nachdem Laura gegangen war, betrachtete Haley die Sachen genauer. Sie war gerührt über Jeffs Aufmerksamkeit und dankbar dafür, weil sie wirklich nichts Passendes dabeihatte.

Da klingelte ihr Handy, und Laura ging zum Bett hinüber, wo es lag, und sah, dass es ihre Mom war, die auf FaceTime anrief. Ihre Mutter rief selten so früh am Morgen an, deshalb nahm sie schnell ab. »Mom, alles in Ordnung?«

Haleys Mutter sah ganz und gar nicht so aus, als ob alles in Ordnung wäre. »Nicht ganz«, sagte sie. »Schätzchen, wir brauchen deine Hilfe.«

Kapitel 13

Haley setzte sich aufs Bett. »Mom, was ist los? Geht's um Dad? Geht's dir gut?«

Haleys Mutter sah verzweifelt aus. »Schätzchen, tut mir leid. Ich wollte dich nicht erschrecken. Dein Dad und ich ... mit uns ist alles in Ordnung. Es ist das Haus ...«

Haley stöhnte. »Das Geldgrab?«

»Die Villa«, verbesserte sie ihre Mutter. »Ein paar der Rohre sind eingefroren und geplatzt,und jetzt suchen wir einen Klempner, weil das, was ausgelaufen ist, bereits gefriert. Wir brauchen hier sofort jemanden. Derjenige, der das sonst macht, ist nicht in der Stadt und sein Ersatzmann auch nicht. Da ist deinem Dad dieser Freund von dir eingefallen, der uns letzten Sommer ausgeholfen hat ...«

»Michael?«

»Ja, Michael, so hieß er. Meinst du, du könntest ihn anrufen und hören, ob er Zeit hat, uns zu helfen? Wir brauchen so schnell wie möglich jemanden hier. Heute Nacht soll es noch kälter werden, und wir wollen nicht, dass noch mehr Rohre platzen.«

Haley ging wieder im Zimmer auf und ab. »Michael ist gerade in Florida, aber ich kann mal versuchen herauszufinden, ob er jemand anderen weiß.«

Haleys Mutter sah erleichtert aus. »Schätzchen, das wäre

wunderbar. Ich störe dich nur sehr ungern, wo ich doch weiß, wie viel du immer zu tun hast. Wir haben uns einfach nicht mehr anders zu helfen gewusst …«

»Schon gut, Mom. Ich häng mich da gleich rein und ruf dich zurück, sobald ich jemanden gefunden habe. Ihr habt doch die Schlüssel für meine Wohnung, ja? Bleibt einfach da, wenn es nicht anders geht.«

»Die haben wir. Danke. Dann sehen wir dich vielleicht heute Abend …«

»Ich bin gar nicht da. Ich bin in den Bergen oben …«

»Bei einem Kunden?«

Haley warf einen Blick zu dem Engelbild über der Kommode. »Nicht ganz, aber ich bin hier, um einen neuen Kunden zu gewinnen. Ich erzähl dir später davon, wenn ich wieder da bin. Ich muss jetzt mal rumtelefonieren. Ich ruf dich sobald wie möglich zurück.«

»Dank dir, Schätzchen. Ich hab dich lieb.«

»Ich dich auch, Mom.«

Sobald Haley aufgelegt hatte, rief sie ihren Freund Michael an, in der Hoffnung, dass er jemanden wüsste, der helfen könnte.

❄
❄ ❄

Als Haley eine Stunde später in die Küche kam, war das einzig eigene Kleidungsstück, das sie anhatte, ihre Designer-Jeans. Alles andere, und das war rot, war das, was Jeff ihr geborgt hatte.

Als Laura sie sah, nickte sie zur Bestätigung. »Sieht so aus, als ob alles passen würde.«

Haley führte kurz ihr Outfit vor. »Ja, es passt. Danke noch mal. Das ist prima, so viel besser als das, was ich dabei habe.« Sie sah sich um. »Wo sind denn die anderen?«

Laura zeigte auf die Weihnachtsmannuhr an der Wand, die besagte, dass es bereits zwanzig nach neun war.

»Oh nein, ich hab nicht dran gedacht! Wir sollten uns alle um neun draußen treffen. Sind die anderen schon weg?«

»Nicht alle«, antwortete Laura. »Die anderen sind schon los, um den Zeitplan einzuhalten, aber Jeff hat auf dich gewartet.«

Haleys Lächeln verschwand. »Oweia, dann krieg ich jetzt Ärger, oder?«

Bereits Lauras Blick verriet ihr, dass sie damit ungefähr richtig lag. »Er mag es nicht wirklich, wenn Leute zu spät kommen.«

Zur Beruhigung atmete Haley tief durch. »Na, dann wünsch mir viel Glück.«

»Viel Glück«, rief Laura ihr hinterher.

Sie flog geradezu aus der Eingangstür, nur um Jeff ungeduldig wartend gegen den Pick-up gelehnt vorzufinden. Er warf einen unmissverständlichen Blick auf seine Uhr, als er sie kommen sah.

»Ich weiß, dass ich zu spät bin. Tut mir leid …« Sie hetzte zu ihm hinüber. Aber anstatt ihr zu antworten, ging er um den Wagen herum zur Beifahrerseite und öffnete ihr die Tür. Dabei lächelte er nicht.

Haley sprang hinein. »Ich kann das erklären. Und danke für die Anziehsachen.« Sie zog den Kragen ihres geliehenen Mantels enger um den Hals. »Sie sind wirklich toll.«

Als Jeff eingestiegen war, fuhr sie fort.

»Ich bin so spät dran, weil mich meine Eltern wegen eines Notfalls angerufen haben.«

Jeffs Miene ging augenblicklich von genervt in besorgt über. »Ist alles in Ordnung mit ihnen?«

»Zum Glück geht es ihnen gut, aber dem Geldgrab nicht …«

»Der viktorianischen Villa?«

»Ja, richtig. Ein paar Rohre sind geplatzt, und sie finden keinen Klempner. Ich habe einen Freund, von dem sie gehofft haben, dass er helfen könne, aber ich konnte ihn nicht erreichen und habe wie wild rumtelefoniert, um jemanden zu finden, der heute noch kommt.«

»Haben sie keinen Bauunternehmer beauftragt, der das für sie übernehmen kann?«

»Nein. Das ist ja das Problem. Einen Großteil der Renovierungen erledigen sie selbst, um Kosten zu sparen, und jedes Mal, wenn wir versucht haben, einen Bauleiter zu finden, war es ein Albtraum. Entweder haben sie mittendrin abgebrochen oder sind gar nicht erst erschienen. Momentan stehen wir ganz allein da. Und wenn so was wie jetzt passiert, müssen eben alle mit anpacken. Ich hab dann doch noch jemanden gefunden, aber dabei die Zeit total vergessen. Es tut mir wirklich leid.«

»Aber das verstehe ich natürlich. Die Familie geht vor.«

Haley schenkte ihm ein dankbares Lächeln.

»Wo wohnen denn deine Eltern?«

»Etwa eine Stunde von Boston entfernt.«

»Ich könnte dir die Namen von ein paar zuverlässigen Bauleitern nennen, mit denen ich schon zusammengearbeitet habe.«

Haley sah ihn dankbar an. »Das wäre fantastisch. Danke. Mir würde es wesentlich besser gehen, wenn sie jemanden hätten, dem sie trauen könnten, und wenn ich erst mal die neue Beförderung habe, werde ich es mir auch leisten können, jemanden einzustellen, der mit ihnen zusammenarbeitet.« Ein wenig verlegen hielt sie plötzlich inne. »Tut mir leid, ich weiß gar nicht, warum ich dir das alles erzähle ...«

»Vielleicht, weil du weißt, dass ich dir helfen kann. Solche Dinge gehören ja zu meinen Kernaufgaben.«

Haley nickte. »Daran liegt's wahrscheinlich.«

»Also, bist du jetzt bereit loszufahren?«

Haley schnallte sich an. »Ja, ich bin bereit. Wir fahren in die Stadt und holen einen Christbaum, stimmt's?«

Jeff startete den Pick-up und grinste sie an. »Der Teil mit dem Christbaum stimmt.«

❄
❄ ❄

Während Jeff mit seinem Pick-up eine sich pittoresk windende Straße den Berg hinauffuhr, sah sich Haley verdutzt um.

»Ich dachte, wir holen einen Baum?«

»Machen wir auch«, sagte Jeff, den Blick auf die Straße gerichtet.

»Aber liegt der Ort nicht in der anderen Richtung?«

»Ja.« Er verlangsamte das Tempo und bog in einen schmaleren Wirtschaftsweg, der völlig zugeschneit war.

»Was machen wir dann hier? Ich habe keine Allradgetriebetouren auf unserer Liste entdeckt.«

»Das wirst du schon sehen«. Jeff stellte das Radio lauter. Sie spielten gerade *Hark! The Herald Angels Sing*. Er lächelte ihr zu. »Hey, hör doch mal, sie spielen dein Lied.«

Haley warf ihm einen finsteren Blick zu. »Wirklich lustig.« Aber dann wurde es tatsächlich lustig, als er nämlich anfing zu singen – oder es zumindest versuchte.

»Hark! The Herald Angels Sing. Glory to the newborn King!«

Haley krümmte sich fast vor Lachen.

»Was denn?«, fragte er mit gespieltem Erstaunen. »Gefällt dir nicht, wie ich singe?«

»Mhm, sagen wir mal, ich würde dir empfehlen, deinen regulären Job nicht aufzugeben.«

»Okay, dann lass doch mal hören, ob du's besser kannst.« In seinem Blick lag Herausforderung.

Normalerweise nahm Haley jede Herausforderung an, aber keine, bei der es um Singen ging. Sie wusste, dass sie bei einem Singwettbewerb keinen Blumentopf gewinnen konnte, es sei denn, es wäre einer für die übelste Stimme. Sie schüttelte den Kopf. »Vertrau mir einfach, es gibt niemanden, der das hören möchte.«

Jeff grinste. »Oh komm schon, so schlecht kannst du gar nicht sein.«

»Oh doch, das bin ich!«

»Wen interessiert schon, wie es klingt. Es ist Weihnachten. Alle singen an Weihnachten.«

»Mit Sicherheit nicht alle ...«

Jeff lachte. »Also gut, aber du verpasst was«. Er sang weiter mit: *»Joyful, all ye nations rise. Join the triumph of the skies ...«*

Während er so sang, sah Haley aus dem Fenster und versuchte, sich das Lachen zu verkneifen. Doch als sie sich umguckte und nichts als riesige Tannen erblickte, war sie irritiert.

»Wo sind wir?«, fragte sie.

»Wir sind fast da«, sagte Jeff und fing wieder an zu singen.

Ein wenig später erreichten sie das Ende des Weges; es standen noch ein paar andere Autos herum, doch ansonsten war keiner zu sehen. Da sah sie das Schild: AUSGANGSPUNKT WANDERWEGE TANNENWALD.

Haley bekam große Augen. »Wir wollen doch nicht etwa ...«

»Bereit zum Wandern?«

»... Wandern?«

Beide sagten zum selben Zeitpunkt »Wandern«, doch Jeff lächelte dabei, Haley dagegen nicht.

Kapitel 14

Haley sah zu, wie Jeff aus dem Wagen sprang, hatte es aber keineswegs eilig, ihm zu folgen. Selbst als er herumkam und ihr die Tür aufhielt, blieb sie einfach sitzen und starrte ihn nur an.

»Holen wir wirklich hier den Tannenbaum?«, fragte sie, sah sich um und stellte fest, dass sie sich mitten im Nirgendwo befanden.

»Ja, hier. Nun komm, wir sind sowieso schon spät dran.« Er wartete, bis Haley ausgestiegen war, warf dann die Tür zu und holte zufrieden eine Säge hinten aus dem Pick-up.

Haley stand der Mund offen. »Wollen wir im Ernst unseren eigenen Baum fällen?«

»Geht es auch anders?«

»Äh, ja. Wie wär's, wenn wir einfach einen kaufen, den schon jemand gefällt hat? Das ist zumindest das, was die meisten Leute tun«, erwiderte Haley.

»Und wo bleibt da der Spaß?« Als Jeff auf den Ausgangspunkt zusteuerte, beeilte sie sich, ihm hinterherzukommen.

»Lass mich raten. Das ist einer von euren Weihnachtsbräuchen.«

»Jawohl. Wir fällen jedes Jahr unseren eigenen Baum. Als ich noch klein war, war das eines von den Dingen, die ich an Weihnachten am meisten mochte.«

»Und jetzt?«

Er grinste sie mit einer kindlichen Vorfreude an »Ist das immer noch so. Du wirst schon sehen. Alle lieben das am Christmas Camp.«

»Dann treffen wir hier die anderen?«

»Nein. Die sind tatsächlich dreißig Kilometer weiter den Berg hoch, aber da wir spät dran sind, muss das hier genügen.«

»Also warte mal, sie holen noch einen Baum? Wozu brauchen wir denn zwei?«

Jeff lachte. »Zwei? Jeder kriegt seinen eigenen Baum.«

»Was? Das ist ja verrückt«, sagte Haley. »Warum braucht denn jeder einen eigenen Baum?«

»Für die nächste Aktivität: Das Schmücken.«

»Können wir uns denn nicht einfach einen Baum dafür teilen?«

Jeff schüttelte den Kopf. »Auf diese Art und Weise kann jeder seinen Baum schmücken, wie es ihm oder ihr gefällt, und ihn bei sich im Zimmer aufstellen. Wenn ihr dann am Ende der Woche abfahrt, spendet mein Dad die Bäume an das Gemeindezentrum im Ort für die Leute, die ein bisschen Unterstützung gut gebrauchen und es sich nicht leisten können, ihren eigenen Baum zu kaufen.«

Haley sah erstaunt und zugleich beeindruckt aus. »Das ist wirklich nett. Ich bin mir sicher, die Familien wissen das zu schätzen.«

»Das tun sie, und sie freuen sich schon auf unsere Bäume, deshalb lass uns einen besonders schönen für dich finden!« Er ging los, rutschte etwas auf dem Weg und schaute sofort zurück, um sich zu vergewissern, dass es Haley gut ging. »Pass auf, hier ist es glatt.«

Haley setzte vorsichtig einen Fuß vor den anderen. »Danke für die Warnung. Jetzt versteh ich, warum du mir die Stiefel ausgeliehen hast. Wie weit müssen wir denn?«

»Nicht weit.«

Zehn Minuten später blieb sie keuchend stehen. »Wie viel weiter noch?«

»Alles in Ordnung?« Als Jeff sich umdrehte, um nach ihr zu sehen, hatte sie die Hände in die Hüften gestemmt, aber es war nicht ihre Superheldinnenpose; sie krümmte sich bei dem Versuch, wieder zu Luft zu kommen.

»Offensichtlich muss ich mein Kardiotraining steigern«, stellte sie fest.

»Ich bin ziemlich schnell gegangen. Ich kann auch langsamer gehen. Meine Beine sind wesentlich länger als deine.«

Haley richtete sich wieder auf. »Alles gut. Ich habe nur eine kleine Pause gebraucht. Ich bin nicht dran gewöhnt, durch Schnee zu wandern.«

»Aber es ist schön hier, nicht wahr? Und diese Luft, das gefällt mir am besten daran.« Er atmete tief ein.

Haley folgte seinem Beispiel und atmete ebenfalls tief ein. »Es riecht nach …«

Er streckte die Arme nach oben aus. »Weihnachten. Es riecht nach Weihnachten.«

Sie lachte. »Ja. Kann schon sein. Das hier sind Tannen, richtig?«

Jeff nickte. »Die meisten, die hier stehen, sind Fraser-Tannen. Es gibt auch ein paar Douglas-Tannen.«

»Welche sind besser?«, fragte Haley.

»Es geht nicht darum, welche besser sind«, antwortete er. »Sie sind einfach verschieden, aber beide eignen sich hervorragend als Weihnachtsbäume. Eine Fraser-Tanne ist botanisch gesehen ein echter Tannenbaum, wohingegen eine Douglasie mehr der Tannenbaum-Cousin ist.«

Haley lachte. »Woher weißt du so was?«

Jeff schmunzelte. »Ich habe, während ich auf dem College war, immer wieder beim Forstdienst gejobbt.« Er ging zu einer Fraser-Tanne hinüber. »Hier ich zeig dir mal was.«

Haley trat zu ihm an den Baum.

»Zieh mal deinen Handschuh aus und spür, wie weich die Nadeln sind.« Jeff zog seinen eigenen Handschuh aus und strich mit den Fingern über einen Tannenzweig. Haley zog ihren Handschuh aus und tat es ihm gleich.

»Die sind ganz weich«, sagte sie. Überrascht strich sie noch einmal über die Nadeln.

»Das ist eine Fraser-Tanne. Siehst du, wie die Tannenzapfen ganz aufrecht auf den Zweigen sitzen?«

Haley nickte.

»Unter anderem daran kann man eine Fraser-Tanne erkennen.« Jeff bedeutete ihr mitzukommen, ging an ein paar Bäumen vorbei und blieb dann bei einem stehen. »Siehst du die Zapfen an dem Baum hier und wie anders sie aussehen?«

Haley beugte sich vor, um sie genauer zu betrachten. »Sie zeigen nach unten, nicht nach oben.«

»Ganz genau«. Er lächelte. »Das ist ein Indiz dafür, dass es sich um eine Douglasie handelt. Man erkennt es auch an der Form der Nadeln und daran, dass diese ringsum an den Zweigen wachsen. Die Fraser-Tanne da drüben hat zweifarbige Nadeln, die oben dunkelgrün sind und fast silbern auf der Unterseite. Die Zweige sind sehr robust und deshalb besonders gut für schwereren Christbaumschmuck geeignet. Beide sind 1A-Weihnachtsbäume, weil sie gut mit der Wärme im Haus klarkommen.«

»Wie lange?«

»Manchmal bis zu einem Monat, wenn man ihnen regelmäßig Wasser gibt.«

Haley sah beeindruckt aus. »Wow! Du bist ja so was wie ein Christbaum-Guru! Ich hatte keine Ahnung von alledem.«

Jeff ging weiter und sah sich dabei um. »Und ich hab dir noch nichts von der Balsamtanne oder der Blautanne erzählt oder –«

Haley holte ihn ein und packte ihn am Arm. »Hör auf! Ich krieg noch einen Tannenbaumkoller.«

Sie mussten beide lachen.

»Dann sollten wir mal los, deinen Baum aussuchen«, sagte Jeff, während er auf eine Baumgruppe ein Stück weiter oben zusteuerte.

Haley ging ihm hinterher. »Warte mal, hast du gesagt, ich solle mir einen Baum aussuchen?«

»Na klar, darum geht es doch, um deinen Baum. Also welcher spricht dich an?«

Sie sah ihn an, als wäre er komplett durchgeknallt. »Wenn irgendeiner dieser Bäume anfangen sollte, mit mir zu sprechen, bin ich auf der Stelle weg von hier.«

»Okay, dann mach es auf deine Art. Such ihn dir aus, wie es dir passt. Aber das hier brauchst du dafür.« Als er versuchte, ihr die Säge in die Hand zu drücken, wich sie schnell zurück.

»Ich hab keine Ahnung, wie man einen Baum fällt. Sehe ich etwa aus wie so ein Holzfällersepp?«

Als Jeff sie daraufhin von oben bis unten abmaß, versuchte Haley, sich nicht unter seinem Blick zu winden.

»Nein, eigentlich mehr wie eine Holzfällergretel. Also hier, nimm die Säge.«

Sie schüttelte störrisch den Kopf. »Auf der Liste stand aber, dass wir einen Baum holen. Da stand nichts von einem Baum fällen.«

»Überraschung!«

Haley hätte ihm am liebsten mit der Säge eins übergezogen.

»Aber wenn du das nicht hinkriegst, auch gut«, sagte er. »Dann kannst du das halt nicht von deiner Aktivitätenliste abhaken.«

Haley fiel die Kinnlade herunter. »Und das würde bedeuten, dass ich meine Bescheinigung nicht kriege ...«

Jeff zuckte süffisant mit den Schultern.

Haley fand das überhaupt nicht lustig. Sie riss ihm die Säge aus der Hand und stapfte davon. Als sie ein paar Meter Vorsprung hatte, drehte sie sich nach ihm um. »Also gut. Welchen davon soll ich fällen?«

Jeff gluckste. »Oh nein. Die gehören alle dir. Du allein entscheidest, welcher Baum.«

»Mal im Ernst, mir ist das wurscht. Such dir einfach einen aus.« Sie war gerade dabei, die Geduld zu verlieren.

»So funktioniert das nicht.«

Einen Augenblick lang starrten sie sich bloß an. Keiner von beiden war bereit nachzugeben. »Wirklich, du machst es dir schwerer, als es sein muss«, sagte Jeff. »Such dir einfach einen von diesen Bäumen aus. Nimm den, der dich am meisten an Weihnachten erinnert. Sie sind alle gleichermaßen perfekt.«

Haley sah sich um und legte die Stirn in Falten. »Genau das ist ja das Problem«, sagte sie. »Sie sind alle zu perfekt.« Jeff kam hinter ihr her, während sie im Zickzackkurs um eine Baumgruppe lief. Schließlich fand sie einen kleineren Baum, der zwischen zwei größeren stand, und ihre Augen fingen an zu funkeln. »Der hier! Den hier will ich haben!«

Jeff ging zu einer knapp zwei Meter hohen Douglasie hinüber. »Das ist wirklich eine echte Schönheit!«

»Nein, nicht der. Dieser hier!« Haley zeigte auf einen komischen Tannenbaum gleich daneben, der aus Charlie Brown hätte stammen können. Er war nur etwas über einen Meter hoch, hatte einen schiefgewachsenen Stamm und weniger als ein Dutzend Äste, die in alle Richtungen abstanden. Als Weihnachtsbaum war er eine einzige Katastrophe.

Jeff lachte und sah sie ungläubig an. »Den Baum willst du haben? Das ist gar kein Tannenbaum. Er ist einfach nur so dazwischen gewachsen.«

Haley marschierte stur auf den kleinen komischen Baum zu. »Du hast gesagt, dass alle Bäume hier für Weihnachten geeignet sind und dass ich mir jeden davon aussuchen kann.«

»Ich weiß, aber –«

»Also, ich will den hier.« Als sie ihn unnachgiebig anstarrte, zuckte er nur die Schultern.

»Also gut. Du hast deine Wahl getroffen. Leg los.«

Als Haley bewusst wurde, dass er damit meinte, sie solle den kleinen Baum absägen, schwand ihr Selbstvertrauen, doch sie weigerte sich, ihn merken zu lassen, wie nervös sie war. Also kniete sie nieder, wobei sie im Schnee einsank, und kämpfte mit den unteren Ästen, um mit der Säge an den Stamm zu gelangen. Da kam Jeff ihr zu Hilfe, indem er ein paar der Äste anhob.

»Hier. Geht's so besser?«, fragte er sie.

Nickend kroch sie näher an den Baum heran. Sie war voller Schnee, aber es war ihr egal. Sie war wild entschlossen, diese Aktivität hinter sich zu bringen, damit sie sie von ihrer Liste streichen konnte. Sie würde doch nicht zulassen, dass ein Weihnachtsbaum ihr den Weg zur Beförderung verstellt. Aber als sie schließlich mit der Säge an den kleinen Stamm kam, hatte sie Mühe, diese vor und zurück zu bewegen.

»Hier. Ich zeig dir mal, wie's geht«, bot Jeff ihr an.

Ein Teil von Haley, der sture Teil, wollte den Baum allein, ohne seine Hilfe, fällen, aber ein anderer Teil von ihr, der Teil, der bereits taub vor Kälte war, gab nach und reichte ihm die Säge.

»Du musst den Griff der Säge hier anfassen.« Er zeigte es ihr. »Und deinen Zeigefinger musst du hier oben am Griff anlegen, weil es dir dabei hilft, die Säge dorthin zu bewegen, wo du sie haben willst. Hier, probier's mal.«

Als er ihr die Säge zurückgab, bemühte sie sich eifrig, genau das zu machen, was er ihr gesagt hatte, aber es fiel ihr immer noch schwer, bis er ihr half, ihre Hand in die richtige Position zu bringen. Als ihre Blicke sich trafen, sah sie ihn dankbar an, und in diesem Moment war ihr nicht mehr kalt, weil eine Hitzewelle sie durchflutete.

»Okay, ich glaub jetzt hab ich's!«, sagte sie und wandte sich schnell wieder dem Baum zu. Sie hielt die Säge, wie Jeff es ihr gezeigt hatte, und diesmal klappte es. Sie sah ihn übers ganze Gesicht strahlend an. »Ich mach es! Ich säge einen Baum ab! Juhu!«

»Das machst du gut. Bleib dran, das wird noch eine ganze Weile dauern«, ermutigte sie Jeff.

»Aber ich mache es!«

»Ja, du machst das.« Er lachte.

Als der Baum ein wenig zu wackeln anfing, hielt Jeff ihn oben fest. »Mach weiter. Ich halte ihn fest. Ich werde ihn nicht umkippen lassen.«

»Besser nicht. Ich glaub, ich bin fast durch.« Aufgeregt legte Haley noch einen Zahn zu. »Okay, bist du bereit?«

»Bereit!«

»Fertig!«, rief Haley und machte den letzten Schnitt.

»Ich hab ihn!« Jeff hob den kleinen Baum in die Luft.

»Wir haben es geschafft!« Haley grinste.

»Du hast es geschafft.« Jeff grinste ebenfalls. »Gute Arbeit.« Er überreichte ihr den Baum. »Da hast du ihn!«

Haley nahm ihn stolz entgegen. Er war nicht schwer, weil er so dürr war, aber in diesem Augenblick war es für Haley der beste Weihnachtsbaum, den sie je hatte.

Kapitel 15

Später am Nachmittag trafen sich alle wieder in der Bibliothek und versammelten sich um Kartons herum, die von Christbaumschmuck überquollen. Haley sah sich staunend um. Es gab Kisten mit Weihnachtslichtern in allen Größen und Formen. Da waren mehrfarbige und rein weiße Lichter. Es gab Lichterketten in Grün, Rot, Gold und Silber.

Sie ging umher und entdeckte Schachteln mit den unterschiedlichsten Girlanden, von traditionell silbern glitzernden bis zu roten, grünen und goldenen. Sogar welche in knalligem Rosa waren dabei. Doch der eigentliche Clou waren kunstvoll gestaltete Girlanden, die wie echte Tannenzweige aussahen. Ein paar davon hatten bereits winzige blinkende Lichter darauf und waren mit allem Drum und Dran versehen – von roten Bändern und Schleifen bis zu Weihnachtssternblüten, Tannenzapfen und Ilexbeeren. Die Zweige einiger Girlanden waren von bunten Perlen und Weihnachtsornamenten durchzogen. Es gab außerdem einen Karton mit echten Ilexzweigen und einen Stapel mit Kränzen, die darauf warteten, geschmückt zu werden.

Und dann gab es noch den Christbaumschmuck, Hunderte von Anhängern, sortiert nach Farben und Motiven. Haley ging zu einem der Kartons und entdeckte zu ihrer Überraschung Dutzende verschiedener Eisenbahnanhänger darin. In einer anderen Schachtel befanden sich allerlei Weihnachtsmänner, und in der Schachtel daneben waren Anhänger mit nautischer Thematik in der gesamten Bandbreite, vom Seestern bis zum Segelboot.

Als Ben sich zu ihr gesellte, war sie mehr oder minder sprachlos. Das Einzige, was sie hervorbrachte, war: »Wow!«

Ben gluckste. »Schon beeindruckend, nicht wahr? Grace hat ihren Weihnachtsschmuck geliebt. Wir haben ihn über die Jahre zusammengetragen.«

»Das ist echt cool!« Haley holte einen kleinen niedlichen Güterwaggon aus der Kiste mit den Eisenbahnanhängern. Er sah antik aus. »Wie alt ist der?«

In Nostalgie schwelgend lächelte Ben verträumt. »Der hier ist wahrscheinlich an die fünfzig Jahre alt. Er gehörte mir, als ich noch klein war. Meine Eltern haben uns zu Weihnachten jedes Jahr einen neuen Anhänger geschenkt, von Geburt an, und als wir erwachsen wurden und auszogen, haben wir diesen Weihnachtsbrauch mitgenommen.«

»Und du hast deine Züge aufgehoben?«, fragte ihn Haley.

»Ja.« Ben nahm eine Lokomotive aus der Kiste. »Und mit Jeff hab ich diesen Brauch fortgesetzt. Irgendwo hier ist auch eine Schachtel von ihm.«

Haley sah zu Jeff hinüber. Er inspizierte gerade mit Ian und Susie einen der Kartons. Sie lächelte, als ihr auffiel, wie freudig alle wirkten, während sie immer neue Weihnachtsschätze in den Kisten entdeckten.

Ben stellte sich mitten in die Bibliothek und versuchte, sich Gehör zu verschaffen. »Okay. Seid ihr bereit für die nächste Weihnachtsaktivität?«

»Wir sind bereit«, antwortete Susie und küsste Ian auf die Wange.

Ben fuhr fort: »Ich hab schon gehört, dass jeder von euch heute einen wunderschönen Tannenbaum gefunden hat.«

»Ja, das haben wir!«, schaltete sich Susie wieder ein. »Unser Baum ist unfassbar, stimmt's, Schatz?«

Ian lachte. »Also wenn du unfassbar riesig meinst, ja, dann ist er mit Sicherheit unfassbar, und unfassbar schwer aus dem Wald rauszukriegen war er außerdem.«

Susie lachte »Nehmt ihn bloß nicht ernst. Die haben in Arizona gar keine Tannenbäume ...«

»Wir holen uns einen Weihnachtskaktus, stellen ihn auf den Tisch und legen die Geschenke darunter«, verkündete Ian stolz. »Das geht auch.«

Susies Lächeln verblasste. »Ich kann mir Weihnachten ohne einen echten Tannenbaum gar nicht vorstellen«. Sie seufzte schwer. »Zu Hause müssen wir auch einen richtigen Tannenbaum aufstellen, nicht nur einen Weihnachtskaktus.«

Ian nickte, aber er schien nicht überzeugt.

»Unser Baum ist auch ziemlich cool«, sagte Madison und band sich die knallrosa Girlande um den Hals.

»Aber nur, weil du dich durchgesetzt hast und wir den Baum gefällt haben, den du wolltest.« Blake warf seiner Schwester einen genervten Blick zu.

»Dir hat er auch gefallen, stimmt's Dad?«, wollte Madison sich bestätigt wissen.

John wirkte zwischen seinen beiden Kindern hin- und hergerissen. »Ich fand alle toll, und ich bin einfach dankbar, einen davon zu haben.«

Als Madison Blake einen selbstgefälligen Blick zuwarf, verdrehte er nur die Augen und widmete sich wieder der Kiste mit den Nussknackern.

Haley hatte die Kids beobachtet, die sich wie echte Teenager aufführten, und verbarg ein Lächeln.

Als Einzelkind hatte sie nie Geschwister, mit denen sie sich hätte streiten können, aber auch ebenso wenig jemanden, mit dem sie rumhängen konnte. Bei Madison und Blake konnte sie definitiv die Vor- und Nachteile erkennen. Sie konnte auch nicht umhin, ein bisschen Mitleid mit dem armen John zu haben, der aussah, als könnte er eine Verschnaufpause gut gebrauchen. Sie ging zu ihm hinüber.

»Wie läuft's denn?«, fragte sie ihn.

John zeigte auf seine beiden Kinder, die sich immer noch stritten. »Teenager. Was macht man bloß mit denen?«

Ben kam dazu. »Das ist ein schwieriges Alter. Ich erinnere mich gut an Jeff mit sechzehn.«

John sah zu Jeff hinüber, der gerade Susie dabei half, ein paar Lichterketten zu entwirren. »Das ist ermutigend, weil es ganz danach aussieht, als sei aus deinem Sohn doch noch was geworden. Zumindest hast du es überlebt und kannst uns davon erzählen.«

Haley lachte.

Ben klopfte John beschwichtigend auf den Rücken. »Und aus deinen Kindern wird ebenfalls was werden. Sie haben einen wunderbaren Vater, der sie liebt und sich um sie kümmert, und das ist das Allerwichtigste.«

John sah zu Blake hinüber, der jetzt mit zwei Nussknackern versuchte, Madison Angst einzujagen, was ihm auch zu gelingen schien. John schüttelte den Kopf und wandte sich wieder Ben zu. »Eigentlich hab ich mich in letzter Zeit nicht wirklich wie ein guter Dad benommen. Als Arzt habe ich ständig Rufbereitschaft. Mir ist klar geworden, dass bei mir in den letzten Jahren immer meine Patienten an erster Stelle kamen, weil sie mich gebraucht haben. Aber jetzt wird mir bewusst, dass meine Kinder mich ebenso brauchen, besonders seit der Trennung. Es ist mir schwergefallen, mir vorzustellen, wie wir dieses erste Weihnachten gemeinsam verbringen sollen. Ich habe so viele Weihnachtsfeste in der Vergangenheit mit ihnen versäumt, dass ich gar nicht weiß, wo anfangen …«

»Na ja, du bist ja gerade dabei, mit dem Christmas Camp anzufangen«, sagte Ben. »Den ersten Schritt hast du also schon getan, indem du hergekommen bist. Dies ist ein Ort, wo die Familie zusammenkommt und sich wieder verbindet. Es wird besser werden. Du wirst sehen.«

Johns Blick schweifte zu Madison hinüber, die gerade lachend rosa Girlanden um Blakes Hals drapierte, während Blake sie schnell wieder herunterriss. »Das hoffe ich doch«, sagte er lächelnd zu Ben. »Und ich bin sehr dankbar, hier zu sein, mit dir und allen anderen.« John sah Haley an, die ihn beruhigend anlächelte.

»Ich bin ganz Bens Meinung: Es wird besser werden«, sagte sie.

Sie sahen Ben hinterher, der auf Jeff und Susie zuging und in null Komma nichts die Ketten, mit denen sie kämpften, entwirrt hatte.

»Ich denke, wir haben alle unsere Weihnachtsgeschichten.« John schmunzelte.

»So viel ist sicher«, pflichtete ihm Haley bei.

Ben nahm eine Kiste mit Lichtern und blickte in die Runde.

»Also gut jetzt. Lasst uns anfangen. Ich weiß nicht, ob ihr schon das Thema des heutigen Tages gesehen habt – es ist ›Freude‹. Die Art von Freude und Glück, die ihr als Kind empfunden habt, als ihr noch keinerlei Sorgen hattet. Ich hoffe, dass ihr, während ihr eure Bäume schmückt, ein bisschen was von dieser Freude wiederentdeckt.«

»Das ist der nächste Punkt auf unserer Aktivitätenliste – das Dekorieren, richtig?«, fragte Haley.

Ben nickte und breitete die Arme aus. »Wie ihr seht, ist genug da, um den ganzen Wald zu schmücken, es kann also jeder von euch in Ruhe schauen, was ihm Freude bringt.« Er griff in eine Schachtel und holte eine Handvoll Zuckerstangen heraus. »Weihnachtsdekorationen können ganz wunderbare Erinnerungen hervorrufen.«

Aus einer anderen Schachtel holte Jeff einen hübschen Eiszapfen aus Glas. »Oder dabei helfen, neue Erinnerungen und Bräuche zu erschaffen«, sagte er und lächelte seinem Dad zu.

Ben nickte. »Das Wichtigste ist, immer daran zu denken, dass es, solange es Freude macht, kein Richtig oder Falsch gibt beim Christbaumschmücken.«

»Ich liebe das!«, sagte Susie.

»Dir gefällt ja alles, was mit Weihnachten zu tun hat«, entgegnete Ian.

»Stimmt.« Susie lachte.

John sah sich im Raum um. »Wo ist denn Gail?«

»Sie hat gesagt, sie braucht eine kleine Pause«, erwiderte Ben.

»Sie hat mir gesagt, dass sie sonst immer den Baum mit ihrem Sohn geschmückt hat und es an Weihnachten eine ihrer liebsten Beschäftigungen war«, warf Susie ein. »Deshalb ist das bestimmt besonders schwer für sie. Ich kann mal nach ihr sehen.«

»Wir sollten ihr so viel Zeit lassen, wie sie braucht«, sagte Ben. »Manchmal brauchen wir nur ein bisschen Zeit für uns selbst.«

Susie nickte, sah jedoch immer noch ein wenig besorgt aus.

»Wir haben eine große Auswahl, also fangt an«, sagte Ben.

Blake hatte sich schon an der Kiste mit den Nussknackern zu schaffen gemacht und hielt einen hoch, der über einen halben Meter groß war. Aufgeregt sah er sich nach etwas um, was er damit knacken könnte, und setzte den Nussknacker schließlich an der Hand seiner Schwester an.

»Hey, lass das!« Madison konnte gerade noch rechtzeitig die Hand wegziehen.

Als Blake lachte, warf ihm John einen warnenden Blick zu. »Blake, komm schon, hilf uns mal, was auszusuchen.«

»Hab ich doch schon«, sagte Blake und hielt den Nussknacker hoch. »Davon gibt es eine ganze Kiste voll. Wir sollten sie überall verteilen.«

Madison sah entsetzt aus. »Was?! Nein! Die sind gruselig.«

»Die sind voll cool! Stimmt's Dad?«

Madison zupfte ihren Vater am Ärmel. »Dad, sag ihm, dass er das lassen soll.«

John vergrub einen Augenblick lang das Gesicht in den Händen, bevor er sich an die sich duellierenden Teenager wandte. »Also hört mal zu, Folgendes: Wir sind eine Familie, deshalb müssen wir alle einverstanden sein, wie wir dekorieren wollen. Nur so geht das. Madison, was stellst du dir denn als Deko vor?«

Madison ging zu einer der Schachteln, zog eine weitere der knallrosa Girlanden heraus und die dazu passende knallrosa Weihnachtslichterkette.

Blakes Augen wurden immer größer und zwar nicht vor Begeisterung. »Dad! Rosa? Wie bitte?«

Haley beobachtete die Szene und hatte Mühe, nicht in Gelächter auszubrechen.

John wandte sich an seinen Sohn: »Blake, was hast du dir als Deko vorgestellt?«

Als Blake wieder den Nussknacker hochhielt, nahm John ihn ihm ab. »Außer den Nussknackern.«

»Das ist mir schnuppe. Ich will einfach nur die Nussknacker«, beharrte Blake trotzig.

»Also gut«. John lächelte die beiden an. »Blake, du kriegst die Nussknacker, und Madison, du kriegst deinen Christbaum in Rosa und damit sind wir alle eine glückliche Familie.«

»Dad!«, protestierten die beiden wie aus einem Mund. Die Kids schienen ganz eindeutig keinerlei weihnachtliche Freude zu spüren.

Haley lenkte ihre Aufmerksamkeit von John und seiner Familie zu Jeff, der damit beschäftigt war, eine Schachtel mit silbernen Sternanhängern zu durchforsten. Sie stahl sich leise zur Tür. Sie wusste, dass es die beste Gelegenheit war, sich rar zu machen, ohne dass es jemand mitbekam. An der Tür blickte sie rasch noch einmal zurück, um sicher zu sein, dass sie freie Bahn hatte. Max beobachtete sie. Sie hielt den Zeigefinger an die Lippen, flüsterte ihm »Pssst!« zu und schlich sich geschwind hinaus. Sie brauchte dringend eine Pause von der weihnachtlichen Überfrachtung.

Als sie auf dem Flur an Gails Zimmer vorbeikam, hörte es sich an, als weinte darin jemand. Einen Augenblick lang blieb sie zögernd stehen, doch dann setzte sie ihren Weg fort, nur um nach wenigen Schritten umzukehren und sanft an Gails Zimmertür zu klopfen.

»Gail, ich bin's, Haley.«

Einen Moment später öffnete Gail die Tür, und Haley sah, dass sie geweint hatte. Gail wollte schnell die Tränen wegwischen und versuchte, gleichzeitig zu lächeln. »Hi«, sagte sie mit leiser, trauriger Stimme.

Haley behielt ihr Lächeln bei, weil sie nicht wollte, dass es Gail unangenehm war. »Ich wollte dir nur sagen, dass wir alle unten den Weihnachtsschmuck für die Tannenbäume aussuchen. Ich dachte, du hast vielleicht Lust dazuzukommen.«

Gail wirkte gerührt. »Danke, Haley, das ist wirklich nett von dir, aber ich fühle mich gerade ein wenig ... müde.«

»Okay, das verstehe ich«, erwiderte Haley. Da blieb ihr Blick an etwas Funkelndem hängen, und sie linste an Gail vorbei ins Zimmer, das voller Sterne war.

»Aha, dann hast du also das Sternenzimmer«, sagte Haley. »Es sieht hübsch aus.«

Gail machte die Tür ein Stück weiter auf, damit Haley besser hineinsehen konnte. »Es ist wirklich sehr schön. Willst du reinkommen und es dir anschauen?«

»Sehr gern.« Haley trat ein. Die Wände waren von einem zarten Hellblau und mit kleinen silbernen Sternen übersät; die Decke war Saphirblau wie der Nachthimmel gestrichen, mit kleinen weißen Sternen. Das Sternenmotiv setzte sich in einem Baldachin aus winzigen kleinen weißen Blinklichtern über einem weißen Bett fort, das mit silbernen Sternkissen bestückt war.

»Wow!«, entfuhr es ihr, während sie sich umsah. »Das ist wirklich zauberhaft. Ich habe das Gefühl, als wäre ich im Freien und würde zum Himmel hinaufsehen.«

Gail nickte, nahm eins der Sternkissen und drückte es an ihre Brust. »Ben hat es mir gegeben, weil er glaubt, dass die Sterne da oben für die Leute stehen, die wir geliebt und verloren haben und die uns von dort aus behüten und beschützen.«

Gerührt sah Haley nach oben. »Das ist wirklich wunderschön.«

»Nicht wahr?« Gail sah ebenfalls zur Decke hoch. »Ich stelle mir gern vor, dass mein verstorbener Mann da oben ist und auf Ryan, unseren Sohn, aufpasst.«

»Das macht er ganz bestimmt«, sagte Haley sanft. Dann fiel ihr der Baum in der Ecke auf. Er war etwa eineinhalb Meter hoch und perfekt geformt. Sie ging darauf zu, um ihn genauer zu betrachten, berührte die Nadeln und erkannte, dass es eine Douglasie war. »Dein Baum gefällt mir.«

Gail lächelte. »Der ist hübsch, nicht wahr? Ben hat mir geholfen beim Fällen.«

»Ach, wirklich?« Haley lächelte ebenfalls. »Jeff hat mich meinen selbst fällen lassen. Er hat gesagt, es wäre eine der Christmas-Camp-Regeln.«

»Dann hab ich wohl Glück gehabt.« Gail lächelte wieder.

»Ich glaub, das hast du.« Während Haley den Baum bestaunte, ging ein Leuchten über ihr Gesicht. »Warte mal, ich hab da eine Idee. Ich brauche nur einen Moment und komme gleich wieder, okay?« Sie war schon bei der Tür.

»Okay ...«

Haley rannte den Flur hinunter in die Bibliothek, wo sie schnurstracks auf Jeff zusteuerte.

Er sah sie überrascht an. »Ich dachte, du hättest dich davongestohlen, um in deinem Zimmer zu arbeiten.«

»Nein, obwohl das gar keine schlechte Idee ist, so viel wie ich zu tun habe, aber deshalb bin ich nicht gegangen.« Sie sah sich um. »Wo ist denn die Schachtel mit den silbernen Sternen, die du vorhin in der Hand gehabt hast?«

Jeff ging zu der Kiste hinüber und zeigte auf sie. »Die da?«

Haley Augen funkelten. »Genau die. Kann ich mir die ausleihen?«

Sie streckte die Hände aus, und Jeff stellte den Karton darauf.

»Klar, da hast du sie. Sie gehören dir.«

»Danke.« Haley grinste ihn an und verschwand dann wieder.

Einen Moment später klopfte sie bei Gail an. Diesmal machte Gail sofort auf. »Du bist schon wieder da? Das ging aber schnell.« Sie sah neugierig auf den Karton. »Was hast du denn da?«

»Das ist für dich.« Haley reichte ihr die Schachtel und wartete dann darauf, dass sie hineinsah und all die vielen Sternanhänger entdeckte. »Ich hab mir gedacht, die würden perfekt zu deinem Baum passen und dass du vielleicht ein bisschen Hilfe beim Schmücken gebrauchen könntest.«

Tränen der Dankbarkeit traten Gail in die Augen. Sie blickte nickend zu Haley auf, hauchte, »Danke« und ließ Haley eintreten.

Bereits eine halbe Stunde später waren sie dabei, dem Baum den letzten Schliff zu geben. Gail trat einen Schritt zurück und bewunderte ihr Werk.

»Haley, ganz herzlichen Dank.«

Haley stellte sich neben sie an den Baum. »Gern geschehen. Ich habe schon seit Ewigkeiten keinen Weihnachtsbaum mehr geschmückt, aber ich muss sagen, auch wenn ich natürlich voreingenommen bin, dass dies einer der hübschesten Bäume ist, die ich je gesehen habe.«

Gail brachte den letzten Stern am Baum an. »Er ist wirklich wunderschön.«

»Ich kann später noch mal kommen, wenn ich mein Handy wiederhabe und ein Foto von dir vor dem Baum machen, falls du das deinem Sohn schicken willst.«

Gail lächelte. »Das fände ich großartig. Danke.«

Beide erschraken, als es plötzlich an der Tür klopfte.

»Offenbar bin ich heute Abend sehr begehrt«. Gail lachte, als sie zur Tür ging. Laura stand davor, ein Tablett mit zwei Weihnachtsbechern und Zuckergebäck in den Händen.

»Ich hab mir gedacht, dass ihr Mädels vielleicht eine kleine Stärkung gebrauchen könntet.«

Als Gail die Tür ganz öffnete, damit Laura eintreten konnte, konzentrierte sich Haleys ganze Aufmerksamkeit sofort auf die Kekse. Es waren die runden mit dem weißen Überzug und den Zuckerstangenkrümeln.

Laura stellte das Tablett auf der Kommode ab. »Ich hab euch unsere berühmte Heiße Schokolade und die Christmas-Camp-Kekse mitgebracht nach dem geheimen Rezept von …«

»Bens Großmutter«, beendete Haley den Satz für sie.

Laura lächelte. »Richtig. Ben dachte, dass ihr vielleicht den einen oder anderen probieren wollt …«

Haley warf einen Blick auf die Kekse, und es gab nichts, was sie lieber getan hätte, aber sie zwang sich, vernünftig zu sein. Sie wünschte nur, dass vernünftig sein nicht so qualvoll wäre. Und es machte es auch nicht besser, dass Gail in einen hineinbiss und danach aussah, als schwebte sie im Himmel.

»Die sind unglaublich!« Gail untersuchte das Gebäck, als wäre es eine Kostbarkeit. »Haley, du musst einen probieren.«

Doch als Laura ihr das Tablett hinhielt, verschränkte Haley die Hände hinter dem Rücken und schüttelte den Kopf. »Das geht nicht. Erinnerst du dich, ich versuche, weniger Zucker zu essen. Aber die sehen wirklich verlockend aus. Zu verlockend … Das ist das Problem.«

Laura lachte. »Ich lass sie einfach hier stehen, falls du's dir anders überlegst.«

»Werde ich nicht«, sagte Haley. »Ich bin sehr diszipliniert, wenn ich mir was vorgenommen habe. Aber danke schön.«

Laura betrachtete den geschmückten Baum. »Gail, dein Baum sieht wunderschön aus. Es gefällt mir gut, was du mit den ganzen Sternen gemacht hast. Das passt perfekt in dein Zimmer.«

»Nicht wahr?«, strahlte Gail. »Haley hatte die Idee dazu und mir beim Schmücken geholfen. Allein hätte ich das nie geschafft.«

Haley errötete. »So viel hab ich auch wieder nicht gemacht.«

Gail ging zu Haley und umarmte sie. »Doch das hast du. Mehr als du weißt.«

Während sie sich in den Armen lagen, warf Laura Haley einen lächelnden Blick zu und flüsterte »Danke«.

»Also, es sieht ganz so aus, als ob ihr noch zu tun hättet, deshalb lass ich euch besser mal weitermachen. Wenn ihr noch etwas braucht, ihr wisst ja, wo ihr mich findet.«

»Danke Laura, das war sehr aufmerksam von dir, uns was Süßes hochzubringen«, bemerkte Gail.

»Gern«, Laura lächelte sie an. »Genießt es und schönen Abend noch.«

Nachdem Laura gegangen war, biss Gail noch einmal in ihren Keks und studierte ihn, als wolle sie zu dem Geheimnis des Geschmacks vordringen. »Hmm, die sind wirklich extrem lecker. Bist du sicher, dass du keinen probieren willst?«

Haley schüttelte den Kopf und zwang sich, den Blick von dem Gebäck abzuwenden.

»Also gut. Aber du kannst bestimmt die Heiße Schokolade trinken. Ich hatte heute schon mal einen Becher davon, und sie ist nicht sehr süß. Sie machen sie mit dunkler Schokolade und nicht so viel Zucker. Ich finde, du hast dir das verdient zur Feier unseres Schmückerfolgs.«

Gail reichte ihr den Becher, und Haley nahm ihn ihr ab, weil sie Gail nicht verletzen wollte. Dann hielt Gail den Becher hoch für einen Toast, und Haley tat es ihr gleich. »Auf unseren wunderschönen Baum, neue Freunde und neue Weihnachtserinnerungen.« Lächelnd sah sie Haley an.

Haley lächelte ebenfalls und setzte den Toast fort. »Und auf die Freude, Bens Motto des Tages. Ich glaube, wir haben den Nagel auf den Kopf getroffen!«

Lachend stießen Haley und Gail mit ihren Bechern an.

Kapitel 16

Die Weihnachtslichter am Holly Peak Inn leuchteten hell gegen den Nachthimmel und warfen farbenfrohe Reflexe auf den frischen Schnee.

Drinnen war Haley mit einem Weihnachtsbecher heißer Schokolade in einem Sessel im Wohnzimmer versunken und starrte in das knisternde Feuer. Ihr Rechner stand geöffnet auf ihrem Schoß, aber die Seite auf dem Bildschirm mit der Überschrift *Tyler Toys-Kampagne – Ideensammlung* war immer noch leer.

Als sie Jeff hereinkommen hörte, sah sie auf.

»Bei der Arbeit?«, fragte er sie.

»Dein Dad hat gesagt, dass es in Ordnung wäre. Wir sind ganz offiziell fertig für heute mit unseren Christmas Camp-Aktivitäten, und ich breche damit keine Regeln.«

Jeff lachte. »Schon gut. Ich glaub dir ja.«

Haley seufzte und stellte ihre Tasse ab. »Tut mir leid, wenn ich ein wenig gereizt bin. Mir rennt die Zeit davon, um eine fantastische Spielzeugkampagne auf die Beine zu stellen, und bisher hab ich nichts weiter als das.« Sie drehte ihren Laptop so, dass Jeff den Bildschirm mit der leeren Seite sehen konnte.

Er zog die Augenbrauen hoch. »Dann hast du also Kummer?«

»Das wäre eine Untertreibung.«

»Ich bin ganz sicher, dass dir noch was einfallen wird«, sagte Jeff und ging zum Feuer hinüber, um noch ein Scheit Holz aufzulegen. »Und wie sieht dein Baum mit all dem Sternenschmuck aus?«

Einen Moment lang war Haley völlig verwirrt. »Oh, die waren nicht für mich bestimmt. Die waren für Gail.«

»Gail? Ich dachte, die wären für deinen Baum. Was hast du dir denn dann für ein Thema ausgesucht?«

»Ich habe mich noch nicht entschieden.«

Jeff legte die Stirn in Falten. »Dann hast du deinen Baum noch gar nicht geschmückt?«

»Noch nicht, er steht noch draußen, ich hab deinem Dad gesagt, dass ich das noch mache, bevor ich ins Bett gehe. Ich wollte zuerst ein bisschen arbeiten. Ich versteh's bloß nicht.« Haley fuhr sich mit den Fingern durchs Haar. »Was ich am besten kann, ist, mir was Kreatives für Werbefeldzüge einfallen zu lassen, und hier, wo ich von nichts als Weihnachtlichem umgeben bin, will mir einfach partout nichts einfallen.«

»Vielleicht bemühst du dich zu sehr.«

»Was willst du damit sagen?«

»Ich will damit sagen, dass du dich dazu zwingst, Konzepte für Weihnachten zu finden, statt Weihnachten einfach zu leben und die Einfälle auf natürliche Art und Weise zu dir kommen zu lassen.«

»Nichts für ungut, aber an einem traditionellen Weihnachtsfest gibt es für mich einfach nichts, was natürlich wäre. Deshalb hat man mich ja hierhergeschickt.«

»Kein Problem«, erwiderte Jeff. Er stocherte immer noch im Feuer herum. »Ich meine ja nur, dass du vielleicht eine Pause brauchst. Die Inspiration kommt meistens angeflogen, wenn man sich gar nicht bemüht, sie zu finden. Momentan bist du von weihnachtlichen Dingen umgeben, vielleicht solltest du dich einfach ein bisschen entspannen und es auf dich wirken lassen.« Er griff nach ihrem leeren Weihnachtsbecher. »Da hast du doch tatsächlich endlich noch unsere berühmte Heiße Schokolade probiert. Und? Hat sie dir geschmeckt?«

Haley lächelte. »Die war lecker, richtig lecker.«

»Dann war sie ihre Kalorien auch wert?«

Haley nickte ihm zu. »Absolut.«

»Laura wird sich freuen, das zu hören. Ich lass dich mal weiterarbeiten. Viel Glück.«

»Gute Nacht«, sagte Haley und sah Jeff hinterher. Dann richtete sie ihre Aufmerksamkeit wieder auf den Computer. Sie legte die Hände auf die Tastatur und begann zu tippen.

Tyler Toys-Weihnachtsbecher …

Sie hielt inne, sah sich im Zimmer um, warf einen Blick auf den Tisch mit Bens Weihnachtsmannsammlung und tippte wieder etwas.

Tyler Toys-Weihnachtsmannsammlung …

Sie entdeckte eine Schneekugel und notierte wieder etwas.

Tyler Toys-Schneekugeln …

Sie verharrte über der Tastatur und starrte, frustriert darüber, dass ihr nichts als langweilige Klischees einfielen, auf den Bildschirm. Sie brauchte etwas, was neu und unverbraucht war und zudem noch witzig, wenn sie es mit Tom aufnehmen wollte. Aber als ihr immer noch nichts einfallen wollte, klappte sie den Laptop zu und starrte an die Decke. Da erst merkte sie, wie müde sie war. Sie schloss einen Moment lang die Augen, riss sich dann aber schnell wieder auf. Sie hätte es beinahe vergessen. Sie hatte Ben versprochen, heute Abend noch ihren

Baum zu schmücken. Sie musste diese Aktivität noch von der Liste abhaken.

Ächzend rappelte sie sich auf und zog ihre Winterklamotten an. »Also gut, lass es uns schnell hinter uns bringen«, sagte sie und ging eilig um das Haus herum nach hinten, wo sie ihren kleinen Baum abgestellt hatte. Sie wollte ihn gerade anheben, als Ben mit einer Schneeschaufel um die Ecke kam. Seine roten Wangen und sein schwerer Atem verrieten, dass er kräftig geschippt hatte.

Er lächelte Haley zwar zu, aber schien zugleich etwas verdutzt. »Haley, was machst du da mit Jeffs Baum? Den sollte er selbst reintragen.«

Haley lachte. »Das ist nicht Jeffs. Das ist meiner.«

»Tatsächlich? Das ist dein Baum? Den, den du heute ausgesucht hast?«

Haley hielt ihn stolz hoch. »Genau. Das ist er.«

Ben sah sie verwundert an. »Tut mir leid, ich hab wirklich gedacht, das wäre der von Jeff. Er sucht nämlich jedes Jahr so einen Baum aus.«

Jetzt war es an Haley überrascht zu sein. »Was? Wirklich?«

Ben nickte. »Das macht er schon immer, seit er ein kleiner Junge war. Er hat jedes Mal gesagt, die anderen wären ihm zu perfekt.«

»Im Ernst? Das sag ich auch immer. Als ich klein war, war nie viel Geld im Haus, und einmal, da war ich vielleicht zehn, konnten wir uns keinen Baum leisten. Das hab ich natürlich nicht kapiert und bin in der Nachbarschaft rum, bis ich einen großen Ast fand, an den ich rankam, und den hab ich einfach abgerissen. Ich hab ihn mit nach Hause genommen, den Stamm mit einer Decke umwickelt, damit er in den Baumständer gepasst hat, und ihn dann für Weihnachten geschmückt.«

Ben lächelte wissend. »So ein Christbaum wie bei Charlie Brown.«

»Ganz genau. Nach diesem Weihnachtsfest hatten wir nie wieder einen perfekten Tannenbaum, selbst als wir uns einen leisten konnten.« Haley schüttelte in Gedanken daran den Kopf. »Wenn wir zu einem Baumverkauf gingen und ich einen kleinen komischen Baum sah wie diesen hier, hat er mir immer leidgetan, weil ich dachte, den wird bestimmt niemand nehmen.«

»Deshalb hast du ihn ausgesucht und mit nach Hause genommen.«

Sie nickte. »Daran hab ich schon ewig nicht mehr gedacht …«

»Klingt nach einem wunderbaren Brauch«, sagte Ben. »Ich bin froh, dass du ihn hier auch pflegst.«

»Ja, scheint so.« Sie sah auf ihren kleinen Baum. »Ich hab schon seit Jahren keinen Weihnachtsbaum mehr gehabt. An den Feiertagen bin ich so viel unterwegs, dass es keinen Sinn hat, einen aufzustellen. Jetzt muss mir nur noch was für die Dekoration einfallen.«

»Ich bin mir sicher, dir wird was einfallen. Ich freu mich schon drauf, ihn zu sehen, wenn du fertig bist.«

»Wünsch mir viel Glück«, sagte Haley.

»Ich wünsch dir viel Freude dabei.«

Haley ging lächelnd ins Haus. Nachdem sie den Baum in ihrem Zimmer abgestellt hatte, ging sie wieder hinunter in die Bibliothek und durchsuchte zur Inspiration die Kartons mit den Dekorationen. Sie fand eine Kiste mit hübschen Vögeln und ein schmuckes Vogelnest, wahrscheinlich für ein Naturmotiv gedacht, aber auch wenn sie niedlich waren, sie waren nichts für sie. In der nächsten Schachtel, die sie öffnete, waren hinreißende kleine Elffiguren und eine, die sie herausholte, tanzte. Haley wedelte mit den Armen, als tanze sie selbst, doch dann legte sie den Anhänger in die Schachtel zurück und nahm einen anderen heraus. Dieser Elf leckte an einem rot-weiß gestreiften Lutscher. »Aha, du magst also auch Zucker?« Sie lachte. Sie legte auch diesen zurück und beschloss, es mit einem anderen Karton zu versuchen. Darin fand sie ein paar wunderschöne gläserne Schneeflocken. Als sie eine gegen das Licht hielt, streuten die Reflexe durch das ganze Zimmer. Sie war bezaubernd, aber immer noch nicht das Richtige für sie.

Sie wollte sich gerade geschlagen geben, als sie in der Ecke einen einzelnen Karton stehen sah. Sie ging hinüber, brachte ihn an den Tisch, besah ihn sich genauer und rümpfte die Nase. Er roch modrig und schien uralt zu sein. Vorsichtig zog sie die vergilbte Schnur, mit der er zusammengebunden war, auf, und das Erste, was sie erblickte, als sie den Deckel zurückklappte, war ein Haufen Seidenpapier, das ebenso vergilbt war. In dem Papier war eine weitere Schachtel, die in weißen Samt eingeschlagen war. Sie nahm sie heraus und legte sie auf den Tisch. »Was haben wir denn da?«, fragte sie fasziniert. Als sie den Deckel öffnete und hineinsah, entdeckte sie etwa ein Dutzend winziger silbrig-weißer Engelanhänger. Sie lachte und schüttelte den Kopf. »Noch mehr Engel?« Doch als sie sie eingehender betrachtete, sah sie, wie delikat sie waren. Einer der Engel leuchtete im Licht, und da wusste sie, dass sie in ihr Zimmer gehörten, an ihren Baum.

»Okay, ihr kommt mit«, sagte sie, nahm die Schachtel und ging in ihr Zimmer. »Bei mir warten ein paar von euren Freunden auf euch.«

Kurz darauf saß sie auf dem Boden neben ihrem kleinen Tannenbaum, holte behutsam einen der Engelanhänger aus der Kiste und suchte nach einem geeigneten Platz am Baum dafür. Sie entschied sich für einen der oberen Zweige und wog den Engel sorgfältig in der Hand, bevor sie probierte, ihn aufzuhängen. Perfekt. Haley lächelte und nahm den nächsten Engel heraus. »Und wohin mit dir?«

Als sie noch überlegte, wo sie den nächsten Engel anbringen sollte, kam Max hereingetrottet. Anscheinend hatte sie die Tür nicht richtig zugemacht.

Er ließ sich neben ihr nieder und schnüffelte an dem Engel.

»Der ist hübsch, nicht wahr?«

Max bellte und wedelte mit dem Schwanz, während er ihr zusah.

»Pssst! Du kannst nur hierbleiben, wenn du dich ordentlich benimmst.«

Max legte sich sofort hin und sah sie mit seinen großen braunen Augen unschuldig an.

Haley musste sich ein Lächeln verkneifen und widmete sich dann wieder dem Baumschmuck. Während sie einen weiteren Engelanhänger am Baum befestigte, hatte sie gar nicht bemerkt, dass sie *»Hark! The Herald Angels Sing«* vor sich hin summte.

Als Jeff die Bibliothek betrat, dekorierte sein Vater gerade die prächtige Douglas-Tanne in der Ecke. Sie war an die zwei Meter hoch und perfekt gewachsen.

Ben lächelte ihm zu. »Komm her und mach mit, mein Sohn. Ich könnte ein bisschen Hilfe gebrauchen.«

»Sieht ganz so aus.« Jeff lachte. »Ich glaube, der Baum ist noch größer als der, den du letztes Jahr geschlagen hast.«

»Ja, könnte sein, aber was soll ich sagen. Er hat zu mir gesprochen.«

»Und natürlich hast du auf ihn gehört.«

»Es wäre auch unhöflich, wenn nicht.« Ben grinste und hängte einen weiteren Anhänger an den Baum.

Jeff schmunzelte immer noch. »Weißt du, die Bäume mit unseren hausgemachten Anhängern, die wir hier aufgestellt haben, mochte ich immer am liebsten.«

»Ich auch.« Ben nahm einen weiteren Anhänger aus der Verpackung und hielt ihn stolz hoch. Es war ein Foto vom kleinen Jeff, eingerahmt von Lutschern. Er sah total süß aus. »Erinnerst du dich an den? Den hast du in der fünften Klasse gemacht.«

Mit einem Lachen nahm Jeff seinem Vater den Anhänger ab und betrachtete ihn genauer. »Mal im Ernst, Mom hat einfach alles aufgehoben.«

»Das hat sie. Sie hat immer gesagt, dass mit jedem Weihnachtsbaumanhänger eine besondere Erinnerung verbunden ist.«

»Deshalb habt ihr mit dem Christbaumschmücken immer so lang gebraucht. Ihr habt bei jedem Anhänger in Erinnerungen geschwelgt.« Er gab seinem Vater den Lollyanhänger zurück.

Während Ben ihn an den passendsten Zweig hängte, wandte

er sich wieder an seinen Sohn. »Wenn ich mich richtig entsinne, hast du dabei auch immer gern geholfen.«

Bei der Erinnerung daran lächelte Jeff in sich hinein. »Du und Mom habt immer gesagt, ich sei für die unteren Zweige verantwortlich, weil es diejenigen waren, an die ich rankam ...«

»Oh, das war aber nicht der einzige Grund ... Ich wollte mich auch nicht immer bücken müssen und Kreuzschmerzen kriegen.«

Sie lachten beide darüber.

»Und wer ist dieses Mal für die unteren Zweige zuständig?«, fragte Jeff und nahm einen lustigen Tannenzapfenanhänger mit einer Weihnachtsmannmütze und zwei schwarzen Filztupfen als Augen.

»Rate mal.« Ben grinste ihn an.

Jeff lachte. »Ich hab schon befürchtet, dass du das sagst«. Er beugte ein Knie, damit er weit genug hinunterreichte, um den Tannenzapfen an einem der unteren Äste zu befestigen.

»Also, wenn du mir ein paar Enkelkinder schenken würdest, könnten wir die Tradition an sie weitergeben«, sagte Ben und warf ihm einen pikierten Blick zu.

Jeff sah auf. »Ich glaube, du spannst den Karren vor das Pferd, oder wie du sagen würdest, den Schlitten vor das Rentier. Ich gehe ja noch nicht mal mit jemandem aus, also das kann noch dauern mit den Enkeln.«

Ben gluckste. »Alles kann jederzeit eintreten, ganz besonders an Weihnachten.«

Jeff erhob sich lachend. »Was immer du meinst, Dad.«

Ben hielt ihm einen weiteren Anhänger hin. Es war ein einfacher Silberstern aus Stanniolpapier mit Gold besprenkelt.

»Die Sterne, die wir an Weihnachten gebastelt haben, hatte ich schon vergessen.«

»Ich glaube, wir haben mindestens ein Dutzend davon gemacht und sie ins Gemeindezentrum gebracht.«

»Aber Mom hat ein paar davon zur Erinnerung zurückbehalten …«

»Und jetzt sind wir dabei, uns zu erinnern.«

Jeff reichte seinem Vater den Stern. »Hier, den kannst *du* aufhängen.«

Ben nahm nickend den Stern, sah sich nach der passenden Stelle um und hängte ihn dann ganz nach oben zu der blinkenden weißen Lichterkette, die das Licht von der Folie reflektierte.

»Sehr schön«. Jeff klopfte seinem Dad auf den Rücken. »Ich habe Haley heute eine Schachtel mit Sternanhängern gegeben. Ich dachte, sie wolle sie für ihren Baum, aber sie hat sie anscheinend an Gail weitergereicht.«

»Ich weiß, Laura hat es mir erzählt. Sie hat mir auch erzählt, dass Haley bei Gail geblieben ist und ihr geholfen hat, ihren Baum zu schmücken, weil sie wusste, dass Gail das sonst immer mit ihrem Sohn gemacht hat. Das war wirklich sehr nett von ihr.«

Jeff sah überrascht aus. »Ich habe nicht gewusst, dass sie Gail geholfen hat. Ich dachte, sie hätte ihr nur die Anhänger gebracht.«

»Nein, sie hat Gail beim Schmücken geholfen, und Laura hat gemeint, dass Gail ihr sehr dankbar dafür war.«

»Ha!«

»Überrascht dich das?«, fragte Ben.

»Ich denke schon«, erwiderte Jeff. »Von Haley weiß ich nur,

dass sie alles hier so schnell wie möglich hinter sich bringen will, damit sie wieder zum Arbeiten kommt. Ich hätte nicht von ihr erwartet, dass sie jemandem hilft.«

»Außerdem hab ich den Baum gesehen, den sie geschlagen hat.« Ben warf Jeff einen wissenden Blick zu. »Der sah irgendwie vertraut aus.«

Jeff wich seinem Blick aus und befestigte eine Zuckerstange am Baum. »Ja, das war ganze Arbeit, den abzusägen.«

»Da hat sie eine interessante Wahl getroffen«, sagte Ben.

Jeff mied den direkten Blick seines Vaters. »Sie hat einfach den kleinsten ausgesucht, weil der beim Fällen am wenigsten Arbeit gemacht hat.«

»Ach ja? Mir hat sie erzählt, dass sie schon in ihrer Kindheit immer kleine komische Bäume ausgesucht hat, weil sie wollte, dass sie ein gutes Zuhause bekommen. Das klingt ganz nach jemandem, den ich kenne ...«

»Dad ...«

»Damit will ich eigentlich nur sagen, dass ihr beide vielleicht mehr gemeinsam habt, als du denkst.«

Jeff lachte schallend. »Wie bitte? Haley und ich? Das glaube ich nicht. Haley interessiert sich nur für das Eine, nämlich ihre Arbeit. Das hier bedeutet ihr überhaupt nichts. Sie wäre noch nicht mal hier, wenn sie nicht müsste.«

»Leute können sich ändern ...«, sagte Ben, während er einen antiken Engelanhänger aus Wäscheklammern herausnahm, der von weißem Papier und Spitze umhüllt war. Diesen reichte er Jeff.

»Du weißt ja, wie sehr ich es schätze, dass du immer in allen nur das Beste siehst, aber von Haley würde ich mir keine große

Veränderung erwarten. Ich möchte nicht, dass du enttäuscht wirst. Das Christmas Camp kann nicht alle verwandeln.«

Lächelnd sah Ben zu, wie Jeff den Engel an den Baum hängte und dieser im Licht schimmerte. »Ich glaube, dass beim Christmas Camp alles möglich ist.«

Jeff schüttelte den Kopf. Der Optimismus seines Vaters ließ nie nach. »Also gut, aber du erinnerst dich noch daran, dass wir im Anschluss eine ernsthafte Unterredung über deine Zukunft führen müssen, es sei denn, du gehst davon aus, dass dir der Weihnachtsmann einen großen Sack voll Geld bringt. Falls nicht, wird es das Beste für dich sein, das Inn zu verkaufen. Du wirst schon sehen ...«

Als Ben daraufhin nur schweigend den Baum weiter dekorierte, wusste Jeff, dass er ihn verletzt hatte. Doch er wusste ebenso, dass sein Vater seine finanzielle Situation nicht wahrhaben wollte und es sein Job war, ihn zu beschützen.

❄
❄ ❄

In dieser Nacht betrachtete Haley, behaglich ins Bett gekuschelt, ihren Baum. Die Engelanhänger leuchteten im Mondlicht. Der Baum war ein wenig krumm, und ein paar Zweige hingen von dem Gewicht der Engel herunter, doch ihr erschien er perfekt, und zum ersten Mal seit Ewigkeiten hatte sie dieses Gefühl der Freude. Genau wie Ben es ihr vorhergesagt hatte. Lächelnd schlief sie ein.

Kapitel 17

Die Sonne stieg gerade über den Bergrücken und erleuchtete mit ihrem goldenen Licht das Holly Peak Inn und die schneebedeckten Bäume ringsherum.

Als Haley die Augen öffnete, war das Erste, was sie sah, ihr mit Engeln geschmückter Charlie Brown-Tannenbaum. Voller Entzücken schaute sie auf ihren kleinen Baum. Dann warf sie die Decke zurück, sprang aus dem Bett und war gerade dabei sich anzuziehen, als Max vor der Tür bellte.

»Warte Max, ich komme gleich.«

Diesmal war sie bereit für ihn; sie öffnete die Tür, vor der Max mit der Leine im Maul schon auf sie wartete. Mantel, Schal und Mütze hatte sie bereits angezogen, und sie beugte sich zu ihm hinunter, um ihn zu streicheln. Da sah sie, dass er einen neuen Weihnachtspullover trug. Er war rot und hatte grüne Streifen. »Sieh dir nur mal deinen neuen Pullover an. Der hier ist viel besser als der mit den verrückten Katzen. Na, dann los.«

Max war so begeistert, dass er sie praktisch die Treppe hinunterzog. Sie wollten gerade zur Tür hinaus, da traf ein Schneeball Haley mitten vor die Brust.

»Hey!«, rief sie und als sie sich überrascht umschaute, entdeckte sie Blake und Madison, die beide Schneebälle in den Händen hielten. Sie bedachte sie mit einem warnenden Blick. »Denkt nicht mal im Traum daran!«

Madison lachte. »Verzeihung. Ich wollte eigentlich meinen Bruder treffen.«

Blake nutzte die Gelegenheit und bewarf Madison mit gleich zwei Schneebällen.

»Oha, warte mal. Das ist nicht fair!« Madison warf einen Schneeball nach ihm, traf jedoch daneben.

»Brauchst du Hilfe?«, fragte Haley.

»Ja, bitte!«, sagte Madison und wurde sogleich von einem weiteren Schneeball am Bein getroffen. »Beeil dich!«

Lachend brachte Haley Max ins Haus zurück. »Ich hol dich gleich wieder, warte mal einen Moment. Madison braucht ein bisschen Hilfe.« Dann rannte sie zu Madison, formte eben gekonnt zwei Schneebälle und feuerte sie auf Blake. Es waren zwei Volltreffer, die den Schnee in alle Richtungen versprengten.

Er wirbelte herum »Hey!«

»Super Treffer, Haley!« Madison sammelte schnell noch mehr Schnee auf und versteckte sich damit hinter einem Baum.

»Unfair«, beschwerte sich Blake. »Zwei gegen einen!«

Plötzlich traf Haley ein Schneeball von hinten. Als sie sich umdrehte, entdeckte sie Jeff mit einem breiten Grinsen im Gesicht. Er hatte einen weiteren Schneeball auf Lager und steuerte damit direkt auf sie zu.

»Lauf, Haley, lauf!«, rief Madison hinterm Baum.

Haley rannte sofort los, als ein weiterer Schneeball sie am Bein traf.

»Gut gemacht!« Blake lief zu Jeff hinüber, und sie klatschten sich ab.

Da traten Susie und Ian aus dem Haus. Madison winkte Susie herbei. »Susie, komm rüber, Mädels gegen Jungs. Beeil dich!«

»Was? Was ist los?« Susie guckte verwirrt, bis einer von Blakes Bällen sie am Bauch traf. »Ist das dein Ernst?«, sagte sie und warf Blake einen finsteren Blick zu. »Oweia, wirst du untergehen!« Sie griff nach etwas Schnee, rannte auf Blake zu und stopfte ihn hinten in seinen Mantelkragen.

»Nein!« Blake wand sich quiekend, aber es war schon zu spät.

Ian lachte. »Ich hätte dich warnen sollen. Meine Frau hat drei Brüder, die ihr beigebracht haben, sich zu wehren. Schon bei unserer ersten Schneeballschlacht hat sie mich vernichtend geschlagen.«

»Dann komm schnell zu uns, Susie. Mach schon!«, rief Haley ihr zu.

Aber gerade als Susie zu den Mädels rennen wollte, erwischte sie ein Schneeball eiskalt im Rücken. Sie erstarrte auf der Stelle und drehte sich bewusst langsam um. Als Ian grinsend auf sie zukam, warf sie ihm einen Blick zu, der ihn umgehend die andere Richtung einschlagen ließ.

»Kommt Mädels, den holen wir uns!«, schrie Haley.

In den nächsten fünf Minuten fand eine wilde Schneeballschlacht statt, Mädchen gegen Jungs. Beide Teams waren gleich aufgestellt, bis John dazu kam und sich den Jungs anschloss. Sein erster Schneeball traf Madison.

»Dad! Wie kannst du nur?« Madison sah ihren Vater vorwurfsvoll an.

»In der Liebe wie bei Schneeballschlachten ist alles erlaubt. Ich hab dich lieb, Schätzchen!« John umarmte seine Tochter, doch als sie sich aus seiner Umarmung wand, Schnee aufsammelte und auf seinem Kopf zerrieb, war er derjenige, der entsetzt war.

»Mal im Ernst, Madison! Dein eigener Dad?«

»In der Liebe wie bei Schneeballschlachten ist alles erlaubt. Ich hab dich auch lieb, Dad!«

Alle lachten.

»Hey, was ist denn hier los?«, fragte Ben und kam heraus.

Alle drehten sich nach ihm um, sahen sich an und als Jeff zum Zeichen nickte, bewarfen sie ihn von allen Seiten mit Schneebällen.

»Moment mal, was?« Ben wich so vielen Schneebällen wie möglich aus, doch der von Jeff traf ihn mitten vor die Brust. »Mein Sohn, das solltest du aber besser wissen!«

Ungestüm rannte Ben auf Jeff los, ein Schneeball in jeder Hand.

Jeff wich vor ihm zurück. »Dad, das würdest du doch nicht machen.«

Doch Ben sah aus, als würde er durchaus so etwas machen ... sogar mit größtem Vergnügen.

»Aber wir sind doch eine Familie«, flehte Jeff ihn scherzend an.

»Aber in der Liebe wie bei Schneeballschlachten ist alles erlaubt. Stimmt's, Dad?«, fragte Madison und rieb sich die Hände.

»Da hat sie recht. Tut mir leid Kumpel, aber das musst du schon alleine erledigen.«

Ben nutzte den Augenblick, um seinen ersten Schneeball auf Jeff abzufeuern.

Jeff wich ihm aus und war gerade dabei, seinen Sieg zu feiern, als ihn ein Schneeball von hinten traf.

»Wie bitte?!« Er wirbelte herum und erblickte Haley, die ihren eigenen Siegestanz aufführte und dann zu Ben rannte und sich mit ihm abklatschte.

»Gut gemacht, Haley!« Ben legte den Arm um sie, und beide grinsten Jeff zu, der immer noch dabei war, den Schnee wieder abzuklopfen. »Jetzt ist es aber genug, klopfen wir uns den Schnee ab und gehen frühstücken. Wir haben einen langen Tag vor uns.«

Beim Hineingehen holte Jeff Haley ein. »Hey! Verbündest du dich jetzt mit meinem Dad?«

»Na klar«. Haley lachte. »Ich erkenne einen Sieger auf den ersten Blick.« Sie zwinkerte Ben zu, der zurückzwinkerte, bevor sie Jeff einen siegesgewissen Blick zuwarf, lachte und hineinflitzte, um Max für den versprochenen Spaziergang abzuholen.

❄
❄ ❄

Ein paar Stunden später führte Ben die Gruppe in das bescheidene Gemeindezentrum des Ortes, wo Haley ein Schild entdeckte: FREIWILLIGE FÜR DIE FESTTAGE GESUCHT. Sie sah Gail an, die neben ihr herging. »Ich könnte mir vorstellen, dass wir damit gemeint sind.«

»Sieht ganz so aus«, sagte Gail. Sie lächelte Haley zu. »Ich freu mich richtig darauf. Mein Sohn Ryan und ich haben jedes Jahr ehrenamtlich bei der Tafel im Ort ausgeholfen. Das ist eine unserer liebsten Familientraditionen an Weihnachten.«

»Das ist eine tolle Tradition«, pflichte Haley ihr bei. »Was hat er denn zu dem Foto von dir mit deinem Christbaum gesagt?«

Gails Lächeln verblasste ein wenig. »Ich hab noch nichts

von ihm gehört. Ich weiß, dass er sehr beschäftigt ist. Er ist ein hoher Sicherheitsbeamter beim Militär und muss meistens in entlegene Gebiete reisen, deshalb kann er nicht immer Verbindung aufnehmen, aber ich bin sicher, dass er sich melden wird, sobald er Gelegenheit dazu hat.«

»Hört sich so an, als wäre er ein großartiger Sohn.«

Gails Augen fingen an zu leuchten. »Das ist er. Wir waren uns immer sehr nahe. Er hat sich solche Sorgen um mich gemacht, weil ich dieses Weihnachten alleine bin …«

Haley legte den Arm um Gail. »Aber du bist ja nicht alleine, wir sind alle hier bei dir.«

Gail strahlte sie an und nahm sie ebenfalls in den Arm. »Weißt du was? Du hast recht, und ich bin wirklich dankbar dafür. Und jetzt lass uns mal gucken, wie wir uns hier nützlich machen können.«

Haley und Gail und alle anderen folgten Ben an einen Tisch, der mit Essen überladen war. Die Lebensmittel waren nach Kategorien sortiert. Es gab Truthähne, Behälter mit Kartoffelbrei, Dosen mit Yamswurzeln, Preiselbeersauce, Truthahnfüllung und Kürbiskuchen.

Ben nahm einen der leeren Kartons, in die von allem etwas eingepackt werden sollte, und lächelte ihnen zu. »Okay, ich sag euch mal kurz, was wir machen. Wir packen die Kisten für ein Weihnachtsessen mit den Zutaten hier auf dem Tisch. Die gehen an Familien, die dieses Jahr ein wenig mehr Unterstützung brauchen, und wir sorgen dafür, dass sie an Weihnachten etwas Besonderes zu essen haben.«

Blake hielt einen gefrorenen Truthahn hoch. »Kriegt jeder von ihnen so einen?«

»Blake, leg ihn wieder hin.« John nahm seinem Sohn den Truthahn aus der Hand.

»Das ist okay«, sagte Ben. »Blake hat sich gerade freiwillig für die Truthahnverteilung gemeldet.«

Madison zeigte lachend auf Blake. »Ich sag's doch immer, wie ein eingebildeter Puter!«

Blake hielt Madison den Truthahn vors Gesicht. »Gib ihm doch mal einen Kuss.«

Madison wich zurück und warf ihm einen finsteren Blick zu. »Sehr lustig.«

Ben lachte. »Dein Bruder hat in der Tat einen wichtigen Job, Madison. Er ist dafür verantwortlich, dass jedes Paket einen Truthahn enthält.«

Madison griff nach einem Kürbiskuchen. »Kann ich mich dann um den Kuchen kümmern? Jede Familie braucht einen Kuchen, stimmt's?«

»Auf jeden Fall«, sagte Ben. »Der Kuchen ist mit das Beste am Weihnachtsessen.«

»Absolut«, bestätigte ihm Madison. »Mein Lieblingsteil.«

»Meins auch«, stimmte Haley ihr zu. »Manchmal hab ich an Weihnachten nichts andres als Kuchen gegessen –«

»Dann komme ich zu dir an Weihnachten«, sagte Madison.

Alle lachten.

»Also gut, lasst uns Teams bilden und anfangen. Da sind eine ganze Menge Mahlzeiten zusammenzustellen und eine Menge Leute, die auf uns zählen«, sagte Ben.

Haley ging auf Gail zu. »Es hört sich ganz so an, als wärst du Expertin auf dem Gebiet, da du das schon mal gemacht hast, deshalb bleib ich bei dir, wenn es dir recht ist.«

Gail lachte. »Du wirst selbst im Handumdrehen eine Expertin werden.«

»Prima!« Haley griff eifrig nach einem Kuchen.

Gail nahm ihn ihr sanft wieder ab. »Der Kuchen kommt zum Schluss. Wir wollen ja nicht, dass er zerquetscht wird.«

»Ah, natürlich.« Haley nahm einen tiefgefrorenen Truthahn. »Dann kommt wahrscheinlich dieser kleine Fettsack als Erstes rein ...«

»Damit triffst du den Nagel auf den Kopf. Aber steck ihn vorher in eine der Plastiktüten, damit nicht alles andere aufweicht, wenn er auftaut«, sagte Gail.

»Guter Tipp. Siehst du, ich hab's gleich gewusst, dass du eine Expertin bist. Hab ich's doch geahnt, dass ich mit dir am richtigen Tisch stehe.« Haley machte einfach immer das Gleiche wie Gail, die eben eine Packung Kartoffelbrei und eine Dose Preiselbeeren in die Kiste stellte. Dann nahm sie als Nächstes eine Dose mit Yamswurzeln und auch Haley packte eine ein. Haley imitierte Gail sprichwörtlich Schritt für Schritt, und beide arbeiteten hervorragend zusammen.

Nach ein paar Minuten warf Gail Haley einen anerkennenden Blick zu. »Du lernst aber schnell.«

Haley lachte. »Ich war schon immer eine Streberin.«

Gail lächelte sie an. »Scheint, als ob du das immer noch bist, im positiven Sinne. Ich habe gehört, wie du Jeff erzählt hast, dass du in der Werbebranche arbeitest.«

»Ja, das stimmt«, sagte Haley stolz. »Ich bin Markenspezialistin.«

Gail sah sie fragend an.

»Zerbrich dir nicht den Kopf.« Haley lachte. »Keiner weiß

ganz genau, was es bedeutet. Selbst meine Eltern verwirrt es immer noch, und sie erzählen den Leuten einfach, dass ich ein paar coole Anzeigenkampagnen am Laufen habe.«

»Wie in der Fernsehwerbung?«

»Manchmal ja, aber sie können überall erscheinen – in Zeitungen, Magazinen, im Radio, online, in den sozialen Medien …«

»Dann denkst du dir also die Kampagnen aus?«

Haley nickte. »Genau. Es ist eins der Dinge, die ich am liebsten mache, obwohl ich gerade echt zu kämpfen habe, mir was für eine Spielzeugfirma für Weihnachten einfallen zu lassen.«

»Ich bin mir sicher, dir wird etwas ganz Großartiges einfallen«, sagte Gail.

»Ich gebe mir Mühe. Ich muss nur konzentriert bleiben«, sagte Haley. Doch da kam Jeff auf sie zu, und sie wusste, das war ihre Nummer-Eins-Ablenkung.

Jeff schien schwer beeindruckt, als er an ihren Tisch trat. »Wow! Sieht ganz so aus, als wären hier ein paar Profis am Werk!«

Haley deutete mit dem Kinn auf Gail. »Sie ist das Genie bei der Unternehmung. Ich bin nur die Frau fürs Grobe.« Zum Nachdruck stemmte sie einen Truthahn hoch, doch er rutschte ihr aus der Hand. »Oh nein!« Sie versuchte, ihn festzuhalten, griff jedoch daneben. Er wäre auf den Boden gedonnert, hätte ihn Jeff nicht in letzter Sekunde aufgefangen.

Gail hielt sich die Hand vor den Mund, aber es war ganz klar, dass sie lachte.

»Okay, dann bin ich nicht die Frau fürs Grobe, sondern der Tollpatsch«, sagte Haley ebenfalls lachend.

Jeff reichte ihr vorsichtig den Truthahn. »Darf ich dir den anvertrauen?«

Haley schaute auf den Truthahn hinunter. »Ich kann dir da nichts versprechen. Er ist ein bisschen glitschig, stimmt's?« Sie sah Gail an und hoffte auf Unterstützung von ihr.

»Der ist glitschig«, bestätigte Gail. »Gib ihn mir mal.« Sie nahm Haley den Truthahn ab und reichte ihr ein Tuch zum Händeabwischen.

»Danke«, sagte Haley.

»Gail, sieht ganz so aus, als ob du hier kräftig angepackt hättest. Mach doch mal eine Pause mit den anderen. Sie holen sich gerade einen Kaffee. Ich mach so lang hier für dich weiter.«

Gail schenkte ihm ein Lächeln. »Das klingt prima, Jeff. Danke.«

»Hey! Und was ist mit mir? Krieg ich keine Pause?«, fragte Haley.

»Ich denke, du musst dich erst mal rehabilitieren«, zog Jeff sie auf. »Es sei denn, du bist nicht bereit dazu.«

Da war sie wieder – die Herausforderung in seinem Blick. Und selbst wenn es nicht ernst gemeint war, sie konnte keiner Herausforderung widerstehen. Sie richtete sich auf. »Also gut, aber lass dir sagen, ich hab da ein System für die Yamswurzel- und Preiselbeerdosen entwickelt.«

Jeff und Gail sahen sich an und lachten. »Viel Glück«, sagte Gail zu Haley.

Während Gail sich zu den anderen gesellte, beobachtete Haley, wie Jeff bereits den nächsten Truthahn in einen Karton packte. »Siehst du?«, sagte sie zu ihm und stellte je eine Dose Yamswurzeln, grüne Bohnen und Preiselbeersauce auf eine Packung Kartoffelbrei, die sie als Tablett benutzte. Als die Preiselbeersauce zu wackeln anfing, hielt sie sie schnell mit der anderen Hand fest. »Mächtig eindrucksvoll, was?«

»Ja, du hast wirklich Talent«, scherzte Jeff.

»Genau!« Haley lächelte ihn stolz an.

»Und ich hab natürlich nur Spaß gemacht. Wenn du eine Pause brauchst, dann los.«

Haley packte weiter ihre Kiste ein. »Ich bin okay, aber vielen Dank. Wie lange machst du das denn schon mit deiner Familie?«

Jeff musste darüber nachdenken. »Wow, so lang ich denken kann.«

Haley sah ihm dabei zu, wie er im Handumdrehen seine Kiste vollgepackt hatte. »Das ist wirklich nett. Gail hat erzählt, dass es auch bei ihnen Brauch ist. Stell dir nur mal vor, was für einen Riesenunterschied es machen würde, wenn jede Familie, die könnte, sich daran beteiligen würde.«

»Da bin ich ganz deiner Meinung«, sagte Jeff.

Sie griffen beide gleichzeitig nach der Dose Yamswurzeln und sahen sich lächelnd an. In dem Moment, in dem sie sich berührten und ihre Blicke sich trafen, spürte Haley, wie sie voneinander angezogen wurden, mehr noch als beim ersten Mal. Das erschreckte und frustrierte sie gleichermaßen. Sie zog schnell ihre Hand zurück und konzentrierte sich darauf, den nächsten Truthahn einzupacken, doch dabei hatte sie das Gefühl, dass Jeff sie immer noch ansah.

»Ich würde dir gern mal was zeigen«, sagte er. »Ich dachte,

dass es dir vielleicht als Inspiration für dein Arbeitsprojekt dienen könnte.«

Bei dem Wort »Arbeit« hatte Jeff sofort ihre gesamte Aufmerksamkeit.

»Bist Du dabei?«

Sie lächelte ihm begeistert zu. »Zeig mir, wo's langgeht.«

Haley wurde schnell klar, wohin Jeff sie führte, während sie ihm in den Eingangsbereich des Gemeindezentrums folgte, wo ein riesiger drei Meter hoher Weihnachtsbaum stand. Annähernd jeder Zentimeter war von blinkenden weißen Flimmerlichtern besetzt. Ansonsten hingen nur schlichte weiße Papierengel an den Zweigen.

»Das ist der Engelbaum der Gemeinde«, erklärte Jeff und ließ seinen Blick liebevoll über den Baum nach oben schweifen.

Haley trat einen Schritt zurück, damit sie die Spitze sehen konnte. »Wow, das sind bestimmt zweihundert Engel.«

»Eher sogar dreihundert«, sagte Jeff, ging näher heran, nahm einen der Engel ab und zeigte ihn Haley. »Guck mal hier.« Auf dem Engel stand: *Bobby, 7, Spielzeuglaster.* »Die Kids hängen hier ihre Weihnachtswünsche auf, und wir helfen den Eltern dabei, die Wünsche zu erfüllen.«

Haley beobachtete ihn, wie er den Engel in die Tasche steckte. Es war unmöglich, ihn nicht zu mögen. Er war ganz offensichtlich einer von den Guten, einer, dem es wichtig war, sich um andere zu kümmern, um seinen Dad ebenso wie um alle Gäste beim Christmas Camp. Die Tatsache, dass er sich etwas daraus machte, stellte ein großes Problem für sie dar, weil es bedeutete, dass sie sich auch etwas aus ihm machte.

»Also bist du bereit?«, fragte Jeff.

Als Haley sich zu ihm umdrehte, hielt er ihr ein Blatt weißes Papier und eine Schere hin. »Ein paar Engel mehr können nicht schaden.«

»Das krieg ich schon hin«, sagte sie. Sie war dankbar, etwas zu tun zu haben, auf das sie ihre Aufmerksamkeit lenken konnte, weg von dem, was er bei ihr auslöste. Als sie anfing, den Engel auszuschneiden, ermahnte sie sich selbst, dass sie sich einzig auf die Arbeit konzentrieren durfte. *Arbeit, Arbeit, Arbeit und nur die Arbeit*, sang sie in Gedanken vor sich hin. Und dann schnitt sie dem Engel unversehens die Flügel ab.

Kapitel 18

Oh nein!« Haley schlug erschrocken die Hand vor den Mund. Dann kroch sie herum und las die Engelflügel wieder auf.

Jeff war sofort bei ihr. »Was ist passiert? Alles in Ordnung mit dir?«

Als Haley mit einem schuldbewussten Blick in der einen Hand den Engel und in der anderen die abgeschnittenen Flügel hochhielt, musste Jeff sich zurückhalten, um nicht lauthals loszulachen.

»Schon gut«, sagte er. »Wir haben genug Papier. Hier versuch's gleich noch mal.«

»Ich bin nicht besonders gut darin«, sagte Haley und dachte dabei an noch viel mehr als nur das Ausschneiden von Engeln. Was sie tatsächlich meinte, war, dass sie nicht besonders gut mit den Gefühlen umgehen konnte, die sie allmählich für ihn hegte. Sie hatte so etwas noch nie zuvor erlebt, und das machte sie ziemlich ratlos. Was sie aber mit Sicherheit wusste, war, dass es ihr ganz und gar nicht gefiel, ihre Gefühle nicht unter Kontrolle zu haben. Je mehr sie sich vornahm, sich nicht von Jeff ablenken zu lassen, desto mehr ging er ihr unter die Haut, schien es ihr. Es war ihr klar, dass sie sich schleunigst zusammenreißen musste. Sie wusste nur nicht genau wie.

Genauso wie sie mit der Tyler Toys-Präsentation kämpfte, so kämpfte sie damit herauszufinden, wie sie mit der Jeff-Geschichte umgehen sollte. Ohne es zu merken, hatte sie angefangen, den nächsten Engel auszuschneiden.

Als sie aufsah, wurde ihr bewusst, dass Jeff sie beobachtete. Er lächelte ihr zu. »Ich habe Vertrauen, dass du das rauskriegst.«

Haley hätte beinahe die Schere fallen lassen. Einen Augenblick lang dachte sie, er hätte ihre Gedanken gelesen, aber dann wurde ihr umgehend klar, dass er es in Bezug auf die Engel gemeint hatte. Eine hübsche Freiwillige, Mitte zwanzig, steuerte mit einem Weihnachtskorb auf sie zu und ersparte es ihr, darauf zu reagieren.

»Frohe Weihnachten! Kann ich dich mit ein paar Leckereien verlocken?«, fragte sie und offenbarte einen Korb voll mit Selbstgebackenem und Süßigkeiten. Mit ihren langen Wimpern klimpernd lächelte sie Jeff an, ohne Haley auch nur eines Blickes zu würdigen.

Haleys Miene verfinsterte sich zusehends, als sie mitbekam, wie das Mädchen mit ihm flirtete.

»Da drüben gibt's auch Kaffee und Cola, falls du etwas Koffein brauchst«, machte ihn die ehrenamtliche Helferin weiter lächelnd an. »Und die Bar gegenüber ist super. Ich kann in einer Stunde dort sein, falls dir nach was Kräftigerem ist …«

Aufgebracht schob sich Haley zwischen Jeff und die süße Freiwillige. »Ich nehm 'ne Zuckerstange«, sagte sie und sorgte dafür, dass die Helferin sie nicht länger ignorieren konnte. Aber als das Mädchen Haley schnell mit einer Zuckerstange abfertigte und ihre ganze Aufmerksamkeit wieder Jeff widmete, rastete Haley förmlich aus. Sie brach ihre Zuckerstange in zwei Teile, riss das Zellophanpapier ab und steckte sich ein Stück in den Mund.

Damit hatte sie im Handumdrehen Jeffs Aufmerksamkeit gewonnen. »Ich habe gedacht, du isst nichts Süßes?«

Haley konnte darauf nicht antworten, weil sie ja gerade munter knirschend die Zuckerstange verschlang. Also lächelte sie einfach zuckersüß, während sie sich noch eine Zuckerstange und zwei Kekse aus dem Korb angelte. Sie wollte gerade noch etwas herausfischen, als die freiwillige Helferin den Rückzug antrat.

»Ich füll den besser mal wieder auf«, sagte sie und warf Jeff einen schmachtenden Blick zu. »Vielleicht sehen wir uns später noch in der Bar?«

Als Jeff ihr mit »Vielleicht« antwortete, stopfte sich Haley einen Keks in den Mund und verschwand schnell hinter dem Baum, damit Jeff nicht sehen konnte, wie aufgebracht sie war – am allermeisten über sich selbst. Sie war es nicht gewohnt, eifersüchtig zu sein, und es gefiel ihr ganz und gar nicht. Sie biss gerade in den zweiten Keks, als Jeff zu ihr kam.

»Geht's dir gut?«, fragte er.

Sie kaute zu Ende. »Ja, warum?«, erwiderte sie unwirsch und wischte sich ein paar Krümel vom Mund.

Er betrachtete den angebissenen Keks und die Zuckerstange in ihrer Hand. »Oh, nur so.«

Haley gab ihm den Keks.

Er lachte. »Nein danke, mit unseren Christmas Camp-Keksen können die nicht mithalten, aber wenn du mir die Zuckerstange anbieten wolltest, die nehme ich gern.«

Im ersten Moment sah es nicht so aus, als wäre Haley bereit dazu, aber dann gab sie sich einen Ruck.

»Danke«. Er grinste sie an. »Die mag ich am liebsten.«

Haley sah ihn erstaunt an. »Ich auch. Schon als kleines Mädchen.«

Jeff lächelte sie an und als ihre Blicke sich trafen, fing ihr Herz wieder an zu rasen. Sie drehte sich schnell weg und sah zu dem Baum hinauf, und dabei kam es ihr.

»Ich hab's!«, sagte sie und sah Jeff wieder an. »Vielleicht kann ich diesen Engelbaum für meinen Tyler Toys-Auftrag nutzen. Für die Spielzeugkampagne, an der ich gerade arbeite …«

»Und wie?«

»Ich überlege, ob Tyler Toys nicht mit einem Programm wie diesem kooperieren und ein paar ihrer Spielsachen für die Kinder stiften und so deren Träume erfüllen würde.«

»Das ist grandios!« Jeff war beeindruckt. »Das könnte so viel Gutes für so viele Kinder bedeuten.«

»Genau das denke ich auch. Und für die Tyler Toys-Marke wäre es ebenso gut. Sie sind schließlich ein Familienbetrieb, und ihr Credo ist es, anderen etwas zu schenken.«

Jeff war ganz aufgeregt. »Ich glaube, du bist da auf der richtigen Fährte.«

»Das glaube ich auch.«

Jeff sah aus, als wolle er sie umarmen, bremste sich aber gerade noch. Stattdessen reichte er ihr seine Zuckerstange. »Hier, für dich. Wenn diese Idee von der Zuckerstange kam, wer weiß, was dann erst bei der nächsten rauskommt. Ich glaube, du solltest niemals wieder auf Zucker verzichten!«

»Vielleicht hast du recht.« Haley nahm Jeff schmunzelnd

die Zuckerstange ab, packte sie aus und steckte sie sich in den Mund.

Sie lachten immer noch, als Ben zu ihnen kam.

»Da seid ihr ja«, sagte er. »Wir haben euch schon vermisst. Das hätte ich mir ja denken können, dass ich euch hier bei dem Engelbaum finde. Wie findest du unseren Baum, Haley?«

Haley sah den Baum an. »Er hat mir gerade eine fantastische Idee für meine Arbeit geliefert, dafür liebe ich ihn.«

Ben gluckste. »Arbeit? Das war zwar nicht gerade die Antwort, die ich erwartet hätte, aber ich bewundere deine Einsatzfreude.«

»Sie hat wirklich eine großartige Idee, Dad«, Jeff sah Haley lächelnd an.

Ben lächelte ebenfalls. »Okay, großartig. Ich will alles darüber wissen, aber wir wollten gleich anfangen, die Kisten in den LKW zu laden, damit sie ausgefahren werden können, und ich brauche noch ein paar Helfer dafür.«

»Hier hast du einen.«

»Ich kann auch was übernehmen«, meldete sich Haley.

»Das wäre prima. Es gibt immer noch ein paar Kisten, die zu Ende gepackt werden müssen, wenn du Gail dabei helfen willst? Sie ist da drüben am Tisch, wo ihr angefangen habt.«

»Klingt gut«, sagte Haley. »Ich seh euch später, Jungs, und danke Jeff, dass du mir den Engelbaum gezeigt hast.«

Als sie sich zu Gail an den Tisch stellte, grinste sie immer noch.

Gail fiel sofort die Veränderung auf. »Da sieht aber jemand glücklich aus. Was ist geschehen?«

»Ich glaube, ich habe gerade eine großartige Idee für meine

Weihnachtsspielzeugkampagne gekriegt«, sagte Haley und stellte eine Dose Preiselbeeren in den Karton.

»Das ist ja wunderbar«, sagte Gail.

Haley nickte lächelnd. »Bisher ist es nur eine vage Idee, aber es ist ein Anfang, immerhin.«

Gail packte den letzten Karton. »Ich glaube, das war's jetzt. Lass uns die Kisten zu den Jungs rüberbringen, damit sie sie einladen können.«

Nachdem sie die letzten Kartons abgeliefert hatten, sahen Haley und Gail zu, wie die Jungs eine Kette bildeten und sie so allesamt in den Laster beförderten.

»Die wissen genau, was sie tun«, stellte Haley beeindruckt fest. Sie beobachtete Jeff dabei, wie er eine der letzten Kisten stemmte. Er drehte sich um und lächelte sie an. Sie errötete etwas und erwiderte dann sein Lächeln. Sie bemerkte, wie Gail sie mit diesem vielsagenden Gesichtsausdruck beobachtete, und drehte sich zu ihr um. »Was denn?«, fragte sie.

Gail schmunzelte nur. »Ach, nichts. Es hat nur den Anschein, als würden du und Jeff gut miteinander klarkommen. Er ist ein sehr netter junger Mann, und er ist Single.«

Haley fiel die Kinnlade herunter. »So ist das nicht ...«

»Warum denn nicht?«, fragte Gail. »Zudem sieht er noch verdammt gut aus. Ich würde mal sagen, ein echter Fang.«

Jetzt war es Haley richtig peinlich. »Da ist nichts zwischen Jeff und mir. Wenn überhaupt, ist er lediglich darauf aus, dass ich all diese Christmas Camp-Aktivitäten erfülle. Er hält sich für die Christmas Camp-Polizei oder so was ...«

»Ich bin sicher, er hat nur ein Auge darauf, dass alles glattgeht, wohlwissend, wie wichtig es für seinen Dad ist.«

Haley nickte. »Das weiß ich ja. Ich will damit nur sagen, mehr ist da nicht.«

»Also ich halte das für eine Schande«, sagte Gail. »Eine nette junge Frau wie du und ein netter junger Mann wie er, und ihr seid beide alleinstehend ...«

Haley hielt beschwichtigend die Hand hoch. »Okay, das reicht. Du klingst wie meine Mom. Die will auch immer, dass ich jemanden finde und sesshaft werde.«

»Und willst du denn nicht sesshaft werden?«

Haley schüttelte den Kopf. »Ganz ehrlich, was ich wirklich will, ist diese Beförderung in meinem Job, und wenn ich die erst mal in der Tasche habe, ist noch weniger Zeit für ...«

»Ein Privatleben?«, fragte Gail.

Haley nickte. »Genau. Apropos, wo wir hier jetzt fertig sind, sollte ich wirklich zurück ins Hotel und an meiner Idee feilen.«

»Und wie steht's mit dem Abendessen?«, fragte Gail sie. »Wir sind heute Abend auf uns selbst gestellt, und jeder isst was in der Stadt. Ich habe gedacht, wir könnten vielleicht zusammen was essen gehen und dann noch ein paar letzte Weihnachtseinkäufe erledigen. Ich hab da diesen total niedlichen Geschenkeladen im Ort gesehen, wo ich gern mal reingucken würde. Was sagst du dazu?«

»Ich brauch keine Weihnachtsgeschenke zu kaufen«, fing Haley an, aber als sie die Hoffnung in Gails Blick wahrnahm, hatte sie nicht mehr das Herz, sie zu enttäuschen. »Aber was essen muss ich ja wohl auch ...«

Gail strahlte. »Wunderbar! Dann mal los.«

Plötzlich kam Haley ein Einfall. »Gut, aber kannst du noch

einen kleinen Moment warten? Ich muss noch mal schnell da rein.«

»Klar.«

»Super. Danke. Bin gleich wieder da!« Aufgeregt rannte Haley zurück zum Engelbaum im Gemeindezentrum. Sie stellte sich auf Zehenspitzen, machte einen der Engel vom Baum ab und lief dann schnell wieder zu Gail.

»Okay, ich bin so weit«, sagte sie. »Lass uns los.«

Während Gail und Haley die wunderschön geschmückte Main Street entlangschlenderten, blieb Gail immer wieder stehen und bewunderte die hübsche Weihnachtsdekoration. Das Fenster des Eissalons im Stil einer altmodischen Eisdiele war von rot- und weißblinkenden Lichterketten eingerahmt und mit einer Winterwunderlandszene mit einem hinreißenden Frosty, dem Schneemann, bemalt. Über Frosty stand WEIHNACHTSSCHNEEBALLEIS. Gail fasste Haley entzückt bei der Hand.

»Oh, lass uns doch mal das Schneeballeis probieren«, sagte sie und zog Haley hinter sich her in die Eisdiele.

»Das stellst du dir also unter Abendessen vor?« Haley lachte.

»Du kennst doch den Spruch: ›Das Leben ist kurz, deshalb iss den Nachtisch lieber zuerst‹.«

»Wie bitte?« Haley sah sie skeptisch an. »Wer sagt denn das?«

»Ich sag das«, erwiderte Gail. Lachend ging sie direkt auf den Eisverkäufer zu und bestellte je zwei Kugeln von dem Schneeballeis.

Kurz darauf waren sie wieder draußen und gingen mit ihren Schneeballeiswaffeln die Einkaufsstraße entlang.

»Okay, ich geb's ja zu. Das ist wirklich lecker!«, sagte Haley und schleckte etwas von dem Eis, das auf die Waffel getropft war, ab.

»Ich hab's dir doch gesagt«, sagte Gail und stieß mit ihrer Eiswaffel an Haleys, als wolle sie ihr zuprosten. »Fröhliche Weihnachten!«

»Zum Wohl!«

»Jetzt suchen wir uns besser was Richtiges zu essen. Ich will dich nicht zu sehr verderben.«

»Oha, zu spät«, sagte Haley und hielt ihre fast aufgegessene Eiswaffel hoch. »Ich habe mir die größte Mühe gegeben, nichts Süßes mehr zu essen, aber wenn man mit dir unterwegs ist, ist das offenbar völlig aussichtslos.«

Gail gab vor, beleidigt zu sein. »Willst du mir etwa einen schlechten Einfluss nachsagen?«

»Absolut.«

Gail grinste sie an. »Dann will ich dir mitteilen, dass ich mich kein bisschen schuldig fühle. Es ist Weihnachten, und es ist die Zeit im Jahr, in der prassen erlaubt ist.«

»Wer sagt das?«, fragte Haley, obwohl sie die Antwort bereits kannte.

»*Ich* sage das.« Gail lachte und zeigte dann auf eine einladende Pizzeria. Sie hakte sich bei Haley unter. »Was hältst du von einer Salami-Peperoni-Pizza?«

Haley lachte. »Eigentlich steh ich mehr auf Schinken mit Ananas. Und warte mal, jetzt willst du auch noch Pizza? Bist du dir sicher, dass du kein Teenager mehr bist?«

»Zu dieser Jahreszeit komm ich mir immer vor wie ein Teenager«, sagte Gail und strahlte. »Weihnachten bringt es mit sich, dass man wieder zum Kind wird. Findest du nicht auch?«

Haley zuckte die Schultern. »Ich hab noch nie so richtig darüber nachgedacht.«

»Also ich würde sagen, wir essen erst mal eine Pizza und sieh mal da, nebenan ist gleich ein Bonbonladen. Die haben ganz bestimmt Weihnachts-Fudge.«

Haley hielt sich die Hände auf die Ohren. »Ich hör gar nicht hin ... Jingle Bells, Jingle Bells ...«

»Wenigstens singst du jetzt Weihnachtslieder.«

Als sie vor der Pizzeria standen, sagte Haley mit einem Lachen: »Du bist unmöglich.«

»Und du bist die Beste, weil du heute Abend mit mir ausgehst«, sagte Gail. »Danke für deine Freundschaft. Das hab ich gebraucht.«

Haley war gerührt. »Überhaupt kein Problem mit dir unterwegs zu sein. Selbst wenn ...«

»... ich einen schlechten Einfluss auf dich ausübe?«, vollendete Gail den Satz für sie.

Sie fingen beide an zu lachen, als sie das Restaurant betraten und als Erstes *Jingle Bells* hörten.

»Sieht so aus, als hätten wir genau das Richtige gefunden«, sagte Gail mit einem breiten Grinsen.

»Wegen der Weihnachtsmusik?«

»Nein, deshalb ...« Gail blieb stehen und wies auf einen Tisch, an dem Jeff, Susie und Ian saßen. »Wir setzen uns einfach dazu, oder?«

Haley blieb keine Zeit für eine Antwort, da Gail schon zielstrebig auf den Tisch zusteuerte.

Die gemütliche Pizzeria war mit ausgesuchtem Vintage-Weihnachtsschmuck dekoriert. In der Ecke brannte ein Kaminfeuer, und die Holztische waren mit rot-weiß karierten Tischdecken versehen. Susie winkte Gail zu, als sie sie entdeckte.

»Gail, Haley, kommt her! Wir haben gerade Pizza für eine ganze Armee bestellt.«

»Weil wir uns auf keine einigen konnten«, fügte Ian hinzu. »Ich mochte schon immer Peperoni!«

»Und mir schmeckt die Vegetarische am besten!«, rief Susie dazwischen.

Jeff stand auf, rückte einen Stuhl weiter und machte Platz, damit sich Haley und Gail nebeneinandersetzen konnten. »Und ich hab Schinken mit Ananas bestellt«, sagte er.

Gail zeigte lachend auf Haley. »Das ist doch perfekt. Haley hat nämlich gerade erzählt, dass das ihre Lieblingspizza ist. Stimmt's Haley?«

»Stimmt«, sagte Haley, doch Gails süffisante Miene blieb ihr nicht verborgen.

Jeff wies auf den Stuhl neben sich und sagte: »Dann setz dich hierher, Haley, und teile mit mir die Pizza.«

Susie rückte den Stuhl neben sich für Gail zurecht. »Und du kannst dich hierhersetzen und meine mit mir teilen.«

»Klingt fantastisch!« Gail lächelte allen zu, während sie sich zu ihnen setzten. »Ich bin bereit für die zweite Runde.«

»Die zweite Runde?«, fragte Susie erstaunt. »Wo wart ihr denn vorher?«

»In der Eisdiele«, sagte Gail und fuhr sich mit der Zunge über die Lippen. »Es war wunderbar. Wir haben den neuen Weihnachtsgeschmack probiert. Wie hieß der noch mal, Haley?«

»Schneeball. Mit kleinen Pfefferminzsplittern drin. Das war ziemlich abgefahren.«

»Ihr beide habt also gerade eine Kugel Eis gegessen?«, fragte Ian ungläubig.

»Nein, natürlich nicht«, antwortete Gail.

Ian sah erleichtert aus.

»Wir hatten zwei Kugeln!«, lachte Gail. »Man braucht immer zwei.«

Haley hob abwehrend die Hände. »Seht mich nicht so an. Es war allein ihre Idee.«

Alle lachten.

»Und jetzt bin ich bereit für die Pizza«, sagte Gail.

Haley schüttelte den Kopf. »Ich sag's euch, in Wahrheit ist sie sechzehn.« Sie sah sich um. »Wo sind denn unsere anderen allerliebsten Teenager?«

»Blake wollte mexikanisch essen«, entgegnete Ian. »Ich eigentlich auch, aber …«

»Aber du wolltest auch gern das Abendessen mit deiner bezaubernden Frau genießen«, beendete Susie den Satz für ihn.

»Genau so war's.« Ian lachte zwar, schüttelte dabei jedoch den Kopf.

Alle lachten, und dann richteten sich sämtliche Blicke auf die Kellner, die soeben mit drei riesigen Pizzen auf sie zugesteuert kamen.

Haleys Augen wurden immer größer. »Wow! Das ist aber ein Haufen Pizza.«

»Hab's dir ja gesagt. Wie gut, dass ihr gerade rechtzeitig gekommen seid«, sagte Susie.

Als sie Jeff die Schinken-Ananas-Pizza hinstellten, fragte er Haley grinsend: »Bereit?«

Haley lief bereits das Wasser im Mund zusammen. Urplötzlich war sie am Verhungern.

»Aber so was von bereit.«

Jeff schnitt ein Stück ab und reichte es ihr. »Hier, lass es dir schmecken.«

Haley biss herzhaft hinein, und ein Käsefaden blieb ihr am Kinn kleben. Sie lachte und griff nach ihrer Serviette, doch Jeff war schneller. Er beugte sich vor und wischte ihr sanft den Käse weg. Als Haley überrascht von dieser Geste aufsah, trafen sich ihre Blicke. Einen Augenblick lang fühlte Haley, wie ihr Herz zu rasen anfing. Diesmal war er es, der zuerst den Blick abwandte. Da bemerkte Haley, dass Gail sie beobachtet hatte, und warf ihr einen warnenden Blick zu. Doch Gail behielt das vielsagende Lächeln bei, auch noch als sie herzhaft in ihre Pizza biss.

Nachdem sie mit Essen fertig waren und das Restaurant verließen, zeigte Jeff auf seinen Pick-up. »Ich fahre jetzt zum Holly Peak Inn zurück, falls jemand mitkommen will.«

Er sah Haley erwartungsvoll an, aber die schielte schnell zu Gail hinüber. »Wir haben hier noch was zu erledigen, stimmt's Gail?«

Gail nickte und schien sehr erfreut. »Ja, das haben wir.« Sie hakte sich bei Haley unter. »Will sonst noch jemand zum Weihnachtsbummel mitkommen?«

»Ja, ich«, sagte Susie. Sie wollte sich eben den Mädels anschließen, als Ian sie am Arm festhielt. »Oh nein, meine Liebe. Du hast versprochen, keine Weihnachtseinkäufe mehr zu machen, wenn ich mit dir hierherkomme.«

»Aber ...«, flehte Susie.

»Versuch's erst gar nicht.« Ian lachte und küsste sie auf die Wange.

Susie strahlte ihn an. »Okay, du hast gewonnen. Dieses Mal.«

Ian lächelte ebenfalls. »Ich nehme jeden Sieg, den ich kriegen kann.«

Alle lachten.

»Dann lass uns lieber mal los«, sagte Gail. »Ich weiß nicht, wie lange die Läden offen haben.«

»Normalerweise bis um acht vor den Feiertagen. Dann habt ihr noch eine gute Stunde«, sagte Jeff.

»Powershopping, los geht's«, sagte Gail und zog Haley lachend hinter sich her zu einer Reihe von Läden.

Haley warf Jeff einen Blick über ihre Schulter zu und formte mit den Lippen das Wort Hilfe.

Er lachte und mimte: »Viel Glück.«

Kapitel 19

So wie Gail die Main Street entlangsauste, hätte man meinen können, sie verfolge eine Mission. Haley musste sich sputen, um mit ihr Schritt halten zu können, doch es dauerte nicht lang, bis sie wusste, wo es sie hinzog.

Gail zeigte auf eine hinreißende Geschenkboutique, die *Träume werden wahr* hieß, und steuerte schnurstracks darauf zu.

»Haley, das ist der Laden, von dem ich dir erzählt habe. Ist er nicht reizend?«

»Auf alle Fälle gibt es hier jede Menge Weihnachtsdeko«, sagte Haley. Zwei beleuchtete Tannenbäume umrahmten die in weihnachtlichem Rot gestrichene Eingangstür, akzentuiert von einem großen wunderschönen Kranz aus frischen Tannenzweigen, Ilex und Tannenzapfen.

Haley bewunderte den Kranz und sog den Duft ein. »Ich glaube, der ist aus Douglasie. Er hat ein beinahe süßliches Zitrusaroma.«

Gail schien beeindruckt. »Du kennst dich aber aus!«

Haley lachte. »Nur die paar, über die ich was erfahren habe, als ich meinen fällen musste.«

»Das war mit Jeff?« Gail schmunzelte und warf ihr wieder diesen wissenden Blick zu.

Haley fasste sie beim Arm. »Lass uns mal gucken, was es drinnen gibt.«

Drinnen stieg Haley der Duft von Zimt in die Nase, und es lief Weihnachtsmusik. Während sie sich umsah, fiel ihr auf, dass sie von oben bis unten von Weihnachtschmuck umgeben waren. »Wow, die Leute hier stehen aber wirklich auf ihre Weihnachtsdeko«, sagte sie.

»Ist das nicht zauberhaft?« Gail drehte sich ganz langsam einmal im Kreis herum und registrierte alles. »Ich bin sicher, dass ich hier etwas Schönes finden werde.« Sie nahm zwei Einkaufskörbe und reichte Haley einen davon.

»Wie steht's mit dir, hast du noch jemanden auf der Liste, für den du noch ein Weihnachtsgeschenk brauchst?«

»Ich?« Haley zuckte die Schultern. »Ich bin fertig. Ich verschenke einfach nur Gutscheine. Das ist weniger zeitaufwendig und weniger stressig.«

»Tatsächlich?« Gail schien überrascht. »Ich genieße es, Weihnachtsgeschenke zu besorgen. Also, versteh mich nicht falsch, das heißt nicht, dass ich losgehe und einfach was kaufe, nur weil es Weihnachten ist. Ich kaufe nur Dinge, die eine gewisse Bedeutung haben. Ich finde, es hat wirklich einen ganz besonderen Reiz, für jemanden das passende Geschenk zu finden. Es bedeutet, dass man jemanden richtig kennt und weiß, was ihm oder ihr gefallen könnte.«

»Aber wie ist es, wenn man nicht genau weiß, was sich jemand wirklich wünscht?«, fragte Haley.

»Das ist genau der springende Punkt. Sollte man seine Freunde nicht gut genug kennen, um zu wissen, was ihnen gefällt? Und dazu noch ist es der Gedanke selbst, der zählt. Ich würde mich mehr über eine kleine Aufmerksamkeit freuen, als über etwas, was man nur kauft, damit man denjenigen abhaken kann. Eine Freundin hat mir mal Räucherlachs geschenkt, was an sich ein hübsches Geschenk wäre, wenn ich nicht allergisch darauf reagieren würde.«

Haley lachte. »Hast du ihr nie erzählt, dass du allergisch dagegen bist?«

»Natürlich, schon vor Jahren und einige Male seitdem, aber das ist offenbar ihr Standardweihnachtsgeschenk, das alle kriegen. Du siehst, was ich meine. Wenn du was schenkst, sollte es mit Bedacht gewählt sein.«

»Und keins, wovon man einen Hautausschlag kriegt.«

Gail lachte. »Genau.«

»Ich denke, das ist der Grund, warum ich meinen Eltern und Freunden Gutscheine schenke, wenigstens weiß ich, welche Läden sie mögen, und dann können sie los und sich ihr Geschenk selbst aussuchen«, bemerkte Haley. »Meiner Mom schenke ich schon seit zehn Jahren immer Starbucks-Gutscheine. Sie geht da täglich für ihre Dröhnung hin.«

Gail nickte. »Das ist aufmerksam, weil du weißt, was sie mag. Aber ich finde es auch gut, jemandem etwas Gegenständliches zu schenken, etwas, das Bestand hat, was man als Erinnerung aufbewahren kann. Mir selbst bedeuten diese Art Geschenke am meisten.«

Haley ging zu einem Tisch hinüber, auf dem hübsche alte Weihnachtsspieluhren standen. Sie griff nach der mit dem Weihnachtsmann und einem kleinen Mädchen drauf. Als sie sie anmachte, spielte sie *»Stille Nacht«*. Sie blickte lächelnd zu Gail. »Das ist das liebste Weihnachtslied meiner Mutter«.

»Das ist schön. Es ist auch eines meiner Lieblingslieder. Ein echter Klassiker.«

Haley studierte die Spieluhr noch genauer. »Die ist hübsch, und meiner Mutter gefallen alte Sachen sehr.«

»Meinst du, es könnte ihr noch besser gefallen als der Gutschein von Starbucks?«, fragte Gail sie neckend.

Haley lachte und stellte die Spieluhr wieder zurück. »Wahrscheinlich, aber du machst dir keine Vorstellung, wie meine Mutter ohne ihr Koffein ist. Das ist eine Liebe, in die man sich besser nicht einmischt.« Nachdem sie beide darüber gelacht hatten, fiel ihr Blick wieder auf die Spieluhr, und sie nahm sie noch einmal auf. »Aber ich glaube, die würde ihr auch gefallen, was meinst du?«

Gail nickte. »Ich glaube, es würde ihr gefallen, dass du an sie gedacht hast, als du sie gesehen hast, und sie für sie gekauft hast, und sie könnte sie an Weihnachten jedes Jahr wieder hervorholen und sich daran erinnern.«

Haley dachte lächelnd über Gails Worte nach. »Okay, du hast mich überzeugt. Ich nehme sie. Sicher, dass du nicht hier angestellt bist? Du bist eine richtig tüchtige Geschäftsfrau. Jetzt hast du nicht nur meine Diät zunichte gemacht, sondern auch noch einen negativen Einfluss auf mein Konto ausgeübt.«

Gail lachte. »Es ist doch nur Geld. Lass uns noch mehr ausgeben.« Sie zeigte auf einen Tisch mit Schneekugeln. »Sieh dir mal diese kleinen Schätze an.«

»Warte mal!« Haley fiel plötzlich wieder der Engel ein, den sie im Gemeindezentrum vom Baum genommen hatte. Sie holte ihn aus ihrer Tasche und zeigte ihn Gail. »Da du die Fachfrau in Sachen Einkauf bist, kannst du mir dabei helfen?«

»Klar, was hast du denn da?« Gail betrachtete neugierig den Engel, den Haley in der Hand hielt.

»Das ist einer der Engel von dem Baum im Gemeindezentrum«, sagte Haley. Sie drehte ihn um und las, was darauf stand. »Da steht: ›Dieser Weihnachtswunsch ist von der kleinen Anna, fünf Jahre alt, die sich eine Babypuppe wünscht‹.«

Gail fasste sich ans Herz. »Das ist ja niedlich. Alle kleinen Mädchen sollten eine Babypuppe haben. Dort drüben haben sie Spielzeug. Lass uns mal gucken, was es da gibt.«

Während sie auf die eine Ecke des kleinen Ladens zusteuerten, blieb Gail x-mal stehen, um die vielen verschiedenen Weihnachtsdekorationen zu bewundern, darunter auch einen Stand mit Kerzen. Sie stellte sicher, dass Haley an jedem Duft schnupperte, von Ilexbeere zu Tanne und von Lebkuchen zu Zimtstange. Als sie sich nicht entscheiden konnte, welche Kerze ihr am besten gefiel, gab sie es auf und kaufte von jeder Duftnote eine.

Bis sie endlich beim Spielzeug angelangt waren, quoll Gails Korb bereits über. »Ich glaube, ich brauche noch einen Korb.« Sie lachte. »Der hier ist ganz schön schwer mit den vielen Kerzen.«

Haley nahm ihr den Einkaufskorb ab. »Ich trag ihn für dich.«

»Nein, schon gut. Geht schon.« Gail versuchte, ihr den Korb wieder abzunehmen, aber Haley ließ es nicht zu.

Haley grinste sie an. »Kein Problem. Außerdem brauche ich deine Hilfe dabei, eine Babypuppe zu finden. Ich hab davon keine Ahnung. Also such du eine aus, von der du meinst, sie würde der fünfjährigen Anna gefallen.«

Sie standen vor einer langen Reihe mit Spielsachen und begutachteten alles. Das war nicht das übliche Allerweltsspielzeug. Alles war sorgsam ausgewählt und in verschiedene Bereiche unterteilt. Ganz oben waren niedliche Stofftiere und Plüschfiguren, in erster Linie Rentiere, Weihnachtsmänner und sogar ein Grinch. Haley lachte und zeigte ihn Gail.

»Wenn Kathy, meine beste Freundin, den sehen würde, würde sie ihn für mich kaufen, ganz bestimmt.«

»Den Grinch?«, fragte Gail überrascht. »Der Miesepeter gefällt dir?«

»Nein. Es ist eher so, dass sie mich Grinch nennt. Höchstwahrscheinlich nennen mich bei meiner Arbeit alle so.« Haley nahm den Grinch und sah ihm in die Augen. »Das ist mein Spitzname, weil ich Weihnachten nicht wirklich feiere.«

»Wenn du sagst, du feierst nicht …«

»Das heißt, ich fliege jedes Jahr um diese Zeit mit meinen Eltern in die Karibik und meide so das übliche Weihnachtschaos. Ich arbeite mit einem Kunden, den wir dort haben, und meine Eltern entspannen sich. Wir genießen das alle, aber es entspricht garantiert nicht der traditionellen Art und Weise, das Fest zu begehen.«

»Dann bist du also gar kein Grinch. Du hasst Weihnachten nicht.« Gail nahm ihr den Grinch ab, stellte ihn ins Regal zurück und nahm stattdessen einen Plüschweihnachtsmann heraus. Den gab sie Haley. »Ich finde, von dem hast du wesentlich mehr.«

Haley prustete vor Lachen. »Vom Weihnachtsmann? Wie bitte?« Sie sah den Weihnachtsmann an und gab ihn Gail zurück. »Ich glaube, der Duft der Kerzen hat dir den Verstand vernebelt.«

Gail lachte und umarmte den Weihnachtsmann. »Nein. Ich

meine es ernst. Sieh doch mal, wieso bist du denn gerade hier in der Spielzeugabteilung des Ladens und versuchst, einem kleinen Mädchen den sehnlichsten Weihnachtswunsch zu erfüllen?« Sie reichte Haley abermals die Plüschfigur. »Ich würde mal sagen, das macht dich mehr zum Weihnachtsmann als zum Grinch.«

Haley starrte die Figur mit der roten Zipfelmütze an. »Ich weiß gar nicht, was ich sagen soll.«

»Ich schon.« Gail nahm Haley den Weihnachtsmann ab und legte ihn in ihren Korb. »Fröhliche Weihnachten! Das ist mein Geschenk für dich, damit du dich immer an diese Zeit erinnerst.«

Haley lachte. »Nein, Gail. Das musst du wirklich nicht tun.« Sie nahm den Weihnachtsmann aus Gails Korb und stellte ihn ins Regal zurück. »Wirklich, ich brauche keinen Weihnachtsmann.«

Gail holte die Figur wieder herunter. »Jeder braucht einen Weihnachtsmann.«

Haley konnte nicht anders, sie musste lachen.

Gail legte den Weihnachtsmann wieder in ihren Korb und hielt ihn so, dass Haley nicht mehr drankam. »Ich habe dir doch gesagt, wenn man das perfekte Geschenk für jemanden findet, muss man es auch kaufen. Dieser Weihnachtsmann wird dich immer daran erinnern, wer du wirklich bist. Wer du wirklich sein kannst …«

Haley gab es auf. »Also gut, wenn es dich glücklich macht …«

»Das macht es. Und jetzt lass uns eine Babypuppe für Anna aussuchen.« Sie ging zu einem Glasregal mit einer Reihe von entzückenden Puppen. Eine davon erregte ganz besonders ihre Aufmerksamkeit. »Sieh dir die mal an, die ist wirklich süß.«

Als Haley näher herantrat, konnte sie es kaum fassen. Gail hielt eine Tyler Toys-Puppe in der Hand. Genau die gleiche, die im Büro auf ihrem Schreibtisch saß, diejenige, gegen die sie den Starrwettbewerb verloren hatte.

»Warte mal, die Puppe kenn ich doch!«, sagte Haley. »Das ist eine Tyler Toys-Puppe.«

»Ja, stimmt«, pflichtete Gail ihr bei. »Das ist bestimmt die Weihnachtsausgabe für dieses Jahr.« Sie bewunderte das niedliche rote Samtkleid der Puppe. »Als ich klein war, war es das, was ich mir immer vom Weihnachtsmann gewünscht habe. Ich habe viele meiner Puppen aufgehoben, falls ich mal eine Enkeltochter haben sollte. Die Tyler Toys-Puppen erinnern mich immer an schöne Dinge. Kennst du sie?«

Haley lachte. »Und ob ich die kenne. Erinnerst du dich an die Weihnachtskampagne, von der ich gesprochen habe, an der ich arbeite? Sie ist für Tyler Toys, die Firma von der diese Puppe stammt.«

Gail war beeindruckt. »Das ist eine der größten Spielwarenfabrikanten in den USA.«

»Ich weiß, und deshalb ist es für mich so wichtig, diesen Auftrag zu kriegen.«

»Wegen der Weihnachtstradition und wegen dem, wofür Tyler Toys steht?«, fragte Gail.

»Nein, weil es ein Riesenunternehmen ist und es einer unserer größten Auftraggeber wäre und dabei mächtig was rausspringen würde für uns«, sagte Haley. »Wenn ich diesen Auftrag an Land ziehe, kriege ich meine Beförderung.«

»Ach so.« Gail wirkte ein wenig enttäuscht, als sie die Puppe ins Regal zurückräumte.

»Warte mal.« Haley hielt sie zurück. »Meinst du, dass Anna die Puppe gefallen würde?«

Gails Lächeln kehrte zurück. »Ja, das glaub ich auf jeden Fall. Bestimmt würde sich jedes kleine Mädchen über diese Puppe freuen. Ich erinnere mich, wie sehr ich meine erste Puppe geliebt habe.«

»Das genügt mir.« Haley legte die Puppe in ihren Einkaufskorb. »Mein Korb ist schon ziemlich voll. Gibt es noch was, was du dir ansehen möchtest?«

Gail schaute sich um und als sie ein paar gläserne Schneeflocken im Schaufenster entdeckte, sah sie Haley hoffnungsvoll an.

Haley lachte. »Also gut, sehen wir uns die Kristalle an, aber dann ist Schluss, wir haben gar keinen Platz mehr.«

Gail steuerte schnurstracks darauf zu. »Keine Sorge, die sind klein.«

Haley folgte ihr lachend.

Zehn Minuten und Dutzende von gläsernen Schneeflocken später standen sie endlich an der Kasse, als nun Haley ihrerseits am anderen Ende des Ladens etwas entdeckte. Da stand ein Tisch mit erlesen bemalten Weihnachtsmannfiguren.

»Ich bin gleich wieder da«, sagte sie und ging zielstrebig zu den Weihnachtsmännern hinüber. Ein ganz bestimmter hatte sofort ihre Aufmerksamkeit erregt. Etwa zwanzig Zentimeter hoch sah er aus wie ein Weihnachtsmann aus der alten Welt mit einem langen grauen Bart und buschigen Brauen über sanft blickenden Augen. Er trug einen smaragdgrünen Mantel mit goldenen Sternen und hielt einen winzigen Christbaum in der Hand, der Haley an ihren eigenen erinnerte. Als sie ihn in die Hand nahm, sah sie, dass er vom Künstler signiert und mit Datum versehen war. Sie ging lächelnd damit zur Kasse zurück und sagte zur Kassiererin: »Den auch noch.«

KAPITEL 20

Bis Haley und Gail ihre Einkäufe beendet hatten und wieder zurück im Holly Peak Inn waren, hatte es ganz leicht zu schneien angefangen. Am Eingang tätschelte Gail dem lebensgroßen Elf den Kopf.

»Hallo Kleiner, sieht aus, als ob wir Schnee kriegen würden.«

Haley warf ihr einen fragenden Blick zu. »Warum spricht bloß jeder hier mit diesem Elf?«

Gail drehte sich nach ihr um und lächelte. »Die Frage, die du dir stellen solltest, ist vielmehr: Warum sprichst du nicht mit ihm? Das hier ist das Christmas Camp, und er ist ein Teil davon. Wo bleibt denn deine weihnachtliche Gesinnung?«

Haley lachte. »Ich arbeite daran.« Sie hatte nicht die Absicht zuzugeben, dass sie selbst schon mit dem grinsenden Elf gesprochen hatte, aber sie glaubte auch nicht, dass es in ihrem Fall irgendetwas mit Weihnachtsstimmung zu tun hatte.

Als sie gerade eintreten wollten, erschien Jeff und hielt ihnen die Tür auf. Er beeilte sich, ihnen mit all den Einkaufstüten behilflich zu sein. »Sieht so aus, als wärt ihr Mädels schwer beschäftigt gewesen.«

»So was kannst du dir gar nicht vorstellen«, sagte Haley und zeigte auf Gail. »Die hier ist ganz versessen aufs Shoppen.«

»Und stolz darauf«, sagte Gail. »Und wenn ich mich recht entsinne, hast du auch einiges gefunden.«

Haley nickte. »Stimmt. Sie hat einen schlechten Einfluss auf mich.«

»Wie Eis zum Abendessen?«, fragte Jeff.

»Ganz genau.« Haley lächelte ihm zu.

Als sie drinnen waren, streckte Gail die Hände nach den Einkaufstaschen aus. »Ich nehme die jetzt.«

Jeff prüfte das Gewicht. »Bist du ganz sicher? Ich kann sie dir zu deinem Zimmer hochtragen.«

Gail warf ihm einen dankbaren Blick zu. »Danke, aber ich schaffe das. Das ist eine der Regeln beim Weihnachtseinkauf: Kaufe nur so viel, wie du tragen kannst.«

»Oder so viel, wie deine Einkaufsbegleitung tragen kann«, ergänzte Haley.

»Wir waren wirklich ein super Team, nicht wahr Haley?«, fragte Gail. Sie sah müde, aber zufrieden aus.

Haley nickte. »Das waren wir.«

Gail umarmte sie kurz. »Ich gehe hoch und verabschiede mich für heute. Oh, und Haley, ich weiß, dass Anna diese Puppe lieben wird. Gute Nacht ihr beiden, danke für alles.«

Nachdem Gail gegangen war, sah Jeff Haley neugierig an. »Du hast eine Puppe gekauft?«

Haley zog die Tyler Toys-Puppe aus der Tasche und zeigte sie ihm. »Das habe ich. Und es ist nicht nur irgendeine Puppe. Es ist eine Tyler Toys-Puppe.«

»Okay.« Jeff sah immer noch verwirrt aus.

»Und das ist Anna.« Haley kramte in ihrer Tasche, bis sie den Papierengel fand, den sie vom Engelbaum genommen hatte.

Diesmal war Jeff völlig platt. »Aus dem Gemeindezentrum?«

Haley nickte.

Er sah ihr in die Augen und lächelte. »Das ist wirklich nett von dir. Du erfüllst einem Kind einen Weihnachtswunsch.«

Verlegen darüber, wie er sie ansah, steckte sie die Puppe schnell wieder zurück in die Tüte. »Das ist eine der Puppen von der Firma, die ich als Kunden gewinnen will, für die große Spielwarenkampagne, an der ich gerade arbeite.« Sie wand sich ein wenig unter seinem intensiven Blick. Es kam ihr vor, als könne er sie durchschauen.

»Dann willst du damit also sagen, dass du die Puppe für Anna als einen Teil der Recherche für deine Arbeit gekauft hast?«

»Genau«, sagte Haley und versuchte, so zu klingen, als meinte sie es auch so.

»Tatsächlich?« Er grinste sie an, und es war ganz klar, dass er ihr nicht glaubte.

Haley zuckte mit keiner Wimper. »Tatsächlich.«

»Na, das ist gut zu wissen. Ich hab nämlich noch mehr Recherchearbeit für dich.«

Haley lächelte tapfer weiter und bereitete sich innerlich auf die Falle vor, die sie sich gerade selbst gestellt hatte. »Welche Art Recherche denn?«

Jeff streckte ihr die Hand hin. »Komm mit, ich zeig's dir.«

Haley betrachtete ihn und nahm seine inzwischen vertraute herausfordernde Miene wahr. »Okay, aber es ist besser was Gutes.« Sie reichte ihm die Hand und hoffte, dass es nichts sein würde, was sie bereute. Als Jeff die Haustür öffnete, sah sie ihn erstaunt an. »Wir gehen raus?«

»Keine Sorge.« Er hielt ihr die Tür auf. »Es ist nicht weit.«

Als sie ihm hinterherging, sah sie sofort, dass er nicht gelogen hatte und es wirklich nicht weit war. Kaum fünfzig Meter vom Eingang entfernt, blieb er stehen. Da erst wurde ihr bewusst, dass er sie immer noch an der Hand hielt. Sie entzog sie ihm behutsam, doch als die Wärme seiner Berührung nachließ, wurde ihr augenblicklich kalt.

Jeff sah zum Himmel hoch. Der Schnee fiel jetzt dichter. Haley tat es ihm nach und rieb gleich darauf die Flocken von ihren Wangen. Als er sich zu ihr hinunterbeugte, um ein paar Schneeflocken aus ihrem Gesicht zu wischen, konnte sie den Blick nicht von ihm abwenden. »Jetzt schneit es aber ordentlich«, sagte er leise. Haley traute sich nicht zu sprechen und nickte nur.

Jeff hob lächelnd wieder das Gesicht zum Himmel. »Ich liebe das. Wenn der Schnee fällt und alles ganz ruhig wird ...«

Haley sah nicht mehr nach oben, sondern beobachtete Jeff dabei, wie er den Schnee genoss. Sie streckte die Hände aus und sah den im Wind wirbelnden Schneeflocken zu, die sich auflösten, sobald sie ihre Hände berührten. Dann rieb sie ihre Hände aneinander, um sie wieder aufzuwärmen.

Jeff bemerkte es und zog die Stirn kraus. »Wir brauchen Handschuhe. Bleib schön hier, ich komm gleich wieder.«

Während er zum Haus zurückrannte, sah sich Haley lachend nach dem Elf bei der Tür um: »Wo sollte ich schon hingehen?«

Einen Augenblick später war Jeff wieder da, warf ihr ein paar Handschuhe zu und zog selbst welche über. »Die wirst du noch brauchen.«

Haley zog sie an. »Und wann willst du mir sagen, was du vorhast? Du hast gesagt, das sei etwas, was mir bei der Arbeit helfen würde. Wie könnte draußen im Schnee zu stehen mir dabei behilflich sein?«

Jeff schmunzelte. »Ich werde dir nicht sagen, wie es dir weiterhelfen könnte. Ich werde es dir zeigen.« Und damit streckte er die Arme hoch, spreizte die Beine und ließ sich rücklings in den Schnee plumpsen.

Haley hielt sich entsetzt die Hand vor den Mund. »Was machst du denn da? Du bist verrückt.«

Jeff bewegte lachend die Arme und Beine auf und ab und machte einen perfekten Schneeengel. »Komm schon, du bist dran.«

Haley schüttelte lachend den Kopf. »Du bist verrückt!«

»Na, komm schon ...«

Haley sah ihn an. »Davon steht aber nichts auf der Christmas Camp-Aktivitätenliste.«

Jeff bewegte weiter Arme und Beine auf und ab. »Nein, aber ich wette, dass es dir bei der Arbeit helfen wird.«

Sie legte den Kopf schief und sah ihn an. »Wie denn?«

»Denk mal drüber nach. Du suchst nach einer Strategie für einen Weihnachtsspielzeugfeldzug. Stimmt's?«

»Stimmt ...«

»Wenn du also nach Ideen für einen Spielwarenfabrikanten suchst, solltest du dich in ein Kind versetzen, richtig?«

Haley nickte. »Aber auch als ich noch ein Kind war, habe ich nie gern Schneeengel gemacht. Ich hatte immer Schnee unterm Mantel, und das hat sich nicht wirklich gut angefühlt.«

Jeff lachte. »Klingt, als solltest du diese Erinnerung durch eine bessere ersetzen. Komm schon Haley, wovor hast du Angst?«

»Außer davor, einen Narren aus mir zu machen oder mir dabei die Knochen zu brechen?«

Jeff richtete sich auf, ganz vorsichtig, um seinen Schneeengel nicht kaputt zu machen. »Es ist doch nur Schnee. Er ist ganz weich, und niemand sieht zu. Du musst einfach nur loslassen und dich fallen lassen. Hab ein bisschen Vertrauen.«

»Ha! Du hast leicht reden. Du machst das doch bestimmt sowieso dauernd.«

Jeff lachte. »Eigentlich nicht, aber darum geht es nicht. Ich sag nur, probier es aus. Vertrau mir. Es wird dir gefallen. Ich dachte, du wärst jemand, der für alles offen ist. Du wirst doch keine Angst vor einem kleinen Schneeengel haben?«

Haley stand der Mund offen. Da war wieder dieses Herausfordernde an ihm – und da war *sie*, die darauf einging. Schon wieder. Aber sie konnte nicht anders. »Also gut.« Sie warf die Arme nach oben. »Ich probier's, aber ich schwör dir, wenn mir der Schnee wieder den Rücken runterrutscht ...«

»Es ist doch nur Schnee«. Jeff lachte. »Komm schon, mach mit, streck einfach die Arme aus und lass dich zurückfallen. Du machst es viel komplizierter, als es ist. Erinnere dich an deine Recherchen. Du machst das für die Arbeit. Wie sehr willst du diesen Spielzeugauftrag wirklich?«

Das hatte Erfolg. Mit wild entschlossener Miene stellte Haley ihre Füße schulterbreit auseinander und reckte die Arme in den Himmel. Sie schloss die Augen, öffnete sie sogleich wieder und sah sich um, um festzustellen, wo sie landen würde.

»Alles gut«, sagte Jeff. »Lass dich einfach fallen.«

Haley kniff die Augen zusammen.

»Ich zähle für dich«, sagte Jeff. »Eins, zwei ...«

Aber noch bevor er drei sagen konnte, hatte Haley sich schon plumpsen lassen. Sie öffnete die Augen erst wieder, als sie sicher im Schnee lag. »Ich hab's geschafft.« Sie lachte und sah zu Jeff, der so nah war, dass sich ihre Hände fast berührten.

»Das hast du!« Er lächelte ihr zu. »Und jetzt den Engel.«

Haley beobachtete ihn dabei, wie er abermals die Arme und Beine ausbreitete und auf und ab bewegte, und folgte seinem Beispiel. Sie hörte gar nicht mehr auf zu lachen. »Ich weiß gar nicht, was mit mir los ist.«

»Das nennt man Spaß haben«, sagte Jeff. »Hast du vielleicht vergessen, wie das geht?«

Sie lachte weiter. »Möglich, aber jetzt nicht mehr. Ich wünschte Larry, mein Chef, könnte mich jetzt sehen oder meine Freundin Kathy oder wer auch immer, weil sonst niemand glaubt, was ich da gerade mache.«

»Und wie fühlt es sich an?«

»Außer nass und kalt?«, fragte Haley und grinste. »Eigentlich fühlt es sich ziemlich gut an.« Sie bewegte Arme und Beine, während sie zum Himmel aufsah. Der Schnee fiel jetzt noch dichter, so dass man kaum etwas erkennen konnte. Als sie versuchte, sich die Schneeflocken aus den Augen zu wischen, rieb sie sie mit ihren Handschuhen nur noch mehr in ihr Gesicht. Sie spukte den Schnee, der ihr gerade in den Mund gefallen war, wieder aus und lachte.

»Wird dir kalt? Willst du wieder rein?«

Haley nickte. »Ich glaub ja. Aber wie soll ich aufstehen, ohne meinen Schneeengel kaputt zu machen?«

»Warte mal, ich helf dir.« Jeff erhob sich vorsichtig und streckte ihr seine Hände entgegen. »Setz dich einfach auf, lass deine Füße, wo sie sind und halte dich an meinen Händen fest. Ich zieh dich hoch.«

Haley sah verlegen aus. »Nein, schon gut. Ich krieg das hin.« Aber als sie versuchte, allein aufzustehen, rutschte sie wieder zurück.

Ohne ein Wort streckte Jeff ihr erneut beide Hände hin.

Schweigend ergriff sie sie; er zog sie hoch. Dabei kamen sie sich so nah, dass sie seinen Atem auf ihrer Wange spürte. Als ihre Blicke sich trafen, war da wieder der Funke, noch stärker als zuvor. Haley hielt die Luft an, weil es den Anschein hatte, als wolle er sie gleich küssen. Sie rührte sich nicht. Sie wollte sich nicht rühren. Anscheinend hatte sie die Augen zugemacht, denn als sie sie wieder öffnete, stand Jeff etwas weiter weg und klopfte sich den Schnee ab, wobei er sie gar nicht ansah. Nun war sie völlig verwirrt. Sie hatte gewollt, dass er sie küsste, und geglaubt, dass auch er es wolle. In ihrem Kopf wirbelte es durcheinander wie der Schnee.

»Lass uns reingehen«, sagte er und holte sie unsanft in die Realität zurück. Er ging bereits auf die Eingangstür zu.

Während sie ihm hinterhereilte, drehte sie sich noch einmal um und warf einen Blick auf die Engel. Sie waren perfekt und so nah beieinander, dass ihre Flügel sich fast berührten.

Drinnen erwartete Laura sie bereits mit heißer Schokolade. »Ich hab gesehen, wie ihr draußen Schneeengel gemacht habt. Und da dachte ich, ihr solltet euch vielleicht ein bisschen aufwärmen.«

Jeff nahm einen der Weihnachtsbecher und reichte ihn Haley. »Laura, du kannst Gedanken lesen. Ganz herzlichen Dank.«

»Danke«, sagte auch Haley und nahm einen ordentlichen Schluck.

»Noch so eine Tradition von uns«, sagte Jeff. »Nach den Schneeengeln gibt's heiße Schokolade.«

»Hat er sich das gerade einfallen lassen?«, wandte sich Haley an Laura.

Laura schüttelte den Kopf und lächelte. »Nein, es ist wahr. Schneeengel und heiße Schokolade gehören immer zusammen.«

»Da hast du's«, sagte Jeff und hielt seinen Weihnachtsbecher hoch, um mit ihr anzustoßen. »Auf die Schneeengel.«

Als Haley ihn anblickte, registrierte sie etwas, das sie veranlasste, sich zu fragen, ob er wirklich die Schneeengel meinte, die sie gerade gemacht hatten, oder ob er damit möglicherweise sie meinte. »Zum Wohl«, sagte sie und stieß mit ihrem Weihnachtsbecher gegen seinen.

❄
❄ ❄

Nachdem sie ein langes heißes Bad genommen hatte, kuschelte sich Haley in ihren Bademantel und ging zum Fenster hinüber. Der Schnee rieselte immer noch üppig und ließ nur schwerlich etwas erkennen. Deshalb rückte sie noch näher an die kalte Fensterscheibe heran und drückte ihre Nase dagegen. Sie wollte wissen, ob die Schneeengel noch da waren, aber sie konnte nur einen schwachen Umriss ausmachen. Enttäuscht wandte sie sich wieder ab, nahm ihren Laptop und machte es sich im Bett bequem. Sie war bereit zu arbeiten, aber es fiel ihr schwer, sich zu konzentrieren.

In Gedanken kehrte sie immer wieder zurück zu dem Moment, als sie die Schneeengel gemacht hatten, und dem Augenblick, als es so schien, als wolle er sie küssen. In Erinnerung drückte sie eines der Engelkissen gegen ihre Brust. Sie wusste nicht, wie sie es einordnen sollte – erleichert, dass nichts passiert war? Enttäuscht darüber? Ihre Verwirrung nahm von Minute zu Minute zu.

»Hör auf damit!«, schalt sie sich selbst. »Du musst dich auf die Arbeit konzentrieren.«

Mit entschlossenem Geschichtsausdruck lud sie ihre Arbeitsmails herunter und fing an, sie abzuarbeiten. Sie war gut vorangekommen, bis sie auf eine Mail von Kathy stieß, die mit einem Update über Toms Tyler Toys-Kampagne aufwartete und darüber berichtete, wie viel Gefallen Larry an dem, was er da sah, gefunden hatte. Danach kam eine E-Mail von Larry selbst, der sich nach ihr erkundigte und sie fragte, wie es ihr im Christmas Camp gefiele, und in der er ihr mitteilte, wie sehr er sich auf ihre Präsentation für Tyler Toys in ein paar Tagen freute – und dass er Herausragendes von ihr erwartete.

»Herausragendes?« Sie stöhnte. »Herausragendes? Alles was ich habe, sind ein paar Ideen, von denen ich noch nicht mal weiß, was ich damit anfange.« Sie atmete tief durch, wohlwissend, dass ihr nichts Kreatives kommen würde, solange sie sich in Panikstimmung befand. Sie zwang sich zu einer positiveren Haltung, richtete sich gerade auf und schrieb ein paar Worte nieder.

Wunschbaum / Engel / Geschenke für Kinder / Schneeengel???

Sie starrte noch eine Weile länger auf den Bildschirm. Als ihr jedoch nichts mehr einfiel, senkte sie den Kopf in die Hände und massierte ihre pochenden Schläfen. Sie war ein einziges gestresstes Nervenbündel und konnte nicht länger still sitzen. Sie sprang vom Bett auf und lief im Zimmer auf und ab.

»Okay, bisher habe ich einen Engelbaum, Puppen, Spielzeug, noch mehr Engel und ansonsten? Was hab ich sonst noch auf Lager?« Sie sah sich im Zimmer um und starrte den Engel auf dem Bild über der Kommode an. Sie ging rasch darauf zu, zog ruck, zuck die oberste Schublade auf, in der all die vielen Engel lagen, die sie darin versteckt hatte. Sie nahm einen davon heraus und strich das zerknitterte Kleid wieder glatt.

»Vielleicht hätte ich euch nicht alle wegpacken sollen«, sagte sie zu dem Engel. »Vielleicht hat mir das schlechtes Weihnachtskarma oder so was beschert. Deshalb bitte ich euch jetzt ganz offiziell um Verzeihung.« Sie stellte nach und nach alle Engel wieder dorthin zurück, wo sie hergekommen waren, in dem vollen Bewusstsein, dass sie sich ein wenig verrückt verhielt, aber da bisher nichts funktioniert hatte, war sie so weit, alles zu versuchen. Als sie schließlich fertig war, trat sie einen Schritt zurück und betrachtete ihr Werk. Sämtliche Engel starrten ihr entgegen, nur diesmal machten sie sie nicht kirre. Diesmal gaben sie ihr tatsächlich ein bisschen Hoffnung.

Dann ging sie zu dem Stapel Weihnachtsbücher bei ihrem Bett. Sie hatte noch keins davon in der Hand gehabt, bisher war einfach keine Zeit dafür gewesen, aber sie griff auf Anhieb dasjenige, nach dem sie gesucht hatte, das, welches ihr Jeff gegeben hatte: *Weihnachten bei einem Engel*. Sie schlug die erste Seite auf und fing an zu lesen.

»Okay, ihr Engel. Lasst mal sehen, was ihr so draufhabt. Beflügelt mich.«

Kapitel 21

Ein fulminanter Sonnenaufgang tauchte den gesamten Berghang mitsamt dem Holly Peak Inn in ein warmes goldenes Licht. Es sah aus wie der Beginn eines perfekten Bilderbuchtages.

Haley schlief noch friedlich, als sie plötzlich ein Bellen vernahm. Sie drehte sich um und versuchte, wieder einzuschlafen, doch da erfolgte bereits das nächste Bellen. Diesmal wusste sie sofort, was Sache war, legte sich das Kissen auf den Kopf und flüsterte: »Bitte verschwinde, bitte verschwinde …« Doch als Max wieder bellte, diesmal noch lauter, warf sie die Decke zurück und setzte sich auf. »Im Ernst, Max?«

Max bellte zweimal zur Antwort.

Als sie aus dem Bett stieg, warf sie den Engeln auf ihrer Kommode einen bösen Blick zu. »Hört mal, ihr Engel. Das ist nicht die Art von Inspiration, die ich im Sinn hatte.«

* * *

Kurze Zeit darauf führte Max Haley um das Hotel herum, und es war ganz klar, wer hier das Sagen hatte – jedenfalls nicht Haley. Um mit Max, der in dem frischen Schnee tobte, Schritt halten zu können, musste sie praktisch hinter ihm herrennen. Als sie um die Ecke bogen, kamen Ian und Susie auf sie zu.

»Guten Morgen!«, rief Susie und winkte vergnügt.

»Guten Morgen«, antwortete Haley bei ihrem Zusammentreffen.

»Sieht ganz so aus, als ob Max eine Freundin gefunden hat«, sagte Ian und beugte sich zu ihm hinunter, um ihn zu streicheln.

»Das kann ich nicht beurteilen.« Haley lachte. »Aber aus irgendeinem Grund scheint er zu denken, ich wäre dafür zuständig, morgens mit ihm rauszugehen.«

»Dann erzieht er dich also?«, fragte Ian.

Haley lachte. »Scheint so.«

»Warst du schon in der Küche und hast das Wort für heute gesehen?«, fragte Susie sie aufgeregt. »›Teilen‹«, und wir denken, dass es was mit kochen zu tun hat, weil wir gesehen haben, wie Laura in der Küche alles Mögliche rausgeholt hat.«

Haleys Lächeln gefror. »Auweia, hoffentlich nicht. Meine Kochkünste beschränken sich auf den Gebrauch einer Mikrowelle. Ich geh besser mal rausfinden, was da los ist. Ich sehe euch drinnen.« Max rannte bereits in Richtung Küche los und zerrte Haley hinter sich her.

Sobald sie in die Küche kamen, sah Haley wie Laura ein Backblech mit frischen Keksen aus dem Ofen holte. Sie atmete tief ein. »Wusst ich's doch, dass ich Kekse gerochen habe! Susie hat gesagt, das Wort für heute wäre ›Teilen‹, und ich habe gehofft, dass du uns was von den Keksen abgibst.«

»Ich weiß noch was Besseres«, sagte Laura. »Ich habe vor, euch beizubringen, wie ihr selbst diese Kekse backt.«

Haleys Lächeln schwand.

»Das ist für heute unsere erste Christmas Camp-Aktivität. Willst du als Erstes dran sein?«, fragte Laura sie.

Haley holte tief Luft. »Klar, wenn das bedeutet, dass ich wieder was von der Liste streichen kann. Aber ich warne dich, ich kann nicht kochen.«

»Gut zu wissen«, sagte Laura.

Haley war erleichtert.

»Weil wir gar nicht kochen, sondern backen ...«

Haleys Lächeln war nun komplett erloschen.

»Und hier, das wirst du brauchen«, sagte Laura und warf Haley eine rote Schürze zu, auf der CHRISTMAS CAMP stand.

Haley zog die Schürze über den Kopf und lachte, während sie mit den Bändeln kämpfend herauszufinden versuchte, wie man die richtig anzog. »Wenn du von mir erwartest, dass ich irgendwas Essbares herstelle, braucht es ein Weihnachtswunder. Ich verbrenne sogar den Toast. Nur mal nebenbei.«

»Ich habe vollkommenes Vertrauen in dich, Haley.«

»Da bin ich aber froh, wenigstens eine.« Haley sah an ihrer Schürze herunter und merkte, dass sie sie verkehrt herum angezogen hatte. »Siehst du?« Sie zeigte auf die Schürze. »Das meine ich.«

Laura lachte und kam zu ihr. »Da hast du aber Glück, dass ich das alles ganz gut kann, inklusive Schürzen richtig rum anziehen.« Sie zog Haley die Schürze wieder aus, legte sie ihr richtig herum an und band sie zu. »Siehst du, alles gut. Bist du bereit?«

Haley warf ihr einen herausfordernden Blick zu. »Die Frage ist vielmehr, bist du bereit für Hurricane Haley?«

Laura prustete los. »Hurricane Haley?«

»Ja, meine Mom hat mich mal so genannt, als ich noch klein war und einen Milkshake machen wollte und dabei vergessen hatte den Deckel auf den Mixer zu setzen ...«

Laura lachte. »Okay, dann halten wir dich vom Mixer besser fern.«

⁂

Eine Stunde später holte Haley, von oben bis unten mit Mehl bestäubt, ihr Blech mit selbstgebackenen Butterkeksen aus dem Ofen. Sie grinste breit, weil sie ihr perfekt gelungen waren.

»Ich kann's nicht glauben!«, sagte sie. »Endlich eine Ladung, die nicht angebrannt ist.«

Laura klatschte. »Ich hab dir doch gesagt, dass du das kannst. Wie fühlt es sich an?«

»Ziemlich gut, tatsächlich. Ich muss zugeben, dass es wesentlich mehr Spaß gemacht hat, als ich dachte, aber nur weil du mir geholfen hast. Doch der wirkliche Test wird sein, ob sie auch schmecken.«

»Lass uns einen probieren«, sagte Laura. »Aber vorsichtig, die sind immer noch ganz schön heiß. Mir schmecken sie so am besten.« Sie holte einen Spatel, schob behutsam einen von Haleys Keksen darauf, legte ihn auf eine kleine Serviette mit Rentieren und gab ihn ihr.

Haley testete die Temperatur mit dem Finger: »Der scheint gar nicht mehr so heiß zu sein.«

»Dann lass sie uns probieren.« Laura nahm sich auch einen Keks.

Beide bissen gleichzeitig vorsichtig in ihre Kekse. Haley grinste breit und während sie kaute, wuchs ihre Begeisterung immer mehr. »Die sind richtig gut!«

Laura nickte zustimmend. »Das hast du prima hingekriegt!«

»*Ich* werde das mal beurteilen …«

Beide drehten sich um, als Jeff hereinkam. Er schnüffelte, und sein Blick wanderte direkt zu Haleys Keksen. Er schien beeindruckt und überrascht. »Die hast du gebacken, Haley?«

»Jawohl hat sie!«, sagte Laura stolz.

»Mit einer Menge Unterstützung«, fügte Haley rasch hinzu.

»Darf ich mal einen probieren?«, fragte Jeff.

»Natürlich«, antwortete Laura. »Sag uns, wie du sie findest.«

Jeff ließ sich Zeit beim Probieren. Er sah Haley an und dann wieder Laura.

»Nun?«, fragte Haley, erpicht darauf, seine Meinung zu hören. »Gehen die durch beim Christmas Camp-Test?«

Als er die Stirn runzelte, schwand ihr Lächeln dahin. »Was stimmt denn nicht? Ich hab gerade einen probiert und fand ihn gut …«

»Also, weißt du, ich bin mir nicht sicher«, sagte Jeff. »Ich probier besser noch einen, dann wird's eindeutiger.«

Als er sich noch einen Keks nehmen wollte, schlug ihm Laura die Hand weg. »Netter Versuch.« Sie sah Haley an. »Bei dem musst du aufpassen. Er hat alle möglichen Tricks auf Lager, wenn es darum geht, noch mehr Kekse zu stibitzen.«

Haley hatte die Hände in die Hüften gestemmt und musterte Jeff. »Das sehe ich.«

Jeff zuckte die Schultern und blickte sie mit Unschuldsmiene an. »Hat dir Laura das Geheimnis unserer Christmas Camp-Kekse verraten?«

Haley sah von Jeff zu Laura. »Nein …«

»Jeff, sag du's ihr doch. Das ist schließlich dein Familiengeheimnis.«

»Okay«, sagte er. Obwohl er ganz ernst dreinblickte, blitzte ihm der Schalk aus den Augen. »Du weißt ja schon, dass das Rezept für die Christmas Camp-Kekse seit Generationen in unserer Familie ist.«

Haley nickte eifrig und wollte mehr darüber erfahren.

»Es ist ein geheimes Rezept. Deshalb gibt es die Regel, dass alle, mit denen wir es teilen, wie unsere Christmas Camp-Gäste, sich damit einverstanden erklären müssen, es nur an Menschen weiterzugeben, die sie lieben, und auf diese Art und Weise unsere Weihnachtstradition zu erhalten. Also, kannst du das versprechen?«

»Das kann ich.« Haley schmunzelte, obwohl Jeff immer noch sehr ernst dreinblickte. »Und da ich nie backe, ist das Geheimrezept bei mir absolut sicher, vertrau mir.« Sie zog sich die Schürze aus. »Das war eine tolle Aktion, Laura, dank dir, dass du so viel Geduld für mich aufgebracht hast.« Als sie versuchte, ihr die Schürze zurückzugeben, schüttelte Laura nur lächelnd den Kopf.«

»Du denkst doch nicht etwa, dass du schon fertig bist?«, fragte sie.

Haley sah verwirrt aus. »Aber ich habe doch die Kekse gebacken ...«

»Und jetzt musst du sie auch noch dekorieren«, sagte Laura und nahm einen davon. »Wir können sie doch nicht einfach so lassen.« Sie zeigte auf Haleys Schürze. »Und ich denke, es ist besser, du ziehst die wieder an. Im Esszimmer steht eine Menge Dekomaterial dafür. Komm mit.«

»Dekomaterial?« Haley folgte Laura neugierig ins Esszimmer. Ihr blieb der Mund offen stehen, als sie das alles sah.

Laura hatte keine Witze gemacht. Der gesamte Esstisch war voller Schüsseln mit verschiedenfarbigem Zuckerguss. Außerdem standen da kleine Glasbehälter mit roten, grünen, silbernen und goldenen Streuseln und ein großes Muffinblech, bei dem jede Vertiefung mit anderen Süßigkeiten gefüllt war. Da waren M&Ms, Red Hots, Gummidrops, Froot Loops, rote und grüne Mini Mints, Schokodrops von Hershey sowie Streusel und Raspel aus dunkler, weißer und Milchschokolade. Da stand auch eine Schüssel mit winzigen Marshmallows und feinen Zuckerstangenkrümeln, und daneben lag ein Berg mit noch mehr Zuckerstangen.

Als Jeff in die M&Ms griff, schlug ihm Laura scherzend die Hand weg. »Hey, du kennst doch die Regeln: Dekoration darf nicht gegessen werden.«

»Es sei denn, du bist gerade beim Verzieren«, setzte Jeff den Satz für sie fort und grinste dabei wie ein kleines Kind.

»Ganz genau.« Laura lächelte ihm zu. »Was heißen soll, du kannst Haley dabei helfen, ihre Kekse zu verzieren.«

»Wie bitte, was?«, sagten Jeff und Haley gleichzeitig und mussten dann beide lachen.

Haley war verwirrt. »Verzeihung, ich dachte nur, dass Jeff bestimmt Wichtigeres zu tun hat, als mir beim Verzieren zu helfen.«

Jeff ließ sich aber bereits am Tisch nieder und warf sich eine Handvoll Marshmallows ein. »Eigentlich nicht, und wenn ich das mal so sagen darf, ich bin ein echt guter Dekorateur.«

Haley setzte sich neben ihn. »Tatsächlich?«, fragte sie und bemühte sich, ungläubig zu klingen. »Kommt das von den Restaurierungsarbeiten?«

»So ist es.« Er warf sich beiläufig ein paar Gummidrops in den Mund. »Ich hab ein gutes Auge fürs Detail.«

»Ach wirklich?« Haley sah ihm direkt in die Augen.

»Wirklich«, sagte er, den Mund voller Gummidrops.

Haley konnte nicht anders, sie musste lachen.

»Okay, ihr beiden. Zeit, ernsthaft ans Werke zu gehen. Es gibt eine Menge Kekse zu verzieren«, sagte Laura. »Ich hole sie rein, und ihr könnt schon mal anfangen damit, und Haley, behalte den hier im Auge und sorge dafür, dass er nicht die ganze Deko aufisst.«

Jeff stopfte sich noch einen Gummidrops in den Mund und grinste Haley an.

Haley konnte ihr Lachen kaum unterdrücken. »Laura, ich glaube, das ist so gut wie unmöglich.«

Während Laura hinausging, bediente sich Jeff schon wieder an den Marshmallows. Haley gab ihm einen Klaps auf die Finger. »Du hast gehört, was Laura gesagt hat: mehr verzieren, weniger essen.«

Laura kam gerade rechtzeitig mit einem großen Tablett voller Kekse wieder. Sie hatte welche von den runden Butterkeksen, die Haley gerade gebacken hatte, sowie ein paar ihrer Spezialitäten mitgebracht – ausgestochene Tannenbäume, Strümpfe und Sterne. »Damit solltet ihr beiden erst mal eine Weile beschäftigt sein«, sagte sie und stellte das Tablett ab.

Haley riss die Augen auf. »Wir müssen aber nicht alle verzieren, oder?«

Laura lachte. »Keine Sorge, ich werde ein paar von den anderen zusammentrommeln, damit sie euch helfen, während sie selbst nicht mit Backen dran sind.«

Haley stieß einen Seufzer der Erleichterung aus.

Laura lachte. »Ich kann es kaum erwarten zu sehen, was euch beiden so einfällt«, sagte sie und ging wieder hinaus.

Als sie weg war, wandte sich Haley an Jeff. »Ist das tatsächlich eine der Aktivitäten von der Liste?«

Er nickte nur.

Ihre Augen verengten sich.

»Und was hast du jetzt schon wieder im Mund?«

Jeff zuckte nur unschuldig mit den Schultern und reichte ihr eine Schüssel mit Zuckerguss.

KAPITEL 22

Jeff nahm einen der Sterne und gab ihn Haley. »Du hast gehört, was Laura gesagt hat. Sie erwartet was ganz Besonderes von uns.«

Haley lachte und gab ihm den Stern zurück. Als sie ihm zusah, merkte sie, dass es wieder passierte: Sie hatte Spaß. Sie wollte nicht zu viel darüber nachdenken, was das zu bedeuten hatte, und nahm einen der runden Butterkekse. »Wenn du was Großartiges sehen willst, fang ich am besten erst mal mit dem Grundlegenden an. Also, wenn ich mich recht an die Christmas Camp-Kekse erinnere, brauche ich nur ein bisschen weißen Zuckerguss darauf zu verstreichen und was von den Zuckerstangenkrümeln, richtig?«

»Dann hast du also aufgepasst«, neckte Jeff sie. »Du hast recht, aber es ist nicht nur irgendein Zuckerguss. Du hast noch keinen von den fertigen probiert, oder?«

Haley seufzte. »Du und Gail, bei euch beiden könnte ich ebenso gut einfach vergessen, dass ich weniger Süßes essen will. Ich wollte eigentlich brav und artig sein.«

Jeff runzelte die Stirn. »Aber brav und artig sein ist ganz schön übel, besonders an Weihnachten. Hier, ich zeig's dir mal.« Er nahm ihr den runden Keks ab, nahm ein Messer und tauchte es in die Schüssel mit dem cremigen Guss. »Eines der Geheimnisse ist, dass wir für unsere Christmas Camp-Kekse immer Frischkäseglasur benutzen, nicht einfach nur den üblichen weißen Zuckerguss.«

»Und wieso?«

»Weil das die Lieblingsglasur meines Großvaters John war. Karottenkuchen liebte er in erster Linie wegen des Frischkäseüberzugs, deshalb gab es für ihn keinen Grund, nicht den gleichen Überzug auch für die Weihnachtskekse zu benutzen, und recht hat er! Warte nur, bis du einen probiert hast.«

Haley streckte ihm die Hand hin.

Jeff lachte. »Noch nicht. Wir haben die anderen Zutaten noch gar nicht draufgetan.«

»Wirklich?« Haley konnte sich nur mit Mühe das Lachen verkneifen. »Wie viele Geheimzutaten gibt es denn noch bei diesen Dingern?«

»Ah, das bleibt geheim.«

Diesmal versuchte Haley erst gar nicht, ihr Lachen zu unterdrücken. »Also gut, dann zeig's mir.«

»Der Trick liegt darin, nicht an den Zuckerstangenbröseln zu sparen.« Er nahm den Behälter mit den zerstoßenen Zuckerstangen. »Je mehr du davon auf den Keks kriegst, umso besser. Aber pass auf, dass sie sich nicht aufeinandertürmen. Du musst sie breit verteilen, genau so.« Als er den Keks hochhielt, konnte Haley erkennen, dass annähernd jeder Millimeter vom Frischkäseüberzug mit Zuckerstangenbröseln bedeckt war, ohne dass ein Krümel über dem anderen lag.

»Sehr schön«, sagte sie.

»Danke«. Zum Spaß plusterte Jeff sich auf. »Ich bin sozusagen der Superheld der Weihnachtskekse.«

»Warte mal. Gibt's das überhaupt?«, lachte Haley.

Jeff lachte ebenfalls. »Weiß ich nicht. Hab's eben erst erfunden. Aber es könnte sein, dass es den gibt, es sollte ihn geben. Wie auch immer, jetzt kannst du die Kekse probieren. Guck mal, wie du sie findest.« Er reichte ihr den perfekt verzierten Keks.

Wild entschlossen, allein den Keks und nicht ihn anzusehen, traute sich Haley näher heran und nahm einen kleinen Bissen. Sie schloss sie die Augen und ergötzte sich an dem Pfefferminzgeschmack vermischt mit dem des köstlichen Frischkäseüberzugs. Ein genießerisches Lächeln breitete sich auf ihrem Gesicht aus.

Jeff studierte sie aufmerksam. »Also schmeckt er dir?«

Haley warf ihm einen ungläubigen Blick zu. »Gibt es jemanden, der die nicht mag? Die schmecken fantastisch. Wow!« Sie biss noch einmal ab und sah aus, als wäre sie im siebten Himmel.

Jeff schien zufrieden zu sein mit ihrer Reaktion. »Alle mögen die, deshalb bin ich froh, dass du ebenfalls dabei bist. Wir müssen ja schließlich unseren guten Ruf wahren.«

Haley lachte. »Selbstverständlich, wobei ich nicht glaube, dass es viel Konkurrenz für eure Christmas Camp-Kekse gibt. Ich habe noch nie so was Gutes gegessen. Aber jetzt haben wir ein schwerwiegendes Problem.«

»Was denn?«, fragte Jeff besorgt.

»Meine Sucht nach Süßem ist jetzt unumstößlich wiedergekehrt, deshalb versteckt ihr die besser. Ich übernehme keine Verantwortung für meine Taten.«

Jeff lachte. »Ich werde Laura warnen.«

»Besser ist's«, sagte Haley und nahm noch einen Bissen.

Jeff beobachtete sie lächelnd. »Ich kann mich noch sehr gut dran erinnern, als ich das erste Mal mit meiner Mom Kekse verziert habe. Da war ich so sechs oder sieben. Sie hat genau dieselben Schüsseln aufgestellt, genau wie sie jetzt hier stehen, und hat mich damit machen lassen, was ich wollte. Es gab keine Regeln und nichts, was man falsch machen konnte, sie sagte mir nur, ich solle mit dem Herzen dekorieren.« Er nahm eine Schüssel mit Zuckerguss und erinnerte sich lächelnd daran. »Deshalb kam dabei ein Keks heraus, der so dick mit Glasur überzogen war, dass man ihn gar nicht mehr essen konnte.«

»Weil …?«, fragte Haley.

»Weil ich Zuckerguss wirklich liebe«, lachte Jeff. »Und als ich so viel Glasur auf dem Keks hatte, wie irgendwie ging, war ich ganz stolz und gab ihn meiner Mom zum Probieren.«

Haley hielt sich die Hand vor den Mund. »Oh nein!«

»Oh ja, und weißt du was? Sie nahm den Keks und tat so, als sei es der beste Keks, den sie je gesehen hat, und dann hat sie es irgendwie doch noch geschafft hineinzubeißen und gesagt, dass er ihr vorzüglich schmeckte. Ich erinnere mich noch genau daran, wie aufgeregt und stolz ich damals war.«

»Das hört sich nach einer wunderbaren Mom an.«

»Das war sie wirklich …« Jeffs Stimme wurde leiser, und Haley sah die Traurigkeit in seinem Blick. Deshalb nahm sie schnell einen Keks, strich einen Haufen Glasur drauf und reichte ihn ihm. »Jetzt bist du dran.«

Jeff hatte immer noch diesen traurigen Blick, doch jetzt sah er sie verdutzt an. »Was soll ich damit machen?«

Haley reichte ihm die Schüssel mit dem Zuckerguss und das Messer und sagte: »Du weißt doch, wie's geht.«

Da erst verstand Jeff. Er strich noch mehr Zuckerguss darauf, bis es so viel war, dass der Keks darunter fast zerbrach. »Ja, genau, so ähnlich sah der aus. Und nun?«

»Na, beiß rein.«

Jeff schüttelte den Kopf. »Auf keinen Fall. Ich würde monatelang im Zuckerkoma liegen.«

»Aber ich dachte, hier beim Christmas Camp dreht sich alles um die Tradition? Das ist deine Tradition, also los. Mach schon, was ist denn mit deiner weihnachtlichen Gesinnung?«

Jeff lachte. »Also gut, dann mal los.« Er nahm einen großen Bissen, woraufhin ihm der Zuckerguss im ganzen Gesicht klebte. Haley konnte gar nicht mehr aufhören zu lachen.

Als er ihr den verrückten Zuckergusskeks reichen wollte, schüttelte sie den Kopf und wich rasch zurück. »Oh nein, das ist deine Familientradition, nicht meine. Der gehört ganz allein dir, Zuckerguss-Boy. Lass mich bloß in Ruhe damit.«

»Wirklich, du willst mich hängen lassen?« Er warf ihr einen gespielt bösen Blick zu. »Meine Mom hat meinen Keks probiert.«

»Ach nein, du hast doch nicht etwa gerade deine Mom ins Spiel gebracht? Hast du kein Schamgefühl?Also gut.«

Haley zog erst ein Gesicht, doch dann biss sie tapfer hinein. Dabei erwischte sie mehr Zuckerguss als Keks, das meiste davon auf ihrer Nase. »Iiihhh!«, rief sie entsetzt. Je mehr sie versuchte, den Zuckerguss abzuwischen, desto mehr verschmierte sie ihn über ihr gesamtes Gesicht.

Lachend griff Jeff nach einer Serviette. »Halt mal still, ich mach das.«

»Ich hab ihn in der Nase.«

Jeff musste nur noch mehr lachen. »Komm schon, ich versuche, dir zu helfen, halt einfach mal still ...«

Schließlich hörte Haley auf zu zappeln und ließ sich von Jeff helfen. Es dauerte keine Sekunde, da hatte er das meiste abgewischt. »Du weißt aber, dass man das isst und nicht inhaliert?«

»Sehr witzig«, sie rieb sich immer noch mit der Hand über die Nase, um sich zu vergewissern, dass da kein Zuckerguss mehr klebte.

Jeff nahm ihre Hand. »Alles gut. Du siehst toll aus.«

Als Jeff so ihre Hand hielt und ihr in die Augen sah, setzte ihr Herz für einen Moment aus. Da war er wieder, dieser Blick, als wolle er sie küssen. Um nicht ein zweites Mal enttäuscht zu werden, zog sie abrupt ihre Hand zurück und stand auf.

Völlig aus der Fassung rang sie um Worte und nahm rasch einen Behälter mit Goldstreuseln auf. »Davon sind kaum noch welche da.«

»Tatsächlich?« Jeff schien erstaunt. Der Behälter war noch fast voll.

»Also, ich meine, sie werden bald alle sein, weil die goldenen meine Lieblingsstreusel sind. Ich habe welche in der Speisekammer gesehen, also geh ich mal eben ... in die Speisekammer ...«

Haley wusste, dass sie plapperte, aber konnte den Mund nicht halten und stürmte hinaus zur Küche. In der Speisekammer schloss sie die Tür hinter sich und legte beide Hände auf ihr rasendes Herz. Atme, befahl sie sich selbst. Einfach nur atmen. Sie wusste gar nicht, wie ihr geschah. Vielleicht spielte sich alles nur in ihrem Kopf ab, und Jeff spürte gar nichts von dem, was sie für ihn empfand, doch ganz gleich, was da los sein mochte, sie musste sich zusammenreißen. Nur noch ein paar Tage im Christmas Camp. Sie war so nah dran, das zu kriegen, was sie immer gewollt hatte. Was sie jetzt brauchte, waren Goldstreusel. Sie musste nur die Streusel finden. Beim Keksebacken hatte sie noch welche gesehen, da war sie sich ganz sicher.

Also ging sie noch einmal alles durch und fand Mehl und Zucker. Und dann war da noch was anderes, das sie zum ersten Mal bemerkte. Ganz unten im Regal stand eine Kiste, verpackt wie ein Weihnachtsgeschenk. Sie kam ihr vertraut vor, und sie zog sie hervor, um sie genauer zu betrachten. Ihre Augen weiteten sich, als ihr klar wurde, dass es die Kiste war, in der Ben ihre Handys und Computer verstaut hatte. Sie öffnete den Deckel, und tatsächlich – darin befanden sich die elektronischen Geräte von allen.

Aufgeregt durchwühlte sie die Kiste nach ihrem Computer und ihrem Handy. Genau das brauchte sie jetzt, um wieder in die Spur zu kommen. Arbeit hatte sie immer beruhigt und stabilisiert, und sie wusste genau, dass es ihr helfen würde, sich besser zu fühlen und ihre Gefühle besser unter Kontrolle zu bekommen, wenn sie eben mal schnell nach ihren E-Mails sehen könnte und sich vergewissern, dass nichts brannte, was sie löschen musste.

Doch als sie ihr Handy einschaltete und sah, dass sie sechs Nachrichten verpasst hatte, wovon die letzte von Kathy: 911, *ruf mich sofort zurück,* lautete, geriet sie in Panik. Es war erst zehn Uhr morgens. Sie konnte unmöglich bis abends warten, um Kathy zurückzurufen. 911 war nur für echte Notfälle. Deshalb linste sie aus der Speisekammer, um zu sehen, ob die Luft rein war, und wollte eben Kathy anrufen, als sie jemanden in die Küche kommen hörte.

»Oh, nein«, sagte sie leise, steckte das Handy in die Schürzentasche und beeilte sich, die Kiste wieder an ihren Platz zurückzustellen. Sie atmete tief durch und rechnete damit, auf Laura zu stoßen, aber stattdessen war da Max. Er saß ihr mitten im Weg und starrte sie an, als wüsste er genau, was sie da gemacht hatte. Sie zeigte auf ihn und legte dann den Finger auf den Mund. »Pssst.«

»Hey, hast du dich da drin verirrt? Brauchst du Hilfe?«, hörte sie Jeff aus dem Esszimmer rufen.

»Ich komme!« Haley gab sich alle Mühe, sich zu beruhigen, und trat lächelnd ins Wohnzimmer.

»Alles in Ordnung?«, fragte Jeff.

Sie überkompensierte ihre Bedrängnis, indem sie lachte. »Alles bestens.«

»Und wo sind die Streusel?«

Haley sah auf ihre leeren Hände, blieb jedoch cool. »Ich konnte keine finden, aber mir ist gerade eingefallen, dass ich Gail versprochen habe, ihr …« Sie sah sich verzweifelt nach etwas um, was ihr bei ihrer Ausrede weiterhelfen konnte. Da fiel ihr Blick auf den Teller mit den Keksen. »… ein paar Kekse zu bringen. Das mach ich eben schnell. Ich seh dich dann nachher wieder.«

»Aber wir haben doch noch nicht mal mit dem Verzieren angefangen«, rief Jeff ihr hinterher.

Haley antwortete nicht, sputete sich nur noch mehr. Schon auf dem Weg zu ihrem Zimmer, rief sie Kathy via FaceTime an. Kathy nahm sofort ab. Sie sah gestresst aus.

»Endlich«, sagte sie. »Ich hab schon den ganzen Morgen versucht, dich zu erreichen.«

Haley sah ebenso gestresst auf ihr Display. »Tut mir leid, ich weiß. Aber die sammeln hier morgens unsere Telefone ein. Also was ist los? Mir bleiben nur ein paar Minuten. Ich hab mein Handy geklaut und darf auf keinen Fall erwischt werden.«

»Dann hast du also auch deine Mails heute Morgen noch nicht gelesen und auch nicht die von Larry?«, fragte Kathy.

Haley begann wieder, unruhig im Zimmer auf und ab zu tigern. »Nein, ich hab noch nichts davon gesehen. Was ist los? Sag's mir einfach.«

»Die Tyler Toys-Präsentation wurde nach vorn verlegt. Sobald du hier wieder einläufst, bist du dran mit deiner Präsentation.«

»Was? Ganz unmöglich, das krieg ich unter gar keinen Umständen hin.«

»Es hat was mit den Vorsitzenden von Tyler Toys zu tun. Ich kenne nicht die ganze Geschichte, dachte aber, dass du das wissen willst. Hör mal, schick mir einfach alles, was du bisher hast, und ich fang schon mal mit dem Storyboard an und erstelle alles andere, was du an visuellem Material dafür brauchst. Videos, Bilder, sag mir einfach, was du brauchst.«

In Panik versetzt hielt Haley inne. »Ich kann dir nichts schicken, weil ich außer ein paar Ideen nichts habe ...«

»Was? Was soll das heißen, du hast nichts?«, fragte Kathy völlig entsetzt. »Was hast du denn da die ganze Zeit gemacht? Du bist doch im Christmas Camp, sollten dir da nicht die grandiosesten Einfälle kommen?«

»In der Theorie schon, aber ich war so sehr in all die Weihnachtsaktivitäten eingespannt, die man hier absolvieren muss. Soll heißen, Jeff hat mich meinen eigenen Christbaum fällen lassen und gestern Abend Schneeengel mit mir gemacht, und bislang konnte ich mich nicht davonstehlen. Ich war gerade unten mit Jeff dabei, die Kekse zu verzieren …«

Kathys Augen wurden immer größer. »Warte mal, derselbe Jeff, der so heiß ist? Der Sohn des Besitzers? Der, den du so magst?«

»Ich mag ihn gar nicht.« Haley sah vorwurfsvoll auf das Display.

Das ließ Kathy nur noch misstrauischer werden. »Und wie du ihn magst. Oh nein, was hast du bloß gemacht?«

Haley ließ sich auf ihr Bett sinken, fiel nach hinten und starrte an die Decke. »Ich habe gar nichts gemacht. Ich weiß nicht. Es ist ein einziges Chaos.« Sie nahm eins der Engelkissen und legte es sich aufs Gesicht.

»Weiß er denn, was du für ihn empfindest?«

Haley zog das Kissen wieder weg. »Ich weiß ja noch nicht mal, was ich für ihn empfinde. Vielleicht liegt es ja nur an all dem sentimentalen Weihnachtskram, der mir so zusetzt. Aber ich versprech's dir, da ist nix passiert.«

»Noch nicht«, sagte Kathy.

»Noch nicht«, stimmte Haley ihr zu. »Ich brauche Hilfe, Kathy, ganz im Ernst. Vergiss Jeff. Ich brauche Hilfe bei der Präsentation. Ich weiß nicht, was ich machen soll.«

Kathy holte tief Luft. »Also gut, zuerst mal müssen wir uns beruhigen. Du bist bestimmt einfach nur müde, und deine Nerven liegen blank. Ich weiß, wie schwer es ist, eine super Idee zu entwickeln, wenn du so unter Druck stehst, und was immer da sonst noch im Busch ist mit diesem Typen, hilft bestimmt auch nicht gerade.«

»Ich hab dir doch gesagt«, sagte Haley mit Nachdruck. »Gar nichts ist passiert mit Jeff. Ich lass es nicht dazu kommen.«

»Okay, also gut. Hör mal«, sagte Kathy. »Du hast immer noch ein paar Tage Zeit. Ich habe schon erlebt, wie du ganze Kampagnen in ein paar Stunden auf die Beine gestellt hast. Du kannst das. Versuch, dich zu entspannen, und halte dich fern, von allem und jedem, was dich stresst, und wenn dich dieser Jeff ablenkt –«

»Ich weiß schon, dass ich mich von ihm fernhalten muss.«

»Ganz genau und du kennst mich und weißt, dass ich total auf Romantik und heiße Typen stehe, aber als deine Freundin rate ich dir: Du hast zu hart für diese Beförderung geackert, jetzt darf nichts mehr dazwischenkommen. Du weißt also, was zu tun ist.«

Haley erhob sich. »Ja.« Sie nahm wieder die Haltung ein, ihre Superheldinnenkraftposition. »Danke für die Aufmunterung. Ich hab's drauf. Ich kann das, und ich werde es tun! Der Tyler Toys-Auftrag ist mir sicher.«

Kathy grinste ins Handy. »Das ist die Haley, die ich kenne! Los, zeig's ihnen!«

»Ich bin dabei!«

»Oh, und du hast da was auf deiner Nase, sieht aus wie …«

Haley wischte sich noch einmal die Nase ab. »Zuckerguss …«

Da unterbrach sie ein Klopfen an der Tür. Haley hielt sich die Hand vor den Mund und flüsterte: »Ich muss Schluss machen. Da ist jemand an der Tür …« Dann hielt sie den Finger vor den Mund, damit Kathy nichts sagte, winkte und legte schnell auf.

»Haley? Ich bin's, Jeff …«

Sie stopfte schnell ihr Handy in die Schürzentasche und stürzte zur Tür. Sie versuchte, so normal wie möglich zu wirken, als sie öffnete.

»Hey, was ist los?«, fragte sie. Sie hasste es, dass ihre Stimme so hoch klang.

Jeff sah besorgt aus. »Alles in Ordnung?«

Sie zwang sich zu einem Lächeln. »Alles bestens.«

Er hielt ihr einen Teller mit Keksen hin. »Du hast gesagt, du willst Gail ein paar Kekse bringen, hast dann aber keine mitgenommen, deshalb habe ich dir welche gebracht.«

Haley nahm ihm schnell die Kekse ab und stellte sie auf die Kommode. »Danke.«

Jeff schielte ins Zimmer. »Hast du da gerade mit jemandem gesprochen? Ich dachte, ich hätte noch jemanden gehört.«

Haley spürte, wie sie in Schweiß ausbrach. Sie schüttelte den Kopf. »Nein, nein, keiner hier außer mir.« Sie wollte eben die Kekse von der Kommode nehmen. »Ich sollte sie Gail bringen. Danke für …« Doch noch bevor sie den Satz beenden konnte, klingelte ihr Handy in der Tasche. Sie erstarrte. Dann drehte sie sich langsam zu Jeff um, und sein ungläubiger Gesichtsausdruck ließ sie zusammenzucken. Ohne ein weiteres Wort reichte sie ihm den Teller mit den Keksen, griff in ihre Tasche und holte das Handy hervor. Es war Kathy. Sie schaltete es schnell aus und sah Jeff wieder an. »Ich kann das erklären.«

Sie rechnete damit, dass Jeff wütend reagieren würde, doch als sie ihm ins Gesicht schaute, war es noch viel schlimmer. Er sah nicht verärgert aus. Er war enttäuscht. Noch bevor sie etwas hinzufügen konnte, war er auf und davon. Haley lief hinter ihm her und holte ihn ein. Sie hielt ihm ihr Handy hin.

»Ich kann das wirklich erklären. Es war ein Notfall im Büro. Guck! Sieh dir die Nachricht an, hier. Da steht 911. Ich habe in der Speisekammer nach den Streuseln gesucht und dabei mein Handy entdeckt und gedacht ...«

Jeff blieb stehen und drehte sich nach ihr um. »Was hast du denn gedacht? Dass du es dir einfach so nehmen kannst und dann irgendwas erzählst, was nicht stimmt? Wenn es ein wirklicher Notfall gewesen wäre, dann hättest du es mir einfach erzählen können. Du bist hier nicht im Gefängnis. Doch stattdessen hast du mir was vorgemacht. Worüber sagst du noch die Unwahrheit? Warum sollte ich dir diese Geschichte abnehmen? Vielleicht hattest du schon die ganze Zeit dein Handy in der Tasche.«

»Nein, das hatte ich nicht, ehrlich. Ich habe es gerade erst gefunden und hier, du kannst es wiederhaben. Ich brauch's nicht mehr. Du kannst es wieder in die Speisekammer bringen oder sonst wohin.«

Als er ihr daraufhin diesen extrem enttäuschten Blick zuwarf, fühlte sie sich noch schlimmer. Sie hielt ihm noch einmal ihr Handy hin. »Hier, bitte nimm es.« Diesmal nahm er es ihr ab und ging ohne ein weiteres Wort davon.

Kapitel 23

Jeff inspizierte die Küchenschublade neben der Spüle, und es dauerte keine zehn Sekunden, da hatte er sie herausgerissen und sie zu den anderen fünf Schubladen, die er bereits entfernt hatte, auf die Theke gestellt. Es ging ihm immer noch nicht aus dem Kopf, wie Haley ihm direkt in die Augen gesehen und dabei gelogen hatte, als er sie fragte, ob sie mit jemandem gesprochen hatte. Er wusste nicht genau, ob bei ihm Wut oder eher Enttäuschung überwogen, aber ganz gleich was, es fühlte sich nicht gut an.

Ben traute seinen Augen nicht beim Anblick sämtlicher Schubladen auf der Theke. »Oh nein, was ist denn los?«

Jeff hatte soeben die nächste Schublade herausgenommen und hielt sie in der Hand. »Nichts ist los. Ich repariere nur deine Schubladen.«

»Aber meine Schubladen waren alle in Ordnung.«

»Nein, sie sind wieder stecken geblieben«, sagte Jeff und zog die nächste Schublade heraus. Doch diesmal hielt Ben ihn zurück, bevor er sie zu den anderen auf die Theke stellen konnte.

»Die Schubladen sind in Ordnung.« Ben nahm ihm die Schublade ab und schob sie wieder dahin zurück, wo sie hingehörte. Er zog sie auf und schob sie zu, ohne dass etwas klemmte. »Was ist los? Mit den Schubladen ist nichts, aber mit dir anscheinend. Also erzähl mir, was los ist, bevor du noch die restliche Küche auseinandernimmst.« Er setzte sich an den Küchentisch und rückte für Jeff einen Stuhl zurecht.

Zögernd setzte sich Jeff zu ihm. Ben nahm den Teller mit dem Buttergebäck und hielt ihn Jeff hin, aber Jeff schüttelte den Kopf. Ben runzelte die Stirn. »Mach schon, raus damit. Es muss ja ganz schön schlimm sein, wenn du die Butterkekse verschmähst.«

»Haley«, sagte Jeff. »Ich habe sie mit ihrem Handy in ihrem Zimmer angetroffen. Sie hat es aus der Speisekammer geschmuggelt und ihr Büro angerufen. Zuerst hat sie es geleugnet und dann versucht, irgendwelche Ausreden zu erfinden. Jetzt weiß ich nicht mehr, was ich glauben soll.«

»Dann regst du dich darüber auf, dass sie dich belogen hat?«

»Deshalb und darüber, dass sie sich nur für ihre Arbeit interessiert. Als sie hier im Christmas Camp ankam, war ganz klar, dass sie nicht hier sein wollte, dass sie nur gekommen ist, weil ihr Boss sie geschickt hat, aber dann – dachte ich …«

»… dass sie ihre Meinung geändert hat und ihre weihnachtliche Gesinnung wiedergefunden hat?«, fragte Ben.

Jeff nickte. »Ja, das habe ich wirklich geglaubt. Ich meine, wir haben Schneeengel gemacht, und sie hat einen Engel vom Wunschbaum im Gemeindezentrum abgenommen und einem kleinen Mädchen eine Puppe gekauft. Es schien wirklich so, als ob sie sich für das, worum es beim Christmas Camp geht, öffnen würde, oder zumindest habe ich das gedacht. Aber jetzt sieht es so aus, als wäre alles nur Theater gewesen. Ich will nicht, dass sie dir dein letztes Christmas Camp verdirbt.«

Ben sah ihn verdattert an. »Was meinst du denn mit meinem letzten Christmas Camp?«

Jeff fing an, die Schrauben an den Schubladen festzuziehen. »Dad, wir haben doch darüber gesprochen. Wir sind die Haushaltsbücher durchgegangen, zweimal schon. Unterm Strich bleibt da nichts übrig. Es kostet dich fast doppelt so viel, den Laden aufrechtzuerhalten, wie du damit einnimmst. Ich weiß, wie schwer es für dich ist, aber es ist an der Zeit, den Betrieb zu verkaufen. Ich habe einen prima Interessenten für dich gefunden, aber der will nicht mehr ewig warten, bis du dich entscheidest.«

Ben ging zu seinem Sohn hinüber und sah ihm direkt in die Augen. »Ich habe dir doch gesagt, dass ich darüber oder über sonst welche geschäftlichen Angelegenheiten erst nach dem Christmas Camp mit dir reden werde. Wir erzählen unseren Gästen, dass sie sich entspannen und die Weihnachtszeit genießen sollen, und du sprichst über das Geschäft. Hört sich ganz so an, als ob du Haley in nichts nachstehen würdest. Deshalb solltest du sie vielleicht nicht ganz so schnell verurteilen.«

Jeff sah seinen Vater erschrocken an. »Das ist nicht fair. Du kannst sie nicht mit mir vergleichen.«

»Und ist es fair, Haley zu verurteilen? Sie hat einen Fehler gemacht. Hat sie sich dafür entschuldigt?«

Jeff antwortete nicht gleich. »Es macht keinen Unterschied …«

»Doch, selbstverständlich. Die Leute kommen aus den unterschiedlichsten Gründen hierher, und es ist nicht an uns, über sie zu urteilen; an uns ist es, ihnen zu helfen, so viel wir können. Und vielleicht braucht Haley ein bisschen mehr Unterstützung. Worauf wir uns konzentrieren sollten, ist, dass jeder hier, einschließlich Haley, etwas ganz Besonderes erlebt. Das ist das Einzige, was mich im Moment interessiert. Hast du das verstanden?«

Jeff begegnete dem fragenden Blick seines Vaters. »Ich verstehe das, und es tut mir leid. Ich wollte dich nicht aufregen. Ich will nur dein Bestes.«

Ben legte den Arm um ihn. »Das weiß ich doch, aber momentan ist das Beste für mich, dich hier zu haben und mit dir zusammen die Zeit mit unseren Gästen zu genießen.«

Jeff nickte. »Ich weiß, aber deine Regeln haben einen Grund …«

»Ich rede mit ihr«, sagte Ben.

Jeff warf seinem Vater einen Blick zu, wohlwissend, dass dessen Herz so groß und weit war wie der Nordpol. »Also gut. So lang du glücklich bist, mach was du willst. Ich überlass es dir. Ich muss sowieso in die Stadt fahren. Ich hatte gerade einen Anruf, dass das Wharf-Projekt, an dem ich arbeite, eine weitere Genehmigung braucht, und es muss noch vor Weihnachten sein. Aber ich bin morgen früh wieder da. Ruf mich einfach an, wenn du was brauchst.«

»Das mach ich«, sagte Ben. »Und mach dir keine Sorgen, ich habe hier alles im Griff. Fahr vorsichtig, wir sehen uns dann morgen früh wieder. Morgen ist ein großer Tag, und ich will nicht, dass du was verpasst.«

»Ich verspreche dir, das werde ich nicht.« Jeff umarmte seinen Vater kurz auf dem Weg hinaus. »Mach mir keine Scherereien, während ich weg bin.«

»Ich und Scherereien? Niemals.«

»Stimmt …« Jeff ging grinsend aus der Küche. Er hatte sich zum Ziel gesetzt, in die Stadt zu fahren und schnellstmöglich wieder zurückzukommen. Das Christmas Camp würde bald vorüber sein, und er wollte für die bevorstehende knallharte Verhandlung über den Verkauf des Hotels mit seinem Dad gewappnet sein. Er würde den Wunsch seines Vaters, mit Geschäftlichem bis nach dem Christmas Camp zu warten, respektieren; das war allerdings schon in ein paar Tagen.

Als er am Wohnzimmer vorbeikam, wo Haley mit Ian, Madison und Blake saß, überkamen ihn widerstreitende Gefühle. Bei ihrer ersten Begegnung hatte er noch gedacht, er hätte sie durchschaut und sie sei eine Workaholic, die sich nur für ihre Arbeit interessierte. Doch die letzten Tage hatte er es tatsächlich genossen, mit ihr zusammen zu sein. Sie war clever, lustig, zäh und fürsorglich – alles zugleich, und er konnte nicht leugnen, dass sie hübsch war oder dass es etwas an ihr gab, was ihn anzog.

Aber seit Haleys Handy-Einlage heute war er wieder auf der Hut. Sie hatte ihn angelogen. Vielleicht hatte er doch von vornherein richtig gelegen mit ihr. Er wusste einfach er nicht, was er denken sollte, und die Tatsache, dass er nicht schlau aus ihr wurde, beunruhigte ihn sehr. Er wusste nur eines, dass er sich im Moment auf seinen Vater konzentrieren und das Hotel noch vor Jahresende verkauft werden musste.

***

Ben war gerade in der Küche und aß einen Keks, als Haley den Kopf zur Tür hereinstreckte. Sie hatte beschlossen, dass es am besten wäre, ihm gegenüber ehrlich zu sein, und hoffte, er würde nicht so negativ reagieren wie Jeff.

Sie wusste, dass sie Jeff nicht hätte anlügen sollen, was ihr Handy anging. Sie war nur in Panik geraten. Es war ihr klar, dass das ihr Verhalten nicht entschuldigte. Jetzt wollte sie einfach nur ihren Fehler eingestehen und sich bei Ben entschuldigen und damit hoffentlich wenigstens das gute Verhältnis zu ihm retten, weil sie es mit Jeff und ihrer beginnenden Freundschaft gründlich vermasselt hatte.

Als Ben sie erblickte, lächelte er ihr zu und winkte sie herein. »Haley, ich habe gerade an dich gedacht.«

Mit betrübter Miene trat sie ein. »Ich nehme mal an, Jeff hat dir schon alles erzählt, aber ich wollte dir selbst sagen, wie leid es mir tut. Ich halte mich an die Regeln, die hier gelten, wirklich. Ich weiß ja, dass sie nur dazu da sind, den Gästen zu einem echten Erlebnis zu verhelfen, und ich werde keine Ausreden erfinden, weshalb ich es gemacht habe. Ich will mich nur entschuldigen, und ich verspreche, dass es nicht mehr vorkommen wird. Ich hatte gehofft, dass ich auch Jeff hier antreffen würde und es ihm besser erklären und mich bei ihm entschuldigen könnte ...«

»Jeff ist gerade nach Boston aufgebrochen. Irgendwas mit der Arbeit. Er kommt erst morgen früh wieder«, sagte Ben.

Während Haley noch versuchte ihre Enttäuschung zu verbergen, kam Max angetrottet, die Leine im Maul. Ben nahm sie ihm ab und lächelte Haley an.

»Lass uns spazieren gehen.«

Nachdem sie ihre Winterausrüstung angelegt hatten, folgte Haley Ben und Max nach draußen. Ben ging mit ihr einen Pfad durch den Wald entlang zu einem malerischen Ort, wo sie bisher noch nicht gewesen war. Sie schaute sich um und nahm die schneebedeckten Bäume und den unberührten Schnee wahr. »Ich hatte keine Ahnung, dass es einen solchen Ort hier gibt.«

Ben zeigte lächelnd auf eine Bank aus Zedernholz und ging darauf zu. Obwohl alles um sie herum schneebedeckt war, war die Bank frei davon. »Das ist einer meiner Lieblingsplätze. Hier bin ich immer mit Jeffs Mom hergekommen, wenn wir eine Pause brauchten. Nah genug beim Hotel, und dennoch hat man das Gefühl, ganz weit weg zu sein. Findest du nicht auch?«

»Ja«, erwiderte Haley. »Perfekt.«

Als sie sich auf die Bank setzten, ließ sich Max zu Bens Füßen nieder.

»Max gefällt es auch sehr gut hier«, sagte Ben und tätschelte Max.

Haley lächelte beiden zu. Dann sah sie sich wieder um und sog mit einem tiefen Atemzug die friedliche Stimmung ein. »Es tut mir aufrichtig leid wegen dieser Handy-Geschichte. Ich weiß, dass Jeff total wütend auf mich ist.«

Ben drückte ihr beschwichtigend die Hand. »Mach dir keine Gedanken. Du hast dich entschuldigt. Das wird schon wieder. Wahrscheinlich hat er ein bisschen überreagiert, weil er sich einfach nur mächtig Sorgen um mich macht.«

Haley sah ihn besorgt an. »Was ist denn los? Geht es dir nicht gut? Ist alles in Ordnung?«

Ben nickte ihr zu. »Mir geht es gut, aber Jeff macht sich trotzdem Gedanken. Seit seine Mom gestorben ist, ist er mir gegenüber überfürsorglich. Es gefällt ihm nicht, dass ich hier oben bin und das Inn allein weiterführe. Er will, dass ich es verkaufe. Er hat sogar schon einen potenziellen Käufer in Aussicht.«

Haley sah ihn verwundert an. »Du willst den Gasthof verkaufen?«

Ben lenkte den Blick auf die atemberaubende Bergkulisse und schüttelte den Kopf. »Ich kann mir noch nicht mal vorstellen, ihn zu verkaufen. Er ist mein Zuhause. Ich liebe es, hier zu sein. Hier hängen alle meine Erinnerungen. Ich weiß, dass es für Jeff schwer ist, weil ihn manche Erinnerungen traurig stimmen, aber bei mir ist das anders. Diese Erinnerungen bringen mir meine Frau näher. Es ist, als wäre sie noch bei mir, und ich empfinde es als Trost.«

»Und warum will er, dass du verkaufst, wenn es dir hier so gut gefällt?«

Ben seufzte. »Weil mir das Geld ausgeht. Es wird von Jahr zu Jahr kostspieliger, das Inn weiterzuführen, und die Christmas Camps waren immer mehr ein Liebesdienst, nichts, was wirklich Geld einbringen würde. Jeffs Mom und mir war das egal, weil es uns solche Freude gemacht hat, die Christmas Camps aufzubauen. Wir wollten ursprünglich nur eins veranstalten, aber dann wurden daraus zwei und jetzt, nach zehn Jahren, sind daraus zehn Christmas Camp-Wochen zwischen Halloween und Weihnachten geworden. Für viele Familien haben unsere Christmas Camp-Wochen schon Tradition.«

»Aber wenn sie so beliebt sind und du immer voll belegt bist, bringt das dann nicht genug Geld ein?«

Ben schüttelte traurig den Kopf. »Ich fürchte, nein. Es reicht nicht aus, um aus den roten Zahlen zu kommen. Wir bräuchten dafür mehr Zimmer, viel mehr Zimmer …«

Sie saßen einige Zeit schweigend beieinander, als Haley plötzlich aufsprang. »Ich weiß, wie du zu mehr Zimmern kommst!«

»Ich kann es mir nicht leisten anzubauen.«

»Nein, dafür musst du nicht anbauen«, sagte sie. »Du kannst Lizenzen für das Christmas Camp vergeben.«

»Was?«, fragte Ben verwirrt. »Wie sollte das denn gehen?«

»Indem du für das Christmas Camp-Konzept eine Konzession an andere Hotels und Ferienanlagen im ganzen Land und sogar in der ganzen Welt erteilen würdest. Das Geld daraus könnte die laufenden Kosten des Inn finanzieren und zugleich die Christmas Camps am Leben erhalten. Wer immer dein Christmas Camp veranstaltet, würde dir dafür eine Lizenzgebühr zahlen, und du bekämst außerdem einen Anteil an ihrem Profit. Mit deiner ganzen Erfahrung wärst du so was wie der Christmas Camp-Experte, ein Berater, der den anderen Eigentümern dabei hilft, ihre eigenen Christmas Camps auf die Beine zu stellen. Ergibt das Sinn?«

Bens Augen leuchteten. »Dann würde ich quasi Zimmer dazu bekommen, indem ich mit anderen Hotels und Ferienunterkünften eine Partnerschaft eingehe, und für jeden Gast bei ihren Christmas Camps würde ich einen gewissen Prozentsatz erhalten?«

»Genau!« Haley schritt vor Ben und Max auf und ab und wurde immer aufgeregter. »Und da du das jährlich ausrichtest, bin ich sicher, dass andere Gasthäuser und Unterkünfte ihre Christmas Camps ebenfalls jährlich stattfinden lassen würden und ebenso eine Tradition für ihre Gäste daraus entwickeln wollen. Damit hättest du dann eine interne kontinuierliche Einnahmequelle Jahr für Jahr, die noch mit jedem abgehaltenen Christmas Camp weiter anwachsen würde.«

Ben erhob sich, sein Gesicht voller Hoffnung. »Und ich

könnte weiterhin hierbleiben und unsere Christmas Camps wie immer abhalten?«

»Absolut. Du wärst das Aushängeschild dafür.«

Ben schüttelte verblüfft den Kopf. »Glaubst du wirklich, das könnte gehen?«

Haley ergriff seine Hand und sah ihm in die Augen. »Ich glaube es nicht nur, ich weiß es. Erinnerst du dich? Damit verdiene ich meinen Lebensunterhalt. Ich helfe Unternehmen dabei, ihre Marken auszubauen.«

»Aber ich habe gar keine Marke«, sagte Ben.

Haley lachte. »Genau genommen schon. Deine Christmas Camps helfen den Menschen, Weihnachten zu feiern, die alten Traditionen zu pflegen und neue Erinnerungen zu erschaffen; das ist deine Marke. Das ist das, was dich ausmacht. Eine Marke ist etwas, was dein Geschäft einzigartig und besonders macht. Erfolgreiche Marken befriedigen ein Bedürfnis, und deine Christmas Camps tun genau das. Damit unterstützt du Leute, die es nötig haben, runterzukommen und das Wesentliche an Weihnachten wieder schätzen zu lernen. Steht das nicht in deiner Broschüre? Ich weiß, dass es der Grund ist, warum mein Chef mich hierhergeschickt hat. Es gibt eine ganze Menge Leute, die genau so was brauchen, Ben, und auf diese Art und Weise kannst du sogar noch mehr Menschen helfen.«

Max bellte und sah schwanzwedelnd zu Haley auf.

Haley lachte. »Siehst du? Sogar Max stimmt mir zu!« Als sie Max streichelte, ging sein Schwanz noch schneller hin und her.

»Und du weißt, wie so was geht?«, fragte Ben voller Hoffnung.

Haley nickte. »Ja. Ich habe gerade einem anderen Anlagenkunden mit einem Yoga-Retreat geholfen, und mittlerweile sahnen sie kräftig ab. Deshalb weiß ich, dass wir das auch mit deinen Christmas Camps machen können. Was hältst du davon?«

Ben schien nervös, aber auch begeistert. »Das muss aber schnell über die Bühne gehen. Jeff muss noch vor Jahresende dem potenziellen Käufer eine Antwort geben.«

»Ich kann eben schnell einen Vorschlag für dich ausarbeiten, damit du dir das mal ansehen und überlegen kannst«, sagte Haley. »Es ist einfacher nachzuvollziehen, wenn du es schwarz auf weiß hast.«

Ben betrachtete seinen Besitz und sah dann wieder Haley an. »Einverstanden. Zeig mir, was du draufhast.«

❄
❄ ❄

Der fein rieselnde Schnee, der später am Abend einsetzte, verlieh dem Haus etwas Magisches. Es brannte nur noch ein einziges Licht, und von draußen konnte man durch das Fenster der Bibliothek die Silhouette von zwei Personen erkennen.

Drinnen saßen Ben und Haley über ihren Laptop gebeugt. Auf der Uhr an der Wand war es kurz vor elf.

»Hier, bitteschön«, sagte Haley. »Ich habe dir soeben eine Mail geschickt, damit du eine Kopie von dem Vorschlag fürs Christmas Camp hast, den ich dir aufgezeigt habe, eine Übersicht über den möglichen Profit und den Zeitplan mit dem, was bis nächstes Jahr zu tun ist.«

»Und du meinst, wir könnten das bis nächsten Oktober schaffen?«, fragte Ben. »Dann fangen wir für gewöhnlich mit den Christmas Camps an.«

»Absolut. Das Konzept steht schon und auch eine nachweisliche Erfolgsbilanz. Ich zeig dir mal ein paar Ideen für die Website, die man dafür erstellen könnte.«

Aber als Haley eine neue Datei öffnete und den Computer so drehte, damit Ben auch etwas sah, entdeckte er auf der Bildschirmanzeige die Uhrzeit und drückte behutsam den Deckel des Laptops herunter.

»Hey, was machst du da? Wir sind noch nicht fertig!« Sie versuchte, den Laptop wieder zu öffnen, er hielt sie jedoch davon ab.

»Doch, wir sind fertig«, sagte Ben und sah sie an. »Hast du gesehen, wie spät es ist? Tut mir leid, ich habe vollkommen die Zeit vergessen. Wahrscheinlich bin ich ganz aufgeregt darüber, dass es möglicherweise klappen könnte. Du hast deine ganze Freizeit geopfert, um mit mir daran zu arbeiten.« Er sah sie entschuldigend an. »Es tut mir wirklich leid. Ich habe mich hinreißen lassen. Du bist nicht hier, um zu arbeiten.«

»Aber ich mache so was wirklich gern, und es ist noch nicht mal unseren Christmas Camp-Aktivitäten in die Quere gekommen.«

Ben lächelte Haley an. »Ich weiß, und ich weiß es wirklich zu schätzen, aber wir können das auch noch später nach dem Christmas Camp machen. Solange du hier bist, solltest du nicht arbeiten.«

Haley legte die Stirn in Falten. »Aber ich finde diese Idee super, und du weißt ja, wie gern ich arbeite …«

Ben gluckste. »Ja, das weiß ich wohl. Aber Haley, wie willst du mir denn helfen, anderen meine Christmas Camps zu präsentieren, wenn du selbst sie gar nicht wirklich erlebt hast?«

Haley wollte gerade etwas sagen, schloss aber schnell wieder den Mund. Sie warf Ben einen verschmitzten Blick zu. »Oh, du bist gut. Du bist richtig gut.«

Ben lachte. »Das muss ich auch sein, um es mit dir aufnehmen zu können. Ich dachte zuerst, du zeigst mir nur eben schnell mal was, und da sitzen wir und haben stundenlang gearbeitet. Jetzt müssen wir das erst mal beiseitelegen. Ich werde mir alles, was du mir geschickt hast, genau ansehen. Das verspreche ich dir. Aber jetzt möchte ich, dass du das bisschen Zeit, das dir hier bleibt, genießt. Das liegt mir wirklich am Herzen, okay? Also haben wir eine Abmachung?« Er streckte ihr die Hand hin.

Haley nahm sie und schüttelte sie. »Abgemacht.«

»Das soll erst mal unter uns bleiben«, sagte Ben.

»Du willst Jeff nichts davon erzählen?«, fragte Haley erstaunt.

»Nicht, bis ich weiß, ob ich das wirklich durchziehen kann. Wir haben uns außerdem darauf verständigt, während des Christmas Camps nicht über Geschäftliches zu reden.«

»Einverstanden. Ganz wie du willst«, sagte Haley. »Und trotzdem bin ich ganz begeistert, dass du auf diese Art deinen Gasthof behalten und die Christmas Camp-Tradition fortsetzen kannst.«

»Ich genauso«, sagte Ben. In seiner Stimme schwang Dankbarkeit mit. »Damit würdest du mir meinen sehnlichsten Weihnachtswunsch erfüllen.«

Haley lächelte ihm zu und legte dabei die Hand aufs Herz. Ihm zu helfen rief in ihr wieder die Erinnerung wach, wie sie in ihrer Anfangszeit bei der Agentur anderen kleinen Familienunternehmen auf die Beine geholfen hatte – dieses Gefühl, im Leben anderer wirklich etwas bewirken zu können.

Ben nahm den Laptop und reichte ihn ihr. »Lass uns Schluss machen für heute. Morgen ist ein großer Tag. Danke noch mal, Haley, für alles, was du für mich getan hast.«

»Ich arbeite gern noch weiter daran …«

»Nachdem das Christmas Camp vorbei ist.« Er dirigierte sie sanft zur Tür hin.

Haley lächelte ihn an. »Also gut, du hast gewonnen. Erst nach dem Christmas Camp, aber du weißt, dass das schon in ein paar Tagen ist …«

Ben lachte. »Ich weiß.«

Haley ging lächelnd hinaus. »Dann bis morgen.«

Kapitel 24

Als am nächsten Morgen die Sonne über die Berge stieg, war Haley bereits wach und angezogen. Sie summte ihr Weihnachtslied vor sich hin: *»Hark! The Herald Angels Sing«* und öffnete die Tür. Sie sah sich um und war erstaunt, dass Max nicht da war und auf sie wartete. Während sie den Flur hinunterlief, hielt sie weiter Ausschau nach ihm.

»Also gut, wo steckst du, Max?«, rief sie im Flüsterton, weil sie niemanden wecken wollte. Sie streckte den Kopf zur Küchentür hinein, wo sie zwar immer noch keinen Max fand, aber das neuste Tagesmotto auf der Tafel: »Wunder«. Der Countdown bis Weihnachten hatte sich ebenfalls geändert und zeigte nun zehn Tage an. »Ha!«, sagte sie und schaute sich um. »Worüber ich mich gerade wundere, ist, wo du dich versteckt hast, Max.« Doch sie musste sich nicht lange wundern. Als Nächstes schaute sie ins Wohnzimmer, wo Max friedlich beim Kamin schlief.

»Da bist du, Max. Komm schon, Junge, lass uns los. Zeit für deinen Spaziergang.« Sie hielt die Leine hoch, und er kam sofort angerannt. Als sie gerade mit ihm aus der Haustür trat, kam ihnen Jeffs Pick-up entgegen. »Oweia. Und nun? Wünsch mir viel Glück«, sagte sie zu Max, und sie gingen auf den Pick-up zu. Jeff stieg aus, allerdings machte die Sonnenbrille, die er noch trug, es Haley unmöglich, seinen Gesichtsausdruck einzuordnen. Sie rang sich ein Lächeln ab und versuchte, heiter zu bleiben. »Guten Morgen«, sagte sie.

»Du bist aber früh auf.« Jeff warf ihr einen fragenden Blick zu und richtete sich dann an Max. »Ich nehme mal an, dass *du* dafür verantwortlich bist?«

Zur Antwort bellte Max und wedelte mit dem Schwanz.

Haley lachte. »Eigentlich habe ich *ihn* heute Morgen geweckt. Stimmt's Max?«

Max sah schwanzwedelnd zu ihr auf.

Jeff schien erstaunt. »Wirklich?«

»Die volle Wahrheit.«

»Darf ich raten? Du hast gearbeitet.«

Haleys Lächeln wurde ein wenig unsicher. »Ich habe tatsächlich schon gearbeitet, aber ich dachte mir, an so einem schönen Morgen will ich früh raus, wenn alles noch ganz ruhig ist.«

Jeff nickte, schien aber immer noch nicht überzeugt.

»Und was die Arbeit angeht«, setzte Haley an.

Er hielt die Hand hoch, um sie zu bremsen. »Du bist mir keine Erklärungen schuldig. Wie schon gesagt, ich bin nicht die Christmas Camp-Polizei. Es ist nicht meine Aufgabe, das zu beurteilen, und ich entschuldige mich für gestern, wo ich ein wenig überreagiert habe.«

»Aber du hattest recht«, unterbrach ihn Haley. »Ich weiß ja, du willst nur, dass im Camp alles gut läuft für deinen Dad. Das will ich auch. Also werde ich mich ab jetzt streng an die Regeln halten und zum besten Christmas Camp-Gast werden, den du hier je gesehen hast.«

Jeff nahm die Sonnenbrille ab und betrachtete sie argwöhnisch. »Im Ernst?«

Haley lachte. »Im Ernst, ich werde für den Rest der Woche ein echter Engel sein. Ich bin ja schließlich im Engelzimmer. Irgendwann muss ja mal was davon abfärben, oder?« Sie hörte nicht, was er darauf erwiderte, weil Ben gerade aus dem Haus kam.

»Mein Sohn, wunderbar! Du kommst wie gerufen, um mir dabei zu helfen, die nächste Aktivität vorzubereiten.«

»Das Schlittenfahren«, sagte Haley stolz. »Ich habe auf der Liste nachgesehen. Gibt es etwas, wobei ich helfen kann?«

»Das machst du gerade«, sagte Ben. »Ich weiß, dass Max seine Spaziergänge mit dir liebt. Wenn ihr zurückkommt, frühstücke mit uns, und dann geht's los. Ich möchte früh anfangen.«

»Gehen wir nicht hier rodeln?«, fragte Haley und sah sich um.

Jeff lachte. »Oh nein. Wir haben unseren Lieblingsrodelplatz, stimmt's, Dad?«

Ben klopfte Jeff auf den Rücken. »Das haben wir. Ein netter kleiner Hügel, Haley. Er wird dir gefallen.«

*
* *

Haley stand mit den anderen der Christmas Camp-Truppe oben auf einem riesigen Rodelhügel und wirkte mehr als nur ein bisschen erschrocken. »Ich dachte, ihr habt von einem kleinen Rodelhügel gesprochen. Was ist denn aus dem *klein* geworden?«, fragte sie Ben und Jeff.

Jeff lachte. »Dieser hier ist klein. Du solltest mal den in Eagle Peak sehen, wo wir sonst hingehen.«

»Ähm, danke, der hier sieht mir hoch genug aus, *zu* hoch, um es genau zu sagen …«

»Du hast doch nicht etwa Angst, oder?«, zog sie Jeff spöttelnd auf.

»Natürlich nicht«, konterte Haley. »Ich bin nur einfach mehr ein Stadt- als ein Rodelmädel.«

»Wann warst du denn zum letzten Mal rodeln?«, fragte Ben.

Haley musste nachdenken. Sie konnte sich tatsächlich nicht daran erinnern, jemals solch einen hohen Hügel hinuntergefahren zu sein. Die einzige Schlittenfahrt, die ihr einfiel, war auf dem Deckel der Mülltonne, an die ihr Dad eine Schnur gebunden und sie damit die Auffahrt hoch und runter gezogen hatte. Da war sie vielleicht vier oder fünf gewesen. Als ihr klar wurde, dass Ben immer noch auf eine Antwort von ihr wartete, zuckte sie die Schultern. »Ehrlich gesagt, erinnere ich mich nicht daran, jemals rodeln gewesen zu sein.«

Ben sah sich die Sammlung unterschiedlicher Schlitten an, die sie mitgebracht hatten, und suchte einen roten Plastikschlitten aus. »Dann kriegst du diesen, Haley. Der ist für Anfänger genau richtig.«

Blake lachte. »So einen hatten wir auch, als wir noch klein waren. Stimmt's Madison?«

Madison lachte ebenfalls. »Stimmt! Keine Angst, Haley. Der geht kinderleicht. Das könnte sogar ein Baby.«

Alle lachten, außer Haley. Im Moment kam sie sich vor wie ein großes Baby, weil sie nur eins spürte, während sie den Hügel hinuntersah: nackte Angst.

Ben wies auf all die unterschiedlichen Schlitten. »Also gut. Das hier ist das, was ich euch heute anbieten kann, je nach Rodelerfahrung. Habt ihr alle das inspirierende Wort für heute gesehen?«

»Wunder!«, schaltete sich Susie ein und nahm aufgeregt Ians Hand und schwang ihrer beide Arme hoch.

»Du bist verrückt.« Ian lachte.

Susie küsste ihn auf die Wange. »Verrückt nach dir und Weihnachten.«

Haley lachte. »Klingt wie ein schlechter Countrysong!«

Gail wollte auch ein bisschen an dem Spaß teilhaben. »In der Tat.«

Dies veranlasste Susie dazu, noch mehr aufzudrehen, sie fing an zu tanzen und zu singen: »Ich bin verrückt nach dir und Weihnachten, dir und Weihnachten. Ich bin verrückt nach dir.«

»Okay, Schatz, das reicht jetzt.« Doch als Ian versuchte, sie bei der Hand zu fassen, um sie zum Aufhören zu bewegen, zog sie ihn einfach mit in ihren Tanz.

»Hilfe! Ich hab eine weihnachtswahnsinnige Frau!«, rief Ian aus.

Alle lachten.

»Das ist fantastisch«, sagte Ben. »Ich kann das Wunder bereits sehen! Also gut, das Motto des heutigen Tages ist ›Wunder‹. Und es geht darum, sich daran zu erinnern, wie ihr euch als Kinder an Weihnachten gefühlt habt.«

John lächelte seine Kinder an. »Für euch beide noch gar nicht so lange her.«

»Dad!«, rief Madison empört. »Wir sind jetzt Teenager und keine kleinen Kinder mehr.«

John wandte sich an Haley und flüsterte ihr zu: »Als ob ich das nicht wüsste.« Haley verkniff sich mühsam ein Lachen.

Ben holte seine Kamera hervor. »Und ich werde euch alle dabei fotografieren, also vergesst nicht zu lächeln.«

»Mein Dad als Paparazzo«, scherzte Jeff und zwinkerte seinem Vater zu.

»Du brauchst auf jeden Fall vorher von mir eine Genehmigung für die Fotos, bevor du sie postest«, sagte Madison und rückte Mütze und Schal zurecht.

Als Ben verwirrt dreinblickte, kam ihm John zu Hilfe. »Damit will sie sagen, dass, falls du Fotos von ihr in den sozialen Medien wie Facebook oder Instagram veröffentlichst, sie vorher sicherstellen will, dass sie ihr gefallen.«

Ben warf Madison einen beruhigenden Blick zu. »Ich verspreche dir, ich werde nichts irgendwo posten.«

Jetzt sah Madison verwirrt aus. »Und warum machst du dann überhaupt Fotos?«

John verdrehte die Augen. »Teenager, was soll ich dazu sagen?«

Die anderen lachten wieder.

Immer noch lachend hob Ben einen altmodischen Schlitten hoch, der unten an den Kufen Stahlstreifen hatte und oben Holzleisten. Außerdem gab es vorn am Schlitten ein querliegendes Holzstück zum Lenken, an dem ein rotes Seil festgebunden war. »Also, wer möchte dieses kleine Schmuckstück benutzen?«

Ian warf Susie einen warnenden Blick zu. »Denk noch nicht mal im Traum daran. Das Ding sieht älter aus als wir und ist bestimmt richtig schwer zu lenken.«

»Da hast du recht, Ian. Das ist ein echter Oldtimer, aber noch recht rüstig auf seine alten Tage«, sagte Ben. »Einer der ersten Schlitten, die überhaupt hergestellt wurden. Einer meiner liebsten, aber man braucht etwas Talent dafür und …«

Noch bevor er den Satz beenden konnte, kam Gail auf ihn zu. »Den nehm ich.«

Alle waren gleichermaßen verwundert und beeindruckt.

»Bist du dir sicher?«, fragte Ben.

Gail betrachtete den Schlitten voller Vertrauen. »Oh ich bin mir sicher. In meiner Jugend war ich eine echte Rodlerin. Und damals haben wir so was immer benutzt. Old School ist das Beste.«

Ben übergab ihr lächelnd den Schlitten. »Das ist die richtige Einstellung.« Als Nächstes hielt er einen riesigen Luftschlauch hoch und sah John, Blake und Madison an. »Ich dachte mir, das hier könnte für euch drei reichen, falls ihr meint, dass ihr damit klarkommt.« Die letzten Worte richtete er an die Kids.

Blake kam aufgeregt angesprungen. »Das kriegen wir schon hin, stimmt's Dad?«

»Absolut«, sagte John. »Stimmt's Madison?«

Madison schien sich nicht ganz so sicher zu sein, nickte aber trotzdem tapfer.

»Okay, dann lasst mal sehen, was ihr draufhabt.« Ben hielt Blake den LKW-Schlauch hin, und alle sahen zu, wie sich die Familie darauf stapelte.

»Und was, wenn ich runterfalle?«, fragte Madison.

»Halt dich einfach an mir fest«, sagte John. »Seid ihr bereit?«

Blake reckte die Faust in die Höhe. »Bereit.«

Als John den Schlitten anschubste, schrie Madison, während Blake und John lachten. Innerhalb von Sekunden sausten sie los.

»Hui!« Madison kreischte lachend.

»Yippie!«, schrie Blake.

»Haltet euch fest!«, schrie John seinerseits, und einen Moment später rasten sie lachend zu dritt den Hügel hinunter.

Noch bevor jemand es mitkriegte, saß Gail auf dem Schlitten und glitt los. »Ich werde euch einholen, Leute!«, rief sie John und den Kids hinterher.

»Los, Gail!«, schrie Haley und sah zu, wie Gail gekonnt ihren Schlitten lenkte und dem Schlauch immer näher kam.

Ian und Susie waren als Nächste dran. Sie griffen sich einen Zweierschlitten und flitzten ebenfalls den Hügel hinab.

»Ich liebe Weihnachten!« Als Susie die Arme in die Luft warf, wäre sie fast vom Schlitten gefallen, aber Ian konnte sie zum Glück gerade noch festhalten.

Jetzt waren nur noch Haley, Jeff und Ben oben auf dem Hügel. Haley hielt immer noch den Schlitten in der Hand und sah nicht so aus, als ob sie irgendwo damit hin wollte. Jeff nahm ihn ihr ab und grinste. »Bist du bereit?«

Sie riss entsetzt die Augen auf, und in dem Moment drückte Ben ab und machte ein Foto von ihr.

»Hey, warte mal, dafür braucht es erst meine Genehmigung.«

»Du kriegst von mir alles, was du willst, wenn du erst mal den Hügel runter bist«, sagte Ben.

»Muss ich das wirklich?«, fragte sie kleinlaut und klang, als wäre sie in Madisons Alter.

Jeff grinste sie an. »Du willst doch die Bescheinigung, oder?«

»Ja, klar, aber ...«

»Kein Aber, komm schon, los«, sagte Jeff. »Ich bin Fachmann. Bei mir bist du sicher.«

Haley bezweifelte das in mehrfacher Hinsicht, und als sie Jeff dabei zusah, wie er den Schlitten abstellte und ihn ein paarmal auf dem rutschigen Schnee hin und her schob, setzte ihr Herz für einen Schlag aus.

Jeff setzte sich hinten auf den Rand des Schlittens und klopfte auf den Platz vor sich. »Komm schon, Haley. Du schaffst das.«

Haley schüttelte den Kopf. »Mach das alleine. Ich bleib hier oben und helfe Ben.«

»Ich komm hier gut alleine klar, Haley. Mach schon. Du kannst das. Jeff ist ein super Rodler. Du bist bei ihm in guten Händen«, sagte Ben.

Jeff klopfte noch einmal auf den Platz vor sich. »Mach dir keine Sorgen. Ich kümmere mich um alles. Du sitzt einfach nur da und genießt.«

Doch alles, woran Haley denken konnte, war, dass sie lieber eine Wurzelbehandlung über sich ergehen ließe. Sie machte noch einen Schritt rückwärts.

Jeff sah ihr fest in die Augen. »Du hast gesagt, du wärst für den Rest des Christmas Camps voll dabei. Was genau hast du noch mal gesagt? Dass du fortan ein richtiger Engel und ein idealer Gast sein wolltest ...«

Haley riss den Mund auf. Er benutzte ihre eigenen Worte gegen sie. Als sie Ben einen hilfesuchenden Blick zuwarf, schmunzelte der nur.

»Das ist eine unserer Aktivitäten«, sagte Ben. »Wolltest du nicht alles erfahren, um das Christmas Camp ganz und gar zu erleben, wie wir es gestern Nacht besprochen haben ...«

Haley wusste sofort, worauf er anspielte. Sie hob, sich ergebend, die Hände. »Also gut, aber ich schwöre, wenn ich mir den

Hals breche, müsst ihr beide das meinem Chef und meinen Eltern erklären.«

»Abgemacht«, sagte Jeff und klopfte noch einmal auf den Platz vor sich.

Haleys Grinsen erstarb. Der Platz auf dem Schlitten war minimal, was bedeutete, dass sie sich an Jeff kuscheln musste, und der Gedanke war für sie genauso furchterregend, wie den Hügel hinunterzusausen. Als sie aufstieg, versuchte sie, so weit wie möglich vorn zu sitzen und ihre Berührungspunkte so gering wie möglich zu halten.

»Lehn dich ruhig zurück«, sagte er, als sie immer noch steif wie ein Brett dasaß.

»Geht schon, danke.« Ihre Stimme war dünn und hoch. Sie hätte gern die kalte Luft dafür verantwortlich gemacht, doch sie wusste, dass es vielmehr um Jeffs warmen Atem in ihrem Nacken ging, da wo der Schal verrutscht und ein kleiner Fleck ihrer Haut unbedeckt geblieben war. Sie eilte sich, ihren Schal zurechtzurücken, doch Jeff kam ihr zuvor. Er beugte sich dabei nach vorn, so dass er fast ihre Wange mit seiner berührte.

»Jetzt besser?«, fragt er.

Sie vermochte nur zu nicken und traute sich nicht, etwas zu sagen. Um sich wieder zu fangen, hielt sie sich mit beiden Händen vorn am Schlitten fest.

»Bereit?«, fragte Jeff sie.

Haley kniff die Augen zu. »Nein, aber mach schon, los.« In diesem Augenblick wollte sie es nur schnell hinter sich bringen. Sie hätte nicht sagen können, was ihr mehr Angst machte – Jeff so nah zu sein oder der bedrohliche Abgrund vor ihr.

»Hey, Dad, kannst du uns mal kurz anschubsen?«

»Mach ich, mein Sohn, aber zuerst: lächeln.«

Als Jeff den Arm um sie legte, sah Haley ihn erstaunt an, und in diesem Moment drückte Ben ab. Einen Augenblick später setzte sich der Schlitten in Bewegung ...

»Ab mit euch! Viel Spaß!«, rief Ben hinterher. Je schneller sie wurden, desto mehr klammerte sich Haley fest, als ginge es um ihr Leben. Da fuhren sie über eine Bodenwelle, und Haley schrie auf, woraufhin Jeff sie noch fester hielt.

»Ich hab dich, keine Angst!«, schrie er ihr ins Ohr.

Sie kreischte und lachte gleichzeitig, und Jeff lachte mit ihr.

»Ist das nicht toll?«, rief er.

Haley konnte ihm nicht antworten, weil sie immer noch kreischte. Aber irgendwann ging ihr Kreischen in Lachen über. Den Hügel so hinunterzuflitzen war aufregend und fürchterlich zugleich. Jeff hatte nicht zu viel versprochen, er war ein ausgezeichneter Rodler und als sie über einen dicken Hubbel fuhren und beinahe umgekippt wären, beschützte er sie, indem er sie noch mehr an sich zog. Sie packte lachend seinen Arm und merkte, dass sie gar keine Angst mehr hatte. Sie fühlte sich sicher. Als der Fuß des Hügels näher rückte, ließ sie sich für einen Moment zurücksinken und spürte die Wärme, die Jeff verströmte. Sie schloss die Augen und genoss das Hochgefühl, das nur zum Teil auf die Schlittenfahrt zurückzuführen war. Sie öffnete die Augen erst wieder, als sie anhielten.«

»Und wie war's?«, fragte Jeff sie, während er vom Schlitten aufstand und ihr die Hand hinhielt, um ihr beim Aufstehen zu helfen. »Toll, oder?«

Haley reichte ihm die Hand und sah ihm in die Augen. »Es

war fantastisch.« Und auch diesmal sprach sie nicht nur von der Schlittenfahrt. »Noch mal!«

Jeff lachte und nahm den Schlitten. »Ich wusste, dass es dir gefallen würde.«

Während sie zu den anderen hinübergingen, versuchte Haley, sich daran zu erinnern, wann sie das letzte Mal solchen Spaß gehabt hatte. Jetzt spürte sie das Wunder, von dem Ben gesprochen hatte. Es war berauschend, und sie wollte mehr davon. Sie konnte es kaum erwarten, was als Nächstes dran sein würde.

Kapitel 25

Nach einer weiteren Stunde Schlittenfahren mit jeder Menge Spaß waren alle erschöpft und bereit für eine Pause. Haley berührte ihre rosigen Wangen. Sie waren von der Kälte taub, und sie hatte schon richtig Muskelkater im Gesicht von all dem Grinsen und Lachen.

Während die Männer Ben halfen, die Schlitten wieder zu verstauen, klatschte Ian alle ab. »Das war echt cool. Danke Ben. Die beste Aktivität von allen!«

»Sogar besser als in Arizona am Pool abzuhängen?«, fragte Susie ihn scherzend.

Ian kam zu ihr herüber und gab ihr einen raschen Kuss. »Sogar besser als das. Ich finde, wir sollten das zu einer unserer neuen gemeinsamen Traditionen machen.«

Susie schien überglücklich. Sie drückte ihn fest. »Das ist super. Lass es uns in unsere Liste aufnehmen.«

Blake betrachtete den LKW-Schlauch, den sie benutzt hatten. »Dad, können wir das auch als neuen Brauch einführen?«

»Ja, Dad. Das wäre super!«, pflichtete Madison ihm bei.

John war erstaunt und zugleich erfreut. »Na klar, das machen wir. Wir könnten auch so einen Schlauch kaufen.«

»Geil«. Blake klatschte seinen Dad ab, und Madison tat es ihm gleich.

John schielte zu Ben und hielt den Daumen hoch.

Auch Gail, die gerade dazu kam, war in euphorischer Stimmung. »Ich glaube, ich habe schon lang nicht mehr so gelacht«, sagte sie.

Haley strahlte ebenfalls. »Dasselbe habe ich auch gerade gedacht. Und mal ganz ohne Scherz – du bist eine Rodelkönigin. Du hast ein paar ganz schön eindrucksvolle Schlenker drauf.«

Gail gluckste und sah stolz in die Runde. »Danke. Das macht das jahrelange Training.« Sie legte den Arm um Haley. »Sah ganz danach aus, als hätten du und Jeff aber auch eine gute Zeit gehabt …«

Haley lachte. »Du lässt nicht locker, was?«

»Niemals«, flüsterte Gail, als Ben sich zu ihnen gesellte.

»Worüber tuscheln die beiden Damen? Sollte ich mir Gedanken machen?«, wollte er wissen und strahlte Gail an.

»Über uns?«, fragte Haley unschuldig. »Niemals.«

Ben lachte und machte ein Foto von ihnen.

»Warte mal, Ben«, sagte Haley. »Du hast den ganzen Tag Fotos gemacht. Wir brauchen auch eins, auf dem du drauf bist. Kann ich mal die Kamera haben?«

»Klar doch«, erwiderte Ben und gab ihr die Kamera, während er den Arm um Gail legte. »Wie wär's mit einem Foto von uns beiden?«

Während Haley abdrückte, entging ihr nicht, wie die beiden sich anlächelten. »Fertig. Jetzt eins von uns allen.«

»Kann man mit so einer großen Kamera auch Selfies machen?«, fragte Gail verwundert.

»Ich wette, das krieg ich hin. Du bist vielleicht die Rodelkönigin, aber ich bin die Selfie-Queen. Lasst es uns versuchen.

Okay, rückt zusammen, damit wir alle drauf passen. Alle Wange an Wange. Okay, bereit? Alle mal ›Rodeln‹ sagen!«

»Rodeln«, sagten Ben und Gail wie aus einem Munde, und Haley schoss ein perfektes Selfie.

Jeff lachte darüber, wie sie sich aufführten, und gesellte sich zu ihnen. »Ich kann von euch allen ein richtiges Foto machen.«

Haley tat, als wäre sie beleidigt. »Nur damit du es weißt, mein Selfie war perfekt. Das reicht uns.«

Jeff lachte.

»Aber lass mich mal eins von dir und deinem Dad machen.«

Als Jeff den Arm um seinen Dad legte, war ganz eindeutig zu erkennen, wie verbunden die beiden waren. Es berührte Haley sehr. Sie machte das Foto und gab Ben die Kamera zurück.

»Okay, Zeit zum Haus zurückzukehren«, sagte er.

Haley rieb sich die Hände. »Okay, was steht als Nächstes an? Ich bin bereit.«

Jeff lachte und sah seinen Dad an. »Sieht ganz danach aus, als ob sich da jemand langsam in das Programm einfindet.«

»Falls du von dem Christmas Camp-Programm sprichst, erinnere dich bitte daran, dass ich voll und ganz dahinterstehe«, sagte Haley.

»Tatsächlich?«, Jeff warf ihr einen skeptischen Blick zu. »Also gut, wir werden ja sehen.« Er wandte sich an Ben. »Dad, wir treffen euch später im Haus.«

Ben nickte. »Klingt gut.«

Ben und Gail machten sich zusammen auf den Weg, und Haley sah zu Jeff auf. »Was willst du mir denn noch zeigen?«

❄
❄ ❄

Eine halbe Stunde später wanderte Jeff mit Haley durch den Wald, bis sie zu einem malerischen Aussichtspunkt gelangten, mit einem spektakulären Panoramablick auf die schneebedeckte Bergkette vor ihnen.

Haley sah sich beeindruckt um. »Der Blick ist grandios ...«

Jeff sah lächelnd auf die Berge. »Wenn ich meinen Kopf freikriegen und einen Gang runterschalten will, komme ich hierher.«

»Das kann ich gut nachvollziehen«, sagte Haley und sog tief die klare Luft ein.

»Die Einheimischen nennen es den ›Star Peak‹, weil man nachts wunderbar Sterne beobachten kann. Hier hat mein Dad kurz vor Weihnachten meiner Mom einen Heiratsantrag gemacht.«

»Wirklich?«

Jeff nickte. »Und zu jedem Jahrestag seines Antrags haben sie hier oben nach einem Kiefernzapfen gesucht, den sie mit zurück zum Haus genommen haben.«

Haley sah ihn verwundert an. »Ein Kiefernzapfen? Warum denn?«

»Als er ihr den Antrag machte, hat er den Ring in einen Zapfen gesteckt, ihn ihr gegeben und gesagt, er wünsche sich zu Weihnachten, dass sie sich hier oben in den Bergen niederlassen und für immer zusammenbleiben ...« Als Jeff verstummte, sah sie, wie traurig er war, und es erfüllte ihr eigenes Herz mit Schmerz. Sie wollte etwas sagen, ihm Trost spenden, aber sie fand keine Worte und legte ihm stattdessen die Hand auf den Arm.

»Es tut mir so leid.«

Jeff lächelte durch seinen Schmerz hindurch. »Danke. Weißt du, ich bin froh, dass sie die Gelegenheit hatten hierherzuziehen und wenigstens eine Zeitlang ihren Traum zu leben. Ich wünschte nur, sie hätten mehr Zeit zusammen gehabt. Du hättest sie mal sehen sollen. Sie waren die besten Freunde. Sie haben sich gegenseitig geholfen, noch bessere Menschen zu werden, und sie waren am glücklichsten, wenn sie zusammen waren. Sie hatten die Art von Liebe, nach der alle sich sehnen ...«

»Welche Art ist das?«, wollte Haley ernstlich interessiert wissen.

»Die Art von Liebe, bei der du zu einer besseren Ausgabe deiner selbst wirst, auf die du dich verlassen kannst, ganz gleich was kommt.«

Haley ging bis zum Rand des Aussichtspunkts und blickte zum Horizont. Sie überlegte, ob sie schon jemals so eine Liebe erfahren hatte, und ihr wurde klar, dass dies nicht der Fall war. Sie war den Karriereweg gegangen, und bisher war ihr das genug gewesen, aber jetzt war sie sich dessen nicht mehr so sicher.

»Und du meinst, dass diese Art von Liebe das ist, wonach alle sich sehnen?«, fragte sie ihn.

»Ja, das glaube ich«, sagte Jeff und stellte sich neben sie. »Meine Eltern haben mir gezeigt, wie mächtig diese Art von Liebe ist. Wenn du auf diese Art liebst, steht dir alles offen.«

»War das ihr Weihnachtswunsch?«, fragte Haley. »Liebe?«

Jeff nickte. »Und mir fällt kein besserer ein. Dir?«

Haley wusste nicht genau, was sie davon halten sollte. Sie hatte noch nie in ihrem Leben einen Weihnachtswunsch gehabt, und sie war sich nicht sicher, ob sie jetzt damit anfangen wollte.

Als sie nicht gleich antwortete, warf ihr Jeff einen fragenden Blick zu. »Bist du da anderer Meinung?«

Haley zuckte die Schultern. »Ich glaube einfach nicht, dass mit der Liebe alles anfängt und aufhört. Du hast gesagt, dass Liebe alles ist und dass man sonst nichts mehr braucht. Meine Eltern hatten diese Art von Liebe, und sie hat ihnen nicht die Miete bezahlt. Es gab Zeiten, da hatten wir wirklich zu kämpfen, ganz besonders zu dieser Jahreszeit, an Weihnachten.«

Jeff sah sie an, als wären gerade ein paar Puzzleteile an der richtigen Stelle gelandet. »Ist das der Grund, warum du Weihnachten nicht feiern magst?«

»Wahrscheinlich. Ich habe Weihnachten immer als etwas betrachtet, was man schnell hinter sich bringt und nichts was man feiert.« Sie atmete tief ein. »Meine Eltern haben immer versucht, es für mich zu etwas Besonderem zu machen, aber selbst als ich noch klein war, wusste ich schon, was für eine Anstrengung das für sie war, und dass sie dafür gar kein Geld hatten. Wir konnten uns weder einen Christbaum, noch Geschenke oder die ganze Deko leisten. Ich weiß, dass sich meine Eltern meinetwegen dafür geschämt haben, deshalb hab ich so getan, als würde es mir nichts ausmachen, und mit der Zeit habe ich mir wirklich nichts mehr daraus gemacht.«

Jeff schüttelte den Kopf. »Das muss wirklich schwer gewesen sein für deine Eltern und dich.«

»Das war es«, sagte Haley. »Immer wenn Weihnachten näher rückte, wurden meine Freundinnen ganz aufgeregt, aber ich konnte es kaum erwarten, bis es wieder vorbei war. Deshalb haben wir, als ich endlich genug Geld verdient habe, um meinen Eltern eine Weihnacht zu bereiten, wie sie es sich wünschten, beschlossen, die Tage in der Karibik zu verbringen und, anstatt die Feststage zu feiern, einfach einen Urlaub draus zu machen. Keiner von uns hat besonders schöne Erinnerungen an das Weihnachtsfest, deshalb ist es für uns alle so viel einfacher.« Sie richtete sich auf, hob das Kinn ein wenig und starrte in die Ferne. Sie wollte Jeff nicht anschauen, nicht das Mitleid in seinen Augen sehen. Sie schämte sich für das, was sie ihm gerade erzählt hatte. Über ihre Vergangenheit redete sie selten. Selbst Kathy hatte sie nie erzählt, wie schlimm Weihnachten für sie immer gewesen ist.

Schließlich setzte Jeff wieder zum Reden an, und Haley war überrascht, dass kein Mitleid in seiner Stimme mitschwang. Ganz im Gegenteil – er klang beeindruckt.

»Deine Eltern haben wirklich Glück, so eine Tochter zu haben«, sagte er.

Sie sah ihn überrascht an. »Warum sagst du das?«

»Na, sieh dir doch mal an, wie sehr du sie liebst. Selbst als du noch jünger warst, hast du ihre Bedürfnisse vor deine gestellt. Du hast dir schon als Kind an Weihnachten Sorgen um deine Eltern gemacht, wo doch kein Kind eine solche Last je tragen sollte. Das ist wahre Liebe.«

Plötzlich wurde Haley von einer Welle der Gefühle erfasst. Sie wandte sich von Jeff ab, damit er nicht sehen konnte, wie sie mit den Tränen kämpfte. Es war, als drängten die Trauer und das Leid, die sie all die Jahre an Weihnachten erfahren und ganz tief in ihrem Innern verborgen hatte, vehement an die Oberfläche.

Um etwas Zeit zu gewinnen, sich wieder zu fangen, ging sie zu einer nahe stehenden Kiefer, ging in die Hocke und hob einen Zapfen auf, während sie darüber nachdachte, was Jeff darüber gesagt hatte, was Liebe wirklich bedeutet.

»Suchst du nach einem Weihnachtswunsch?«, fragte Jeff sie sanft und kam näher.

Sie sah den Kiefernzapfen in ihrer Hand an und kämpfte immer noch mit ihren Gefühlen. »Kann schon sein.« Sie streckte ihm den Zapfen entgegen. »Was hältst du von dem?«

Jeff nahm den Kiefernzapfen, betrachtete ihn von allen Seiten und schaute dann sie an. »Ich würde sagen: Der ist perfekt.«

Als sich ihre Blicke trafen, wurde ihr klar, dass er nicht scherzte. Sie stand auf, wandte ihm den Rücken zu und atmete tief durch. Dieser Gefühlsaufruhr war vollkommen neu für sie. So viel wirbelte ihr gleichzeitig durch den Kopf.

Als sie sich schließlich zu Jeff umwandte, sah sie, dass er ebenfalls einen Kiefernzapfen aufgehoben hatte.

Haley mühte sich, etwas zu sagen. »Und was machen wir jetzt damit?«

»Wir nehmen sie mit zurück und wünschen uns was zu Weihnachten.«

»Und das funktioniert?«

»In meiner Familie hat das Tradition. Wir machen das jedes Jahr.«

»Warte mal, heißt das, dass alle Zapfen in dem Korb beim Kamin …«

Jeff nickte. »Richtig. Das sind alles Weihnachtswünsche, die sich über die Jahre angesammelt haben.«

Haley dachte mit einem Lächeln an all die Dinge, die in diesem Gasthof eine besondere Bedeutung hatten. Die Deko war nicht einfach aus einem schicken Kaufhaus. Alle Schmuckstücke waren mit einer Erinnerung verbunden. Die Traurigkeit, die sie empfunden hatte, als sie ihre Kindheitserinnerungen zu Weihnachten durchgegangen war, wich langsam. Sie hoffte, dass sie wieder verschlossen an einem sicheren Ort lagerten, wo sie ihr nichts anhaben konnten. Sie sah den Kiefernzapfen in ihrer Hand an. »Ich habe noch nie einen Wunsch an einen Kiefernzapfen geschickt … oder sonst irgendwas in der Art gemacht.«

»Glaubst du an Weihnachtswünsche?«, fragte Jeff.

Sie holte tief Luft. »Ich würde gern daran glauben. Das würde ich wirklich gern …« Als er sie anlächelte, wurde ihr warm ums Herz, und es machte ihr Hoffnung.

»Ich finde, das ist ein guter Anfang«, sagte er. »Wir werden noch eine Gläubige aus dir machen.« Sie standen nebeneinander und genossen die Aussicht. »Wir sollten langsam zurückfahren.«

Haley nickte und sah ihm dann in die Augen. »Danke, dass du mit mir hierhergekommen bist.«

»Ich bin froh, dass es dir gefällt«, sagte er. »Ich weiß, mit einem Strand in der Karibik kann es nicht mithalten, aber für mich ist es was Besonderes.«

»Ich verstehe schon, warum. Hier oben in den Bergen, im Schnee, mit all den Bäumen und der wunderschönen Landschaft … Das ist ein wirklich magisches Winterwunderland«, sagte Haley. »Es ist wie ein Weihnachtstraum.«

»Fliegen deine Eltern wirklich gern in die Karibik?«

»Ja, zumindest denke ich das. Sie haben noch nie gesagt,

dass es ihnen nicht gefällt …« Sie verstummte, als ihr bewusst wurde, dass sie noch nie wirklich darüber gesprochen hatten. Alles, was sie gesagt hatten, war, dass sie gern Zeit mit ihr verbringen wollten.

Kapitel 26

Sobald sie wieder im Gasthof waren, eilte Haley hoch zu ihrem Zimmer, doch bereits auf halber Treppe blieb sie stehen und kehrte ins Wohnzimmer zurück, wo Jeff sich immer noch aufhielt. Er legte gerade den Kiefernzapfen, den er vom Star Peak mitgebracht hatte, in den Korb mit den anderen Zapfen beim Kamin.

»Jeff?«

Er sah überrascht auf.

»Ich wollte dich fragen ...« Sie rang um Worte. »Also, du kannst auch Nein sagen. Das wäre okay. Ich würde das voll verstehen. Ich dachte nur, hatte nur gehofft, dass ...«

»Spuck's schon aus, Haley.«

Sie holte tief Luft. »Tut mir leid. Also gut. Ich weiß, dass heute Abend noch eine Aktivität ansteht, und deshalb wird es bestimmt ziemlich spät, bis wir unsere Telefone und Computer wiederkriegen ...«

»Und?«, fragte Jeff.

»Darum habe ich überlegt, ob ich vielleicht mein Handy mal eben für zwei Minuten haben könnte. Ich wollte meine Eltern anrufen. Es ist kein Arbeitsgespräch, das verspreche ich, und ich verstehe es total, wenn ...«

Aber Jeff war schon hinausgegangen.

Haley vergrub das Gesicht in den Händen. Sie hatte es sich

wieder verdorben. Aber bevor sie sich noch weiter grämen konnte, war er zurück und reichte ihr das Handy.

»Danke«, sagte sie. »Ich mache nur einen Anruf. Ich bring's gleich zurück. Ich verspreche es …«

Jeff schmunzelte. »Ich glaub dir auch so.«

Haley sah ihm in die Augen. »Danke.«

»Fürs Handy?«

»Und, dass du mir glaubst.« Sie ging schnell in ihr Zimmer zurück und rief ihre Eltern auf FaceTime an.

Ihre Mutter ging ran und sah besorgt aus. »Hi! Liebes, ist alles in Ordnung?«

Haley lachte. »Warum denkt ihr immer, irgendwas würde nicht stimmen, wenn ich anrufe?«

Ihr Dad erschien im Display. »Weil wir wissen, wie beschäftigt du bist, und dir nicht viel Zeit bleibt, uns anzurufen. Also, ist alles in Ordnung bei dir?«

Haley lächelte ihnen zu. »Alles gut …«

»Oh, dann rufst du bestimmt an, um zu hören, ob wir schon die Flugtickets für die Karibik haben«, sagte Haleys Mom. »Mach dir keine Sorgen, sie sind gerade angekommen, und wir sind startklar. Wir können es kaum erwarten, dich zu sehen. Dein Dad hat sich sogar eine neue Badehose gekauft.«

Haley lachte. »Ich habe eigentlich angerufen, um euch schnell mal was zu fragen …« Als sie einen Moment zögerte, beugten sich ihre Eltern gemeinsam weiter vor, um sie besser sehen zu können.

»Was ist denn, Liebes?«, fragte Haleys Mutter.

»Sicher, dass alles in Ordnung ist?«, wollte ihr Dad noch einmal wissen.

Haley grinste breit, um ihren Eltern zu beweisen, dass alles in Ordnung war. »Ich verspreche euch, dass alles gut ist. Ich wollte euch nur mal fragen, wie es mit Weihnachten in der Karibik steht. Ich weiß, wir fahren da immer hin …«

»Damit du arbeiten kannst und wir trotzdem zusammen sind«, stellte Haleys Mutter fest.

»Genau«, sagte Haley. »Aber fliegt ihr auch gern über Weihnachten in die Karibik?«

Haleys Eltern tauschten einen raschen Blick aus.

»Liebes, solange wir Weihnachten mit dir verbringen können, sind wir zufrieden.«

»Wir wissen ja, wie beschäftigt du bist«, fügte ihr Vater hinzu.

Sie sah sich im Zimmer um, wie all die Engel sie anstarrten, und wusste, was zu tun war.

»Also, was würdet ihr denn sagen, wenn wir es dieses Jahr mal ein bisschen anders angehen lassen? Wie wär's denn, wenn wir einfach zu Hause feierten? Wir könnten einen Baum holen und Kekse backen …«

»Wirklich?« Haleys Mutter sah aus, als würde sie gleich in Tränen ausbrechen.

Haleys Vater legte den Arm um sie und schien ebenso angetan. »Das klingt wunderbar, Liebes. Es würde uns beiden sehr gefallen.«

Haleys Mutter nickte begeistert. »Das würde es, das würde es wirklich sehr …«

»Wir können es kaum erwarten, dich zu Hause zu sehen«, sagte ihr Dad. »Wir haben dich sehr vermisst.«

Jetzt hatte Haley mit den Tränen zu kämpfen. »Ich liebe euch beide.«

»Wir lieben dich auch«, sagten ihre Eltern unisono.

Haley küsste ihre Finger und hielt sie ans Display. »Bis bald.« Sie lächelte immer noch, als sie wieder hinunterrannte. Doch als sie das Wohnzimmer betrat, war nicht Jeff dort, sondern Ben. Er wirkte überrascht, sie mit ihrem Handy zu sehen.

»Nicht, was du denkst«, sagte sie, ging rasch auf ihn zu und reichte ihm das Handy. »Jeff hat es mir erlaubt, damit ich meine Eltern anrufen kann.«

Ben sah beunruhigt aus. »Alles in Ordnung?«

Haley lächelte. »Alles gut, sogar sehr gut. Wir verbringen diese Weihnachten zu Hause, meine Eltern scheinen richtig begeistert zu sein – und ganz ehrlich, ich bin es auch. Es wird eine nette Abwechslung werden.«

Ben sah sehr zufrieden aus. »Das heißt, du willst dieses Jahr tatsächlich Weihnachten feiern?«

Haley nickte. »Ich denke mal, dieses Jahr schon. Weißt du, wo Jeff ist? Ich wollte es ihm erzählen. Er ist derjenige, der mich auf die Idee gebracht hat, mit meinen Eltern darüber zu reden.«

»Ich glaub, Blake und Madison haben ihn breitgeschlagen, mit ihnen in die Stadt zu fahren. Sie wollten unbedingt den Eissalon ausprobieren, wo du mit Gail warst.«

Haley versuchte, ihre Enttäuschung zu verbergen. »Dann werde ich es ihm einfach später erzählen.«

»Ich könnte wetten, dass Laura fürs Abendessen Hilfe in der Küche braucht, falls du Lust dazu hast.«

Haley lachte. »Ich glaub ja nicht, dass ich eine große Hilfe für sie bin, aber ich geh mal gucken, ob ich irgendetwas tun kann.«

Es stellte sich heraus, dass Haley in der Küche von großem Wert war, denn Laura ließ sie die Kartoffeln schälen und das Gemüse für eine hausgemachte Truthahn-Gemüse-Brühe schnippeln. Was Haley noch mehr überraschte, war, dass es ihr Spaß machte, Laura behilflich zu sein. Sie hatte das Gefühl, wirklich etwas geleistet und vollbracht zu haben, indem sie lernte, wie man etwas ganz ohne Fertigprodukte zubereitet. Sie war gerade mit der Suppe fertig, als Jeff auf der Suche nach einem Happen in die Küche kam. Er wollte sich eben einen Keks nehmen, doch Laura schlug ihm auf die Finger.

»Das Abendessen ist fast fertig«, schalt sie ihn.

Haley lachte. »Und warst du nicht gerade mit Blake und Madison Eis essen?«

Jeff sah sie ungläubig an. »Ist das dein Ernst? Du verrätst mich, nachdem ich dir erlaubt habe, dein Handy zu benutzen?«

Jetzt war es Laura, die überrascht aussah. Sie wandte sich an Haley. »Er hat dich dein Handy benutzen lassen? Obwohl das vollkommen gegen die Regeln verstößt? Regeln, die er sonst so gern durchdrückt?«, sagte sie und bedachte Jeff mit einem spöttelnden Blick.

Haley ging sofort darauf ein. »Das ist wirklich unglaublich, in Anbetracht der Tatsache, dass er doch bei der Christmas Camp-Polizei ist …«

»Ihr zwei seid wirklich irre witzig«, gab Jeff zurück. Doch dann schien er ganz zufrieden, weil es ihm gelungen war, einen Butterkeks in die Finger zu bekommen. Er wollte gerade genüsslich hineinbeißen, da entriss ihm Laura den Keks und hielt ihm stattdessen einen Apfel hin.

»Hey, was soll das?« Er versuchte, den Keks wieder zu ergattern, doch Laura war schneller.

Haley lachte. »Du weißt doch, was man sagt: Ein Apfel am Tag, hält den ...«

»Geist der Weihnacht fern!«, beendete Jeff den Satz für sie. »Ich will meinen Keks wiederhaben!«

Laura und Haley lachten.

❄
❄ ❄

Die anderen blickten ängstlich drein, als Laura ihnen beim Abendessen erzählte, dass Haley die Suppe zubereitet hatte, doch Jeff setzte sich für sie ein.

»Hey, ich habe davon probiert, und ich kann euch sagen, die schmeckt gar nicht schlecht.«

Haley schenkte Jeff ein Lächeln. »Danke. Vielleicht gestehen dir Laura und ich doch einen Nachtisch zu.«

Jeff lachte. »Mit Leckereien bin ich immer leicht rumzukriegen.«

»Du und Max, gut zu wissen«, sagte Haley.

Gegen Ende des Essens stand Ben auf und erhob sein Weinglas. »Lasst uns auf Haley und Laura anstoßen und auf das köstliche Mahl, das sie für uns zubereitet haben. Auf ein weiteres ganz besonderes Festtagsessen.«

Alle erhoben ihre Weingläser, außer den Teenagern, die ihre Wassergläser hochhielten.

»Zum Wohl!«, sagte Ben und stieß mit Gail, Susie, Ian, John, Jeff und zuletzt mit Haley an. Er sah ihr in die Augen und sagte. »Gut gemacht. Ich glaube, du fängst langsam an ...«

»Mein ungeahntes Kochtalent zu entdecken?«, beendete Haley den Satz für ihn.

Ben schmunzelte. »Das auch.« Er wandte sich an die anderen. »Was uns zu unserer nächsten Christmas Camp-Aktivität führt, bei der Laura uns helfen wird.«

Während er sich wieder setzte, stand Laura auf. »Als Allererstes möchte ich mich bei euch bedanken. Es macht mir großen Spaß, für euch zu kochen, weil ihr es so zu schätzen wisst …«

»Wir lieben deinen Kuchen«, grinste Madison sie an.

»Wirklich wahr«, pflichtete Blake ihr bei.

Alle lachten und stimmten ihnen zu.

»Und erst deine Kekse!«, schloss Jeff sich an. »Selbst wenn du immer versuchst, sie vor mir zu verstecken.« Dabei sah er Haley vorwurfsvoll an, die ganz unschuldig tat.

Laura errötete ein wenig von all dem Lob. »Ich bin so froh, dass es euch schmeckt und ihr es genießt. Ihr wisst ja, Weihnachten ist die Zeit, wo Familie und Freunde zusammenkommen und gemeinsam speisen. Und diese Speisen werden ein Teil unserer Weihnachtsbräuche.«

Ben stand wieder auf. »Und deshalb sollt ihr alle Laura dabei helfen, für morgen Abend ein ganz besonderes Weihnachtsmenü zusammenzustellen, da das auch unser letzter Abend zusammen und unser letztes gemeinsames Mahl sein wird.«

Haleys Lächeln verblasste ein wenig. Eigentlich hätte sie erleichtert sein sollen, dass das Christmas Camp bald vorbei war, aber stattdessen war sie … traurig.

Es lag bestimmt daran, dass sie immer noch keinen Plan für ihre Präsentation der Tyler Toys-Kampagne hatte und sie einfach wegen der Arbeit unter Druck stand, versuchte sie sich einzureden. Doch als sie flüchtig zu Jeff hinübersah, wusste sie, dass dies nicht der einzige Grund für ihre Traurigkeit war. Sie konnte es nicht leugnen, sie fühlte etwas für ihn. Was genau, dessen war sie sich nicht sicher, und es machte ihr Angst, zu viel darüber nachzudenken. Sie hatte ihm mehr über sich und ihre Vergangenheit erzählt, als den meisten anderen, und sie wusste, dass es etwas zu bedeuten hatte, aber sie war sich nicht sicher, was.

Laura nahm Stift und Notizbuch zur Hand. »Also, lasst uns mal anfangen. Madison und Blake, was esst ihr am liebsten an Weihnachten?«

Noch bevor die Teenager etwas sagen konnten, meldete sich ihr Vater. »Madison mag am liebsten die Brötchen. Als sie noch klein war, wollte sie gar nichts anderes.« Lächelnd erinnerte sich John daran. »Und Blake mag am liebsten Süßkartoffeln.«

»Dad! Ich ess gar keine Brötchen mehr. Zu viele Kohlenhydrate!« Madison sah ihren Dad an, als fragte sie sich, ob er noch ganz bei Trost sei.

»Und ich mag inzwischen lieber Kartoffelbrei als Süßkartoffeln«, sagte Blake.

Johns Lächeln erlosch. Jetzt sah er eher verlegen aus. »Oh, okay, gut zu wissen. Brötchen und Süßkartoffeln werden gestrichen. Dieses Jahr kaufen wir Kartoffelbrei ein.«

Madison lachte. »Dad, Kartoffelbrei kauft man nicht, den macht man selbst.«

John bekam große Augen. »Verstanden. Dann machen wir natürlich welchen selbst.«

Laura warf ihm einen Blick zu, der besagte: tapfer sein, und richtete ihre Aufmerksamkeit dann auf Susie und Ian. »Und wie steht's mit euch beiden? Was sind eure Lieblingsspeisen beim Weihnachtsessen?«

»Bei meiner Familie gibt's immer Truthahn«, sagte Susie lächelnd.

»Und bei uns gibt's meistens was Italienisches. Lasagne oder Cannelloni«, fügte Ian hinzu.

Susie schüttelte den Kopf. »Du bist doch gar kein Italiener.«

»Aber bei uns hat das Tradition.«

Susie und Ian sahen sich an, als gäbe es da noch eine Menge zu ergründen.

»Wer will als Nächstes?«, fragte Laura.

Gail streckte die Hand. »Ich mache immer eine besondere Preiselbeersauce für meinen Sohn. Die mag er am liebsten.«

»Und meine Mom macht den besten Kuchen«, fiel Susie ein.

John sah seine Kids begeistert an. »Und Apfel ist unser Lieblingskuchen, stimmt's?«

»Kürbis«, erklang es einhellig.

»Ich geb's auf!« John spielte den Verzweifelten und vergrub das Gesicht in den Händen.

»Apfel ist *dein* Lieblingskuchen, nicht unserer«, sagte Blake.

John hob den Kopf. »Na, seht euch das mal an. Selbst das habe ich vergessen.«

Die Teenager brachen in Gelächter aus, und John stimmte ein.

Laura richtete sich an Haley. »Also gut. Haley, wie steht's mit dir?«

Haley sah von Jeff zu Ben, bevor sie antwortete. »Also, ganz ehrlich, ich habe schon eine ganze Weile kein traditionelles Festtagsmenü mehr gehabt ...«

»Wie war das denn, als du klein warst? Kannst du dich an was erinnern?«

Haley versuchte nachzudenken, und dann fiel ihr das eine Mal ein, als ihre Mutter eine Füllung gemacht hatte. Sie hatten zwar keinen Truthahn gehabt, aber ihre Mutter hatte die Füllung aus der Packung zubereitet. »Füllung! Wir hatten Füllung«, sagte sie stolz.

»Füllung, perfekt. Magst du das mit der Soße vom Truthahn?«, fragte Laura.

»Wir hatten die Soße wahrscheinlich aus der Dose, falls wir überhaupt welche hatten«, sagte Haley. »Aber ich bin mir sicher, die Soße vom Truthahn passt super.«

»Ich liebe Truthahnsoße«, sagte Gail.

»Ich auch«, sagte Susie und sah Ian an. »Keine Angst, du kannst die Soße auch über dein italienisches Gericht gießen.«

Alle lachten.

»Also gut, hört sich so an, als hätten wir das Weihnachtsmenü beisammen«, sagte Ben. »Ich weiß, der Tag war lang, also lass ich euch jetzt in Ruhe. Für heute Abend stehen keine weiteren Aktivitäten mehr an. Nehmt euch Zeit zum Entspannen und genießt den vorletzten Abend hier, und Haley? Ja, du kannst jetzt deinen Computer und dein Handy wiederhaben.«

Haley versuchte, unschuldig dreinzublicken. »Ich habe doch gar nichts gesagt.«

»Aber du warst kurz davor.« Jeff lächelte ihr zu.

»Bin ich so vorhersehbar?«, fragte sie.

»Ja!«, sagten alle gleichzeitig.

Als Haley lauthals zu lachen anfing, stimmten alle anderen mit ein.

❄
❄ ❄

Ein wenig später sprach sie mit Kathy über FaceTime und ging dabei in ihrem Zimmer auf und ab.

»Dann bist du in zwei Tagen also wieder da. Das müssen wir unbedingt feiern«, sagte Kathy und führte zur Feier einen kleinen Tanz auf.

Haley zwang sich zu einem Lächeln. »Klingt gut.«

Kathy beäugte sie misstrauisch. »Was ist los? Du solltest mittanzen. Du hast deine Weihnachtsgefängnisstrafe bald hinter dir …«

»So schlimm war's gar nicht.«

Jetzt war Kathy wirklich verblüfft. »Was? Was meinst du denn damit, es war gar nicht so schlimm? Dort ist durchgehend Weihnachten, und du feierst das normalerweise gar nicht. Da steckt dieser Kerl dahinter, stimmt's? Der Sohn des Besitzers. Du hast doch gesagt, dass du dich von ihm fernhalten und dich auf die Arbeit konzentrieren willst. Und was ist passiert?«

»Nichts … alles. Ich weiß es nicht«, sagte Haley noch verwirrter als sonst schon.

Kathy atmete tief durch. »Okay, dann sag wenigstens, dass du deine Tyler Toys-Präsentation fertig hast, weil Tom seine seit gestern fertig hat, und auch wenn ich es nicht gern sage, das, was ich bisher davon gesehen habe, ist ganz schön beeindruckend.«

Haley schaute aus dem Fenster und sah Jeff zu, wie er mit Max spielte.

»Haley, bist du noch da?«

»Tut mir leid, ich bin hier.«

»Was hast du dir denn vorgenommen, womit du Tom schlagen willst?«, fragte Kathy.

Als Haley den Blick abwandte, riss Kathy die Augen auf. »Du bist immer noch nicht fertig? Aber in ein paar Tagen ist die Präsentation …«

»Ich weiß«, schrie Haley ins Telefon und schämte sich sogleich dafür. »Tut mir leid. Ich weiß nicht, was mit mir los ist. Ich habe mich noch nie mit einer Kampagne so schwergetan. Jetzt habe ich frei und kann arbeiten und werde mich gleich dransetzen und etwas zusammenstellen. Du weißt ja, dass ich unter Druck am besten arbeiten kann.«

»Okay, aber wenn du willst, dass ich ein Storyboard für deine Präsentation erstelle, musst du mir bald mal ein paar Ideen rüberwachsen lassen. Irgendwas. Sonst krieg ich das nicht mehr rechtzeitig hin.«

»Kapiert. Ich verspreche dir, dass ich dir heute Abend noch was schicken werde. Ich habe schon ein paar Ideen, ich muss sie nur noch unter Dach und Fach bringen.«

»Also gut, dann will ich dich nicht länger aufhalten. Fang an! Schick mir eine Nachricht, wenn du was abgesendet hast.«

»Dank dir, ich bin dran. Bis bald.« Haley legte auf und setzte sich entschlossen auf ihr Bett, öffnete den Laptop und rief die Datei mit ihren Ideen zur Tyler Toys-Kampagne auf. Ihre Finger schwebten über der Tastatur. Sie kniff die Augen zusammen und zwang sich zu einem großartigen Einfall.

Doch als nach ein paar Minuten immer noch nichts bei ihr angekommen war, stand sie wieder auf, ging zum Fenster und sah hinaus, wo Jeff und Max immer noch herumtollten. »Geh wieder an die Arbeit«, befahl sie sich selbst. »Du musst dir was einfallen lassen, ganz gleich was.« Sie stapfte zurück zu ihrem Laptop, nahm ihn und setzte sich damit an den kleinen Schreibtisch. Sie schob einen Engel beiseite, um Platz für den Laptop zu machen. »Also gut, jetzt aber mal ran.« Auch nachdem sie sich kerzengerade aufgerichtet und zu einem Lächeln gezwungen hatte, fiel ihr nichts ein, und sie starrte verzweifelt den Engel an. »Ich brauche Hilfe.«

Sie sprang auf und holte die Einkaufstüte mit der Tyler Toys-Puppe aus dem Schrank, die sie für Anna gekauft hatte. Sie setzte die Puppe neben den Engel, trat einen Schritt zurück und starrte sie an. »Also gut, ihr beiden. Helft mir dabei, etwas Herausragendes für diese Weihnachtspräsentation zu finden. Es muss traditionsbewusst, gefühlvoll, authentisch, bezaubernd und bestechend sein.« Haley griff nach der Tyler Toys-Puppe und dem Engel. »Es muss eine Liebeserklärung an Weihnachten werden.« Sobald sie es laut gesagt hatte, ging ein Leuchten über ihr Gesicht. Sie hatte eine Idee! Aufgeregt ging sie zum Schreibtisch zurück und setzte die Tyler Toys-Puppe wieder neben den Engel. Als ihre Finger daraufhin nur so über die Tasten flogen, wusste sie, dass sich etwas Großartiges anbahnte. Es wurde ihr noch nicht einmal bewusst, dass sie angefangen hatte zu summen: »*Hark! The Herald Angels Sing*« …

Nachdem sich Haley einige Stunden später schließlich von ihrem Laptop losgerissen hatte, spazierte sie ins Wohnzimmer auf der Suche nach Ben und fand dort stattdessen Gail vor, die beim Kamin saß und einen roten Schal strickte.

»Der ist wirklich hübsch«, sagte Haley und bewunderte das Werk.

»Strickst du auch?«, fragte Gail.

Haley lachte. »Ich wünschte, ich hätte Zeit für so was. Ich habe noch nicht mal Zeit, einen Schal im Internet zu bestellen.«

»Ich zeig dir gern, wie's geht, wenn du willst. Es ist ganz einfach und sehr entspannend.«

»Dank dir, das ist wirklich nett. Ich suche eigentlich Ben. Weißt du, wo er ist?«

»Ich glaub, er ist in der Bibliothek.«

»Super. Ich werde mal nach ihm sehen. Viel Spaß noch beim Stricken.«

Als sie einen Moment später den Kopf zur Tür der Bibliothek hereinstreckte, war Ben gerade dabei, ein paar Bücher zurückzustellen.

»Gail hat gesagt, dass du wahrscheinlich hier bist ...«

»Haley! Was kann ich für dich tun? Bist du schon fertig mit deiner Arbeit?« Bens Augen funkelten, es war klar, dass er sie aufzog.

»Woher hast du denn gewusst, dass ich arbeite?«

»Weil es das ist, was du in deiner Freizeit immer machst.«

»Also gut, stimmt. Aber ich habe an meiner Weihnachtspielzeugpräsentation gearbeitet, und dabei geht es um nichts anderes als um Weihnachten. Das sollte es ein wenig besser machen.«

Ben lachte. »Was auch immer du dir einreden willst. Also, was kann ich für dich tun?«

Haley streckte ihm die offene Hand entgegen. Darin lag der Kiefernzapfen, den sie beim Star Peak gefunden hatte.

Ben sah sie verwundert an.

»Der ist vom Star Peak. Es ist ein Weihnachtswunschzapfen«, sagte sie.

Jetzt sah Ben noch erstaunter aus. »Da ist Jeff heute mit dir gewesen?«

Sie nickte. »Überrascht dich das?«

»Ja. Star Peak ist ein ganz besonderer Ort für uns. Soweit ich weiß, war er noch nie mit jemand anderem dort.«

»Wirklich?«

»Aber ich bin froh, dass er mit dir dort war.«

Haley reichte ihm den Kiefernzapfen.

»Was soll ich damit? Ich dachte, das sei dein Weihnachtswunschzapfen.«

»Ist es auch«, sagte Haley. »Und es ist mein Weihnachtswunsch, dass dein Wunsch in Erfüllung geht. Du bist immer für uns alle da und deshalb wollte ich dir auch was geben, was auch immer du dir wünschst.«

Ben sah gerührt aus. »Das bedeutet mir sehr viel, Haley. Danke.« Er tätschelte ihr den Rücken. »Sieht ganz so aus, als ob du sie gefunden hättest …«

»Was? Die Kiefernzapfen?«

»Nein«, sagte Ben mit einem Lächeln. »Deine weihnachtliche Gesinnung.«

Kapitel 27

Als Haley in ihr Zimmer zurückkam, wartete da bereits einer auf sie: Max. Er saß ganz geduldig da, mit der Leine im Maul, und wedelte mit dem Schwanz. Haley konnte sich das Lachen nicht verkneifen. »Also gut, du hast gewonnen. Dann gehen wir eben mal schnell raus.« Als sie sich zu ihm hinunterbeugte, um ihn zu streicheln und die Leine festzumachen, erwischte er sie unvorbereitet und leckte ihr glücklich übers Gesicht. Sie machte einen Satz rückwärts. »Ihhh, lass das. Doch nicht das Gesicht!« Sie wischte sich mit dem Handrücken übers Gesicht und behielt dabei Max im Auge. »Das war hinterhältig. Versuch das nicht noch mal. So nah sind wir uns nicht.«

Max bellte, wedelte mit dem Schwanz und trottete den Flur hinunter, wobei er die Leine hinter sich herzog.

»Warte, ich komm ja schon.« Haley beeilte sich, hinter ihm herzukommen.

Sobald sie hinaustraten, verschlug es Haley in der eiskalten Nachtluft den Atem. Sie zog den Mantel enger und wickelte sich Jeffs Schal um den Hals. Sie würde ihn nur sehr ungern zurückgeben. Er war so kuschelig und warm und von allen ausgeliehenen Wintersachen war er zu ihrem Lieblingsteil geworden. Als Max sie um die Ecke zog, trafen sie hinter dem Gasthof unerwartet auf Gail, die zum Himmel hinaufsah.

»Hi«, rief Haley. »Und ich dachte, wir wären die einzigen

Verrückten, die sich heute Nacht hier rauswagen. Die Temperatur ist ganz schön gefallen.«

Gail lächelte, als sie sie sah. »Ja, wirklich. Ich glaube, sie haben gesagt, dass es heute Nacht bis zu minus fünfzehn Grad kalt werden soll.«

»Das bedeutet wahrscheinlich auch, dass es zu kalt ist für mehr Schnee. Ich hoffe, das bleibt auch so, damit wir, wenn das Christmas Camp in zwei Tagen vorbei ist, auf der Heimfahrt keine Probleme kriegen.«

Gail sah Haley traurig an. »Ich kann nicht glauben, wie schnell die Woche rumgegangen ist.«

Haley nickte. »Ich weiß, mein Abgabetermin erinnert mich immer wieder daran, wie schnell die Zeit vergeht.«

»Wie weit bist du denn damit?«, fragte Gail.

Haley grinste. »Ich glaube, meine Präsentation steht jetzt. Ich schicke sie noch heute Nacht an meine Freundin Kathy. Das ist unsere Graphikdesignerin, und sie hilft mir dabei, noch alles rechtzeitig unter Dach und Fach zu kriegen, hoffe ich wenigstens.«

»Glaubst du, dass dir die Zeit im Christmas Camp dabei geholfen hat?«

»Absolut«, entgegnete Haley, ohne nachzudenken, was sie selbst überraschte. Sie warf einen Blick auf den Gasthof. »Mir wird das hier sogar fehlen. Das hätte ich nie gedacht, als ich vor noch nicht mal einer Woche hier angekommen bin.«

Gail lachte und sah zu Max hinunter. »Ich glaube, Max wirst du auch fehlen.«

Haley bückte sich, um Max zu streicheln, doch als er versuchte, ihr wieder das Gesicht abzulecken, sah sie ihn streng an. »Darüber haben wir uns doch schon unterhalten, Max. Denk noch nicht mal dran.«

Gail lachte. »Siehst du, wie sehr er dich mag?«

»Der mag mich nur, weil ich immer wieder mit ihm rausgehe.«

»Ich glaube, es steckt noch mehr dahinter«, sagte Gail. »Hunde erkennen ganz genau, wer ein guter Mensch ist.«

Haley hielt Max mit beiden Händen die Ohren zu. »Sag ihm nichts davon, ich will nicht, dass es ihm zu Kopf steigt. Aber es ist wahr, ich werde ihn tatsächlich vermissen.« Sie nahm Max die Hände von den Ohren und umarmte ihn kurz. »Du bist ein guter Hund, nicht wahr, Max?« Noch bevor Haley ihn zurückhalten konnte, leckte er ihr übers Gesicht. »Ist das dein Ernst?« Sie hob abwehrend die Hände hoch. »Ich nehme sofort alles wieder zurück, vor allem das mit dem guten Hund.«

Als Max daraufhin noch wilder mit dem Schwanz wedelte, musste Gail lachen. »Danke, ihr beiden, dass ihr mich aufgemuntert habt.«

Haley zeigte sich umgehend besorgt. »Was ist denn los?«

Gail winkte nur ab und versuchte zu lächeln, aber Haley fiel auf, dass das Lächeln nicht bis zu ihren Augen reichte. »Ich habe einfach nichts von Ryan gehört, und ich weiß, ich sollte mir deshalb keine Sorgen machen. Er unterliegt ziemlich strengen Sicherheitsmaßnahmen bei der Armee, und er ist ständig in irgendeiner Mission unterwegs, von daher weiß ich ja, dass er nicht immer anrufen oder mailen kann, aber trotzdem …«

Haley legte den Arm um sie. »Das ist schwer. Ich kann mir das gar nicht vorstellen.« Sie sah zum Himmel hinauf. »Aber er hat eine Menge Leute, die auf ihn aufpassen, nicht wahr?«

Gail lächelte ein wenig, während sie Haleys Blick zum Himmel folgte. »Das hat er. Da hast du recht. Danke, dass du mich dran erinnert hast.«

Haley fröstelte. »Das wird aber richtig kalt jetzt. Sollen wir reingehen?«

Gail zog den Reißverschluss an ihrem Mantel noch ein Stück höher. »Ich glaube, ich bleibe noch einen Moment hier draußen.«

Haley nahm Jeffs Schal ab und legte ihn ihr eng um den Hals. »Dann brauchst du den hier, bis du deinen Schal fertig gestrickt hast.«

»Oh, danke«, sagte Gail und kuschelte sich in den Schal. »Der Schal, den ich stricke, wird ein Weihnachtsgeschenk.«

»Schönes Geschenk«, sagte Haley.

»Ich hoffe es.« Gail bewunderte den Schal, den Haley ihr umgelegt hatte. »Das ist ein wunderbarer Schal.«

»Der gehört mir gar nicht. Jeff hat ihn mir geliehen.«

Als Gail vielsagend lächelte, hob Haley die Augenbrauen. »Da ist wieder dieser Blick von dir«, sagte sie. »Ich weiß, was du von Jeff und mir denkst.«

»Es gibt da einen Jeff und dich?«, Gails Grinsen wurde breiter.

»Wie bitte? Nein.« Haley wollte sich schnell korrigieren. »Ich wollte sagen ... Oh, vergiss es, mein Hirn ist schon eingefroren. Ich geh jetzt rein. Wie wär's, wenn ich Max hier bei dir lasse? Er kann dir Gesellschaft leisten.« Sie reichte Gail die Leine.

»Gute Idee. Danke«, sagte Gail und sah zu Max hinab. »Und mir darfst du auch das Gesicht ablecken, so viel du willst.«

Haley schüttelte den Kopf. »Max, du bist der verwöhnteste Hund, den ich kenne. Ich seh euch drinnen.« Als sie ins Haus zurückging, kam ihr die Nachtluft noch eisiger vor. Aus Gewohnheit wollte sie sich Jeffs Schal umschlingen, doch da fiel ihr ein, dass sie ihn Gail gegeben hatte, und sie vermisste ihn augenblicklich, ebenso wie sie viele andere Christmas Camp-Dinge vermissen würde.

Drinnen schaute sie sich nach Ben um. Sie hatte noch ein paar kurze Fragen zum Franchising an ihn, die ihr nachträglich gekommen waren. Soeben wollte sie die Bibliothek betreten, als sie Ben und Jeff, die anscheinend in eine hitzige Debatte verstrickt waren, von drinnen hörte. Sie wollte die beiden nicht stören und war gerade dabei, wieder kehrtzumachen, da hörte sie, wie Jeff ihren Namen erwähnte, und blieb stehen. Es war ihr klar, dass sie einfach weitergehen sollte, dass sie das Ganze nichts anging, doch als abermals ihr Name fiel, konnte sie nicht anders. Sie schlich sich um die Ecke, wo sie sie nicht sehen konnten, sie jedoch immer noch alles hörte.

»Haley hat mir erzählt, dass du sie mit hoch zum Star Peak genommen hast«, sagte Ben.

»Stimmt. Wir waren nur kurz oben. Sie hat ein wenig Inspiration für ihre Arbeit gebraucht.«

»Ich glaube, es hat funktioniert. Sie hat mir ihren Weihnachtswunschzapfen gebracht und gesagt, dass es ihr Wunsch sei, dass meiner in Erfüllung geht.«

Haley linste um die Ecke, weil sie sehen wollte, wie Jeff darauf reagierte, und war zufrieden, dass er beeindruckt schien.

»Wow, das war wirklich nett von ihr«, sagte er.

»Es war sehr fürsorglich«, sagte Ben. »Und jeder hier weiß, was ich mir für dieses Jahr wünsche … eine Lösung, wie ich das Inn retten kann.«

Jeff sah frustriert aus. »Dad, du weißt doch ganz genau, dass das nicht möglich ist. Was jedoch möglich ist, ist, das Inn zu einem ordentlichen Preis zu verkaufen und mit mir in Boston ein neues Kapitel aufzuschlagen. Ich weiß, dass wir erst nach dem Christmas Camp darüber sprechen wollten, aber es bleibt nur ein Tag, und uns läuft die Zeit davon. Lass mich dir mal was zeigen.«

Haley sah zu, wie Jeff zum Schreibtisch ging, einen braunen Briefumschlag nahm und ihn seinem Dad reichte.

»Was ist das?« Ben schien sich nicht sicher, ob er es wirklich wissen wollte.

»Mach es auf und guck dir's an«, sagte Jeff.

Ben zog ein paar Fotos heraus, und Jeff kam rasch zu ihm herüber, damit sie sie gemeinsam betrachten konnten. »Wir haben gerade Aufnahmen von unseren Wohnungen am Wasser gemacht. Demnächst stellen wir sie auf unsere Webseite. Sind sie nicht großartig?«

Ben war beeindruckt. »Ja, das sind sie. Da hast du ganze Arbeit geleistet, die alte Wharf ist erhalten geblieben und zugleich ist etwas Modernes entstanden, wo die Leute gern leben möchten.«

»Leute wie du, hoffentlich.«

Als Haley sah, wie Bens Lächeln gefror, fühlte sie sich schlecht – für Ben und für Jeff.

Doch Jeff plapperte munter weiter. »Die Eckwohnung ist noch frei. Ich dachte, wenn das Christmas Camp vorbei ist, könnten wir sie uns zusammen ansehen. Es gibt auch einen tollen Swimmingpool und einen Fitnessraum, und es ist nur etwa anderthalb Kilometer von meiner Wohnung entfernt, so dass du sogar zu Fuß zu mir kommen könntest. Dann könnten wir viel mehr Zeit zusammen verbringen.«

Haley lehnte sich wieder gegen die Wand. Sie konnte das nicht mehr länger mit ansehen. Es war zu schwer zu ertragen, dass Jeff so begeistert davon war, seinen Vater nach Boston zu holen, wo sie doch genau wusste, dass Ben etwas ganz anderes vorhatte und dass sie nun ein Teil des Vorhabens war.

In dieser Nacht drehte und wälzte sie sich in ihrem Bett. Sie stellte sich immer wieder vor, wie morgen der letzte Tag des Christmas Camps war und ihr letzter Tag mit Jeff. Das Letzte, was sie sah, bevor sie endgültig die Augen schloss, war der Engel auf ihrer Kommode, der von dem durch das Fenster fallenden Mondlicht hell erleuchtet wurde.

❄
❄ ❄

Das Wetter spielte mit bei ihrem letzten Tag im Christmas Camp im Holly Peak Inn. Die Sonne strahlte, und es war keine Wolke am Himmel zu sehen.

Nach einer quasi schlaflosen Nacht war Haley mit der Sonne aufgestanden. Sie hatte bereits geduscht und sich angezogen und arbeitete an den letzten Feinheiten ihrer Tyler Toys-Kampagne. Neben ihr auf dem Bett lag Max. Er hatte sich gemütlich ausgestreckt und sah ihr beim Arbeiten zu. Sie hatte ihn zu sich aufs Bett gelassen, weil er so traurig wirkte, als er hereinkam, ganz als wüsste er, dass sie abreiste. Haley überflog noch ein letztes Mal ihr Konzept für die Tyler Toys-Präsentation und sah dann Max an. »Ich hab's geschafft, und es ist gut geworden. Richtig gut sogar!« Sie fügte ihren Vorschlag in die E-Mail an

Kathy und drückte dann mit einer überschwänglichen Geste auf *Senden*.

»Fertig«, sagte sie zu Max und strich ihm durch das Fell. »Erledigt. Kann schon sein, dass es auf den letzten Drücker war, aber ich habe doch noch eine Kampagne hingekriegt, von der ich überzeugt bin, dass sie Tyler Toys gefallen wird, und jetzt kann ich diesen letzten Tag hier einfach entspannen und genießen, was immer im Christmas Camp noch passieren mag.«

Sie nahm ihr Handy und schickte Kathy eine Nachricht: *Tut mir leid, dass es so lang gedauert hat. Guck mal, ob du ein Weihnachtswunder vollbringen kannst.*

Ein entsetztes Emoji, war alles, was sie zur Antwort bekam.

Haley lachte. Sie wusste, Ben würde stolz auf sie sein. Sie konnte endlich zu hundert Prozent am Christmas Camp teilnehmen.

»Max, lass uns frühstücken gehen«, sagte sie, und Max sprang auf und rannte zur Tür, wo er auf sie wartete, bis sie so weit war. Dann gingen sie nebeneinander den Flur entlang.

Als sie unten in die Küche kamen, war das Erste, was Haley ins Auge sprang, die Tafel. Der Countdown stand nun bei neun Tagen bis Weihnachten. Und das Motto des Tages war: *Inspiration*.

»Also ich fühle mich inspiriert, mich auf die Suche nach was zu essen zu machen. Wie sieht's mit dir aus, Max?«

Er bellte zustimmend.

Sie sah sich um und fand schließlich seine Leckerlis in – wie könnte es anders sein? – einer Keksdose mit einem Hund darauf, der genauso aussah wie Max, nur dass dieser eine Weihnachtsmannmütze aufhatte. Gerade als sie Max ein Leckerli gab, kam Laura herein.

»Guten Morgen, Haley und Max«, sagte sie ganz besonders munter. »Seid ihr beide hier, weil ihr mir beim Frühstückmachen helfen wollt?«

Haley sah zu Max, und beide sahen Laura an. »Ich weiß nicht, ob wir Frühstück *machen* wollen, aber wir haben beide Hunger und wollten uns einen Happen zum Frühstück holen.«

Laura ging zum Kühlschrank, nahm einen Karton Eier heraus und hielt ihn Haley hin. »Je früher wir mit dem Frühstückmachen anfangen, desto schneller kriegt ihr was zu essen. Wie klingt das?«

Max bellte zur Antwort.

»Max hat gesprochen«, sagte Laura und gab ihm noch ein Leckerli. »Also lasst uns anfangen.«

Wenig später kam Jeff in die Küche. Da war Haley bereits dabei, die Eier aufzuschlagen wie ein Profi. Sie sah ihn mit stolzer Miene an.

Jeff schien beeindruckt. »Wow! Erst Weihnachtskekse, dann Suppe und jetzt Frühstück. Wer hätte gedacht, dass du so ein Allroundtalent in der Küche bist?«

»Ich? Ganz bestimmt nicht«, lachte Haley. »Aber mit einer ausgezeichneten Lehrerin wie Laura, fällt es schwer, nichts zu lernen. Und trotzdem, spar dir deine Komplimente besser für später auf, wenn du davon gekostet hast.«

Jeff kam zu Haley herüber, guckte in die Schüssel und wollte wissen, wie es voranging. »Ich habe Vertrauen in dich. Das wird bestimmt ganz prima.«

Statt einer ihrer üblichen Witze zu reißen, beschloss Haley, das Kompliment mit einem Lächeln anzunehmen.

Als Jeff eine der Zimtschnecken, die Laura gerade mit Guss

bestrich, stibitzen wollte, schlug sie ihm die Hand weg und gab ihm stattdessen einen Apfel.

Anstatt sich mit ihr zu streiten, biss er kräftig hinein. »Also, Haley, ich habe mit dem Bauleiter gesprochen, den ich deinen Eltern empfohlen hatte, und er sagt, dass alles glatt läuft.«

Haley strahlte ihn an. »Ja, ganz herzlichen Dank. Sie haben mir heute Morgen gemailt und dasselbe gesagt. Wir sind dir alle sehr, sehr dankbar.«

»Ich bin wirklich froh, dass es so gut läuft«, sagte Jeff.

»Es könnte sogar sein, dass es zu gut läuft.«

»Was meinst du denn damit?«, fragte er und biss wieder in seinen Apfel.

»Na ja, jetzt, wo meine Eltern einen Bauleiter gefunden haben, dem sie vertrauen können, wollen sie noch mehr renovieren.«

»Und ist das schlecht?«

»Es ist teuer«, antwortete Haley. Und ich bin noch nicht befördert worden. »Es bedeutet außerdem eine Menge Zeit und Arbeit.«

»Das bedeuten die besten Dinge meistens«, sagte Jeff und erwiderte ihren Blick.

Einen Moment lang vergaß Haley ganz, was sie machte, und schlug die Eier so fest auf, dass die Mischung über den Schüsselrand spritzte. »Huch!« Sie beeilte sich, das Verkleckerte aufzuwischen. »Tut mir leid, ich bin offensichtlich doch noch ein Neuling auf dem Gebiet. Ich glaube nicht, dass mich so bald jemand vom Kochstudio anrufen wird.«

»Dann ist es ja ein Glück, dass du schon einen Job hast, den du magst«, stellte Jeff fest.

»Genau«, stimmte Haley ihm zu. »Und ich habe auch endlich meine Weihnachtsspielzeug-Präsentation fertig. Ich kann es kaum erwarten, nach Boston zurückzukehren und sie meinem Boss zu zeigen. Er wird total drauf abfahren.«

»Dann kriegst du dafür die Beförderung, die vermutlich dein Weihnachtswunsch war.«

Da es eine Feststellung und keine Frage war, beschloss Haley, nicht darauf einzugehen. Dann fiel ihr wieder ein, dass sie ja gar keinen Weihnachtswunsch auf ihren Zettel im Strumpf geschrieben hatte. Es war ihre erste Aktivität im Christmas Camp gewesen, und sie hatte sie nicht erfüllt: Jetzt wurde ihr klar, dass sie es noch erledigen musste.

Sie ging zu Jeff und drückte ihm die Schüssel mit den geschlagenen Eiern in die Hand. »Ich ernenne dich zu Lauras neuem Assistenten. Wenn du ihr hilfst, ist die Chance, dass wir das Frühstück noch vor dem Abendessen kriegen, bestimmt viel größer.«

»Warte mal, was?« Jeff sah von Haley zu Laura.

»Oh, warte, du brauchst noch das hier.« Haley nahm die Schürze ab und legte sie ihm um den Hals. Als ihre Blicke sich trafen, lächelte sie ihn an, und er erwiderte ihr Lächeln. Es war ein Moment, der ihr Herz mit Hoffnung erfüllte. Sie legte ihm beide Hände auf die Brust, um die Schürze an ihm glatt zu streichen und kämpfte schwer dagegen an, ihn nicht die pulsierende Anziehungskraft, die sie spürte, als sie ihn berührte, merken zu lassen. Sie trat einen Schritt zurück und sah, dass Laura sie beobachtet hatte und genauso grinste wie Gail immer, vielsagend und wissend. Es ließ Haley noch verlegener werden.

»Du haust einfach so ab und lässt mich damit zurück?« Jeff sah an der Schürze hinunter.

Haley lachte. »Jo, einfach so.« Sie stibitzte eine der Zimtschnecken.

»Hey!«, rief er aus. »Warum kriegt sie denn eine?«

Laura lachte. »Weil sie hier Gast ist.«

Jeff hielt die Hände hoch. »Und was bin ich?«

Laura kam zu ihm und küsste ihn auf die Wange. »Du gehörst zur Familie. Und jetzt hilf mir mal, das Frühstück fertig zu machen.«

Haley ging lachend aus der Küche. Auf dem Weg zu ihrem Zimmer hörte sie die beiden Teenager draußen toben. Als sie die Haustür öffnete, um zu sehen, was los war, waren Madison, Blake und John gerade dabei, einen Schneemann zu bauen. John winkte ihr zu. »Haley, komm her und hilf uns.«

Grinsend schnappte sich Haley Mantel, Mütze, Schal und Handschuhe und gesellte sich umgehend zu ihnen.

»Wie findest du unseren Schneemann, Haley?«, fragte Madison sie stolz. »Ist das nicht der coolste Schneemann, den du je gesehen hast?«

»Also ich weiß nicht so recht …«, fing Haley an und tat so, als meinte sie es ernst. »Ich muss mir den erst mal genauer ansehen.« Als sie langsam um den Schneemann herumging, erhaschte sie Johns Blick und zwinkerte ihm zu. Der Schneemann war ziemlich eindrucksvoll, aber das wollte sie den Kids noch nicht verraten. Etwa ein Meter fünfzig hoch, bestand er aus vier statt der üblichen drei Teile. Der Kopf war perfekt geformt, und zwei Steine dienten als Augen, ebenso wie mehrere kleinere nebeneinander als Mund. Er grinste wortwörtlich von Ohr zu Ohr, weil sie auch Ohren aus Blättern angebracht hatten. Als Arme hatte er Äste, wovon der eine nach oben und der andere nach unten zeigte, so dass er aussah wie John Travolta in *Saturday Night Fever*. Haley behielt ihr Pokerface bei, während sie einmal langsam um den Schneemann herumschritt. »Hmm …«, sagte sie, als sie die Augen genauer ins Visier nahm.

»Wir sind noch nicht fertig damit«, sagte Blake, »wir wollen ihm noch Augenbrauen machen.«

Haley musste sich beherrschen, nicht laut zu lachen. »Ich finde, Augenbrauen sind definitiv das, was noch fehlt.«

John ging zu Blake hinüber. »Und weißt du, was er noch braucht?«

»Was?«, fragte Blake.

John nahm Blakes Hände und zog ihm die Handschuhe aus.

»Hey, die brauch ich noch!« Blake versuchte, sie seinem Dad wieder abzunehmen, aber es war schon zu spät. John hatte sie bereits über die Astarme des Schneemanns gestülpt.

Madison lachte wie verrückt, bis John zu ihr kam und ihr den Schal klaute.

»Warte mal, nicht meinen Schal!«

»Doch!«, sagte John und hängte dem Schneemann den Schal um. Er sah ziemlich zufrieden aus mit sich, bis Haley sich von hinten anschlich und ihm die Mütze wegnahm.

»Halt, was?« John wollte sie abhalten, aber es war schon zu spät. »Die brauch ich noch!«

Haley drehte die Mütze lachend um ihren Finger.

»Hey, es ist wichtig, eine Mütze aufzuhaben, wenn es kalt draußen ist«, sagte John, ganz der Arzt.

»Tatsächlich, Dr. John«, fragte Haley mit einer Stimme, die

die beiden Teenager johlen ließ. »Sehr gut zu wissen, weil das ein Grund mehr ist, warum unser Schneemann eine Mütze braucht.«

Haley warf Blake die Mütze zu, der sie schnell dem Schneemann aufsetzte.

»Perfekt«, sagte Madison.

»Echt cool«, stimmte Blake ihr zu.

Alle lachten, als Laura die Tür öffnete. »Wer will Waffeln?«

Die beiden Teenager waren in null Komma nichts im Haus, noch bevor Haley überhaupt antworten konnte. Sie sah John an. »Wow, die scheinen Waffeln aber zu mögen.«

John lachte. »Oh ja. Und sie haben mir auch gesagt, wie sehr sie Lauras Kochkünste vermissen werden.« Er schenkte Laura einen anerkennenden, dankbaren Blick. »Es war wirklich ein Genuss, Laura. Vielen Dank. Meine Vorstellung von Frühstück beschränkt sich üblicherweise auf Cornflakes oder tiefgefrorene Waffeln. Du hast sie eindeutig verdorben.«

Laura lächelte ihm zu. »Ich bin froh, dass ihnen mein Essen schmeckt, aber ich glaube, was ihnen hier am besten gefällt, ist, Zeit mit dir zu verbringen.«

»Da stimme ich dir zu«, sagte Haley. »Erinnerst du dich noch daran, wie sehr sie sich am Anfang aufgeregt haben, dass sie ihre Handys und Computer abgeben sollten, und jetzt baut ihr einen Schneemann zusammen. Es gibt nicht viele Teenager, die so was noch machen, und es hat ganz danach ausgesehen, als hätten sie einen Mordsspaß dabei gehabt.«

John nickte. »Ich glaube auch, dass sie Spaß hatten. Sie haben sogar ihre eigene Liste mit Aktivitäten, genau wie die hier, für zu Hause zusammengestellt. Diese Reise hat mir ganz deutlich vor Augen geführt, wie schnell sie erwachsen werden und dass wir so viel Zeit zusammen als Familie verbringen sollten, wie nur möglich. Es kommt mir so vor, als sei die Zeit an mir vorbeigerauscht, und ich habe so viel verpasst.«

»Mir geht es ganz ähnlich«, stellte Haley fest.

»Es ist nie zu spät, etwas zu ändern«, sagte Laura.

»Apropos, was das angeht«, sagte John und sah Laura an. »Ich wollte dich mal fragen, ob du mir vielleicht ein bisschen Kochunterricht geben könntest?«

Laura lächelte ihn freundlich an. »Damit du lernst, wie man Waffeln macht?«

»Das und Kartoffelbrei, damit ich den Kindern ihre Lieblingsspeisen zu Weihnachten machen kann, wenigstens ein paar davon.«

»Ich helfe dir sehr gern dabei«, sagte Laura.

Kapitel 28

Beim Frühstück wetteiferte Haley mit Blake und Madison, wer die meisten Waffeln verdrücken konnte. Nachdem alle fertig waren, forderte Ben die ganze Truppe, einschließlich Max und Laura, auf, sich draußen zu versammeln.

Blake machte sich sofort wieder an den Schneemann und klebte noch mehr Schnee auf seinen Bauch.

Madison lachte. »Hat der auch zu viele Waffeln gegessen?«

Blake fiel in ihr Lachen ein. »Der war gut.«

Ben lachte ebenfalls und hielt dann einen hübschen Weidenkorb mit einer wirkungsvollen roten Samtschleife hoch. »Okay, lasst uns anfangen«, sagte er. »Jeff, Laura und ich teilen diese Körbe aus. Ich weiß, dass ihr alle schon gesehen habt, dass das heutige Thema ›Inspiration‹ lautet …«

»Ich liebe dieses Thema!«, sagte Susie.

»Ich auch«, schloss sich Gail ihr an.

Ben lächelte ihnen zu. »Da bin ich aber froh, weil es unser letzter Tag zusammen ist, und ich hätte gern, dass bei der letzten Aktivität hier alle ihre Inspiration einfließen lassen.«

Haley spürte, wie ihr Lächeln erlosch. Sie hätte doch eigentlich begeistert sein sollen. Darauf hatte sie doch die ganze Zeit gewartet, dass das Christmas Camp endlich vorbei war, aber als sie die anderen ansah, merkte sie, dass es ihnen genauso ging. Alle waren traurig.

Als Ben ihre langen Gesichter sah, unterbrach er sich beim Korbausteilen. »Hey ihr, kein Grund, traurig zu sein …«

»Aber es hat uns hier so gut gefallen«, warf Susie ein und ergriff Ians Hand.

»Das hat es«, stimmte Ian ihr zu.

»Und genau deshalb sollten wir feiern und das Beste aus unserem letzten gemeinsamen Tag machen«, sagte Ben. »Also wer hat Lust zu feiern?« Er hielt einen Korb hoch.

»Ich«, rief Madison rannte zu ihm und nahm den Korb.

»Ich auch«, sagte Gail und nahm ebenfalls einen Korb.

»Ich auch«, sagte Haley und nahm ihren Korb entgegen.

Als alle einen Korb hatten und wieder lächelten, fuhr Ben fort. »Also für unsere letzte gemeinsame Aktivität möchte ich, dass ihr herumlauft und die Gegend erkundet. Ihr könnt eine Wanderung machen oder in der Nähe des Inn bleiben, was immer ihr wollt, doch die Aufgabe ist, etwas aus der Natur mitzubringen, was euch inspiriert.«

»Weil das Motto für heute ›Inspiration‹ ist«, schaltete Susie sich ein.

»Ganz genau.« Ben lächelte ihr zu. Dann nahm er einen Kiefernzapfen vom Boden auf, legte ihn in Haleys Korb und zwinkerte ihr zu. »Findet Dinge, die euch etwas bedeuten. Etwas, das mit einer angenehmen Erinnerung verbunden ist, aus der ihr vielleicht eine neue Erinnerung erschaffen wollt. Lasst euch Zeit und geht auf Erkundung. Ihr könnt aber auch im Gasthof nachsehen, was zu euch spricht …«

Haley flüsterte Jeff zu: »Das scheint in eurer Familie üblich zu sein, mit der Natur zu sprechen. Erst die Tannenbäume und jetzt das hier.«

Jeff lachte. »Vorsicht, wenn du noch länger hier bist, werden die Dinge auch zu dir sprechen.«

»Oh nein, das werde ich nicht zulassen.« Haley lachte. »Einer von uns hier muss ja zurechnungsfähig bleiben.«

»Und was machen wir dann mit dem, was wir gefunden haben?«, wollte Madison wissen.

»Wir werden aus dem, was uns inspiriert hat und was wir zusammengetragen haben, Weihnachtsschmuck basteln.«

Blake sah verwirrt aus. »Aber wir haben unsere Bäume doch schon dekoriert.«

Ben zeigte auf einen neuen zwei Meter hohen Christbaum, der an der Gasthofwand lehnte.

»Wir wollen zusammen noch einen weiteren Christbaum schmücken.«

»Noch ein Baum?«, fragte Blake. »Wo soll der denn hin? Es ist gar kein Platz mehr dafür.«

Als Ben den Teenager ungläubig ansah, musste Jeff grinsen.

»Ach, für Weihnachten findet sich immer ein Platz, stimmt's Dad?«

Ben nickte und strahlte Blake an. »Bevor ihr morgen abfahrt, bringen wir eure Weihnachtsbäume ins Gemeindezentrum. Aber dieser Baum hier, den wir zusammen schmücken, der bleibt hier. Und nachdem ihr weg seid, haben wir dann immer noch was, was uns an euch erinnert.«

Gail sah ganz gerührt aus. »Das ist aber nett«. Sie lächelte Ben zu.

»Das ist es wirklich«, stimmte Susie ihr zu. »Ich liebe diese letzte Aufgabe!«

»Du liebst doch alles an Weihnachten!«, sagten Haley, Ian und John gleichzeitig, woraufhin Susie resigniert die Hände hob, und alle anderen lachten.

»Na und, was ist so schlimm daran?«

Ian küsste sie auf die Wange. »Nichts, überhaupt nichts, Schatz.«

Susie grinste ihn an. »Ich bin froh, dass du das endlich genauso siehst wie ich.«

Wieder Gelächter.

»Okay, ihr Lieben. Wir fangen besser mal an«, sagte Ben. »Laura baut im Esszimmer was zum Dekorieren für euch auf. Damit solltet ihr alles haben, was ihr braucht, um eure Anhänger zu basteln.«

Haley wirkte etwas nervös. »Was, wenn man … handwerklich nicht besonders geschickt ist?«

Ben sah sie beruhigend an. »Mach dir keine Gedanken, Haley. Es muss nicht perfekt sein, nur von Herzen kommen und dir etwas bedeuten.«

Haley sah zu Susie, die bereits dabei war, Tannennadeln vom Boden aufzulesen, und ging dann zu Gail hinüber. »Mir fällt absolut nichts ein. Dir?«, fragte sie.

Gail schüttelte den Kopf. »Bisher noch nicht, aber ich werde einfach losgehen und sehen, was zu mir spricht.«

»Oh nein.« Haley lachte. »Jetzt hat dich das ganze ›Die-Natur-spricht-zu-dir-Gedöns‹ auch noch erwischt.«

Gail lächelte ihr weise zu. »Na, vielleicht solltest du es auch mal ausprobieren.«

»Was ausprobieren?«, fragte Haley.

»Darauf zu hören, was die Natur dir zu sagen hat.«

Jeff gesellte sich zu ihnen. »Aber das würde bedeuten, dass sie erst mal aufhören müsste zu reden.«

Während Haley so tat, als wäre sie beleidigt, mühte sich Gail, ihr Lachen zu unterdrücken. Max nutzte den Moment, trottete auf sie zu und bellte, was wiederum alle zum Lachen brachte.

»Na, wenigstens spricht Max zu mir, aber ich weiß nicht, wie ich aus ihm ein Schmuckstück machen soll.«

Max bellte noch einmal.

⁂

Ein paar Stunden später betrat Haley das Esszimmer, wo Blake und Madison an ihren Anhängern bastelten. Sie sah sofort, dass Ben es ernst gemeint hatte. Laura hatte die Tischenden ausgezogen und den Tisch mit Dekomaterial vollgepackt.

Es gab Schüsseln mit Popcorn und Cranberries und jede Menge Buntpapier, Scheren, Tesafilm, Kleber und Glitzer.

Als Blake und Madison gleichzeitig nach dem Popcorn griffen, entstand kurzzeitig ein Tauziehen.

»Ich brauche das Popcorn«, sagte Madison trotzig und zog es zu sich heran.

»Ich hatte es aber zuerst«, sagte Blake und zog es ihr wieder weg.

Nachdem schon etwas Popcorn herausgefallen war, griff Haley als Schiedsrichterin ein. »Okay, Leute, Schluss jetzt. Ich bin sicher, dass genug Popcorn für alle da ist.«

»Nein, eben nicht«, sagte Madison dickköpfig. »Für das, was ich machen will, brauch ich die ganze Schüssel voll, und jetzt ist kaum noch was drin …«

»Weil du alles aufgegessen hast«, sagte Blake und zog ihr die Schüssel wieder weg.

Haley nahm ihnen die Schüssel ab. »Okay, ich sag euch was. Ich mache noch mehr Popcorn für euch. Bleibt ruhig. Bin gleich wieder da.«

In der Küche ging sie direkt auf die Speisekammer zu, in der Annahme, dass sie dort am wahrscheinlichsten Popcorn finden würde, aber als sie das Regal durchsah, fand sie alles andere nur kein Popcorn. Da waren Mehl, Zucker, Backpulver und eine große Schachtel Hundekekse. Als sie die Schachtel beiseiteschob, hörte sie Max plötzlich bellen und erschrak. Sie wirbelte herum, und da saß er in der Tür. »Lass mich raten«, sagte sie. »Du willst ein Leckerli?«

Als er wieder bellte, lachte Haley, nahm die Schachtel mit den Hundekeksen und gab ihm ein Leckerli. Dabei entdeckte sie die Box mit Popcorn, die dahinter gestanden hatte. »Und sieh mal da! Du hast mir geholfen, die Maiskörner zu finden. Guter Hund, Max.« Er wedelte noch mehr mit dem Schwanz, als sie ihm noch ein Leckerli zuwarf. »Und wie steht's mit Popcornmachen? Kannst du das auch?«

Skeptisch hielt sie die Tüte mit den Maiskörnern hoch. »Das einzige Popcorn, was ich je gemacht habe, war welches für die Mikrowelle.« Und dennoch, nachdem sie die Anleitung gelesen hatte, dachte sie, es könne nicht so schwer sein. »Ich brauch also nur eine Pfanne und Öl. Wie schwer kann das denn sein?«

Max bellte zur Ermutigung.

Zehn Minuten später stand sie am Herd mit einer Pfanne voll verbranntem Popcorn und Maiskörnern, die nur so durch die

Luft flogen, und ihr wurde klar, dass Popcorn nicht so einfach geht, wie sie dachte. Als Jeff hereinkam, sah sie ihn flehentlich an, mit der Popcornpfanne in der Hand, aus der immer noch Maiskörner sprangen. »Hilfe.«

»Oweia ...« Jeff nahm ihr lachend die Pfanne ab und stellte sie in die Spüle. »Was ist passiert?«

Haley krabbelte auf dem Küchenfußboden herum und versuchte, die Maiskörner aufzulesen. »Ich glaube, ich habe zu viel Mais rein oder zu viel Öl, oder ich hab's zu heiß werden lassen ...«

»Oder die Pfanne war zu klein dafür?«

Haley betrachtete die Pfanne. »Ja, eindeutig zu klein.«

»Und wie wär's mit einem Deckel?«

»Ach ja.« Haley verdrehte die Augen. »Ein Deckel hätte sicher was gebracht. Ganz klar, dass ich das nicht richtig durchdacht habe. Ich habe versucht, in aller Eile ein bisschen Popcorn für die Kids zu machen.«

Jeff lachte. »Dann war es wenigstens für einen guten Zweck.«

»Genau.«

Jeff holte eine schicke Popcornmaschine aus dem Schrank.« Die könnte helfen.«

Haley nickte. »War ja klar, dass es hier so was gibt.«

Jeff grinste sie an. »Klar, aber weißt du was? So was hat nicht jeder, deshalb zeig ich dir mal, wie man das sonst macht.«

»Nein, wirklich, schon in Ordnung. Lass uns die Maschine benutzen.«

Doch zu spät. Jeff war bereits dabei, das Gerät in den Schrank zurückzustellen und eine größere Pfanne herauszuholen. »Die sollte es tun.«

Haley gab ihm die Tüte mit den Maiskörnern. »Also gut, lass mal sehen, was du kannst.«

Sie lächelten sich an.

Ein paar Minuten später, nachdem Jeff Haley dazu überredet hatte, zwei weitere Ladungen Popcorn zu machen, die beide einwandfrei gerieten, brachten sie die beiden Schüsseln zu den Kids ins Esszimmer.

»Hier«, sagte Haley. »Sorry, dass es so lang gedauert hat. Es gab da einen kleinen Zwischenfall in der Küche.«

»Mir war so, als ob da etwas angebrannt roch«, sagte Blake.

Haley schüttelte den Kopf. »Frag lieber nicht.«

»Fantastisch, danke!« Madison nahm die Schüssel entgegen und bedachte Haley mit einem dankbaren Blick. »Hast du schon mit deinem Anhänger angefangen?«

Haley nahm ihren Korb in die Hand, der mit einer roten Serviette bedeckt war. »Noch nicht. Ich suche immer noch nach einer Eingebung.«

Als Laura hereinkam, sahen alle auf. »Madison, Blake, sieht so aus, als wärt ihr beide schon schwer bei der Arbeit.« Dann sah sie Haley und Jeff an. »Und wie ich sehe, wart ihr beiden in meiner Küche.«

Haley sprang auf. »Ich mache gleich sauber. Ich habe das verursacht.«

»Und ich dabei geholfen«, warf Jeff ein.

»Kein Problem«, sagte Laura. »Ich räum das weg, aber würde es dir etwas ausmachen, für mich in die Stadt zu fahren? Ich hätte für unser Essen heute Abend gern ein paar geröstete Kastanien.«

»Nein, natürlich nicht«, antwortete Jeff.

»Nimm doch Haley mit«, schlug Laura vor. »Vielleicht findet sie da ein wenig Inspiration für ihren Anhänger.« Sie lächelte Haley mit diesem vielsagenden Blick zu. »Viel Spaß.«

❄
❄ ❄

Es war ein wunderschöner Nachmittag. Jeff und Haley liefen die Hauptstraße hinunter, der Schnee auf den Gehwegen war geräumt worden, was es den Letzte-Minute-Einkäufern erleichterte, mit ihrem Weihnachtspowershopping durchzukommen. Als sie an einem hübschen Paar vorbeikamen, das komplett mit Einkaufstaschen beladen war und sich gerade abmühte, ein Selfie zu machen, blieb Haley stehen.

»Hier, ich kann ein Foto von euch machen«, bot sie ihnen an.

Die Beiden lächelten sie dankbar an. Die junge Frau reichte ihr das Handy. »Danke! Ich wollte die Weihnachtsdeko hinter uns mit drauf haben, aber dazu war mein Arm nicht lang genug.«

Haley hielt die Kamera genau so, dass der ganze Weihnachtsschmuck mit drauf war. »Okay, bereit?«

»Bereit«, sagten beide.

»Sagt: Weihnachten!«

»Weihnachten!«, sagten beide wie aus einem Munde und fingen an zu lachen. In dem Moment drückte Haley ab. Zufrieden betrachtete sie ihr Werk. Das Foto war hinreißend. Sie gab dem Pärchen die Kamera zurück. »Hier.«

»Herzlichen Dank«, sagte die junge Frau. »Fröhliche Weihnachten.«

»Fröhliche Weihnachten.« Haley lächelte ihnen zu, bevor sie weitergingen.

Jeff wandte sich zu ihr und betrachtete sie.

»Was ist?«, fragte sie, als sie sah, wie er sie musterte.

»Du überraschst mich einfach immer wieder, das ist alles.«

»Im Guten oder Schlechten?«

Er sah ihr in die Augen. »Im Guten.«

Haley spürte, wie sie rot wurde, und wechselte schnell das Thema. »Und wo sind nun diese berühmten Maronen, von denen du die ganze Zeit redest?«

»Gleich da«, sagte Jeff und zeigte auf einen Straßenverkäufer.

Als sie wenig später zu Jeffs Pick-up zurückgingen, hielt er ihr die Tüte mit Maronen hin. »Probier mal.«

Haley schüttelte den Kopf. »Schon gut.«

»Du magst sie nicht?«

»Ehrlich gesagt, weiß ich es nicht.«

»Wie bitte? Du hast noch nie geröstete Kastanien zu Weihnachten gegessen?«

Haley lachte über sein verdutztes Gesicht. »Lass mich raten. Es gehört bei euch zur Tradition.«

»Das kannst du aber glauben. Und jetzt musst du eine probieren.«

Sie steckte behutsam eine Hand in die Tüte, zog eine noch warme Marone heraus und nahm einen winzigen Bissen. Die Überraschung stand ihr ins Gesicht geschrieben. Sie nahm ein größeres Stück. »Das schmeckt tatsächlich richtig gut.«

»Habe ich doch gesagt. Warte, bis du sie erst in Lauras Soße probierst. Das wirst du vielleicht mögen.«

Während sie weitergingen, betrachtete Haley die entzückende Umgebung. »Wo wir gerade von mögen reden … meinen

Eltern würde es hier super gefallen. Es sieht aus wie auf einer Weihnachtspostkarte.«

»Ich dachte, sie würden sich an Weihnachten auf den Strand freuen.«

»Ich habe den Eindruck, sie würden dieses Jahr lieber zu Hause bleiben und ein richtiges Weihnachtsfest feiern.«

Jeff sah sie verwundert an. »Du meinst eine traditionelle Weihnachtsfeier? Das wollt ihr machen?«

Haley nickte, und bei der Erinnerung daran, wie begeistert ihre Eltern davon schienen, musste sie lächeln. »Ich dachte, wir machen es dieses Jahr mal etwas anders.«

»Da, jetzt machst du's schon wieder«, sagte er.

»Was denn?«

»Mich überraschen«, sagte er.

Haley lächelte unwillkürlich, als sie sich die restliche Kastanie in den Mund stopfte.

»Ganz im Ernst, ich finde das großartig, und ich hoffe, ihr habt ein ganz besonderes Weihnachtsfest«, sagte Jeff. »Du hast dir eine besondere Weihnacht verdient.«

Als Haley ihm in die Augen sah und erkannte, wie aufrichtig er es meinte, ging ihr das Herz auf.

»Aber ich habe eine wichtige Frage an dich: Werdet ihr auch Schneeengel machen?«

Sie lachte. »Das kann ich noch nicht sagen. Zum jetzigen Zeitpunkt hoffe ich einfach, dass uns keine Rohre mehr platzen.«

»Wenn ihr irgendwelchen Ärger kriegen solltet, kannst du mich immer anrufen. Man hat mir erzählt, dass ich im Haus ganz gut zu gebrauchen bin.«

»Wirklich? Sogar bei einem Geldgrab? Denn das kann zu einem echten Monstrum werden.«

»Hey, ich bin der, der in Restaurierungen macht, erinnerst du dich? Ich mag Herausforderungen.« Als sich ihre Blicke trafen, war sie sich nicht sicher, ob er von dem Haus sprach … oder von ihr.

Sie wandte rasch den Blick ab. »Sei mit so was lieber vorsichtig. Wer weiß, ob ich nicht auf dein Angebot zurückkomme.«

Jeff hielt ihr lächelnd die Tüte hin. »Das hoffe ich doch.«

Haley nahm lachend noch eine Kastanie. Sie konnte sich nicht daran erinnern, jemals so glücklich und hoffnungsfroh gewesen zu sein.

Kapitel 29

Wieder zurück im Gasthof wollte Haley in ihrem Zimmer gerade das Weihnachtsschmuckprojekt in Angriff nehmen, als es leise an die Tür klopfte. Sie öffnete, und da stand Gail.

»Hi«, sagte sie. »Was ist los?«

Gail hielt ihren Korb hoch. »Ich habe gehofft, du könntest mir mit meinem Baumschmuck helfen. Ich kann gut noch zwei Hände mehr dafür gebrauchen.«

Haley machte die Tür ganz auf. »Na klar, komm rein.« Nachdem sie sich beide aufs Bett gesetzt hatten, wandte sie sich an Gail. »Also, wie kann ich dir helfen?«

Gail nahm eine paar Zweige aus dem Korb und etwas Alufolie. »Ich dachte, du könntest die Zweige halten, während ich sie mit Folie umwickle.«

»Sicher, ist ja leicht.«

Gail fing an, die Zweige zu umwickeln. »Also, ich habe dich und Jeff vor ein paar Tagen gesehen, wie ihr unten Schneeengel gemacht habt.«

Haley lachte. »Ja, das war ganz schön verrückt. Ich habe so was schon seit Ewigkeiten nicht mehr gemacht.«

»Es sah ganz so aus, als hättet ihr eine Menge Spaß zusammen«, stellte Gail wieder mit diesem vielsagenden Blick fest.

Haley schüttelte den Kopf. »Du musst mit diesem Blick aufhören. Ich meine, er ist ein toller Kerl. Sieh nur, wie sehr er seinen Dad liebt, und er ist clever und witzig und nett und …«

»Und du magst ihn«, beendete Gail den Satz für sie.

Haley stöhnte und ließ sich zurück aufs Bett sinken. »Und ich mag ihn. Und was soll ich jetzt machen? Das war nicht vorgesehen.«

»Du kennst doch den Spruch: Leben ist das, was geschieht, während du gerade andere Pläne machst.«

Haley setzte sich wieder auf. »Aber ich habe kein Leben jenseits meiner Arbeit, und bisher war das auch okay so …«

»Bisher?«, fragte Gail.

Haley nickte. »Ich meine, mal ganz ehrlich, ich weiß nicht, was ich meine. Ich bin einfach nur verwirrt. Weißt du, ich mache meine Arbeit wirklich gut. Ich bin total selbstbewusst, was das angeht. Aber wenn es um Beziehungen geht – das ist eine völlig andere Story.«

»Vielleicht denkst du zu viel darüber nach. Du solltest einfach deinem Gefühl vertrauen.« Gail drückte ganz sanft ihre Hand. »Spür einfach, was da gefühlt werden will, ohne es dauernd verstehen zu wollen.«

»Du willst damit also sagen, dass ich es einfach locker angehen soll und nur fühlen. Das ist genau das, was mir Ben empfohlen hat, um hier im Christmas Camp anzukommen und meine weihnachtliche Gesinnung zu finden.«

»Und hat es funktioniert?«

Haley nickte dankbar. »Ich glaube schon …«

Gail nahm sie in den Arm. »Das glaube ich auch …«

❄
❄ ❄

Etwa eine Stunde später kamen alle am Esstisch zusammen. Haley saß zwischen Gail und Jeff. Jeder hatte seinen Korb mit den Anhängern vor sich stehen. Als Jeff versuchte, die rote Serviette von Haleys Korb zu lüpfen, um einen Blick auf ihren Baumschmuck zu erhaschen, gab ihm Haley einen scherzhaften Klaps auf die Hand. »Das soll eine Überraschung sein.«

Ben hatte zugehört und stand lachend auf. »Seid ihr alle so weit, eure Sachen zu enthüllen? Von Haley weiß ich, dass sie ein Staatsgeheimnis daraus macht.«

Da sprang Madison auf. »Ich zeig euch meins.«

»Großartig«, sagte Ben und setzte sich wieder. »Okay Madison, zeig uns, was du gemacht hast, und erzähl uns, was dich dazu bewegt hat.«

Madison sah ihren Bruder dankbar an, als sie ihren Schmuck hochhielt. Er hatte etwa die Größe eines Tennisballs und war aus Popcorn und Cranberrys gemacht. »Ich wollte einen Anhänger für draußen machen, damit die Vögel auch ein Festessen zu Weihnachten kriegen.«

Susie klatschte Beifall. »Ich liebe das!«

»Ich auch«, fiel Gail ein. »Ich hätte gern einen für meinen Garten.«

John sah Madison voller Stolz und Liebe an. »Das ist wirklich schön, Schätzchen. Der Schmuck und die Idee. Gut gemacht.«

Madison leuchtete regelrecht von all dem Lob. »Blake hat mir dabei geholfen.«

John sah erstaunt aus. »Wirklich? Habt ihr beide das zusammen gemacht?«

»Es war ihre Idee. Ich habe nur beim Kleben geholfen.«

»Dann war es eine echte Teamarbeit«, sagte Ben. »Das ist die wahre Weihnachtsgesinnung. Gut gemacht.« Er wandte sich an Susie und Ian. »Okay, was hast du denn Susie?«

Susie lächelte ihren Mann an. »Also, Ian und ich haben auch zusammengearbeitet.«

»Ich wollte etwas Natürliches«, sagte Ian.

»Und ich wollte natürlich etwas Glitzerndes«, fügte Susie hinzu.

»Natürlich«, kommentierte Ben, und alle lachten.

Ian küsste Susie auf die Wange. »Aber wir haben einen Kompromiss gefunden, nicht nur für den Weihnachtsschmuck.«

Susie strahlte ihn an. »Diese letzte Woche hier hat uns gezeigt, dass wir jetzt, wo wir verheiratet sind, unsere eigenen Weihnachtsbräuche brauchen. Wir wollen natürlich unsere Familientraditionen auch weiterhin ehren, ganz gleich wie unterschiedlich sie sind, aber wir wissen auch, dass es in erster Linie darum geht, eine Ausgewogenheit zu finden.«

»Und Kompromisse einzugehen«, ergänzte Ian.

»Und Kompromisse einzugehen«, stimmte Susie ihm bei.

»Ich vertraue darauf, dass ihr beide einen Weg finden werdet, alle eure Bräuche zu würdigen, die alten wie die neuen, an diesem Weihnachtsfest.«

»Dank dir und diesem Christmas Camp.« Susie lächelte Ben zu. »Und hier unser Baumschmuck. Er soll euch immer an unsere erste gemeinsame Weihnacht erinnern.«

Sie hielt ihren wunderschönen Anhänger hoch, ein Kiefernzapfen mit Goldglitzer übersät.

»Ein bisschen Natur«, sagte Ian.

»Und etwas Glitzerndes«, füge Susie hinzu.

»Sehr schön«, lobte Ben.

»Davon will ich auch einen für zu Hause«, warf Gail ein. »Der ist wunderschön.«

»Gut, dann bist du als Nächste dran, Gail. Zeig uns deinen Schmuck«, sagte Ben.

Gail lächelte, als sie einen hübschen kleinen Stern hochhielt aus Zweigen und Alufolie gebastelt. Sie sah Ben an. »Danke, dass du mich im Sternenzimmer untergebracht hast, was mich dazu inspiriert hat und mir gezeigt hat, was für einen besonderen Stellenwert, Sterne in deinem Leben haben. Da habe ich ein wahres Geschenk erhalten, eins, das ich nie vergessen werde, und ich bin sehr dankbar dafür.«

Als Haley mitbekam, wie sehr Gails innige Worte Ben berührten, begriff sie, dass das möglicherweise der Anfang von etwas ganz Besonderem zwischen ihnen war. Sie schielte zu Jeff, der sie ebenfalls schmunzelnd beobachtet hatte.

»Okay, Dad, dann bist du an der Reihe«, sagte Blake. »Was hast du dir einfallen lassen?«

Alle Blicke richteten sich auf John. Er sah ein wenig verlegen aus. »Ich wisst ja, ich hab's nicht so mit der Kunst und dem Handwerk ...«

»Aber du hast trotzdem was gemacht, oder?«, fragte Madison besorgt.

John nickte. »Ben hat gesagt, wir sollen dabei unser Herz sprechen lassen, etwas machen, was uns beflügelt. Das habe ich gemacht, oder es zumindest versucht.«

Als er seinen Anhänger hochhielt, machte ein einstimmiges »Aaaah!« die Runde. Es war ein Herz aus Papier. Auf der einen Seite war ein Foto von Blake, auf der anderen eins von Madison. Madison und Blake waren beide gerührt.

»Wo hast du denn die Fotos von uns her?«, fragte Madison.

»Die trage ich immer in meiner Brieftasche«, erwiderte John. »Ihr seid immer bei mir, auch wenn wir nicht zusammen sind. Ich liebe euch beide sehr. Und ich verspreche euch, dass wir neu beginnen werden. Ich werde weniger Zeit bei der Arbeit und mehr Zeit mit euch zusammen verbringen ...«

Noch ehe er zu Ende sprechen konnte, fiel ihm Madison um den Hals.

»Ich liebe dich, Dad.« Vor lauter Rührung brach ihr die Stimme.

Blake klatschte seinen Vater ab. »Das ist echt cool, Dad. Danke.«

Ben schaute zu Haley. »Okay, wir haben dich bis zum Schluss aufgespart, Haley. Zeig uns deinen Anhänger und erzähl uns, was dich dazu angeregt hat.«

Haley kicherte nervös. »Also im Vergleich zu euren, ist meiner sehr schlicht.«

»Komm schon, zeig uns, was du hast«, stachelte Jeff sie an.

Max bellte. Er saß zu Haleys Füßen und sah zu ihr hoch.

»Siehst du, sogar Max ist gespannt«, sagte Madison.

Alle lachten.

»Also gut ...« Haley zog langsam die rote Serviette ab, die den Anhänger verdeckt hatte, und hielt eine lange rote Schleife hoch, an der Hundekekse hingen. Als einer davon hinunterfiel, verschlang Max ihn auf der Stelle.

»Frohe Weihnachten, Max.« Haley fing an zu kichern, und alle anderen lachten mit ihr.

Ben studierte Haley eingehend. »Und was hat dich dazu bewogen, so etwas für Max zu machen?«, fragte er.

Als sie zu Max hinuntersah und ihn streichelte, überkam sie eine Flut von Gefühlen. »Vermutlich hat es mich dazu angeregt, dass Max mich nie aufgegeben hat, obwohl ich, als ich hier angekommen bin, versucht habe, ihn zu ignorieren, weil ich mit Hunden nicht wirklich etwas anfangen konnte.«

»Aber er hat nicht zugelassen, dass du ihn ignorierst«, sagte Jeff.

»Nein, hat er nicht. Ganz gleich, wie ich mich verhalten habe, er kam einfach immer wieder an.«

»So ähnlich hat es auch Ian bei mir gemacht«, sagte Susie. »Er hat kein Nein akzeptiert und kam immer wieder an.«

Ian machte große Augen. »Nennst du mich etwa einen ... Hund?«

Wieder lachten alle.

Susie küsste ihn.

»Nein, ich nenne dich die Liebe meines Lebens. Jemanden, der, ganz gleich was passiert, immer zur Stelle ist.«

Haley streichelte Max weiter. »Und ich verstehe jetzt, warum die Leute ihre Hunde so lieben. Weil sie einen wiederlieben, ganz egal, was ist, stimmt's Max?« Max leckte ihr die Hand. Sie flüsterte ihm zu: »Ich werde dich vermissen.«

Aber Jeff hatte sie verstanden und flüsterte ihr seinerseits zu: »Er dich genauso.« Als Haley ihm in die Augen sah, war da nur freundliches Verständnis, und das machte ihn ihr noch sympathischer. Sie wollte gar nicht daran denken, wie sehr sie *ihn* erst vermissen würde.

»Okay, lasst uns rüber ins Wohnzimmer gehen«, sagte Ben und zog aller Aufmerksamkeit auf sich. »Wir wollen den Baum dort schmücken.«

Während sich alle um den Baum scharten, sah Blake beeindruckt nach oben. »Wow, hier drinnen sieht der Baum noch größer aus«, sagte er. »Dabei haben wir nur ein paar Anhänger …«

»Oh, wir hängen nicht nur die auf, die wir gemacht haben«, sagte Ben und deutete auf drei Kartons in der Ecke. »Hier sind die Anhänger, die unsere anderen Gäste über die Jahre gebastelt haben. Die kommen auch immer an den Baum, so dass es Jahr für Jahr mehr werden.«

»Bald brauchst du noch einen zweiten Baum«, bemerkte Madison.

»Oh bitte, bring ihn bloß nicht auf Ideen«, sagte Jeff lachend.

»Ich finde es ist eine wundervolle Tradition«, stellte Gail fest und lächelte Ben zu. »Ich kann es kaum erwarten, daran teilzunehmen.«

Als Haleys und Jeffs Blicke sich trafen, verharrten sie einen Moment lang, bevor Haley ihren Anhänger hervorholte und dafür die richtige Stelle am Baum suchte.

»Dann lasst uns anfangen«, sagte Ben. »Ich mach ein bisschen Weihnachtsmusik an.«

Während Haley um den Baum ging und nach dem besten Platz für ihren Anhänger suchte, kam Jeff zu ihr.

»Wie wär's, wenn ich dir ein bisschen dabei helfe?«, sagte er, nahm ihr den Schmuck ab und hängte ihn an einen Zweig weit oben. »So wird ihn sich dein neuer Freund Max nicht gleich holen. Du kannst dir gar nicht vorstellen, wie einfallsreich der ist.«

Haley lachte. »Oh, das kann ich wohl. Danke. Da hängt er perfekt.«

»Dein Anhänger ist auch ziemlich perfekt«, sagte Jeff. »Das findet zumindest Max mit Sicherheit.«

Sie sahen zu Max, der es sich beim Kamin gemütlich gemacht hatte und sie beobachtete.

»Auch wenn ich weiß, dass du eigentlich gar nicht hier sein wolltest, bin ich froh, dass du da bist«, sagte Jeff.

Als Haley ihm in die Augen schaute, vergaß sie ihre Vorsicht und Angst und empfand stattdessen großes Glück. »Ich bin auch sehr froh, dass ich hergekommen bin.« Jeff kam näher, wobei er ihr unablässig in die Augen sah, was ihr Herz schneller schlagen ließ.

»Da wir ja beide in Boston wohnen«, sagte er, »und mein Dad Max mitbringt, wenn er erst mal dort wohnt, könntest du dann die beiden besuchen. Das würde ihnen sicher gefallen.«

»Und wie steht's mit dir?«, getraute Haley sich zu fragen. »Würde es dir auch gefallen?« Sie konnte nicht glauben, dass sie laut ausgesprochen hatte, was ihr gerade durch den Kopf gegangen war, aber im Augenblick war sie voller Hoffnung, ganz so, als wäre alles möglich.

Jeffs Mundwinkel verzogen sich zu einem langsamen, verführerischen Grinsen. »Ja, sogar sehr.«

Ben unterbrach den Augenblick mit einer erneuten Ankündigung. »Und jetzt sind die Geschenke dran«, sagte er und hatte die Aufmerksamkeit aller.

»Geschenke? Ich wusste nicht, dass Geschenke auch auf der Liste stehen«, beschwerte sich Susie. »Ich habe nichts für niemanden. Ian, du hättest mich einkaufen lassen sollen.«

»Schon gut«, unterbrach sie Ben. »Wir beschenken uns nicht gegenseitig. Ich hab nur eine Kleinigkeit für jeden von euch. Ein weiterer Brauch. Ich hole sie. Sie sind in der Bibliothek.«

»Ich bring sie dir, Dad«, sagte Jeff.

»Großartig, dank dir, mein Sohn. Sie sind in einer Kiste auf meinem Schreibtisch. Bring einfach die ganze Kiste mit.«

»Mach ich«, sagte Jeff. »Bin gleich wieder da.« Als er Haley zulächelte, pochte ihr Herz noch schneller. Sie schlang sanft die Arme um sich und konnte gar nicht mehr aufhören zu lächeln. Sie fühlte sich, als hätte sie eben schon das beste Geschenk der Welt erhalten.

Kapitel 30

Lächelnd »*We Wish You a Merry Christmas*« vor sich hin summend betrat Jeff die Bibliothek. Er war dankbar, dass sich dieses Christmas Camp als ein echter Erfolg erwiesen hatte. Er hatte gewollt, dass das letzte seiner Art zu etwas ganz Besonderem für seinen Dad wurde, und das war gelungen. Auch für Haley war er dankbar und für das Gefühl, das sie ihm gab. Sein Herz schien sich endlich wieder zu öffnen. Etwas Derartiges hatte er nicht mehr gespürt, seit seine Mom gestorben war. Es war, als würde allmählich die Schwere von ihm weichen und der Hoffnung Platz machen. Er wusste nicht, was ihm die Zukunft mit Haley bringen würde, aber er wollte es gern herausfinden.

Als er die Kiste mit den Geschenken fand, wollte er sie rasch an sich nehmen, stieß dabei jedoch aus Versehen gegen einen Ordner, der zu Boden fiel. Er wollte ihn eben wieder aufheben, da sah er, dass ihr Name darauf stand. Zu seinen Füßen lag Haleys Christmas Camp-Vorschlag. Sein Lächeln erlosch auf der Stelle. Er konnte nicht fassen, was er da sah; er wollte es nicht glauben.

Ungläubig schüttelte er den Kopf. »Ich hätte es mir denken sollen …«

Sobald Jeff mit den Geschenken zurückkam, wusste Haley, dass etwas nicht stimmte. Er mied es, sie anzusehen. Seine Haltung war starr und seine Kiefer aufeinandergepresst.

Als sie zu ihm kam und fragte: »Alles in Ordnung?« und dabei seinen Arm berührte, wich er vor ihr zurück, und als sie versuchte, ihm in die Augen zu sehen, war sein Blick kalt und starr. Es verschlug ihr den Atem. Noch bevor sie ihn fragen konnte, ob etwas nicht stimmte, kam Ben und nahm ihm die Kiste ab.

»Hier«, sagte Ben fröhlich und fing an, die Geschenke zu verteilen. Jedes Geschenk war wunderschön verpackt mit einer roten Samtschleife obendrauf.

»Macht schon, ihr dürft sie auspacken«. Er gab John ein Geschenk. »Das ist für die ganze Familie.«

»Danke«, sagte John und lächelte ihm zu.

»Darf ich es aufmachen?«, fragte Madison.

»Aber sicher«, sagte John und reichte ihr das Geschenk.

Innerhalb von Sekunden hatte Madison das Papier aufgerissen und die Schachtel geöffnet. Sie holte ein hübsch gerahmtes Foto heraus. Darauf waren ihr Vater, ihr Bruder und sie selbst beim Schlittenfahren zu sehen. Das Lächeln in ihren Gesichtern zeugte davon, wie glücklich sie waren.

»Toll«, sagte Madison und zeigte es ihrem Vater und ihrem Bruder.

»Cool«, stimmte Blake ihr zu.

»Echt cool«, bestätigte auch John. »Vielen Dank, Ben. Das ist unser erstes gemeinsames Familienfoto an diesem Weihnachten und eine wunderbare Art, uns an die Zeit hier zu erinnern.«

»Da bin ich aber froh, dass es euch gefällt. Ich finde, dass Fotos am besten Erinnerungen bewahren können, und heutzutage, wo jeder Fotos mit dem Handy macht und niemand mehr welche ausdruckt, dachte ich mir, dann habt ihr wenigstens eins.«

Während auch die anderen ihre Fotos von der Schlittenfahrt auspackten, gab es eine Menge Gejubel und sich Erinnern. Haley wollte gerade ihr Geschenk auspacken, als Jeff zu ihr kam.

»Ich muss dich sprechen«, sagte er und konnte seine Aufgebrachtheit nur mühsam verbergen.

Haley legte ihr Geschenk sofort beiseite. »Okay.«

»Nicht hier«, sagte Jeff. »Komm mit.« Als er sich umdrehte und hinausging, beeilte sich Haley, ihm zu folgen. Er sagte kein Wort, bis sie in der Bibliothek waren, wo er die Tür hinter ihnen schloss. Als er sich Haley zuwandte, war sie entsetzt, weil er sich jetzt keine Mühe mehr gab, seinen Ärger zu verbergen, der sein Gesicht verzerrte.

»Was ist denn passiert?«, fragte sie. »Sag's mir einfach.«

Er ging zum Schreibtisch und hob den Christmas Camp-Vorschlag hoch. »Was soll das hier sein?«, fragte er. Seine Frage klang mehr wie eine Anschuldigung, wobei er sie anstarrte.

Haley war überrascht, ihren Konzeptentwurf zu sehen. »Dein Dad hat dir davon erzählt?«

»Nein. Niemand hat mir was davon gesagt. Das ist ja das Problem. Ich habe das hier zufällig gefunden.«

Sie sah die Wut in seinem Blick und versuchte, die richtigen Worte zu finden, aber er wartete gar nicht ab, bis sie so weit war.

»Es sieht ganz danach aus, als würdest du meinem Dad eine Franchise-Idee verkaufen wollen für sein Christmas Camp. Bist du in Wahrheit deshalb hier? Du bist nur hier, um meinen Dad als einen deiner Kunden zu gewinnen?«

»Was? Nein … Darum geht es überhaupt nicht!«

»Dann stammt die Idee für dieses Franchise-Geschäft also nicht von dir?«

Haley spürte, wie ihr der Schweiß ausbrach. »Also, doch, das war meine Idee, aber …«

Jeff sah sie ungläubig an. »Ich werde es nicht zulassen, dass du meinen Dad ausnutzt.«

Jetzt war es an Haley, wütend zu werden. »Das würde ich niemals tun. Ich versuche nur, ihm zu helfen, damit er weiterhin seine Christmas Camps veranstalten kann. Das ist das, was er wirklich möchte, und nicht in die Stadt in irgendeine Wohnung ziehen …«. Als sie sah, wie feindselig Jeff sie anstarrte, wusste sie, dass sie zu weit gegangen war.

»Du versuchst lediglich, dir selbst zu helfen!« Er warf den Entwurf auf den Schreibtisch.

Haley zuckte zusammen. Seine Worte trafen sie wie Messerstiche.

»Ich weiß gar nicht, wieso ich was anderes erwartet habe«, sagte er mit einer Mischung aus Wut, Verletzung und Enttäuschung. »Ich meine, du hast es ja schon erwähnt, als du angekommen bist. Du hast gesagt, du bist nur wegen der Arbeit hier. Ich habe einfach nicht richtig hingehört oder aber geglaubt, du hättest dich verändert. Das war mein Fehler, und was für einer. Glückwunsch! Du hast es vielleicht geschafft, meinen Dad an der Nase herumzuführen, aber nicht mich.«

Als er zur Tür hinausstürmte, war Haley vollkommen am Boden zerstört, und ihr brach das Herz.

Haley war gerade in ihrem Zimmer dabei zu packen, da klopfte es. Sie eilte zur Tür, in der Hoffnung, es wäre Jeff, und sie könnte ihm alles erklären, doch es war Ben. Sie ließ Schultern und Kopf hängen.

»Alles in Ordnung?«, fragte er und sah aufgebracht und zugleich besorgt aus. »Ich entschuldige mich für alles, was mein Sohn möglicherweise gesagt oder getan hat.«

Haley ergriff seine Hand. »Du brauchst dich nicht zu entschuldigen, für nichts. Es tut mir nur leid, dass er es auf diese Art herausgefunden und die falschen Schlüsse daraus gezogen hat. Du wusstest aber, dass ich dir nur helfen wollte, oder? Ich war nicht darauf aus, Aufträge an Land zu ziehen, und wollte dich auch nicht einfach nur als neuen Kunden gewinnen ...« Die Stimme versagte ihr, allein es auszusprechen tat weh. Als Ben sie umarmte, kullerten die ersten Tränen, und sie ließ sie endlich fließen. »Es tut mir wirklich leid. Ich wollte nur behilflich sein ...«

»Aber natürlich wolltest du das!«, sagte Ben und tätschelte ihr den Rücken. »Das weiß ich doch, und wenn sich Jeff wieder beruhigt hat, wird es auch einsehen. Er ist derzeit nur so überfürsorglich, und er hat so viel daran gesetzt, mich dazu zu überreden, das Inn zu verkaufen. Ich bin sicher, das Konzept war einfach nur ein großer Schock für ihn.«

Er trat einen Schritt zurück und sah Haley in die feuchten Augen. »Das ist alles meine Schuld. Nicht deine. Ich hätte es ihm von Anfang an sagen müssen. Ich wollte nur noch nichts davon erzählen, solange ich nicht sicher war, dass es auch klappt. Du musst wissen, dass ich dir sehr dankbar dafür bin, dass du eine Lösung gefunden hast, wie das Inn und damit die Christmas

Camps zu retten sind. Das weißt du schon, oder?« Doch Haley stand einfach nur da und sah völlig elend aus. Da nahm er sie wieder in die Arme. »Alles wird wieder gut. Es tut mir leid, dass ich dich da mit reingezogen habe.«

»Mach dir um mich keine Sorgen. Ich mach mir eher Sorgen um dich. Das war alles meine Idee, und ich weiß, dass ich mich damit zwischen dich und Jeff gedrängt habe. Das ist das Letzte, was ich wollte ...«

»Das weiß ich doch.«

»Wirklich?«, fragt Haley mit leiser, zittriger Stimme. »Ich schwöre, dass ich nur versucht habe, dir zu helfen ...«

»Ich weiß, dass alles wieder gut werden wird. Ich werde mit Jeff sprechen. Mach dir nicht so viele Gedanken.«

Haley war zwar immer noch deprimiert und ihr Herz gebrochen, doch sie nickte tapfer.

»Unten wollen alle wissen, wo du bist, weil wir mit dem Weihnachtsessen anfangen wollen. Das darfst du dir nicht entgehen lassen. Es ist der krönende Abschluss unserer gemeinsam verbrachten Woche, und Laura hat sich solche Mühe gegeben und sogar die Füllung für dich gemacht. Also meinst du, du könntest runterkommen und uns Gesellschaft leisten?«

Haley konnte sich nicht einmal vorstellen, runterzugehen und Jeff entgegenzutreten, aber sie wollte Ben nicht enttäuschen. Sie war es ihm schuldig, wenigstens aufzutauchen. »Lass mir einen Moment, um mich wieder zu fangen.«

Ben strahlte sie an. »Braves Mädchen.« Er drückte ihre Hand. »Es wird alles gut gehen. Es ist unser letzter gemeinsamer Abend. Lass uns daraus einen schönen machen. Alles Weitere wird sich von selbst regeln. Das verspreche ich dir.«

Als sie ein paar Minuten später das Esszimmer betrat, fiel ihr als Erstes auf, dass Jeffs Platz leer war. Sie war erleichtert und enttäuscht zugleich. Während sie sich setzte, erfuhr sie, dass er zurück in die Stadt gefahren war, weil es bei der Arbeit noch in letzter Minute etwas zu regeln gab, dass er ihnen jedoch allesamt »Fröhliche Weihnachten« wünschte. Die anderen waren enttäuscht, doch zugleich verständnisvoll, alle bis auf Haley, die wusste, dass es nicht an der Arbeit lag, dass er in die Stadt zurückgekehrt war. Gail sah sie besorgt an.

»Alles in Ordnung?«, flüsterte sie ihr zu. »Ich habe mitgekriegt, wie du mit Jeff hinausgegangen bist, um zu reden, und als er nach Boston aufbrach, sah er ziemlich verärgert aus.«

Haley sah Gail nur traurig an. »Das ist eine lange Geschichte. Ich bin sicher, dass alles wieder in Ordnung kommt.« Doch noch während sie es sagte, war ihr klar, dass es nicht stimmte. Sie wusste ganz und gar nicht, ob alles wieder in Ordnung käme, und ein kalter Schauer lief ihr über den Rücken bei dem Gedanken daran, wie Jeff sie angesehen hatte. Sein Blick ließ ihr nicht die geringste Hoffnung, dass alles wieder gut würde, und das war es auch, was ihr das Herz schwer werden ließ.

Laura kam mit einem herrlichen Truthahn herein, und alle klatschten. Haley zwang sich, sich auf das Essen zu konzentrieren und sich nicht anmerken zu lassen, wie traurig sie war. Als Max angetrottet kam und seinen Kopf in ihren Schoß legte, hätte sie beinahe wieder angefangen zu weinen. Sie wusste, dass er sie trösten wollte. Er schien immer genau zu wissen, was sie gerade brauchte.

Nachdem Laura den Truthahn auf den Tisch gestellt hatte, erhob sich Ben. »Wir wollen uns alle bei dir bedanken, Laura, für die große Mühe, die du dir mit diesem besonderen Weihnachtsessen gegeben hast, aber auch für all die anderen Mahlzeiten in der letzten Woche. Du hast in all unsere Speisen die Freude, die Inspiration und das Staunen eingebracht, und du sollst wissen, wie dankbar ich dir dafür bin.«

»Das sind wir alle«, sagte John, und die anderen stimmten ihm nickend zu.

»Und wir wissen, wie viel Mühe du dir bei diesem Essen gemacht hast, um alle Lieblingsspeisen zuzubereiten«, sagte Ben. »Und du hast uns damit ein wunderbares Geschenk gemacht.«

Laura lächelte ihnen zu. »Danke Ben. Ihr wisst ja, dass es mir eine Ehre und ein Privileg war, euch über die Woche besser kennenzulernen. Und was das Weihnachtsmenü angeht, kann ich nicht die ganze Anerkennung für mich alleine verbuchen. Ich hatte Hilfe.« Sie zeigte auf John. »John hat den Kartoffelbrei gemacht, ganz ohne Fertigprodukte.«

Blake und Madison waren entsetzt. »Unmöglich!«, sagte Blake und sah seinen Vater an.

»Doch möglich.« John lachte. »Natürlich mit Lauras Hilfe. Außerdem hat sie mir beigebracht, wie ihre berühmten Waffeln gehen. Dann können wir die am Weihnachtsmorgen zum Frühstück essen.«

Madison strahlte über das ganze Gesicht. »Wirklich? Das ist super, Dad. Echt cool!«

John schenkte Laura einen dankerfüllten Blick. »Bedankt euch bei Laura und Ben und dem Christmas Camp. Ich glaube, wir haben diese Woche alle eine Menge gelernt.«

Ben hob sein Weinglas, und alle Erwachsenen taten es ihm

gleich. »Auf eure Weihnachtsgesinnung! Fröhliche Weihnachten euch allen!«

»Frohe Weihnachten.« Sie stießen miteinander an.

Haley mühte sich, ihr Lächeln beizubehalten. Sie stellte ihr Weinglas ab. Da wurde ihr bewusst, dass Max sie die ganze Zeit anschaute, und sie lächelte zu ihm hinunter. Sie war sicher, dass er sie verstand. Er schien sie immer zu verstehen.

❄
❄ ❄

An diesem Abend lag sie im Bett und konnte nicht schlafen. Der Mond schien hell durch das Fenster, und alle Engelfiguren leuchteten in seinem Licht. Sie stand wieder auf. Jetzt wusste sie, was zu tun war.

Sie zog den Bademantel über und schlich sich leise nach unten, wo Max beim Feuer schlief. Als sie das Wohnzimmer betrat, sah er auf und wedelte mit dem Schwanz. »Psst« bedeutete sie ihm. »Leg dich wieder hin und schlaf weiter.« Ausnahmsweise hörte er mal auf sie, legte den Kopf zurück auf die Pfoten und schloss die Augen.

Haley schlich auf Zehenspitzen zum Kamin, den Blick konzentriert auf etwas gerichtet – auf ihren Weihnachtsstrumpf, der da hing. Nachdem sie ihn vorsichtig abgenommen hatte, setzte sie sich damit aufs Sofa und zog die Rolle für den Weihnachtswunsch heraus, den sie am ersten Tag vom Christmas Camp hätte aufschreiben sollen. An jenem Tag hatte sie nichts geschrieben. Sie strich die Rolle glatt und fand auch den Engelbleistift in dem Strumpf.

Max sah zu ihr hinüber.

»Jetzt weiß ich, was ich mir zu Weihnachten wünsche«, sagte sie zu ihm.

Er wedelte mit dem Schwanz.

Kapitel 31

Am nächsten Morgen, dem letzten im Holly Peak Inn, zog Max Haley während ihres gewohnten Spaziergangs bei Sonnenaufgang nicht wie sonst üblich hinter sich her, sondern ging ganz brav an ihrer Seite. Der Wind nahm stetig zu, und es kam ihr so vor, als wäre die Temperatur schlagartig gefallen. Haley schauderte unwillkürlich und sah zu Max hinunter. »So, mir wird es jetzt wirklich zu kalt, mein Lieber. Ich glaube, wir sollten lieber wieder reingehen.«

Max machte Sitz und sah zu ihr hoch. Er rührte sich nicht vom Fleck.

»Ich weiß«, sagte sie. »Mir werden unsere Spaziergänge auch fehlen.« Als sie sich hinunterbeugte, um ihn zu streicheln, umarmte sie ihn auch noch. »Danke, dass du mein Freund warst.« Er fuhr ihr wieder mit der Zunge durchs Gesicht, doch diesmal ließ sie ihn gewähren, weil er ihr die Tränen ableckte, die sie nicht mehr zurückhalten konnte.

Kurz darauf kehrten sie ins Haus zurück, und Haley gab Max in der Küche ein Leckerli, was ihn sofort aufmunterte. Sie hätte gern gehabt, dass es für sie ebenso einfach gewesen wäre. Als sie zu der Tafel sah, fiel ihr auf, dass der Weihnachtscountdown schon auf dem neusten Stand war. Jetzt stand da: LETZTER TAG IM CHRISTMAS CAMP! NOCH 8 TAGE BIS WEIHNACHTEN, und das Motto des Tages war LIEBE. Als sie das sah, schmerzte ihr das Herz nur noch mehr, und sie wusste, dass es Zeit war, nach Hause zu fahren.

❄ ❄❄

Als sie wenig später mit ihren Taschen aus dem Zimmer trat, saß Max vor ihrer Tür und wartete auf sie. Ihn so dort sitzen zu sehen machte es nur noch schwerer. Sie stellte die Taschen ab, beugte sich auf einem Knie zu ihm hinunter und umarmte ihn noch einmal. »Also sei ein braver Hund«, sagte sie und fügte dann entschlossen, die Stimmung aufzuhellen, hinzu: »Und hier noch ein Modetipp: Zieh bloß keinen verrückten Christmas Camp-Pullover mehr über.«

Max bellte.

Sie lächelte ihm zu. »Du wirst mir fehlen, Max.«

Unten traf sie mit den anderen zusammen, die gerade dabei waren, sich zum Hinausgehen zu rüsten.

Ian sah sie erstaunt an. »Du reist schon ab?«

»Aber wir wollten gerade unsere Weihnachtsbäume zum Gemeindezentrum bringen«, fügte Susie hinzu.

Als Haley Bens Blick erhaschte, nickte er ihr zu, und da wusste sie, dass er verstanden hatte. Sie zwang sich zu einem Lächeln. »Ich hatte einen Anruf von meinem Büro, und ich muss sofort zurück«, sagte sie. »Außerdem verheißt das Wetter da draußen nichts Gutes, und ich will los, noch bevor es anfängt zu schneien.«

Ben ging zum Kamin, nahm Haleys Strumpf vom Sims und reichte ihn ihr. »Damit du dich an uns erinnerst.« Er nahm auch ihr Geschenk, das sie am Abend zuvor ungeöffnet hatte liegen lassen. »Und vergiss dein Geschenk nicht.«

Haley umarmte ihn. »Danke. Vielen Dank für alles.«

»Nach Weihnachten reden wir weiter über unser Vorhaben«, sagte er. »Aber jetzt genieß erst mal die Zeit mit deiner Familie.«

»Ich werde dich vermissen«, sagte Gail. »Du hast dazu beigetragen, dass ich hier eine ganz besondere Zeit erlebt habe. Vielen Dank.«

Haley ging zu Gail und umarmte auch sie. »Dich werde ich ebenfalls vermissen. Ich werde dich und deinen Sohn in meine Gedanken und Gebete einschließen. Hoffentlich hörst du bald von ihm ...«

»Das werde ich bestimmt.« Gail lächelte ebenfalls.

Haley sah die anderen an. »Ich werde euch alle vermissen. Es war toll, euch kennenzulernen.«

Max bellte.

Als alle anfingen zu lachen, war Haley dankbar dafür, weil sie kurz davor war, wieder in Tränen auszubrechen. Wieder einmal hatte Max sie gerettet. Sie blickte liebevoll auf ihn hinab. »Und natürlich werde ich dich ebenso vermissen, Max. Auch wenn ich mich schon darauf freue, mal wieder auszuschlafen.«

Wieder lachten alle, und da wusste sie, dass es die Gelegenheit war, sich davonzumachen, ohne vor allen zusammenzubrechen. »Ich gehe jetzt mal besser ... Frohe Weihnachten alle zusammen!«

»Warte. Vergiss deine Urkunde nicht«, sagte Ben. »Dein Boss will sie bestimmt sehen.« Er reichte ihr eine Schriftrolle, die von einer roten Samtschleife zusammengehalten wurde.

Haley konnte nicht glauben, dass sie das vollkommen vergessen hatte. Es war der Grund für ihren Aufenthalt hier gewesen, aber inzwischen fühlte sich alles ganz anders an, inklusive der Dinge, die für sie zuvor so wichtig gewesen waren.

»Bist du bereit für deine Präsentation?«, fragte Ben sie.

»Bin ich«, entgegnete Haley. »Und über unser Projekt werden wir bald reden. Demnächst schon. Auf Wiedersehen …« Sie nahm ihre Taschen und eilte zu ihrem Wagen. Sich noch einmal umzudrehen traute sie sich nicht, weil sie nicht wollte, dass die anderen die Tränen in ihren Augen sahen. Als sie Max bellen hörte, fiel die erste Träne. Sie verstaute schnell die Taschen im Kofferraum und stieg ein; die Bescheinigung warf sie auf den Beifahrersitz. Sie hielt immer noch das Weihnachtsgeschenk von Ben in der Hand. Zuerst legte sie es weg, doch dann nahm sie es wieder und beschloss, es zu öffnen. Es war ein wunderschönes Foto von ihr und Jeff beim Schlittenfahren. Beide lachten und sahen glücklich aus. Es war ihr gar nicht bewusst gewesen, dass sie weinte, bis eine Träne auf das Foto fiel, Jeff direkt aufs Gesicht.

Sie legte das Foto auf den Sitz zur Bescheinigung und ließ den Motor an. Sie wollte nur noch nach Hause, zurück in das wahre Leben, zurück zur Arbeit, wo sie hingehörte.

Kapitel 32

Die Nacht senkte sich über das Holly Peak Inn, der Wind fegte heulend durch die Bäume, und es fing wieder an zu schneien.

Jeff traf seinen Vater im Wohnzimmer an, wo er gerade dem neuen Weihnachtsbaum frisches Wasser gab. »Ich habe von Gail gehört, dass sie heil zu Hause gelandet ist. Und für Ian und John gilt dasselbe. Also, alles gut. Sie sind früh genug los, um es noch vor dem Schneesturm zurückzuschaffen.«

»Und was ist mit Haley? Hast du dich auch nach ihr erkundigt?«, fragte Ben.

Jeff sah seinen Dad vorwurfsvoll an.

»Mein Sohn, ich habe dir doch schon gesagt, dass ich es war, der sie gebeten hatte, nichts von der Franchise-Idee zu erzählen. Du solltest nicht wütend auf sie sein. Sie wollte nur dabei behilflich sein …«

»Sich selbst einen neuen Kunden zu beschaffen«, sagte Jeff und legte noch einen Scheit Holz aufs Feuer.

»Sie wollte mir helfen, uns. Die Christmas Camp-Tradition ist genauso dein Vermächtnis wie meins. Verstehst du das nicht?«

»Wie ich es verstehe, ist diese Franchise-Idee zu riskant. Ich will nicht, dass du dein letztes bisschen Geld aufs Spiel setzt und dir Hoffnungen machst, und am Ende wirst du verletzt …«

»Bist du sicher, dass du nicht eher Angst davor hast, selbst verletzt zu werden?«, fragte Ben ihn. »Ist das nicht der eigentliche Grund, warum du so aufgebracht bist? Ich habe dich mit Haley zusammen gesehen.«

»Dad ...«

Ben kam zum Kamin herüber und stellte sich neben seinen Sohn. »Warte mal. Lass mich ausreden. Wir haben deine Mom verloren, aber das heißt nicht, dass du Angst davor haben solltest, wieder zu lieben. Glaubst du nicht auch, dass deine Mom wollte, dass wir glücklich sind?«

»Ganz bestimmt«, antwortete Jeff.

Ben nahm das Familienfoto vom Kaminsims und reichte es Jeff. Als Jeff seine Mom betrachtete, spürte er einen Stich im Herzen. Sie fehlte ihm so sehr. Es fehlte ihm, eine Familie zu sein, und am meisten fehlte ihm die Liebe, die er immer fühlte, wenn sie in der Nähe war. »Ich weiß, dass Mom gewollt hatte, dass wir glücklich sind, aber dass wir falsche Entscheidungen treffen, hat sie bestimmt nicht gewollt ...«

»Glaubst du, Haley war eine falsche Entscheidung?«, fragte Ben.

Als Jeff nichts darauf antwortete, ging Ben zu seiner Weihnachtsmannsammlung hinüber, nahm den neu Hinzugekommenen und eine Weihnachtskarte und reichte sie Jeff.

»Wo kommt der denn her?«, fragte Jeff und betrachtete den Weihnachtsmann.

»Das ist ein Geschenk, ein Weihnachtsmann für meine Sammlung. Lies mal die Karte ...«

Zögernd las Jeff laut vor, was auf der Karte stand. »›Ich glaube. Danke, dass du mir das Herz für Weihnachten und für die Liebe geöffnet hast. Frohe Weihnachten, Haley.‹« Verwirrt mit sich ringend sah er seinen Dad an.

»Die Leute können sich ändern«, sagte Ben. »Ich hab's dir doch gesagt – an Weihnachten ist alles möglich …« Er nahm ihm den Weihnachtsmann ab und stellte ihn behutsam zu den anderen in seiner Sammlung. »Die Frage ist doch: Glaubst *du* denn?«

❄
❄ ❄

Wieder in Boston, hetzte Haley am darauffolgenden Tag die Straße hinunter und tippte dabei Textnachrichten in ihr Handy. Als sie bei der Agentur ankam und dort wieder der Weihnachtsmann mit einem Schild: »GLAUBST DU?« seine Glocke läutete, steckte sie ihr Handy ein, holte etwas Kleingeld heraus und gab ihm eine Spende.

»Frohe Weihnachten«, sagte der Weihnachtsmann. »Glaubst du?«

»Von ganzem Herzen!«, erwiderte Haley. »Frohe Weihnachten.« Als sie das Bürohaus betrat, atmete sie noch einmal tief durch. Es war so weit. Ihr großer Tag, der Tag, an dem sie Larry ihre Idee für die Tyler Toys-Werbekampagne präsentieren würde, und sie war noch nie zuvor so sicher und entschlossen an eine Sache herangegangen. Sie wusste ganz genau, was zu tun war.

In Larrys Büro angekommen, gab sie ihm als Allerersten den verrückten Weihnachtspullover zurück. »Fröhliche Weihnachten«, wünschte sie ihm.

»Warte mal«, sagte Larry verdutzt. »Den habe ich doch dir gegeben. Schenkst du ihn mir jetzt zurück?«

»Ich denke, ja«, sagte Haley und lächelte ihn an. »Und dann habe ich noch das für dich.« Voller Stolz überreichte sie ihm mit einer ausladenden Geste die Christmas Camp-Urkunde, für die sie so hart gearbeitet hatte.

Larry war beeindruckt. »Du hast es wirklich geschafft!«

Haley stemmte die Hände in die Hüften und nahm ihre Haltung ein, ihre vor Kraft strotzende Superheldinnenpose. »Das habe ich.«

Larry lehnte sich in seinem Bürosessel zurück und verschränkte die Arme vor der Brust. »Also gut. Du hast deinen Teil der Abmachung eingehalten, und jetzt halte ich mich an meinen: Ich bin bereit für deine Präsentation. Wo ist dein Storyboard? Ich weiß, dass Kathy dir eins gebastelt hat ...«

»Was das angeht«, sagte Haley und setzte sich.

»Du setzt dich?« Larry sah sie überrascht an. »Du setzt dich doch sonst nie hin ...«

Haley nahm eine Schneekugel, die in der Nähe stand, schüttelte sie und sah schmunzelnd dem rieselnden Schnee zu. »Ich habe eine Menge über den Tyler Toys-Auftrag nachgedacht und was das Beste für die Firma wäre, und ich bin zu dem Schluss gekommen, dass Tom die Präsentation machen sollte.«

Larry stand vom Schreibtisch auf. »Wie bitte? Warte mal, ich glaube, ich habe dich nicht richtig verstanden ...«

Haley grinste und stand ebenfalls auf. »Doch, das hast du. Ich überlasse es Tom, den Auftrag zu präsentieren, wenn das für dich okay ist. Ich habe bereits mit ihm gesprochen und ihm ein paar meiner Ideen erläutert, die mir dazu gekommen sind und die er mit aufnehmen kann, wenn er möchte. Beispielsweise meine Idee mit dem Engelbaum und dass Tyler Toys dazu beitragen könnte, die Wünsche der Kinder zu Weihnachten zu erfüllen, und noch ein paar andere.«

»Aber du wolltest diesen Auftrag doch unbedingt haben. Du hast gesagt, er bedeutet dir alles.«

»Hat er auch«, sagte Haley.

»Und du warst sogar eine Woche lang beim Christmas Camp – ausgerechnet du, die sich überhaupt nichts aus Weihnachten macht, nur damit du diesen Auftrag kriegst. Ich verstehe nicht, was da passiert ist.«

Haley stellte die Schneekugel wieder ab. »Es war ja nicht so, dass ich Weihnachten nicht mochte. Ich habe anscheinend nur vergessen, worum es dabei wirklich geht. Ich habe dir doch von der Idee erzählt, die mir dort gekommen ist –, Ben dabei zu unterstützen, seine Christmas Camps zu lizensieren?«

Larry nickte. »Und ich halte es für eine ausgezeichnete Idee.«

»Daran würde ich gern arbeiten. Tom kann Tyler Toys ruhig haben.«

»Aber bei dem Christmas Camp-Auftrag dreht es sich nur um ein Kleinunternehmen.«

Haley nickte. »Ich weiß, aber da bin ich mit dem Herzen dabei. Wenn ich beim Christmas Camp etwas gelernt habe, dann ist es, dass es letztendlich immer darum geht, deinem Herzen zu folgen, weil du sonst nicht wirklich lebst und nur so tust, als ob.«

»Bist du dir sicher?« Larry war immer noch platt. »Was hat dich dazu gebracht, deine Meinung zu ändern?«

Haley lächelte ihn voller Überzeugung an. »Ganz sicher. Und es war das Christmas Camp, das mich meine Meinung hat ändern lassen. Mir ist klar geworden, dass ich so damit beschäftigt bin, Karriere zu machen, dass ich ein paar der wesentlichsten Dinge im Leben verpasst habe: Zeit mit meiner Familie, mit Freunden zu verbringen, die Liebe …«

Larry lächelte und ging mit ausgestreckter Hand auf Haley zu. »Herzlichen Glückwunsch«, sagte er.

Jetzt war es an Haley, verwirrt zu schauen. Sie reichte ihm die Hand und fragte: »Wozu?«

»Dazu, dass du das Gleichgewicht zwischen deiner Karriere und deinem Privatleben gefunden hast. Das wird dich zu einer erstklassigen Partnerin hier machen.«

Haley stand der Mund offen. »Wie bitte? Du willst mich immer noch befördern?«

Larry sah ihr in die Augen. »Das hast du dir verdient, Haley. Frohe Weihnachten!«

❄
❄❄

In ihrem Büro schmückte sie den kleinen Weihnachtsbaum, den sie gerade gekauft hatte, mit den letzten Anhängern. Es war wieder so ein Tannenbaum wie bei Charlie Brown, und auf seine eigene komische Art war er hinreißend. Der Baum hatte ein Thema: Die Anhänger waren alle Engel, genau wie in ihrem Zimmer im Christmas Camp.

Während sie ihre Arbeit bewunderte, nahm sie den Weihnachtsstrumpf, den Ben ihr gegeben hatte, und zog die kleine Rolle mit dem Weihnachtswunsch heraus. Sie strich die Rolle glatt und las ihren Wunsch laut vor.

»Mein Wunsch zu Weihnachten ist … Liebe.«

Als sie die Rolle gerade wieder in den Strumpf steckte, kam

Kathy hereingerauscht und sah sich beeindruckt um. »Oha! Seht euch das an. Ich kann nicht glauben, dass du das alles so schnell geschmückt gekriegt hast. Wer bist du? Und was hast du mit meiner miesepetrigen besten Freundin gemacht?«

Haley lachte und zog ein Geschenk unter dem kleinen Baum mit den Engeln hervor, das sie Kathy gab.

Kathy sah sie erstaunt an. »Warte mal, das ist doch nicht der Gutschein, den du mir sonst schenkst?«

Haley grinste sie an. »Das stimmt. Ich dachte, wir fangen mal mit einer neuen Tradition an.«

Kathy packte das Geschenk aus, und ihre Augen leuchteten. Sie hielt einen hübschen gläsernen Engel hoch. »Der ist wunderschön! Der gefällt mir total. Danke!« Sie umarmte Haley kurz, doch da entdeckte sie das Foto auf dem Schreibtisch und hob es hoch. Es war das Geschenk von Ben an Haley, das Bild von ihr und Jeff beim Schlittenfahren.

»Also, das erklärt vieles«, sagte sie und betrachtete das Foto. »Du siehst ... glücklich aus.«

Haley nickte ihr zu. »Das war ich auch.«

»Hast du immer noch nichts von ihm gehört?«

Haleys Lächeln verblasste. Sie schüttelte den Kopf. Allein bei dem Gedanken an Jeff schmerzte ihr das Herz.

Larry kam herein. »Ben vom Christmas Camp ist hier und will dich sehen.«

Haleys Augen leuchteten. »Ben ist hier? Er hat mir gar nichts davon gesagt, dass er in der Stadt ist ...«

»Er wartet im Konferenzraum auf dich«, sagte Larry und ging hinaus.

»Danke!« Haley rannte fast zur Tür hinaus zum Konferenzraum. Doch als sie hineinstürmte und sah, dass nur Ben da war, verblasste ihr Lächeln ein wenig.

Er erhob sich. »Ich bin alleine hier. Tut mir leid.«

Haley verbarg schnell ihre Enttäuschung und umarmte ihn. »Ich freue mich total, dich zu sehen. Ich bin nur überrascht, weil ich nichts davon wusste, dass du in der Stadt bist.«

»Die Entscheidung fiel in letzter Minute und ich dachte, ich komme vorbei und lade dich zur Feier des Tages zum Abendessen ein. Larry hat mir schon erzählt, dass du den großen Spielzeugauftrag abgegeben hast, damit mehr Zeit für unsere Zusammenarbeit bleibt. Das hättest du nicht tun müssen, Haley. Ich weiß doch, wie viel dir der Großauftrag bedeutet hat ...«

»Nicht so viel wie du und das Christmas Camp mir bedeuten«, sagte Haley und drückte ihm die Hand. »Ich freue mich wirklich schon sehr darauf, mit dir zusammenzuarbeiten.«

»Mir geht's genauso. Also, lass uns feiern gehen. Ich führe dich an einen tollen Ort zum Abendessen aus«, sagte Ben, während er sie aus der Tür dirigierte und ihr keine Gelegenheit zur Widerrede ließ.

Als sie sich an ihm vorbeischob, bemerkte sie, dass er einen roten Schal trug. »Der sieht genauso aus wie der Schal, den Gail gestrickt hat ...«

Ben lächelte stolz. »Das ist er auch. Sie hat ihn mir als frühes Weihnachtsgeschenk gegeben.«

Haley zog die Augenbrauen hoch. »Ich weiß, dass sie hart daran gearbeitet hat. Da hast du aber großes Glück gehabt.«

Ben griff nach dem Schal und schien ganz verzückt davon zu sein. »Ja, das habe ich.«

Kapitel 33

Haley war völlig verwirrt, als Ben etwa eine halbe Stunde später seinen Pick-up vor einem hübschen kleinen Häuschen parkte, das für Weihnachten festlich geschmückt war. Vorm Haus blinkten weiße Lichterketten, und ein hinreißender Schneemann stand im Vorgarten.

»Wo sind wir hier?«, fragte sie verdutzt, während sie aus dem Pick-up stieg und sich umsah. »Ich dachte, du lädst mich zum Essen ein?« Aber bevor sie noch etwas hinzufügen konnte, flog die Haustür auf, und Gail trat heraus. »Überraschung. Fröhliche Weihnachten!«, sagte sie und breitete die Arme aus.

»Was?« Haley sah von Gail zu Ben. Sie konnte es nicht glauben. Als Susie, Ian und John ebenfalls herauskamen, wurden ihre Augen noch größer.

»Überraschung!«, rief Susie.

»Fröhliche Weihnachten!«, sagte John.

Haley schlug sich die Hand vor den Mund. »Wie bitte? Ihr seid alle hier?« Sie sah John über die Schulter. »Sind die Kids auch dabei?«

»Sie sind auch da«, antwortete John. »Sie sind hinten im Zimmer und gucken einen Film, auf den sie sich tatsächlich mal einigen konnten. Ein Weihnachtswunder.«

»Nein, es liegt am Christmas Camp«, warf Susie ein.

»Das ist doch dasselbe«, lachte John.

Während alle lachten, wartete und hoffte Haley, dass noch jemand durch die Tür käme, aber es kam niemand mehr. Sie sah Ben an. »Dann sind also alle hier?«

»Alle, außer Jeff«, antwortete Ben. »Tut mir leid.«

Um ihre Enttäuschung zu verbergen, umarmte Haley ihn. »Die beste Überraschung von allen. Dank dir. Ganz herzlichen Dank.«

»Kommt, lasst uns reingehen, es wird ganz schön kalt hier draußen«, sagte Gail und scheuchte alle hinein. Haley ging auf sie zu und umarmte sie.

»Was für eine tolle Überraschung«, sagte sie.

»Das war Bens Idee. Als uns klar wurde, dass wir alle nur etwa eine Stunde voneinander entfernt wohnen, dachte er, da du so schnell abreisen musstest, könnten wir doch noch einen netten letzten Abend zusammen verbringen. Außerdem brauchte ich Hilfe, um meinen Baum zu schmücken. Ich wollte dieses Jahr gar keinen haben, aber Ben meinte, ich sollte trotzdem …«

»Und ich bin mit ihm hundert Prozent einer Meinung«, sagte Haley. »Also zeig mir deinen Baum.«

Während sie in Gails Heim eintraten, sah sich Haley lächelnd um. Das Häuschen passte perfekt zu Gail. Es war hübsch und gemütlich, und beim Hereinkommen fiel der Blick als Erstes auf einen offenen Kamin, in dem ein wohliges Feuer prasselte. Auf dem Sims entdeckte sie ein Foto von Ryan, Gails Sohn, der in seiner Uniform sehr gut und stattlich aussah. Haley nahm an, dass er etwa in ihrem Alter sein musste. Daneben stand ein Foto von Gail und Ben beim Schlittenfahren. Haley wandte sich wieder ihrer Christmas Camp-Gruppe zu.

»Ich kann's immer noch nicht fassen, dass ihr alle hier seid!«, sagte sie und konnte gar nicht mehr aufhören zu strahlen.

»Ich habe gehört, dass es hier eine Weihnachtsfete geben soll, und wer kann schon eine Party ablehnen?«, witzelte John.

»Und nachdem du weg warst, hat uns Ben erzählt, wie du ihm helfen willst, den Gasthof und seine Christmas Camps zu retten, indem du sie in anderen Hotels anbieten willst«, sagte Gail.

»Es ist bewundernswert, dass du ihm dabei helfen kannst und willst, Haley«, bestätigte John.

»Das ist es wirklich«, stimmte Ian ihm zu.

»Aber um das gleich mal klarzustellen, Ben, wir werden nur zu deinen Christmas Camps im Holly Peak Inn kommen«, bemerkte Susie. »Weil das unsere neue Weihnachtstradition sein wird, stimmt's Liebster?«

Ian legte den Arm um Susie. »Stimmt genau und außerdem kommen noch Schlittenfahren und Truthahn auf die Liste unserer neuen Traditionen.«

»Sehr schön«, sagte Ben. »Laura wäre übrigens auch gern dabei gewesen, aber sie verbringt die Zeit mit ihrer Familie.«

»Richte ihr bitte aus, dass wir sie alle vermissen«, sagte Haley. »Ganz besonders ihre Kekse.«

Gail lächelte ihr zu. »Also, wenn du mitkommst in die Küche und mir ein wenig hilfst, wäre es durchaus möglich, dass sich da welche finden lassen, die sie Ben mitgegeben hat.«

»Wirklich?« Haleys Augen wurden immer größer, und das Wasser lief ihr im Mund zusammen. »Ich habe von diesen Keksen geträumt. Ich bin dabei. Wo ist die Küche?«

Alle lachten.

»Lasst uns noch welche übrig«, rief John Gail und Haley hinterher, die in Richtung Küche verschwanden.

Beim Eintreten fiel Haley als Erstes eine Reihe von Weihnachtsbechern auf der Theke auf.

»Hey, die sehen genauso aus wie die im Christmas Camp!«

Gail nickte lächelnd. »Das sind auch genau die gleichen. Ben wusste, wie sehr sie mir gefallen haben und hat sie mir zu Weihnachten geschenkt.«

»Das ist aber lieb von ihm«, sagte Haley.

»Das ist es wirklich. Er ist ein sehr lieber Mann.«

»Ja, das ist er«, stimmte Haley ihr zu, und es gefiel ihr außerordentlich, dass sie sich nicht getäuscht hatte, was die Verbindung zwischen Ben und Gail anging, und dass sie möglicherweise ein Paar sein könnten.

»Und ich habe etwas für dich«, sagte Gail und holte Jeffs Schal, der auf dem Küchentisch lag. »Den hast du mir geliehen, und ich hatte keine Gelegenheit mehr, ihn dir zurückzugeben.«

Mit schmerzendem Herz nahm Haley den Schal entgegen. »Danke, aber er gehört mir nicht. Er gehört Jeff. Du solltest ihn einfach Ben geben, damit er ihn ihm mitbringt.«

Gail war bereits dabei, die heiße Schokolade in die Weihnachtsbecher zu füllen, als ihr Handy klingelte. »Haley, kannst du mal für mich rangehen? Ich habe die Hände voll.«

»Klar.« Haley nahm das Handy auf, aber als sie sah, wer anrief, eilte sie zu Gail und löste sie mit der heißen Schokolade ab. »Da solltest du rangehen.«

»Was?« Gail sah verdattert aus, bis sie sah, dass es ein Anruf von Ryan auf FaceTime war. Ihre Hand bebte beim Abnehmen. »Ryan? Alles in Ordnung mit dir?«

Ryan grinste sie an. »Alles bestens, Mom. Ich hab nur ein paar Minuten, aber ich wollte dir wenigstens sagen, dass ich dich liebe und frohe Weihnachten wünschen.«

Tränen der Dankbarkeit traten Gail in die Augen. »Ich liebe dich so sehr. Du fehlst mir ...«

Auch Haleys Augen wurden feucht, und sie schlich sich aus der Küche, um Gail ein bisschen Privatsphäre zu gönnen. Im Wohnzimmer waren alle sehr vergnügt am Quasseln. Als sie Susie und Ian händchenhaltend beim Feuer sitzen sah, war da so viel Liebe ..., und das erinnerte sie an das, was ihr fehlte. Sie brauchte frische Luft.

Die eisige Nachtluft umfing sie, als sie ins Freie hinaustrat. Erst da wurde ihr bewusst, dass sie immer noch Jeffs Schal in der Hand hielt, und sie schlang ihn sich um den Hals und genoss das vertraute Gefühl. Sie ging zu dem Schneemann hinüber, und ihr fiel auf, dass er Madisons Schal umhatte, die Handschuhe von Blake und Johns Mütze trug. Die Mütze hing ein wenig schief, und sie rückte sie gerade und sah zu den Sternen auf.

»Im Christmas Camp sieht man sie viel besser.«

Haley wirbelte herum, doch als sie Jeff auf sich zukommen sah, war sie sich einen Augenblick lang nicht sicher, ob es real war. Es hatte zu schneien angefangen, und im Dunkeln verschwamm alles vor ihren Augen. Als er jedoch noch näher kam, wusste sie, dass er es wirklich war. Sie spürte es, noch bevor sie ihn wirklich erkannte.

»Ich habe nicht geglaubt, dass du noch kommst ...«, sagte sie und blinzelte in die Dunkelheit.

»Ich musste einfach kommen«, sagte er, während er sich näherte.

»Um alle zu sehen?«

»Um dich zu sehen.« Er war soeben in den Schein der Weihnachtslichter getreten, mit denen das Haus dekoriert war.

Haley trat ebenfalls ins Licht und ging auf ihn zu. Sie hatte so oft darüber nachgedacht, was sie zu ihm sagen würde, wenn sie ihn wiedersähe, aber jetzt wo die Gelegenheit gekommen war, war ihr Kopf leer, und ihr Herz raste. Schließlich sah sie zu ihm auf und sagte nur: »Es tut mir leid.«

Er kam näher, sah ihr in die Augen und sagte: »*Mir* tut es leid. Ich weiß, dass du meinem Dad nur hast helfen wollen«, sagte er.

Als Haley zitterte, zog er auf der Stelle seinen Mantel aus und legte ihn ihr um. »Ich habe wirklich geglaubt, dass ich wüsste, was das Beste für ihn sei, und ich hatte unrecht.«

Haley berührte ihn am Arm. »Du liebst ihn eben, und du wolltest ihm nur helfen.«

»Das wollte ich, aber mein Dad und meine Mom haben immer auf ihr Herz gehört, ganz gleich wie riskant es schien, und das Herz meines Vaters hängt an dem Inn. Ich bin dir dankbar, dass du möglicherweise eine Lösung gefunden hast, wie er es behalten kann.«

»Wirklich?«, fragte Haley voller Hoffnung.

Jeff nahm ihre Hände. »Und auch ich muss meinem Herzen gehorchen, ganz gleich wie riskant es sein mag, und darum bin ich heute Abend gekommen. Ich weiß, dass wir uns noch nicht lange kennen, aber ich weiß auch, dass mein Leben mit dir jetzt schon besser ist. Ich weiß nicht, ob du mir verzeihen kannst, aber ich hatte gehofft, dass wir vielleicht von vorn anfangen können und …«

Ehe er den Satz beenden konnte, küsste Haley ihn mit all der

Liebe und Hoffnung in ihrem Herzen, und als er ihren Kuss erwiderte, spürte sie, dass die Liebe zurückgekehrt war mit dem Versprechen auf noch mehr gemeinsame Weihnachtsfeste.

Sie sah Jeff in die Augen und erkannte darin ihre Zukunft. »Ich habe endlich einen Wunsch aufgeschrieben«, sagte sie. »Ich habe mir dich zu Weihnachten gewünscht.«

Sie küssten sich wieder, bis sie schließlich Ben sagen hörten: »Das nenn ich aber mal eine weihnachtliche Gesinnung!«

Als Haley und Jeff sich umdrehten, sahen sie, dass sich der gesamte Trupp an der Tür versammelt hatte, und alle sahen ihnen zu und johlten.

Sie verbarg peinlich berührt ihr Gesicht, aber Jeff grinste die anderen an.

»Sieht ganz danach aus, als hätten wir einen Fanclub«, sagte er und hielt ihrer beider Hände nach oben.

Alle jubelten.

»Es gibt noch einen Grund, warum ich dich wiedersehen musste«, sagte Jeff und wandte sich ihr wieder zu.

»Und der wäre?«

Jeff zog sie an beiden Enden des Schals zu sich heran. »Um den Schal wiederzukriegen, den du geklaut hast.«

Haley lachte und kuschelte sich in den Schal. »Ich finde, mir steht er viel besser.«

Jeff küsste sie auf die Nasenspitze. »Das finde ich auch.«

Mit glänzenden Augen nahm sie Jeffs Hand, und sie wandten sich wieder den anderen zu. »Sieh mal dein Dad mit Gail«, flüsterte sie ihm zu. Gail hatte Ben gerade auf die Wange geküsst, und Ben hielt ihre Hand. »Ich glaube, da geht was ganz Besonderes vor sich.«

Jeff lächelte, als er sah, wie glücklich sein Dad war. »Das hoffe ich für ihn.«

Wieder johlten alle, als Haley ihn auf die Wange küsste, genauso wie es Gail bei Ben getan hatte.

Haley und Jeff lachten.

»Fröhliche Weihnachten!«, rief Haley ihnen zu.

Und alle riefen wie aus einem Mund: »Fröhliche Weihnachten!«

Als Haley Jeff anblickte und so viel Liebe in seinen Augen sah, war sie sehr dankbar, dass es ihr gelungen war, ihr Herz für Weihnachten und für die Liebe zu öffnen, und sie konnte es kaum erwarten, was als Nächstes dran sein würde.

DANKSAGUNG

Geschichten erzählen – das habe ich schon immer gemacht. Fragt meine Mutter. Sie erzählt gern herum, wie mich, als ich zwei war, eine Frau im Lebensmittelladen betrachtete und fragte: »Hört sie auch mal auf zu quasseln?« Und da hat meine Mutter nur gelächelt und geantwortet: »Nur wenn sie schläft.« Glücklicherweise haben mich meine Mom, Lao Schaler, und Katy Bezold, meine Zweit-Mom, immer zum Geschichtenerzählen ermutigt, und sie kriegen immer noch als Erste alles zu lesen, was ich schreibe. Zu wissen, dass sie mich bedingungslos unterstützen, bedeutet mir alles.

Als ich den ursprünglichen Fernsehfilm *Christmas Camp* schrieb, der von meiner *Travel Therapy*-Doku-Serie, in der ich einzigartige und äußerst faszinierende Reiseerfahrungen vermittle, beeinflusst worden war, habe ich mich in die Charaktere darin verliebt. Ich wollte noch mehr von ihrer Geschichte erzählen, und das beste Mittel dafür waren Bücher. Ohne die folgenden drei Personen, die alle ein Risiko eingegangen sind und mit mir an meine Vision geglaubt haben, wäre dieses Film-Buch-Crossover unmöglich gewesen, angefangen bei meinem Entertainment-Anwalt Neville Johnson, meinem Helden, der mir dabei geholfen hat, die Art und Weise, wie etwas »normalerweise« angegangen wird, zu überwinden.

Die nächste Gladiatorin bei dem Unterfangen ist Jessica Regel, die Foundry Literatur- und Media-Agentin, die sich unerschrocken auf das Projekt einließ, trotz der riesigen Hürden, die uns durch die üblichen Deadlines bei der Veröffentlichung im Weg standen. Ihr Ja hat mir eine Chance gegeben.

Das nächste Ja von May Chen, der Cheflektorin von HarperCollins, hat alles verändert. Zusammen mit Liate Stehlik und Jennifer Hart hat May nicht nur meine Vision verstanden, sondern sie auch willkommen geheißen und mich in die Verlagsfamilie aufgenommen. Dieses unglaubliche Team aus Elle Keck, der Mitherausgeberin, Martin Karlow vom Lektorat, Amelia Wood aus der Marketingabteilung, der Presseagentin Pamela Spengler Jaffee und Art-Direktorin Elsie Lyons, die unser bezauberndes Cover entwarf, hat *Das wunderbare Weihnachtshotel* zu einem inspirierenden und aufbauenden Verlagserlebnis werden lassen. Ich bin dankbar und fühle mich gesegnet, Teil dieser neuen tollen »Familie« geworden zu sein.

Es bedarf einer ganzen Gemeinde, und in meinem Fall schließt das meine hochgeschätzte Freundin Heather Mikesell mit ein, die ganze Arbeit geleistet hat, indem sie meinen ersten Entwurf so schnell Korrektur gelesen hat, dass es für die enggesetzte Deadline gerade noch gereicht hat, und Denise Seomin vom *Phoenician*, einer Top-Ferienanlage, dass sie an das Christmas Camp-Konzept geglaubt und es bereitwillig angenommen hat. Überaus dankbar bin ich auch Greta, Samuel, Denise, Lee, Lorianne, Lisa, Delia, Clint, Amy, Tim und Jeryl für ihre treue Freundschaft und Unterstützung und meiner Familie, als da wären: mein Vater Harry, mein Opa Harry, Betty, Jon, David, Margaret, Deb, Wynn, John und Nathan, die mich immer wieder anfeuern.

Außerdem möchte ich mich bei meinem Stiefvater, John Bezold, bedanken und ihn ehren, ebenso bei Oma Irene und bei

Opa Walt. Wenn ich nachts in den Sternenhimmel sehe, denke ich jedes Mal an euch.

Und schließlich komme ich zu meinem Quell der Inspiration bei allem, was ich tue – meine glückliche und gesunde 103 Jahre alte Großmutter Patricia Crane, die noch jeden Tag ein Buch liest.

Die Reise geht weiter …

Christmas Camp-Rezepte

Damit ihr euer eigenes Christmas Camp-Erlebnis mit der Familie erschaffen könnt, gibt es hier zwei unserer Christmas Camp-Rezepte und unser Lieblingsspiel: Die Christmas Camp-Scharaden.

Viel Spaß dabei und Fröhliche Weihnachten!

Christmas Camp-Heisse-Schokolade

(Rezept für 2 Personen)

Zutaten

2½ Tassen gleich welcher Art von Milch oder eine Mischung aus verschiedenen Sorten (Kuhmilch, Mandel- oder Sojatrunk etc.)
4 gehäufte EL ungesüßter Kakao
1 TL Zimt
1 TL Muskatnuss
1 TL Vanilleextrakt
1–2 TL Zucker oder Honig für die gewünschte Süße (optional)
Schlagsahne
1 TL dunkle Schokoraspeln
1 TL zerdrückte Zuckerstangen plus 2 ganze Zuckerstangen, die zum Umrühren dienen.
Ein Schuss Pfefferminzlikör (optional)

Zubereitung

1. Milch bei mittlerer Hitze in einer Stielkasserolle erhitzen (nicht kochen lassen). Kakao, Zimt, Muskat und Zucker mit dem Schneebesen einrühren. 4 Minuten ununterbrochen rühren.
2. Vom Herd nehmen und die Vanille unterrühren.
3. Die heiße Schokolade auf zwei Lieblingsbecher verteilen.
4. Falls gewünscht, einen Schuss Pfefferminzlikör hinzufügen und die geschlagene Sahne zusammen mit dunklen Schokoras-

peln darauf geben. Zum Schluss mit den Zuckerstangenbröseln bestreuen.

5. Mit Zuckerstangen zum Umrühren servieren.

Christmas Camp-Buttergebäck

Rezept für 36 Kekse

Zutaten

2¾ Tassen Mehl

1 TL Natron

½ TL Backpulver

½ TL Salz

1 Tasse weiche Butter

1¼ Tasse Zucker

1 Ei

1 TL Vanilleextrakt

½–1 TL Pfefferminzextrakt

450 g Frischkäse für den Überzug, Raumtemperatur

½–1 Tasse fein zerstoßene Zuckerstange

Zubereitung

1. Backofen auf 190° vorheizen.
2. Mehl, Natron, Backpulver und Salz in einer Schüssel vermischen.
3. Butter und Zucker in einer größeren Schüssel cremig schlagen.
4. Das Ei hinzufügen und verrühren. Dann das Vanille- und Pfefferminzextrakt unterrühren.
5. Nach und nach die trockenen Zutaten dazugeben und untermischen, bis ein glatter Teig entsteht.

6. Den Teig zu golfballgroßen Kugeln formen und mit Backpapier auf die ungefetteten Backbleche legen.
7. Die Teigkugeln mit dem Boden eines Glases flach drücken.
8. 9–11 Minuten backen. Auf dem Backpapier 2–3 Minuten abkühlen lassen. Dann auf ein Kuchengitter oder Pergamentpapier schieben.
9. Kekse mindestens 30 Minuten auskühlen lassen, danach mit Frischkäse bestreichen. Die Zuckerstangenbrösel großzügig darüber verteilen und genießen.

Optional: rote oder grüne Lebensmittelfarbe dem Frischkäseüberzug beimischen.

Christmas Camp-Scharaden

Ausstattung:

1 Ein Weihnachtsstrumpf für die Auswahl der Lieder
Papierstreifen zum Notieren der ausgewählten Lieder
Block und Stift, um den Stand zu notieren
Und natürlich Christmas Camp-Butterkekse und Heiße Schokolade

Anleitung:

Alle Mitspieler sollten Weihnachtspullover tragen, je verrückter desto besser!

Spieler in zwei Teams aufteilen. Eine/n zum Spielleiter*in bestimmen, die/der die Weihnachtslieder auswählt (s. Vorschläge unten). Er/sie schreibt die Titel auf die Papierstreifen und steckt sie in den Strumpf. Der/die Anleiter*in ist zugleich Schiedsrichter* in und achtet darauf, dass alle Regeln eingehalten werden. Die Anzahl der Runden wird im Voraus festgelegt.

Jedes Team sucht einen Spieler aus, der gegen den des anderen Teams antritt. Wer als Erstes das Lied errät, gewinnt, und das dazugehörige Team erhält einen Punkt. Dann sind die nächsten beiden Wettstreiter der jeweiligen Teams dran und immer so

weiter, bis die vereinbarte Anzahl an Runden erreicht ist. Am Ende gewinnt das Team mit den meisten Punkten, und die Mitspieler erhalten den Titel »Christmas Camp-Scharade-Champions« verliehen.
Optional: Kleine Geschenke oder Weihnachtsleckereien wie Zuckerstangen, Kekse, Fudge oder Obst können an die Gewinner der jeweiligen Runden bzw. an das Siegerteam ausgeteilt werden.

Regeln:

- Der Geist der Weihnacht muss jederzeit gewahrt bleiben.
- Die Darstellenden der Lieder dürfen dabei nicht sprechen. Lachen ist die Ausnahme.
- Die Wettstreiter dürfen auf ihre Nase deuten, wenn ein Mitspieler ein Wort richtig geraten hat.
- Schummeln ist verboten, sonst kommt man auf die Liste der Unartigen.

Liedvorschläge für die Christmas Camp-Scharade:

- »Santa Baby«
- »Hark! The Herald Angels Sing«
- »Vom Himmel hoch«
- »Stern von Bethlehem«
- »O du Fröhliche«
- »Jingle Bells«
- »O Tannenbaum«
- »Leise rieselt der Schnee«
- »Rudolph, the Red-Nosed Reindeer«
- »Stille Nacht«

Sue Moorcroft
Winterzauberküsse
Roman
Aus dem Englischen von Christiane Winkler
Band 29635

Hutmacherin Ava trifft Sam auf einer hippen Londoner Vorweihnachtsparty. Er möchte, dass sie einen Hut als Geschenk für seine schwerkranke Mutter Wendy fertigt. Wendy ist entzückt, denn sie glaubt, Sam sei mit Ava zusammen. Wie kann Sam ihr diese Freude zerstören? Also bittet er Ava, so zu tun, als wären sie ein Paar – nur für die Vorweihnachtszeit.

»Der perfekte Winterroman für alle Romantiksuchenden!«
Heat

Das gesamte Programm gibt es unter
www.fischerverlage.de

fi 29635 / 1

Sue Moorcroft
Mistelzweigzauber
Roman

Alexia liebt den kleinen Ort Middledip, in dem sie zu Hause ist. Jetzt will sie helfen, das heruntergekommene Pub zu renovieren. Neueröffnung soll an Weihnachten sein, und Alexia schwelgt schon in Plänen für die Mistelzweigkränze, Glitzergirlanden und Geschenke, die sie im Pub dekorieren will. Aber als das gesamte Baubudget gestohlen wird, weiß sie nicht mehr weiter. Ausgerechnet Ben, der schweigsame Baumchirurg, kommt ihr zur Hilfe. In der heraufkommenden Vorweihnachtszeit werden die beiden viel miteinander zu tun haben...

Weitere Romane der Autorin: »Winterzauberküsse«

Aus dem Englischen
von Tatjana Kruse
448 Seiten, broschiert

Weitere Informationen finden Sie auf
www.fischerverlage.de

AZ 596-70290/1

Sue Moorcroft
Wunderkerzenzauber
Roman

Georgine arbeitet mit Begeisterung bei Acting Instrumental, einem College für Bildende Künste. Gerade bereitet sie mit den Studenten das Weihnachtsstück vor. Ihr neuer Assistent für die Bühnentechnik, Joe Blackthorn, gibt ihr allerdings Rätsel auf: zu ihr ist er abweisend und wortkarg, zu anderen freundlich und hilfsbereit. Dennoch entwickelt sich zwischen den beiden ein gutes Arbeitsverhältnis. Manchmal fragt sich Georgine, ob nicht auch stärkere Gefühle im Spiel sein könnten. Mitten in ihre romantische Vorweihnachtsfreude platzen jedoch die Probleme von Georgines Ex-Freund. Darf sie Joe davon erzählen? Wird das Weihnachtsspiel stattfinden? Und wird es für Georgine ein frohes Fest?

Aus dem Englischen
von Tatjana Kruse
448 Seiten, broschiert

Weitere Informationen finden Sie auf
www.fischerverlage.de

AZ 596-70521/1